T0030296

EL SILENCIO DE LOS MALDITOS

CARLOS PINTO

EL SILENCIO DE LOS MALDITOS

El papel utilizado para la impresión de este libro ha sido fabricado a partir de madera
procedente de bosques y plantaciones gestionadas con los más altos estándares ambientales,
garantizando una explotación de los recursos sostenible con el medio ambiente y beneficiosa para las personas.

Penguin
Random House
Grupo Editorial

El silencio de los malditos

Primera edición en Chile: mayo de 2018
Primera edición en México: agosto de 2022

D. R. © 2018, Carlos Pinto

D. R. © 2018, Penguin Random House Grupo Editorial, S.A.
Merced 280, piso 6, Santiago de Chile

D. R. © 2022, derechos de edición mundiales en lengua castellana:
Penguin Random House Grupo Editorial, S. A. de C. V.
Blvd. Miguel de Cervantes Saavedra núm. 301, 1er piso,
colonia Granada, alcaldía Miguel Hidalgo, C. P. 11520,
Ciudad de México

penguinlibros.com

Diseño de portada: Amalia Ruiz Jeria
Imagen de portada: © Shutterstock

ISBN: 978-607-381-699-1

Impreso en México – *Printed in Mexico*

Dedicado a mi familia:
Vivi, Lizzy, Carla, Seba, Angelo y Lu.

Índice

La vida no es tan corta como pensamos.
Es la memoria la que no tiene capacidad de
retener los cientos de miles de momentos que
la han conformado, pues solo puede recordar
algunos, aquellos memorables, generando la
equívoca sensación de que ayer fuimos jóve-
nes y anteayer niños.

Capítulo 1

EL COMIENZO DE LA VERDAD

El recuerdo de esa tarde calurosa de febrero se aferró a mi memoria con garras y dientes y permaneció indemne por mucho tiempo. En ese entonces cubría la sección policial, y el rango de escenarios posibles que abarcaba mi labor periodística variaba entre una simple colisión vehicular hasta la posibilidad de ser testigo ocular de un fusilamiento. Por fortuna, la abolición de la pena de muerte me dejó fuera de esta última alternativa. Creo que no hubiese sido capaz de resistirlo.

El crimen cometido por quien sería nuestro próximo entrevistado se mantenía tenaz en los titulares de la prensa escrita y abría a diario los noticieros de la televisión. En mi nombre, la producción había conseguido que este hombre, quien mantuvo su hermetismo a toda prueba, accediera a conversar y a darnos su testimonio exclusivo. Teníamos un golpe periodístico entre manos. La cita estaba estipulada para las catorce con treinta horas en la Penitenciaría de Santiago, lugar donde él se encontraba mientras durara el proceso en su contra. Se estimaba que sería un juicio breve, ya que estaba confeso.

Llegamos media hora antes junto al camarógrafo, el sonidista, el productor y la periodista asistente. Luego de mostrar nuestras debidas credenciales, accedimos al pasillo previo donde se encuentra la puerta de acceso a la oficina del director del establecimiento y que es también el paso obligado de todos los que acceden al recinto penal.

Observaba, desde la banqueta donde me senté a esperar mi turno, la vorágine que se producía a esa hora. Ya habían ingresado las visitas que esperan horas fuera del recinto para ver a sus familiares. Tras soportar colas interminables, deben además someterse a una grotesca, por no decir humillante revisión. A esa hora también desfila una serie de reos esposados que llegan después de pasar por tribunales, seguramente con la esperanza mancillada al comprobar que sus peticiones no han sido escuchadas.

Es que, claro, este lugar solo cobija a inocentes. Es la primera palabra que escucho cada vez que entrevisto a uno de ellos: «¡Soy inocente!...». Las bestialidades que cometen a veces son tan grandes, que solo la mentira vestida de inocencia o, mejor dicho, un pequeño atisbo de ella basta para poner un grado de justificación a sus crímenes. Diría que la imagen de la basura debajo de la alfombra calza con debida justeza cuando se trata de soportar el terror de verse privado de libertad. ¿De qué otra forma se puede convivir con la soledad y esperar los años que faltan de condena, sino escondiendo aquello que molesta o las imágenes traumáticas del crimen que cometieron? La inocencia es para los reos como la morfina para los enfermos terminales, calma el dolor pero no aleja la sensación de que la muerte te está mirando. Si no la invocan, muchos de ellos acabarían con su vida.

Mi inminente entrevistado, a pesar de estar confeso, en algún momento también dirá que tiene su cuota de inocencia. Qué lugar increíble me pareció la cárcel esta vez. Entreverado en el pasillo con un tropel de reos llegando de tribunales, me preguntaba si alguno de ellos estaría allí purgando sus culpas siendo de verdad inocente. De más que hay alguno, pensaba, pero ¿cómo saberlo? Y si así fuera, ¿cómo ayudarlo? Mis elucubraciones se diluyeron abruptamente cuando la secretaria del director de la Penitenciaría me avisó que su jefe deseaba hablar conmigo.

—Lo llamé porque tenemos novedades —dijo, intuyendo que yo ya sabía de lo que hablaba.

—¿Puedo pasar con mi gente?

—De eso se trata, el interno cambió de parecer —mencionó con frialdad.

—¿No me diga que no quiere dar la entrevista?

—No exactamente.

— ¿Y entonces? —pregunté más tranquilo.

—No quiere cámaras, ni de televisión ni de otro tipo —argumentó en ánimo de mostrar el nuevo escenario.

—¿Pero se da cuenta, director, que no me sirve de nada una entrevista para televisión sin cámaras?

—Lo sé, pero las dificultades no las pongo yo, y usted comprenderá que no lo puedo obligar —esgrimió con certeza.

—¿Ni siquiera con la autorización firmada por él con su puño y letra? —dije a sabiendas de que la respuesta sería negativa.

—Ni siquiera así. Pero sí accedió a juntarse con usted en privado. Le reitero: sin cámaras ni grabadora... solo con usted. Quizás en esa conversación lo pueda convencer para otra oportunidad —concluyó sin mostrar ningún atisbo de compromiso con mis afanes.

Ciertamente, esta alternativa no estaba en mis planes, pero no podía desechar la posibilidad de, al menos, conocerlo e intentar revertir su posición. Despaché al resto del equipo tras explicarles la situación y quedé a la espera de que me llevaran al sitio elegido para nuestro atípico encuentro. Un gendarme, cuyo rango no recuerdo pero con la autoridad suficiente como para decidir según su propio criterio, me dijo que el reo era peligroso, violento y que los periodistas no gozaban de su simpatía. Me pregunté si el funcionario querría intimidarme, pero al menos logró ponerme en guardia. Me explicó que, por su perfil, no era recomendable que me juntara con él en su celda y que, con el ánimo de colaborar, proponía como terreno neutral una de las oficinas donde ellos trabajan y desde la cual observan sin ser vistos a todos los internos que en forma parcelada acceden al gran patio central de la Penitenciaría llamado «el óvalo».

Aunque siempre me gustó que mis entrevistados se sintieran de local y no de visita, terminé aceptando esa propuesta. Dentro de mi reducido radio de acción logré imponer algunas condiciones: estar solo con él en ese lugar, no tener límite de tiempo y que un gendarme impidiera el paso a cualquier extraño y también a él mismo si deseaba interrumpirme. Para satisfacer mis requerimientos tuve que firmar un documento que desligaba de toda responsabilidad a la institución en caso de que el reo se violentara conmigo.

Mientras lo esperaba, debo admitir que estaba extasiado con la visión que tenía desde ese mirador. El óvalo estaba lleno, diría que tomaban recreo más de trescientos reos a la vez. Me recordó la antesala del gran bazar de Estambul. Todo el mundo se mueve, todos conversan, algunos gritan, otros pelean, parejas se pasean de un lado a otro para estirar las piernas. Medio centenar de evangélicos de terno y corbata me hicieron dudar de que me encontraba en la cárcel más peligrosa de Chile. Cristo allí, en medio de los bandidos, haciendo lo suyo. El canto de alabanza a su figura era a todo pulmón para imponerse en esa verdadera feria de humanos viviendo en condiciones inhumanas. De pronto, unos gendarmes corrieron hacia el sector de los reos considerados más peligrosos. Lo hicieron con sables en las manos derecha e izquierda, en la cartuchera, listos para desenfundar su arma con la bala pasada. Una pelea con cuchillos ya había hecho estragos y cobraba víctimas con sangre a la vista, antes de que ellos llegaran a diluir la tromba... Como en todo, unos apoyan, otros rechazan, pero todos gritan. El tumulto de reos se acerca para curiosear en tanto que los evangélicos miran al cielo y elevan la voz para que Jesús los escuche. Según ellos, lo hizo ese día en ese lugar. La violencia desapareció en minutos y después de eso la vida continuó como si nada hubiese pasado.

Desde mi asiento VIP sentí que golpeaban la puerta de la oficina añosa y de techo muy bajo, anunciando la llegada de este hombre al que solo conocía por fotografías no muy decidoras, publicadas en la prensa. El gendarme me lo presentó y dijo que cerraría la puerta, pero que se mantendría muy cerca por si yo requería algo.

Nos sentamos frente a frente, a no más de ochenta centímetros de distancia, vale decir, ante una posible actitud violenta, cero capacidad de reacción.

Desde luego las fotografías distaban demasiado del hombre que yo tenía ahora delante mío. No soy muy buen intérprete de los rostros, pero me pareció un hombre al cual difícilmente podría calificar como un presidario o un criminal si lo viera caminando por la calle. Tampoco soy bueno para acertar con la edad de las personas, pero se veía mayor de lo descrito en los diarios. Cuarenta y cinco años, y más de la tercera parte de ellos recluido en distintos recintos penitenciarios del país, al parecer habían hecho lo suyo. La psicología está lejos de ser mi fuerte, pero creo que hubo afinidad mutua con este hombre.

—Pensé que no iba a aceptar —dijo sin querer darle otra lectura a su frase.

—¿Por qué se arrepintió? —pregunté.

—¿De la entrevista, dice usted?

—Sí, de la entrevista —insistí.

—Siempre dije que se la daría, y es lo que estoy haciendo —señaló con una evidente sonrisa en sus labios.

—Usted sabe a qué me refiero.

—Primero quería conocerlo. Usted es la única persona que me merece confianza en el medio... No sé si usted lo sabe, pero yo llamé a su periodista para decirle que me interesaba conversar con usted.

—No, no lo sabía. Agradezco sus palabras y su confianza, como usted dice, por lo que deduzco que después me dará una entrevista con cámaras, ¿no? No ahora, por supuesto, ya que mi gente regresó al canal.

—Depende.

—¿Depende de qué?

—Mi abuela siempre decía: «Uno ve caras, pero no corazones».

—¿Debo entender que me tiene a prueba?

No respondió, pero hizo un gesto con la mirada como aseverando que algo de eso existía. Luego de un breve silencio, continuó.

—¿Qué sabe usted de mí?

Me descolocó con la pregunta, no la esperaba.

—Bueno, no creo saber mucho. No sé más de usted que lo que ha aparecido en la prensa y la televisión.

—¡Mentiras, puras mentiras! —interrumpió con tono enérgico—. Ellos inventan lo que no saben, yo no he hablado con nadie.

—Puedo entender que no sean exactos, pero de ahí a que mientan... —dije para validar mi presencia como comunicador.

—Nada fue como dicen.

—¿Me quiere decir que usted es inocente? —señalé, sin darme cuenta de que estaba poniendo respuestas en su boca.

El concepto recién vertido, sin duda, estaba en la punta de mis labios producto de las dudas que me rondaban mientras esperaba ingresar a la cárcel. No debí decirlo.

—Soy culpable, y nunca lo negaré.

—¿Dónde está la mentira entonces? —pregunté más íntegro.

—Por eso quería hablar a solas con usted. Respondo por mis actos, pero necesito que alguien sepa cómo acontecieron los hechos, que se sepa mi verdad. Por eso lo elegí a usted.

—Agradezco nuevamente su confianza, pero tiene que saber que no puedo hacer mucho para cambiar el rumbo que ha tomado su caso, ni mucho menos incidir en el proceso, ni en su futura condena.

—Creo que no me está entendiendo —dijo con rostro tranquilo y una mirada casi condescendiente.

Este hombre estaba lejos de ser peligroso o a lo menos violento. Es lo que intuía —sin tener méritos que avalaran esa impresión— luego de compartir los primeros quince minutos con él. Me olvidé de su prontuario y a partir de ahí conversé con él como si lo hubiese conocido desde siempre. Es una postura atrevida, lo sé, pero era lo que sentía y en este trabajo es la única herramienta en la que he confiado siempre: mi intuición.

—Quisiera entenderlo, de verdad —respondí entregado.

—Mire, yo sé que la historia que voy a contarle no va a cambiar nada. No saldré antes de prisión ni dejaré de ser una bestia, como dicen sus colegas, ni mucho menos seré calificado de inocente como usted insinuó. Eso me da lo mismo. Para que pongamos las cosas en orden, esta es mi casa y estoy a gusto aquí.

Me di cuenta de que no debía interrumpirlo. Ignoraba su verdadera intención, pero entendí que no pretendía tratar de esconder la basura debajo de la alfombra, como hace unos instantes daba fe de que muchos hacían.

—¿Qué tal si le dijera que todo lo que ha aparecido en los diarios y la tele no es lo que sucedió realmente? O, dicho de otra manera, lo que aconteció es todo lo contrario.

—¡Me caería de espaldas! —exclamé sin pensarlo.

—Entonces, vea dónde va a caer.

La conducta de este hombre no dejaba de impresionarme, no solo por la descabellada promesa que acababa de hacer, sino porque todo en él era absolutamente distinto a la imagen que tenía la opinión pública y también yo. Por supuesto, no estaba en discusión su responsabilidad en los hechos, así lo había confesado y ahora me lo confirmaba en persona. Pero se presentaba ante mí como un hombre pausado, de modesto pero bien intencionado vocabulario, e incluso me atrevo a agregar que hasta culto. Aseguro no estar bajo el efecto del síndrome de Estocolmo.

Creo que por alguna razón que desconozco quería confesarse, necesitaba vivir en paz consigo mismo, aunque para eso tuviera que contarle a un extraño el secreto que, si no, debería llevarse a la tumba. Pero yo no soy un sacerdote, sino un simple representante de un rubro que no le simpatiza. Y aquí estoy, a menos de un metro del hombre calificado como el más cuestionado, violento y peligroso de los últimos años, dispuesto a escucharlo.

Un golpe inesperado a la puerta de la oficina me hizo recordar dónde estábamos e hizo revivir mi acotado miedo.

—¿Sí? —pregunté para no dar motivos para que nadie entrara.

—Soy el gendarme. ¿Todo bien ahí?

—Todo bien, gracias.

—¡Comprendido! —respondió con evidente tono de uniformado.

Mi interlocutor estaba en pausa.

—¿Qué espera realmente usted de mí?—inquirí, para no desilusionarlo si es que su testimonio no llenaba sus expectativas.

—Primero, quiero agradecer que haya aceptado reunirse conmigo sin cámaras ni nada de eso. Con respecto a su pregunta: sinceramente no espero nada. Solo que me preste atención.

Capítulo 2

Los años de la inocencia

Encajado en un mundo de feriantes, vendedores ambulantes, mendigos, cargadores de camiones, maleteros y cuenteros, entre otros de la misma estirpe, afloraba con mucha pena y casi nada de gloria el barrio Estación. Los hogares eran modestos, las casas de putas solo tentadoras con dos botellas de tinto en el cuerpo, los conventillos interminables se fundían en verdaderos cuadros expresionistas con la ropa colgada en medio del patio.

Decir que en las despiadadas noches de invierno roedores de todos los tamaños se tomaban las cunetas era solo un eufemismo, ya que en rigor estos se anidaban en los pliegues de la ropa de los vagabundos que hacían nata en los rincones cuando la mendicidad no daba ni para una cama en la hospedería.

En la mismísima estación de trenes se podía apreciar claramente la presencia de los más desposeídos. Decenas corrían al lado de las ventanillas de los carros de pasajeros de primera, ofreciendo sus servicios de cargadores antes de que la máquina se detuviera.

En una calle aledaña, desde donde no se divisaban los trenes pero sí se sentía a la distancia el diálogo áspero y monótono surgido de las ruedas de acero sobre los rieles, emergía

El Tejo Pasado, la picada de los rayueleros. Aquí se juntaban a mediodía la mayoría de los cesantes y trabajadores eventuales, e incluso muchos de los vagabundos que habían sobrevivido a la noche anterior. Gastaban sus primeras monedas del día en un particular desayuno: un vaso de vino tinto con tres cucharadas grandes de harina tostada. Los parroquianos lo pedían en el mesón bajo el nombre de chupilca. Esta mazamorra, la versión adulta del ulpo, les opacaba el hambre, mataba la sed y permitía capear el frío con más estoicismo.

Gabriel González Videla había sido elegido para dirigir los destinos de Chile entre 1946 y 1952. Pertenecía al Partido Radical, movimiento social que por esa época había mermado notoriamente su aceptación popular. De hecho, si no hubiese sido por el pacto que firmó con otras tendencias ideológicas, entre ellas el Partido Comunista, la posibilidad de llegar a La Moneda se hubiese frustrado. A modo de compensación, el presidente incorporó a su gabinete ministerial a tres comunistas.

En aquella época, los prolegómenos de la llamada Guerra Fría entre Estados Unidos y la Unión Soviética —la que se transformaría posteriormente en la gran guerra ideológica del siglo xx— dividían al mundo en dos corrientes: el capitalismo y el comunismo.

Chile no estuvo exento del enfrentamiento entre estas dos potencias. Entonces, las fuerzas de izquierda —socialistas y comunistas— comenzaron a ejercer una seguidilla de presiones y exigencias hacia el que consideraban sería su gobierno, que rompería relaciones con Estados Unidos. Gabriel González Videla finalmente sacó la voz e hizo pública su opinión al respecto. En un veredicto que sorprendió a los más escépticos, hizo caso omiso de las críticas de sus eventuales partidarios, generando con ello constantes manifestaciones callejeras que pusieron en jaque el orden social. Estas conductas fueron consideradas subversivas por el primer mandatario e incidieron en una determinación que dejó una profunda cicatriz en la historia política de nuestro país. González Videla, tal como las aguas que recuperan su cauce natural, olvidó los acuerdos y borró con el codo lo que tiempo atrás había firmado con su puño y letra y, supuestamente, con absoluta convicción.

La noticia cruzó las fronteras y revolucionó el ambiente nacional cuando apareció en la prensa:

LEY DE DEFENSA DE LA DEMOCRACIA DECLARA AL PARTIDO COMUNISTA COMO UNA ASOCIACIÓN ILÍCITA.

En los días siguientes las noticias no fueron más alentadoras:

EL PRESIDENTE DESTITUYÓ A LOS TRES MINISTROS COMUNISTAS QUE INTEGRABAN SU GABINETE Y LOS REEMPLAZÓ POR MILITARES.

El acuerdo entre René Loyola —simpatizante socialista—, «Lucho de las cajas» —comprometido activista de izquierda al que llamaban así porque confeccionaba cajas de cartón semiartesanales para el calzado— y Félix Montesinos —presidente comunista del sindicato de una barraca en madera— era juntarse al mediodía en carácter de urgencia en El Tejo Pasado, para dimensionar las consecuencias de esta inesperada conducta, que para los más ortodoxos era considerada como una vil traición. Loyola ya se había tomado dos cañas de pipeño esperando a sus correligionarios, y había releído una y otra vez los titulares intuyendo que se venían tiempos aciagos.

Félix Montesinos era un dirigente comprometido, luchador y de innegables principios. El Lucho de las cajas se asomaba como un acucioso lector de Marx. Por ello, a pesar de que no alcanzó a terminar la educación secundaria porque su polola quedó embarazada, en su entorno muchos lo consideraban el intelectual del grupo. René Loyola era un simpatizante comunista, con mucho sentido social, pero con grandes contradicciones existenciales que frenaban por lo pronto la idea de inscribirse como militante del partido: poseía una fervorosa fe religiosa.

Loyola miraba por inercia la hora en su viejo reloj, que no funcionaba desde hace años y que mantenía en su muñeca porque, según él, le daba cierto estatus entre sus pares. Estaba sentado en una mesa cerca de la ventana para otear desde allí la llegada de sus amigos y camaradas. Bebía el vino tinto que tenía enfrente en tragos largos, y fue en el último sorbo cuando focalizó su atención en la borra que se aconchaba caprichosa y multiforme en el fondo del vaso. Con esa imagen se acordó necesariamente de la Negra Elisa, uno de sus grandes amores. Se trataba de una morena maciza, de reducida cintura, pelo largo y ondulado, y que, a juicio de los amigos, no era muy bonita pero en ningún caso fea. Tenía claro que sus atributos físicos eran otros: poseía un culo hecho a mano y que nunca ha llegado a ser superado, de acuerdo a los propios comentarios de Loyola en aquellas noches en que el exceso de alcohol convierte hasta al más tímido caballero en un bocón capaz de vomitar todo sobre su intimidad. La había dejado de frecuentar hacía algunos años y la recordó porque La Negra tenía un don: leía, precisamente, la borra del vino tinto que quedaba en el fondo de los vasos y predecía el futuro a través de un folclórico análisis.

Durante una noche de naipes, mientras su pareja jugaba a la escoba con tres amigos, tomó su vaso so pretexto de ir a lavarlo y, sin su consentimiento —ya que sabía que él no creía en esas cosas—, se dedicó a leer e interpretar las figuras que se formaban en el fondo. Lo que vio fue tan preocupante que se atragantó con la información, y se propuso mencionársela aunque por ello fuera quemada en la hoguera. Esa misma noche, en pleno preámbulo amoroso y antes de consumar la relación sexual, tuvo la desafortunada ocurrencia de confesarle a su amado lo que había descubierto. Le dijo que se aproximaba una tragedia en su vida y que solo la podría evitar si tomaba urgentes decisiones. Más por la interrupción que por el contenido, Loyola se desconcentró y perdió la erección.

—¿Cuántas veces te dije que no creo en esas huevadas?

—¿Preferirías que me hubiese quedado callada?

—Mil veces.

—Una tragedia es una tragedia, y porque te quiero no puedo convertirme en cómplice.

—¿De qué estás hablando?, ¿cómplice de qué?

—René, según lo que vi en tu vaso, vas a sufrir un accidente.

—Mira, Negra, para comenzar, ese no era mi vaso, lo estaba usando el Pelao Toño; te llamé para que se lo devolvieras y como no me escuchaste, porque te encerraste en la cocina, le tuve que sacar otro de la vitrina.

—¿Era del Pelao?

La relación estaba un poco degastada y esta discusión no hizo más que confirmar la conveniencia de distanciarse por algún tiempo. Así lo hicieron, solo que René, meses más tarde y con el pretexto de volver con ella ya que lo único que deseaba era tenerla a mano para volver a tirársela, reconoció que la Negra lo excitaba como ninguna mujer. Su intención no vio la luz y debió tragarse un comentario que avalaba aquella predicción. El Pelao Toño había salido de El Tejo Pasado con unos tragos de más y un auto lo arrolló y le dejó una pierna más corta.

La repentina mano que el Viejo Tito, dueño del restaurante, puso en su hombro, hizo que René diera un sorprendido salto, triturando en segundos sus evocaciones.

—¡Puta!... te asusté, no sabía que estabas tan concentrado.

—¿Qué pasa, don Tito? —respondió Loyola como despertando de una siesta.

—René, falta uno para la rayuela. Me mandaron a preguntarte si querías jugar.

—No puedo, me tengo que ir. ¿Cuánto le debo? —preguntó dando la última mirada por la ventana.

—Son dos cañas, ¿no?

—Sí... pero olvídese, ahí viene el Félix, mejor póngame dos más.

Félix Montesinos entró al restaurante con el impulso de sus briosos trancos. Su rostro duro develaba un mal presagio. Mientras se sentaba y le estrechaba la mano a René, le contó que habían detenido al Lucho. Contó que fue a buscarlo y su mujer, llorando, le había narrado que tres hombres de terno y corbata habían llegado muy temprano a su casa con el pretexto de querer comprarle una gran cantidad de cajas. Añadió que el Lucho supo de inmediato que las intenciones de estos supuestos clientes eran otras y, en un descuido, arrancó hacia el fondo del conventillo.

Félix habló con tanta rapidez, que necesitó inspirar profundamente para volver a llenar de aire sus pulmones y continuar con su relato. Ya con la lengua más oxigenada, agregó que el Lucho había intentado escapar subiéndose por la reja de hierro que tiene la ventana de la gorda que administra el conventillo, pero cuando alcanzó la techumbre, la mano del más gigantón de los tres perseguidores le dio alcance y, colgándose de sus tobillos con todo el peso de su cuerpo, lo tiró al suelo. Luego, sin importar la presencia de su familia ni de la decena de vecinas curiosas que habían salido de sus cloacas motivadas por la algarabía, le dieron patadas y combos hasta dejarlo maltrecho. Finalmente, ante la consternación de los presentes, trasladaron al Lucho —dejando una estela de goterones de sangre en el piso— hasta un auto sin patente, y allí lo subieron para huir del lugar. La Gaby, su mujer, conmovida hasta las lágrimas, tuvo la precaución de esconder el rostro de sus hijos bajo el delantal para que no apreciaran esa masacre.

Después de narrar esta historia sin puntos ni comas, Félix se tomó al seco la caña que le trajo el viejo Tito. La bebió con la misma angustia y celeridad con que narró el arresto de su amigo. Luego de que el vino pasó con cierta aspereza por su garganta, dejó fluir unos tiritones involuntarios, muy propios de los que se toman al seco este tipo de cepa de dudosa procedencia. Le costó sacar el habla; cuando pudo hacerlo, fue para desahogarse.

—¡Traidor culiao, jamás pensé que llegaría a esto!

—¿A dónde se llevaron al Lucho?

—Ni idea. ¡Tráigame otra! —le indicó Montesinos a don Tito, y continuó sin perder la ira—. No me gusta ser general después de la batalla, pero desde que nos visitó en la sede del partido antes de las elecciones, me dio mala espina.

—¿Por qué?

—Cuando González Videla fue elegido presidente dijo que prefería renunciar si no gobernaba con los partidos que lo llevaron al triunfo. No me preguntes por qué, pero ese argumento nunca se lo compré.

—¿Y ahora, qué crees que va a pasar?

—No sé, pero creo que se viene dura la mano. No es bueno que nos vean juntos —sentenció Montesinos.

Después de coordinar sus próximos pasos, ambos sintieron más grueso y amargo el trago del estribo y abandonaron en silencio El Tejo Pasado. A partir de estos acontecimientos, el contacto entre ellos y con el entorno del partido se congelaba formalmente hasta que las aguas políticas se calmaran.

El hecho de que el gobierno hubiese puesto en tela de juicio la moral del partido podía significar el comienzo de una verdadera persecución en contra de todas las figuras del comunismo criollo, de sus militantes y también de sus seguidores. Como Loyola se encontraba entre estos últimos, temió por las consecuencias y en su calidad de creyente decidió hacer una manda a San Judas Tadeo, prometiendo total fidelidad a su esposa si es que salía airoso de esta situación.

El problema mayor era cómo abandonar su trabajo sin dejar dudas sobre su tendencia política. Loyola trabajaba en la imprenta de un diario de muy bajo tiraje llamado *La Opinión*, que si bien era de tendencia socialista, ante sus compañeros él siempre se declaró distante de la contingencia política. Cuando ingresó a este periódico, que era en cierto modo el espejo de los problemas del pueblo, Loyola, al momento de firmar contrato, hizo acopio del consejo que otrora le diera la Negra Elisa, en el sentido de nunca dejar huellas en su camino. Se refería a que en su condición de comunista en un país tan conservador como Chile, era ventajoso usar en el trabajo el segundo nombre en vez del primero y poner como domicilio una dirección errada. «Los que piensan como tú», le recalcaba a menudo, «tienen que acostumbrarse a vivir entre la admiración de algunos y el cuestionamiento de muchos. En ambos casos, son hijos del prejuicio.»

Un diagnóstico de posible hepatitis, decía el certificado médico que Paty se consiguió con un camarada del consultorio, para justificar la larga ausencia de René Loyola a su trabajo.

Vladimir, Manuel y Eugenio se llamaban los tres pequeños hijos de Loyola. Fiel a su férrea condición religiosa fueron concebidos sin plan alguno e incorporados a la familia —a pesar de las carencias económicas— como una bendición.

Eugenio, el menor, tuvo un pasar distinto a los dos hermanos mayores. Su madre lavaba y planchaba ropa ajena y a menudo el pequeño se transformaba en el despachador cuando había que entregarla a sus dueños. Hizo de la calle su patio infinito, y tempranamente la vida se encargó de develarle sus más recónditos secretos, ignorando que la experiencia traía consigo incluida la violencia. El primer día de clases lloró desconsolado sin que nada ni nadie pudiera evitarlo. Hubo que sacarlo de la sala y mantenerlo en el patio a punta de agua con azúcar para no distraer al resto de sus compañeros. Lógicamente, la pócima casera no aminoró las lágrimas de Eugenio, pero sí le causó un tremendo dolor de estómago que se convirtió en el motivo divino para que el inspector lo mandara a casa antes de que sonara la campana de salida, acompañado por la señora del aseo.

El segundo día de clases y los restantes no varió su conducta, ya que en rigor él acudía a la escuela solo para expresar sus lamentos. En una votación a mano alzada entre los profesores jefes, primó la moción de suspenderlo hasta que esta animadversión a las aulas morigerara y no causara imitación en el resto de sus compañeros.

Sus padres asumieron el caos y llegaron a la conclusión de que haberlo incorporado un año antes a la actividad escolar fue, en su caso, un error. En su categoría de regalón, lo retiraron con la promesa de volver a matricularlo el año proximo.

El Tejo Pasado cobijaba a los amigos, camaradas y compañeros que decidían una última parada antes de llegar a casa. Para Loyola, el lugar era una estación recurrente donde a poco andar se excedía en la bebida y llegaba a casa cuando todos dormían. Paty hizo todo lo posible por erradicar esa maldita costumbre que lo tenía de vuelta en casa en horarios disímiles, y muy alejado de los problemas de sus hijos. Solo encontraba alivio en la idea de que, estando allí, de alguna manera era un antídoto para tenerlo alejado de la búsqueda de compañía femenina, afición que tantos problemas le causó cuando decidieron compartir la vida juntos.

Cuando Loyola estaba pasado de copas, Eugenio, como el hijo en la película *El ferroviario* de Pietro Germi, tenía la misión de ir a buscarlo y llevarlo a casa tironeándolo de su chaqueta, lustrosa de tanto planchado. El padre, tambaleante pero afectivo, le ponía la mano en el hombro y se dejaba guiar por la candidez de su hijo. El pequeño le recordaba su propia niñez, la que agudizada por la euforia y sensibilidad que produce el alcohol en el cuerpo, lo hacía desafiar las leyes de la gravedad. Faltando una cuadra para llegar a casa, René lo tomaba en brazos expresándole un inmenso afecto, el mismo que le ocultaba en la plenitud de sus sentidos.

Fue en una de esas tardes pálidas, templadas y con leves ráfagas de viento cálido —que parecía darle alas a las amarillentas hojas de los árboles que se trepaban a los techos—, cuando las viejas del barrio, luego de recoger con premura la ropa tendida, auguraban en su calidad de pitonisas que más allá de la lluvia que se avecinaba, presentían que algo malo iba a pasar.

René Loyola dormía siesta, costumbre que adquirió a la semana de su autoencierro. Su mujer había ido a recoger a los niños a la escuela, en tanto que Eugenio, en la calle de tierra, intentaba hacer bailar vanamente el trompo que le había sacado a su hermano Vladimir. De pronto, a pocos metros de él, se estacionó un Studebaker del año 41, negro, de cuatro puertas. Bajaron tres tipos vestidos con terno, camisa blanca de cuello ancho y corbata, de esas con la apariencia de aquellas que se sacaban y ponían por la cabeza con la clara intención de ahorrar tiempo y no volver a hacerles el nudo. Todos, además, usaban sombreros tipo Bogart. Mientras Eugenio trataba de superar su secuela de tiros fallidos y enrollaba inocente y por enésima vez la lienza, uno de los hombres se le acercó y le preguntó a mansalva si conocía a René Loyola. El niño, imbuido en su afán, no consignó la pregunta y lanzó nuevamente el trompo, y su rostro pareció iluminarse al comprobar que esta vez sí había logrado que bailara.

—¡Lo hice, lo hice!

—Oye, cabro —insistió el agente que se sacó el sombrero como para aliviar la estampa negativa y darle más confianza a su interlocutor—. ¿Vive por aquí René Loyola?

Eugenio, intimidado por ese rostro ajeno que había osado apagar su alegría, no respondió. A cambio de eso, segundos más tarde y presionado por la aguda mirada de su interlocutor, decidió sacarlo de su entorno y apuntó con su índice hacia la vieja casa de madera donde le constaba que su padre dormía la siesta.

—¿Está solo? —insistió el hombre con la satisfacción íntima de haber dado con la persona indicada.

—Está durmiendo —respondió el niño con voz baja, casi inaudible.

El inquisidor inclinó su cabeza a la altura del pequeño e insistió acercándole el oído.

—No te escuché bien, ¿qué dijiste?

—¡Está durmiendo!

El hombre se puso el sombrero y con señas indicó a uno de sus compañeros que ingresaran juntos a la casa, en tanto que el otro debía cubrirlos desde afuera... Ahí mismo, este niño que se había comportado de acuerdo a su corta edad y con el trompo en su mano, vio cómo dos de esos hombres sacaban del cinto unas armas de fuego e ingresaban a su casa sin aviso. El tercero rodeó la fachada empuñando el revólver a la altura de su rostro. Esta vez, Eugenio adquirió juicio de adulto e intuyó —como lo pronosticaron las vecinas— que algo malo podía pasar. Ante el peso de sus conclusiones, no tardó mucho en reaccionar y corrió hacia la puerta de su casa gritando:

—¡Papá!, ¡papá!

Pero como en las pesadillas, cuando estaba a punto de llegar a la entrada, sintió unos brazos que lo tomaban y lo elevaban mientras pataleaba en el aire igual que un dibujo animado cayendo al vacío. Eugenio gritó y pataleó en vano, quería auxiliar a su padre, pero ya era tarde. Uno de los hombres lo traía esposado de sus manos por la espalda y el otro dirigía enérgico y a viva voz su destino hacia el vehículo, sosteniendo su cabeza con las manos agarradas del pelo. René Loyola, aún con la atmósfera de una siesta interrumpida en su rostro, reaccionó como fiera enjaulada al divisar que el agente que se había quedado afuera sostenía en vilo a su hijo sin piedad ni delicadeza. Quiso zafarse de sus celadores para socorrerlo, pero un culatazo en la cabeza y un golpe de puño en plena boca del estómago abortaron en segundos su rebeldía. Loyola quedó sin respiración, se encogió de dolor y luego de que sus rodillas besaran el suelo fue arrastrado y empujado al interior del Studebaker negro.

Su hijo fue liberado y apenas sus pies pequeños tocaron tierra firme, corrió hacia donde se encontraba su padre. En esta carrera desesperada fue superado por el agente, quien subió sobre la marcha al automóvil, dejándolo atrás. Sus gritos desgarradores llamando a su padre mientras a la vez corría y lloraba, alertaron a algunos vecinos que, dada la rapidez de la operación, recién lograban enterarse de lo que estaba sucediendo.

El vehículo emprendió la marcha y Eugenio, sin dejar de correr, extendía los brazos con sus manos abiertas, imaginando que podrían alargarse en el intento de alcanzar a su padre. René giró su cabeza y le dio una última mirada a su hijo a través del vidrio trasero del Studebaker del 41. El niño, extenuado, no pudo continuar y ese adiós, con aquella imagen indeleble de su padre castigado, quedó grabada para siempre en su retina.

René Loyola, superado por la realidad de los hechos, tuvo que asumir su dramática realidad y soltó amarras para no oponer mayor resistencia. Fue aquí cuando comprendió que uno de los agentes tenía la intención de vendarle la vista con un paño oscuro. Supuso que si se negaba a este procedimiento ineludible recibiría más castigo. Antes de cooperar quiso dar una mirada furtiva hacia la derecha, ya que presintió que alguien más compartía su mismo espacio e incierto destino. Efectivamente, había un hombre que estaba con la cabeza gacha, la que levantó cuando sintió la fuerza de su mirada: era Félix Montesinos.

En El Tejo Pasado corrió el rumor de que a los militantes más duros los habían enviado a Pisagua, una pequeña caleta ubicada a 1.900 kilómetros al norte de Santiago, y cuya cárcel se adaptó para recibir a los relegados como si fuera un verdadero campo de concentración.

La nueva población penal estaba bajo el yugo de los militares, los que a poco andar hicieron gala de su poder, estableciendo una asombrosa insensibilidad y desprecio por los derechos de los reclusos. Hacía poco tiempo, Hitler se había doblegado ante las fuerzas aliadas y seguramente resabios de aquellas conductas, que el mundo creyó erradicadas para siempre, aquí, como un perverso guiño al ejército nazi, cobraban vida para incurrir en las más bestiales formas de tortura. Fue allá donde a Loyola pareció hacerle sentido la mirada permanente del Lucho de las Cajas frente a la violencia. A menudo decía que el poder es como hacerse de un arma dentro de la casa: no importa si la compraste, te la obsequiaron o te la encontraste, en cualquier caso, si la tienes a mano, la vas a terminar usando en contra de alguien. Y agregaba: más temprano que tarde tendrás que responder por las consecuencias.

Una semana después de estar encerrado, con permiso únicamente para ir al baño, René Loyola fue llevado con gran parte de los presos, en ánimo de distensión, a uno de los patios comunes. Recordó que el aire no tenía olor a sudor, sintió cómo sus piernas se quejaban al caminar y que la libertad, como un hecho tangible, es proporcional al horizonte que delimita la mirada. Así como el ojo requiere tiempo para acostumbrarse a la oscuridad, él lo necesitó esta vez para enfocar a través de la implacable luz del sol sobre su cabeza. En ese proceso de ajuste visual creyó divisar a la distancia, entre el centenar de compañeros que pululaban sin destino, un rostro conocido. Logró hacer foco a pesar de la lejanía y de las decenas de detenidos que se cruzaban ante su mirada. La primera deducción lo impactó. Se parecía al Lucho de las cajas. El sujeto estaba en un rincón, sentado en el suelo, apoyando su cabeza sobre las rodillas flexionadas. Loyola fue a su encuentro y se llenó de dudas en el trayecto; no tenía certeza de que fuera él. Desde que llegó a Pisagua tuvo la esperanza de encontrarlo allí y ahora, influenciado por ese inmenso deseo, le pareció tenerlo enfrente. A cinco metros de su humanidad concluyó que efectivamente era él, su mirada deambulaba inestable y acusaba vestigios de haber sido torturado. Su rostro pálido y cadavérico había borrado de cuajo su energía y hasta parte de su esencia. Él tampoco reconoció a Loyola de inmediato, hubo un largo zoom de miradas antes de reconocerse mutuamente. Se emocionaron cuando el registro de cada uno de los pasajes de la vida que compartieron juntos les permitió identificarse el uno al otro. Se abrazaron sin emitir palabras por un buen rato. El Lucho no lo soltaba por necesidad afectiva y Loyola hacía lo propio por no evidenciar debilidad, ya que no pudo evitar la emoción que significaba ver a alguien querido después de tanto tiempo y, sobre todo, en aquel lugar y en esas condiciones. Un conscripto que seguramente buscaba méritos para ascender, desde lo alto interpretaba, soterradamente, la doble lectura de ese encuentro. Al fragor del cúmulo de sensaciones que estaban en juego, el Lucho, con intermitentes arrebatos de concentración, confesó que se habían ensañado con él. Durante los interrogatorios y en su obstinación por no delatar a nadie, dijo que fue presa fácil de castigos indignos. Con la mano evidentemente dañada indicó en dirección a sus testículos, diciendo que le habían puesto corriente. Fue en su último relato cuando Loyola comenzó a ponderar el verdadero significado de estar allí como prisionero político. Su maltratado amigo, compañero y camarada, con dolor perenne, susurrando entre dientes, como reteniendo un montón de lágrimas que por convicción y doctrina se negaba a evacuar, narró que, ante su negativa de dar nombres de otros camaradas, lo habían tenido colgado de los pies durante toda una tarde.

—Estoy mal, amigo —lamentó sin vergüenza de perder su dignidad—, avísale a los míos que me están matando —insistió como desconociendo el lugar donde se encontraba.

Si no hubiese conocido la inteligencia y la integridad del Lucho —razonó Loyola— habría apostado que a ratos parecía divagar. Con palabras entrecortadas le relató que una noche, cuando todos dormían, fue sacado a uno de los patios y puesto frente a un pelotón de fusileros. Reconoció que ese fue el único momento en que imploró perdón por algo que no cometió y que esa reacción visceral fue el último resquicio que tuvo para dilatar la ejecución. Con esos minutos ganados pensaba alcanzar la utopía de despedirse de su familia. No hubo respuesta de sus verdugos, sino más bien se dejaron escuchar un par de risas irónicas. ¿Y cómo no?, nada es más delirante para las mentes distorsionadas que ver la altivez mancillada del supuesto enemigo, como la imagen perfecta de una patética humillación y aparente cobardía. Un oficial se habría acercado para vendarle sus ojos. A oscuras entendió que temblaba, unos fotogramas con las siluetas de sus seres queridos fue la sinopsis con la cual creyó decir adiós. Sintió al pelotón ponerse en posición de tiro y, segundos más tarde, el tronar de los fusiles. Cayó al suelo y navegó por los laberintos de la muerte, pero no encontró esa luz al final del túnel, estaba atrapado en la penumbra. De pronto pareció despertar de una experiencia extraterrena. El oficial le sacaba la venda de los ojos, ya no existían los soldados. Tendido en el suelo y resucitando de aquella maldita puesta en escena, los divisó a lo lejos, coludidos en medio de una cotidianidad malsana. Logró ponerse de pie mientras asumía esta nueva realidad y rumbo a su celda comprendió que se había desmayado de miedo, que no hubo fusilamiento y que todo había sido un simulacro. El atropello a su dignidad, el reconocimiento de sus miedos y la sensación de haber sido ultrajado en lo más profundo de su ser, lo habían convertido en polvo.

—Ellos creen que me salvé, pero me mataron, René...
—le repitió a su amigo una y otra vez.

René Loyola se quedó en silencio. En el patio había muchos prisioneros, existía algarabía de reencuentros múltiples, pero él y el Lucho de las Cajas parecían atrapados en la soledad de sus evocaciones y nunca escucharon nada, porque no se dieron cuenta de nada. Se miraron sin emitir palabras por largo rato y fue Loyola quien rompió el hielo y abrazó a su amigo de nuevo. Esta vez, el Lucho no tuvo fuerzas para emular su efusividad y se dejó querer como un niño flácido e inocente. Loyola imaginó que abrazaba a su hijo menor. A ese niño que amó en silencio, a ese lazarillo de sus borracheras nocturnas que corrió frustrado tras él y al cual solo le pudo otorgar los resabios de una última mirada en esa despedida que resultó ser un despojo.

Esa noche, los ronquidos de sus compañeros de celda fueron el acicate para no lograr conciliar el sueño. Hasta momentos antes de encontrarse con su amigo, pensaba que su permanencia en Pisagua sería pasajera, pero ahora la asumía como aterradora.

El amanecer lo encontró orando en silencio e implorando clemencia a sus santos infalibles. Prometió de todo, hipotecó hasta sus insomnios con tal de no tener que pasar por aquel cadalso. Sin embargo, su mente no lo dejaba olvidar que tarde o temprano el turno le correspondería a él.

En los días posteriores, Loyola, con cierta movilidad en el espacio carcelario, comenzó a indagar por la presencia en Pisagua de Félix Montesinos, pero nadie supo darle referencias sobre su paradero. Aquella vez que lo encontró en el auto compartiendo su infortunio, no hubo posibilidad de entablar diálogo, ni la menor palabra; aquel intercambio de miradas previo a que les cubrieran sus ojos fue la única comunicación que pudieron sostener. Recordó que, después de varios minutos de viaje, el auto se detuvo y percibió que a Montesinos lo bajaban sin mayores aspavientos. Todo ese procedimiento se hizo en total hermetismo y a partir de ahí tuvo certeza de que el resto del trayecto lo hizo solo.

Gran parte de sus camaradas de partido fueron destinados a Pisagua y, cuando se encontró con un par de ellos, no dejaron de comentar con extrañeza la ausencia de un importante dirigente como era Montesinos. En un diálogo en los patios surgió la hipótesis de que lo habían matado en Santiago.

Hubo varios días en que Loyola fue renuente a salir al patio y compartir con sus pares. Se nutría de especulaciones fatalistas respecto de su futuro. Tantas veces escuchó decir a sus compañeros que no había que ceder, que había que tener entereza a la hora de ser interrogados, que la estrategia de sus vengadores era debilitar psicológicamente a los detenidos para que hablaran. Los más duchos aseguraban que así se mermaba el propósito obsesivo de conseguir que los prisioneros delataran a sus compañeros que aún se encontraban en libertad.

Pero René ya sabía que la conducta defensiva en nada ayudaba a los verdugos a ceder en la tortura; claramente esos colegas de celda eran, como él, verdaderos novatos.

Loyola desconocía su nivel de tolerancia al castigo físico y en un ejercicio macabro imaginó cómo responder si aquello llegaba a sucederle. A estas alturas el tema era meramente existencial. Se preguntaba si tendría las agallas para callar. ¿Qué golpes deberían aplicarle para que cediera? Por supuesto que Loyola intuía que dependiendo de ciertas circunstancias, los métodos de la tortura y principalmente la intensidad con que la aplicaban, eran un dolor solitario.

Las noches en vela de Loyola se vinculaban al temor elemental de perder la vida allá y no volver a ver a los suyos. Para no caer en depresión, cada cierto tiempo se dejaba seducir por el recuerdo de una imagen en primer plano del culo de la Negra Elisa. Le producía tanta excitación que lamentaba no poder estabilizar la permanencia de esa imagen a su entero placer. René Loyola necesitaba acciones distractoras para salir de su ostracismo, se masturbaba con sus recuerdos. De pronto se inmiscuían en ellos la Paty y sus hijos, y hasta el dueño del Tejo Pasado merodeaba en su mente. El corolario de esta inyección de recuerdos a la vena era siempre el mismo: su hijo Eugenio corriendo, gritando y llorando detrás del Studebaker. No tenía dominio sobre el vendaval de su memoria ni tampoco podía evitar la tristeza y desazón que lo invadía después de este ejercicio, en principio terapéutico, pero que después se transformaba en miedo y soledad.

Privado de libertad, añoraba su pasado, necesitaba hacerle el amor a su mujer, abrazar a sus hijos. Advertía que la posibilidad de subsistir para recuperar lo perdido podría no existir jamás. Su autoestima bordeaba los niveles de la depresión.

El primer golpe que Loyola sintió fue en sus tripas. Tuvo que hacer un esfuerzo mental para no sucumbir ante tanto sabor extraño y a olores desconocidos que anticipaban un vómito seguro. Comenzó negándose a comer. En los días venideros ejercitó tragando la comida sin masticarla; luego, como animal de costumbres y con un hambre que no admitía tregua, accedía a engullirla aunque fuera por mero instinto de conservación. De seguro —anticipaban sus compañeros de celda, sin evitar la ironía— muy pronto terminaría como el Taza, sobrenombre de uno de los internos que perdió una oreja en una marcha política. Este desabollador de autos, después de un mes de renegar en contra del menú carcelario, se declaró en huelga de hambre durante cinco días, hasta que una noche despertó gritando: «¡No quiero morir de hambre, ese gusto no se lo voy a dar a estos milicos desgraciados! Si me van a matar que sea en el paredón, de frente». Desde aquella pesadilla el Taza esperaba la comida como un acontecimiento, e incluso devoraba las sobras que dejaban los recién llegados. Precisamente fue a este comunista comprometido a quien dos soldados y un sargento vinieron a buscar al empezar el ocaso. Se le vio desaparecer por entre los barrotes. Estaba tranquilo, asumido, íntegro, como preparado para todo.

Cada vez que acontecía algo parecido, el resto comenzaba a aplaudir. Quizás creían que así solidarizaban y le daban fuerzas al compañero conducido a la incertidumbre. Pasaron veinte minutos exactos cuando se escucharon unos pasos marciales a la distancia; a continuación unos eternos dos minutos de silencio cósmico y, al final, un desenlace advertido en el pensamiento de la mayoría de los detenidos: la voz iracunda de un teniente ordenando: «¡Preparen armas!, ¡apunten...!». La ráfaga cumplió su objetivo, todos la sintieron. Loyola pensó en el acto maquiavélico que significaba hacerles creer que iban a morir fusilados; por cierto, por más que reflexionaba, no lograba encontrarle sentido. Esta vez, aconteció lo inesperado: el Taza no regresó. Alfonso Medrano, el más viejo de la celda, pescador desde que tuvo memoria, hombre de la zona de pocas palabras, curtido por el sol y la vida, sacó el habla para decir que el Taza fue uno de los primeros en llegar a Pisagua. Había sido interrogado en dos ocasiones, y de ambas salió maltrecho, pero con vida y sin denunciar a nadie. Todo el preámbulo del viejo apuntaba a un hecho que el resto no consignó. Cuando este compañero fue conminado a salir de la celda y llevado sin destino, tuvo la precaución de hacer un bulto con sus escasas pertenencias y llevarlas bajo el brazo. Desde luego, solo Medrano hizo foco en el detalle. Para el viejo, el Taza no volvió a la celda lisa y llanamente porque estaba seguro de que saldría en libertad. Sin embargo, los que conocían la estrategia del simulacro entendían que esta vez sí fue efectivo y que su ausencia no hacía más que confirmar su muerte. Así el fusilamiento cobraba validez y amedrentaba en su justa medida a los próximos interrogados, minando el alma de los que creían ser más valientes. Loyola se enteró una semana después de que su amigo Lucho, a quien se cansó de buscar y sobre el que nadie supo darle información alguna, había corrido similar suerte.

Pisagua creció de la nada para convertirse en un símil de los campos de concentración y exterminio de la Alemania nazi, muy a la chilena, claro, pero con el mismo sentido vejatorio.

Una mañana, el alba ahuyentó la camanchaca y tras una polvareda apareció en el frontis un jeep que traía a dos nuevos oficiales destinados a este centro de detención. Uno de ellos era un teniente de nombre Augusto Pinochet Ugarte. A los pocos días de haber llegado ya se comentaba sobre la razón por la cual sus superiores lo habían elegido y confiaban en su gestión: tenía una enfermiza animadversión hacia los comunistas. Además adquirió notoriedad porque, si bien no era la máxima autoridad, parecía serlo cuando se trataba de obstaculizar el acceso a las escasas visitas que pretendían ingresar al centro de detención de Pisagua.

En un momento determinado, René Loyola tuvo la misión de recoger las cartas que los relegados escribían a sus familiares. Pasaba por cada celda y ofrecía un saco harinero para que los propios interesados las echaran al interior de este buzón móvil. Cuando culminaba este trabajo solidario, debía llevarlas él mismo a la guardia. Desde luego, esta era una suerte de beneficio que compensaba el esfuerzo y la dedicación a estos menesteres, ya que le permitía a Loyola deambular libremente por el interior del recinto carcelario. Ahí, detrás de un mesón de madera gruesa y raída, que dividía la vieja y alta oficina en dos, adquiría notoriedad una inmensa ventana protegida con barrotes de hierro desde donde se podía ver la calle. A pocos metros emergía la libertad, pensaba Loyola, ignorando que este puerto que fue peruano hasta antes de la guerra del Pacífico era considerado por quienes lo conocían como un lugar sucio, abandonado, estrecho, ruinoso y sin porvenir. Escapar de la cárcel era probable, pero salir de Pisagua sin que alguien se enterara era casi imposible.

El soldado Muñoz, que lo debía atender, estaba de espaldas y llegaba a opacar los vidrios con la respiración de su prominente nariz pegada a la ventana que mantenía una de las protecciones de madera abierta. Su curiosidad no era gratuita. Una camioneta fiscal se detuvo ante la fachada del recinto y parecía traer a una visita especial. Loyola requería que lo atendieran a la brevedad, no precisamente porque deseara volver al encierro, sino porque su vejiga bramaba atención y dudaba si podría aguantar mucho tiempo más sin orinar. Tuvo que carraspear dos veces para anunciar su presencia. Muñoz acusó el golpe y se volcó para atender a este prisionero que lo sacaba abruptamente de su concentración. Loyola le pidió permiso para entrar al baño de la guardia, pero su interlocutor, incapaz de hacer dos cosas a la vez, no lo consideró y tampoco hizo recibo de la correspondencia, ya que el repentino barullo que se armó en la entrada principal ocupó toda su atención.

El visitante en cuestión alzaba la voz para manifestar su disconformidad por la inoperancia burocrática con que estaba siendo atendido. El soldado Muñoz salió raudo de la oficina, pero antes hizo un gesto silencioso con su dedo índice sobre sus labios a Loyola para que se quedara callado y no saliera de ese lugar. Él, por una parte estaba muy cautivado escuchando en primera fila los pormenores de ese impasse y, por otro, muy preocupado, ya que su vejiga estaba a punto de declararse en rebeldía. A juzgar por los comentarios y excusas que daba Muñoz al visitante, se trataba nada menos que de un senador de la República que venía desde Santiago con el claro propósito de visitar a los relegados políticos para después elevar un informe respecto de su situación.

Fue tal el revuelo, que el soldado se olvidó del cartero y Loyola tuvo que entender que estaba en una encrucijada. Se quedó en aquella oficina, atrapado escuchando lo que acontecía, pero sin moverse demasiado para anular o al menos distraer el efecto psicológico de ir al baño. Se apoyó en el mesón junto a su saco de cartas y se cruzó de piernas. La riña subió de tono y generó en él la lógica intención de prestarle oídos. Loyola necesitaba ponerle rostro a este personaje en off, cuya voz le pareció hasta familiar. Con lentitud y a pie juntillas, como un inválido sin muletas, se dirigió a la puerta, cuyas tapas de madera que cubrían los vidrios estaban cerradas. Para saciar su curiosidad, abrió con sutileza y dramatismo una de ellas. Al ver a través de ese vidrio opaco y polvoriento, su sorpresa fue mayúscula al descubrir que el personaje en cuestión era un senador socialista que reconoció por la prensa como Salvador Allende. Los guardias se daban maña para retenerlo, ya que las órdenes eran no dejar entrar a nadie y mucho menos sin previo aviso. Enérgico, altanero y vistiendo brioso su traje de teniente, a los pocos segundos hizo su entrada Augusto Pinochet, quien al enterarse de la intención de la visita, se dedicó a distraer con verborrea su verdadero propósito: impedir el paso del senador al interior del recinto penal. Loyola intuía que transformarse en testigo de ese episodio, en su calidad de relegado, podría costarle caro. Su conclusión lo puso nervioso y el resultado no se hizo esperar: comenzó a evacuar gruesos e intermitentes chorros de orina que se evidenciaron de inmediato en el pantalón de tela color beige, sin que pudiera evitarlo.

El argumento de mayor peso del teniente Pinochet para no dejar entrar a Allende era no haber recibido con antelación un comunicado advirtiendo su visita. El senador soportó estoico el vendaval de burdos sofismas esgrimidos para evitar su inspección. Luego respiró hondo y alzó la voz para gritarle en su cara que había viajado casi dos mil kilómetros desde la capital y no estaba en condiciones de escuchar estupideces de parte de un «tenientillo» que desconocía el derecho que le otorgaba su investidura de senador de la República.

—Para su información, en mi calidad de parlamentario puedo visitar libremente, y sin tener que anticipar mi presencia, cualquier lugar donde se haya detenido gente por el solo hecho de pensar distinto. Necesito saber in situ cómo se encuentran estos compañeros trabajadores —concluyó el senador.

Loyola, evaluando la intención de la visita, hubiese querido salir de su incómoda postura y contarle al emisario lo que realmente sucedía al interior del recinto, pero ante el subido tono de la escena que acababa de presenciar y el riesgo que le significaba para su credibilidad tener el pantalón manchado, prefirió restarse de la discusión. Bastó esta obvia conclusión para que su vejiga se rindiera y dejara fluir libremente el verdadero manantial que almacenaba.

Los argumentos esgrimidos por el parlamentario socialista fueron tan sólidos y contundentes que el teniente Pinochet no tuvo más que acatar sumiso que el senador pudiera recorrer el recinto carcelario en compañía de otro oficial.

La escena vivida por Salvador Allende fue tan insólita como atrevida y se marcó a fuego en su mente como un incidente que nunca olvidaría, como tampoco el nombre de ese obtuso interlocutor.

***

Pasado un cuarto de siglo, exactamente en el año 1973, Salvador Allende investido como presidente de la República de Chile, designó al general Augusto Pinochet Ugarte como comandante en jefe del Ejército. Días después de haber asumido ese cargo, en una conversación de pasillo, el mandatario, haciendo mención a una posible coincidencia, le hizo saber de aquella anécdota sucedida en Pisagua.

—Sabe... —dijo a quemarropa el presidente— su nombre me trae recuerdos de un particular incidente.

—¿A qué se refiere, señor presidente? —preguntó cauteloso y con intencionada inocencia Pinochet.

—Cuando era senador, un teniente novato que se llamaba igual que usted me puso toda clase de obstáculos para ingresar al penal de Pisagua.

—Seguramente es un alcance de nombres, porque yo nunca estuve en ese lugar, señor presidente —afirmó con seguridad el militar—. Debe haber sido una experiencia desagradable como para que mantenga ese recuerdo tan fresco en su memoria —acotó.

—Tenía unos bigotitos muy ridículos —agregó Allende con malicia, mirando fijamente al flamante jefe de las Fuerzas Armadas, quien no acusó recibo de tal subrepticia ironía.

El hecho adquiere mayor connotación aún cuando, años después, Augusto Pinochet —quien lideró el golpe de Estado que derrocó a Salvador Allende, el mismo mandatario que le otorgó su total confianza al designarlo como comandante en jefe del Ejército—, en su calidad de presidente de la junta nacional de gobierno, consignó en su libro la misma anécdota. En aquella ocasión, sin ningún atisbo de pudor y bajo su particular y manipuladora mirada, escribió que, como teniente, la negación a Salvador Allende de su paso en Pisagua había sido un claro ejemplo de «astucia militar».

***

René Loyola vació las cartas en el mostrador de la oficina y, para no tener que dar explicaciones por su incontinencia, se cubrió con el saco los pantalones a objeto de ocultar la parte mojada. Luego sintió que debía hacer algo para eliminar de plano su categoría de testigo de aquel acto que, en lo esencial, desnudó ante los presentes el verdadero perfil de aquel teniente que se rumoreaba podría asumir la jefatura de la cárcel de Pisagua. Si bien haber presenciado ese episodio fue un privilegio para Loyola, lograba darse cuenta de que las autoridades del centro de detención perfectamente podrían considerar el episodio como información de alto riesgo en manos de un preso político. Como acto reflejo, al escuchar los pasos del soldado Muñoz que se aproximaban de regreso a la oficina de partes, se sentó en una banqueta ubicada en un rincón, enfrentando el mesón de atención, y se hizo el dormido.

—¿Y tú, qué haces aquí? —preguntó sorprendido Muñoz al recordar en ese instante que lo había dejado allí.

—Disculpe, mi cabo, es que me quedé dormido esperándolo —señaló Loyola simulando despertar de un profundo sueño.

—¿Y qué haces con ese saco?, ¿por qué no lo dejaste con las cartas?

—Tengo que traer más correspondencia —aseguró—, debo llevármelo.

—No me digas que escuchaste lo que pasó afuera —interpeló el soldado Muñoz.

Como no hubo respuesta inmediata, asumió la duda y vomitó una mortal amenaza.

—Si el teniente Pinochet sabe que estabas aquí y que escuchaste toda la conversación... —hizo un ademán con su mano derecha pasándosela como un corvo por su cuello—. Vos sabís lo que va a hacer.

—Disculpe, mi cabo, no sé de qué me está hablando. No escuché nada.

—Más te vale que así haya sido... ¡Ya, échate el pollo! —concluyó Muñoz con rostro amenazante.

Loyola sabía que de existir reprimendas la primera sería para el propio soldado, de modo que salió airoso del embrollo y se retiró a su celda con el saco tapando la mancha de su pantalón aunque, si bien cumplía su propósito, daba la impresión de que ocultaba algo peor. Sin embargo, ante sus compañeros no tuvo excusas cuando uno de ellos descubrió que literalmente se había meado en sus pantalones. Sabiendo que nadie entendería el contexto en que había sucedido, prefirió aceptar sus conclusiones y callar convirtiéndose en el blanco de las bromas.

En relación a esa experiencia, fue el viejo Medrano el único depositario de su secreto de Estado. Necesitaba desahogarse y, mientras sus otros compañeros de celda roncaban a rienda suelta, le relató con lujo de detalles los acontecimientos. Medrano cooperó señalando que ese mismo teniente se anticipó al recorrido del senador para amedrentar a los presos políticos. «¡El senador se va a ir y ustedes se quedarán aquí!», fue la amenaza silenciadora que surtió efecto.

Cuando a fines de 1950 se derogó la Ley de Defensa de la Democracia, los relegados y presos políticos fueron dejados en libertad, pero hubo muchos que no llegaron a sus hogares. El Lucho de las Cajas se reincorporó a su hogar padeciendo pérdida de memoria temporal y depresión aguda. Según su mujer, nunca volvió a ser el mismo.

Félix Montesinos, según se supo más tarde, no soportó los estragos de la tortura y se vio en la obligación de dar algunos nombres para terminar con el suplicio. Luego se retiró de la contingencia política, dejó el trabajo y se cambió de casa. En cuanto a Loyola, los comentarios y rumores fueron diversos y hasta contradictorios. Algunos señalaron que una noche lo fueron a buscar a la celda y que desde entonces nunca más lo vieron en el centro de detención. Paty transó su dignidad recorriendo cantones y oficinas para pedir explicaciones, pero siempre recibió la misma respuesta de los funcionarios militares: «Él no figura entre los detenidos».

Capítulo 3

EL LLAMADO INOPORTUNO

El joven obrero estaba emocionado e indeciso, tenía las tres puertas ante sí y debía decidirse por una. Agustín, mientras se afeitaba frente al espejo, logró interesarse en su suerte y la distracción se hizo pagar en breve. Un leve corte con la hoja de afeitar en el mentón fue el precio de su curiosidad.

—¡Agustín, está llegando la gente!

Él no escuchó. Su esposa Florencia había alzado la voz mientras subía la escalera conducente al dormitorio principal ubicado en el segundo piso. Abrió la puerta con evidente malestar:

—¿Cómo puedes tener el volumen de la tele tan alto?

«¡Se lo ganó!, ¡se lo ganó!», fue el grito de Don Francisco, quien abrazó al ganador y lo levantó para girar con él dos veces en 360 grados, mientras la fanfarria de tono circense se confundía con la algarabía del público en el estudio.

—¡Se ganó un auto! —dijo Agustín saliendo del baño con un pequeño algodón en su barbilla que sostenía con su índice.

—¿Te cortaste?

—Eso sí que es suerte, seguro que no sabe ni manejar —añadió con una leve sonrisa al ver que el animador se había dejado caer de adrede al piso con el modesto ganador a cuestas.

—Le gusta burlarse de la gente a este guatón —acotó Florencia, mirando la escena por acto reflejo.

—Ellos se dejan; además, por un auto nuevo hasta yo lo hago. Aunque por la pinta que tiene este, no creo que lo vaya a usar... lo más probable es que lo venda.

—¡Apúrate, la gente está por llegar! —insistió ella, mientras de plano apagaba el televisor.

Al cumpleaños número seis de Tomás, el hijo único de este médico cardiólogo, accionista mayoritario de una importante clínica de la capital, estaban invitados una veintena de amigos, la mayoría compañeros de curso del Santiago College. Si bien se trataba de una fiesta infantil, la celebración se transformó en un verdadero evento social para los padres, debido a la categoría que había alcanzado en ciertas esferas de la clase alta la imagen de este hombre, cuyo veloz ascenso profesional era para muchos un verdadero misterio.

El pequeño Tomás, sentado en la cabecera de la mesa, hacía esfuerzos infructuosos con sus cachetes inflados tratando de apagar las velas. Cuando la esperma amenazaba con chorrear la superficie de la gigantesca torta de chocolate y manjar, el homenajeado logró, en el tercer intento, reducir la hoguera. En esa imagen, la de las velas, estaba concentrado el doctor Agustín Vergara. No le sucedía a menudo, pero había notado durante esa noche que, sin proponérselo, su vista se congelaba en primeros planos sin importancia, como un pretexto inconsciente que como médico lograba advertir. Seguramente —intuyó— su conducta obedecía a una expresión natural de quien deseaba abstraerse de los gritos destemplados de los invitados. De inmediato desechó esa conclusión, ya que en lo más íntimo de su ser sabía que había motivos externos que perfectamente podrían ser los percutores de este comportamiento reiterado en los últimos días. Carmen, la empleada, rompió su introspección, pero tuvo que acercarse a su oído para hacerse escuchar y anunciarle un llamado telefónico.

—¿Quién es? —acusó sorprendido.

—No sé, pero dice que es urgente.

Agustín se dirigió dubitativo hasta su dormitorio para contestar desde allí y evadir de paso la algarabía en torno a la torta. Mientras subía por la amplia y lustrosa escala de madera que conducía hasta el dormitorio, se alegraba de haber reducido a la mitad la cuota de invitados propuesta por Florencia. Creía saber, por la hora y el carácter de la escueta información que le entregó Carmen, la procedencia de aquella llamada, pero a la vez se negaba a darle crédito. Estaba seguro de haber hecho hincapié en que durante el cumpleaños de su hijo no contaran con él.

—¿Aló?

—Doctor, lo necesitamos urgente —se escuchó desde el otro lado de la línea una voz taxativa que, por el timbre y tono, no pudo sino confirmar su intuición.

—¿Es necesario que vaya yo? —señaló convencido de que su pregunta era una verdadera estupidez y por lo tanto no ameritaba respuesta. De inmediato trató de recomponer el error—: Estoy en una fiesta familiar. Es sábado, ¿usted entiende, verdad? —esbozó sin fuerzas, advirtiendo que este argumento disuasivo era más nefasto que el primero.

—Lo sé, pero usted comprende, doctor, que no tenemos horarios. Además, yo solo recibo órdenes.

La respuesta de su interlocutor sin duda estaba lejos de ser empática, pero no tuvo razones para refutarla. Pedir criterio, o que estos emisarios revirtieran una orden, pensó, era como hablarle a la pared: su postura no cambiaría un ápice.

—El auto lo está esperando afuera de su casa, doctor, los datos los tiene el chofer —sentenció la voz antes de cortar.

En la cocina, Florencia dibujaba con su mano en el aire los cortes que debía tener la torta, a objeto de que alcanzara para los niños y el inesperado grupo de adultos que optó, más por curiosidad que por compromiso con el agasajado, por quedarse a acompañar a sus hijos.

—¿Y esa cara? —preguntó Florencia, mientras le llevaba una porción a Agustín al dormitorio al tiempo que se chupeteaba el pulgar manchado con crema.

—Tengo una urgencia.

—¿Pero no dijiste que habías avisado a la clínica para que no te contemplaran este fin de semana?

—Es un paciente mío, no puedo dejarlo botado. —Se tomó unos segundos—. Si alguien pregunta por mí, no te des muchas vueltas y diles la verdad.

—¿Cuál es la verdad, Agustín? —espetó ella, dejando el platillo con torta en el velador.

—¡Que tuve una emergencia! —Agustín terminó la frase y sintió quizás lo mismo que Florencia. Cada vez que la esgrimía parecía perder gradualmente su verdadero significado. Ambos se escudaban en forma tácita en este concepto, para postergar una conversación pendiente que atentaba con convertirse en tabú.

—¿Qué le digo a Tomás? —insistió ella, a sabiendas de que apretaba la tecla más sensible de su marido.

Él demoró en responder.

—Que vuelvo luego, para que me espere despierto.

Efectivamente, afuera lo aguardaba un auto que, con sus vidrios polarizados, difícilmente pasaba inadvertido a la curiosidad de los vecinos. Estaba detenido en la esquina y el chofer, al verlo salir de su casa con la mirada extraviada, le hizo dos guiños con las luces en alta para acusar su presencia. El encuentro entre ambos fue lacónico y protocolar, no hubo cruce de palabras. Siempre era así. Él no conocía al conductor y de seguro este hombre ni siquiera sabía a quién trasladaba. La orden era llevarlo hasta un lugar determinado y, sin muchas preguntas, dejarlo allí.

Esta vez, el destino era el centro de Santiago. El vehículo serpenteó unas calles enjutas con adoquines para ingresar a un barrio reconocido por su arquitectura pretenciosamente europea. Se detuvo en el número 38 de la calle Londres. Era una casa antigua de tres pisos. Agustín no tardó en reconocerla. La puerta, de gruesa y añosa madera, tenía calada una más pequeña a la altura de la cabeza, y no medía más de veinticinco centímetros por lado. Esa fue la que se abrió.

—Soy el médico —dijo Agustín Vergara, con la certeza de quien conoce el caprichoso protocolo.

No hubo respuesta desde aquella rendija oscura, solo se abrió la puerta propiamente tal y el facultativo, empuñando su maletín, se introdujo en la casona bañada en media luz. Lo acompañó un hombre hermético y marcial, con quien solo sostuvo un diálogo insulso mientras avanzaban, primero por un angosto pasillo y luego en dirección al segundo piso al que ascendieron por una escalera que no acusaba mantención. «El idilio de Sigfrido», de Wagner, apareció de la nada y fue haciéndose cada vez más audible a medida que devoraban los peldaños. El subterfugio para distraer a los vecinos surtía el efecto deseado, pero no dejaba de ser ignominioso convertir por esta vía al autor en virtual cómplice.

Al llegar arriba, sus pasos continuaron rumbo por otro pasillo más estrecho, lúgubre y húmedo.

—Espere aquí, por favor —dijo el evidente soldado de civil antes de retirarse.

Agustín aprovechó esos segundos a solas para recordar que no se había despedido de su hijo Tomás. Siempre lo hacía así. Desaparecía como lo hace Clark Kent cuando por asuntos de fuerza mayor debe convertirse en Superman.

Un hombre alto y corpulento, camino a la bestialidad mórbida, salió de la última habitación. Ambos se conocían, pero con la distancia y disciplina que sus respectivos cargos lo establecían. Cada uno hacía lo suyo. Aquí se saludaban, pero en ningún caso establecían lazos parecidos a la amistad; en la calle, si por casualidad se encontraban, la ley tácita de su trabajo los condicionaba a ignorarse.

—Doctor Vergara... lo estaba esperando.

—Buenas noches —dijo lacónicamente el médico—. ¿Qué sucede?

—Parece que me fui en la volada.

—¿Qué quiere decir con eso?

—Como no contestaba y se hizo el choro, le puse otra carga.

—¿Y qué le pasó?

—Los ojos se le pusieron blancos y temblaba más de la cuenta, así que paramos mejor.

—¿Está consciente?

—El corazón le funciona y de repente se mueve. Está como adormecido —describió el hombre mientras secaba con su antebrazo una gruesa gota de transpiración que se escurría por su frente y amenazaba con cruzar un bosque de cejas.

—¿Hace cuánto que sucedió esto?

—Hace tres horas, más o menos.

—Déjeme verlo.

El cardiólogo y Mauricio, conocido entre sus pares como «el Parrillero», pasaron a la habitación donde yacía maltrecho un hombre de mediana edad y débil contextura. Consignado como rehén y opositor al régimen de facto, era acusado de extremista. Para alivianar su tortura, el mecanismo indicaba que si confesaba su participación en actos violentistas y de pasada delataba a algunos de sus compañeros, el castigo en la denominaba «parrilla» se suspendía. Mauricio recibía los mayores resultados exponiendo a sus víctimas a esta máquina de tortura hechiza que literalmente era una «parrilla humana». En ella —luego de ser mojados con agua— se acostaba a los detenidos desnudos con los ojos vendados, atados de pies y manos, para más tarde, mediante dos púas metálicas, aplicarles cargas de electricidad, emanada de un set de baterías que le daban la energía a este perverso método de castigo. Era de suponer que la fuerza de la electricidad, el lugar del cuerpo donde la aplicaban, como así también el tiempo estimado de exposición a ella, eran prerrogativas absolutas del torturador de turno. De modo que los excesos llevaban a que, a menudo, un profesional de la medicina acudiera de urgencia a los diferentes centros de detención que había en Santiago para cerciorarse, no solo del devastador estado de salud en que quedaban estos eventuales pacientes, sino fundamentalmente para decidir si estaban aptos o no para soportar más castigo.

En estos términos, el rostro del doctor Agustín Vergara —muy identificado en el subrepticio entorno de las víctimas— se había transformado para los detenidos políticos en la imagen genuina de un verdugo. Destacaba por ser el más insensible de esta cadena del horror, ya que de su diagnóstico dependía que estos hombres recibieran más tortura y vivieran la pesadilla del dolor infinito. Según los crucificados que ya habían accedido a la fatal experiencia, era tan insoportable la sensación de sufrimiento a través de la tortura, que muchos optaban a veces por hipotecar su inocencia y aceptar total culpabilidad en los cargos que les asignaban e inventaban a supuestos cómplices con tal de postergar, aunque fuera por unos días, la bestialidad con que eran tratados. Bajo estas circunstancias, hasta los que terminaban hablando o delatando la supuesta participación de algún compañero, eran finalmente comprendidos y excusados por sus pares.

Víctor —la víctima en esta ocasión— se encontraba extenuado, casi inconsciente, tapado con una apelmazada frazada gris recostado sobre una mesa que hacía las veces de camilla. Mauricio se dio maña para explicarle al cardiólogo que lo tenía a punto de que se fuera de «boca», y de pronto pasó lo que pasó.

El funcionario sabía que si la salud del detenido lo permitía podría continuar con el rigor de su interrogatorio, y cruzó los dedos esperando la venia del médico. Agustín Vergara sacó sus implementos del maletín y comenzó a revisar al supuesto extremista, ahora convertido en paciente. Su pulso y latidos estaban en orden. Vergara no tardó en descubrir que el susodicho había experimentado una conducta muy coherente con el natural sentido de conservación de la especie. Su poca capacidad de resistir el exceso de dolor seguramente lo hizo percibir que estaba al borde de la muerte. En pocas palabras, en su condición de actor —así lo delataba su ficha—, había tratado de engañar a su verdugo.

—Y, doctor, ¿qué tiene? —preguntó Mauricio apurando la causa.

—Tuvo suerte, se detuvo a tiempo —aclaró este mientras regresaba el estetoscopio al maletín.

—¿De verdad? —acotó «el Parrillero», poniendo en tela de juicio el diagnóstico e ignorando la profundidad humana de la advertencia.

Víctor, sabiendo que su representación aún no terminaba, se mantuvo consecuente con su rol y no esbozó gestos, ni mucho menos palabras, para no despertar sospechas ante los comentarios favorables del famoso «Médico del terror». Desde luego, a juzgar por lo que decía el doctor, intuyó que sería enviado a un centro médico para su recuperación o, en el peor de los casos, se quedaría por unos días en observación en el mismo lugar de detención. Por lo menos, pensó, solo el hecho de postergar por un tiempo aquel martirio justificaba los riesgos de su engaño y, de pasada, en su condición de actor, se atribuía el mérito de haber engañado al propio doctor Vergara.

Al «Parrillero» solo le interesaba cumplir con su objetivo de tener información y si bien asumió que el detenido se le pudo haber muerto, también entendía que el doctor Vergara levantaría su pulgar y lo dejaría de nuevo en sus manos.

—Entonces, doctor... ¿puedo seguir?

Víctor, de rabia, quiso recuperar la conciencia por unos segundos para enrostrarle a su torturador que no había entendido nada. «¡No te das cuenta, asesino de mierda, que casi me matas!», fue el pensamiento silente de este hombre.

—Está resentido —le respondió el cardiólogo.

—¿Hasta cuándo?

Víctor bramaba por interceder ya que el gordo se resistía a entender.

—Por ahora déjelo descansar —señaló Agustín, que cerró con prisa su maletín.

El detenido no pudo evitar moverse y dejó exhalar el cúmulo de aire contenido en sus pulmones luego de que el diagnóstico lo exoneraba de más castigo, al menos por lo pronto. Agustín Vergara prefirió omitir la actuación de este detenido, sabiendo que en caso contrario su torturador, en condición de engañado, tendría ahora razones para hacer valer una venganza. Sin embargo, respondió sin que mediara pregunta:

—Mañana puede continuar —sentenció sin escrúpulos para luego retomar su huida de aquel lugar—. No es necesario que me acompañe, conozco el camino.

Afuera lo esperaba otro auto con distinto chofer. En ese preciso instante el repiquetear de las campanas de la iglesia San Francisco, ubicada a solo pasos de aquel centro de detención, le hicieron caer en la cuenta de por qué, entre otras denominaciones, llamaban a este lugar «La casa de las campanas». El inmueble, de manera paradójica, hasta el 11 de septiembre de 1973, fecha del golpe de Estado en Chile, pertenecía nada menos que al Partido Socialista. Cuando el médico Agustín Vergara llegó a su casa, ya no había invitados, todo estaba en silencio, su esposa e hijo dormían.

Capítulo 4

Entre cuatro paredes

El pequeño Eugenio se sentaba todas las tardes delante de su casa a esperar a su padre, y muchas veces corrió en vano a su encuentro, porque a la distancia lo confundía con algún transeúnte.

Con el pretexto de ayudar a su madre, no iba a la escuela y raspaba las calles consiguiendo algo para no llegar a casa con las manos vacías. Paty comprendió que las cosas que traía eran de valor y solo las podía conseguir con dinero, y ese dinero no podía obtenerlo de otra forma que no fuera robando. Ella bajaba la vista, porque esa complicidad le permitía alivianar el costo de la canasta familiar. Nunca habló con el pequeño sobre el tema. Una mañana lo vio salir muy temprano como siempre, pero Eugenio —de once años— no regresó. Ella como madre lo intuía, varias veces lo escuchó decir que no quería estar en la casa, sufría con su eterno estado melancólico y quiso imaginarse que aquel niño-hombre, a su modo, se había dado a la tarea de ir tras la búsqueda de su padre desaparecido; y ella, respetando esa ilusión de encontrarlo algún día, no pudo hacer mucho para retenerlo. Eugenio fue muy poco tiempo a la escuela, lapso insuficiente para aprender a leer y escribir. Literalmente era un analfabeto.

No tardó en convertirse en un avezado ladrón, aprendió a darle la mano al frío y durmió bajo los puentes, supo convivir con el hambre y llegó como muchos de sus colegas infantiles a hogares de acogida. Eugenio se impregnó de calle y cuneta, evadió a la policía con astucia y cuando sus botines eran contundentes aparecía un par de veces al año golpeando la puerta de la que fue su casa para compartirlo con su madre. Seguramente tenía también la íntima esperanza de encontrarse en alguna de esas ocasiones con su padre.

El dolor de haberlo perdido en forma temprana fue el fantasma que lo acompañó durante sus andanzas. En una oportunidad, confió a su madre que hablaba con él durante las noches y se encomendaba a sus designios cuando era detenido y encerrado. Su madre siempre quiso mantenerlo en casa, pero la natural conducta que tienen los más necesitados ante la resignación a su pobreza, les hace ver esta nefasta realidad como un designio más que como una circunstancia. Paty nunca encontró argumentos disuasivos para que su hijo abandonara la singular forma de hacerse a la vida.

No pasaba más de un día o dos en casa. De repente —siempre de sorpresa— la abrazaba y eso era indicio de un nuevo adiós. Ella se resignaba con tímida emoción a dejarlo partir, asumiendo con angustia que esta vez podría ser la última.

Eugenio supo de los desencantos de estar privado de libertad. A los dieciséis años fue enviado a una prisión de verdad, con celdas de castigo, con humedad y hacinamiento, con la presión de tener que ser «choro» si no quería convertirse en víctima de los caprichos de los más viejos. Se transformó en un joven insensible al dolor, al miedo, al llanto, y sus pares tuvieron que aceptarlo como uno más del hampa.

Ya más crecido, y curtido con el peso silencioso que otorgan los años de encierro, Eugenio había logrado emerger en su mundo sorteando magistralmente su analfabetismo. Hizo el intento de ser autodidacta, pero solo le alcanzó para juntar las letras de su nombre. Le hubiese gustado saber leer y escribir. Confesar esta falencia significaba ceder poder entre sus pares. Sin proponérselo, compensó su analfabetismo construyendo una enigmática personalidad que para muchos era una forma de esconder la timidez. Compraba el diario y aparentaba leerlo, pero solo apreciaba las fotografías. En las tardes de «carreta» compartía el mate con su séquito de bandidos menores que lo adulaban cuando contaba sus hazañas en libertad. Acostumbraba a decir: «Ser ladrón no es un pecado, es un oficio; tan duro y tan digno como el de una puta. Con una sola diferencia, la puta a sus clientes los hace gozar por plata y yo a los míos al revés, les quito la plata para que dejen de gozar», y terminaba riendo.

El joven se especializó en robos a casas desocupadas y era en exceso aplicado. Quería ser el mejor y lo logró. Increíblemente, llegó a conocer el funcionamiento de la mayoría de las alarmas que existían en el mercado. En sus discontinuas salidas casi por hobby, se ejercitaba desconectando alarmas en casas del barrio alto y cuando se demostraba a sí mismo que podía tener éxito, se retiraba sin entrar a la propiedad.

Eugenio Loyola Valenzuela se transformó, sin darse cuenta, en ciudadano frecuente de los recintos penales de Santiago. Ahí se hizo el cartel de «canero», nombre que reciben los reos que son respetados por tener en el cuerpo y en el alma años de encierro. En una oportunidad de ocio sacó la cuenta y, para su sorpresa, durante su existencia había pasado más tiempo preso que en libertad, tendencia que no disminuiría con los años. La cárcel era literalmente su hogar y también la razón por la cual cada vez que reincidía y tenía que cumplir una condena, lo hacía con una sensación de íntima conformidad. Reencontrarse con un lugar que no tenía secretos para él, donde era respetado y admirado, daba cuenta de que la prisión, para él, tenía más de premio que de castigo. Ahí se reencontraba con el afecto de una inmensa familia delincuencial, con colegas que alegaban inocencia, con estertores nocturnos que al recién llegado le producen insomnio, mientras que para él eran somníferas canciones de cuna. Aquí era testigo de riñas mortales, de horizontes limitados, de olores a ropa transpirada y seca en el cuerpo y que se vuelve húmeda para siempre al usarla sin lavar. Este hedor golpea al extraño, pero los internos no lo perciben. El aire se torna espeso y se aprecia como una barrera transparente e invisible que ralentiza el caminar.

Los comentarios que deslizaba en «la carreta» cuando quería subrayar sus principios como delincuente y, sobre todo, de lo que era capaz de hacer cuando alguien osaba amenazarlo, dejaban una estela de temeroso respeto entre los pares que lo escuchaban. «¿Se pueden imaginar cuál es mi reacción cuando un hueón me pilla con las manos en la masa y yo estoy con la pistola cargada en mi cinturón?» El pensamiento unánime era matarlo, pero Eugenio nunca tuvo que ejercer como asesino. El mejor ladrón de casas no la necesitaba.

Lo que Eugenio quería decir sin muchos tapujos ni recursos lingüísticos era que si alguien pretendía enfrentarse a él, no dudaría en dispararle al pecho sin importar las consecuencias a favor o en contra; y es por eso que en el fondo de su alma rogaba que nadie lo intimidara, para no tener que ejecutar. Si bien nunca había tenido que recurrir a esa línea de fuego, estaba preparado física y mentalmente para hacer desaparecer al más envalentonado.

El juicio era expresado con tanta calma y falta de odiosidad, que nadie podía negar la certeza literal de sus palabras. En definitiva, el subtexto de sus frases al aire delataba a un individuo que no le temía a nada ni a nadie. Sin embargo, su conducta, en el plano cotidiano, representaba exactamente lo contrario. Eugenio se mostraba sereno, de hablar pausado, dialogante y hasta comprensivo; pero en rigor, meter la mano a un acuario con pirañas podría resultar menos peligroso que enfrentar la pasividad de este hombre. Ni siquiera la pena de muerte podía servir de intimidación para morigerar su filosofía de la violencia.

Nadie deja de cometer un crimen porque tiene como espada de Damocles una condena perpetua. Los victimarios actúan cegados por el móvil. Primero se esfuerzan por lo que quieren y pueden llegar a ser bestiales hasta conseguirlo. Más tarde solo les cabe asumir... Quizás sean las personas más asiduas e inconscientes para vivir el aquí y el ahora. Por acción u omisión, existe en la mente de cada uno de los que están haciendo un acto criminal la íntima certeza, por no decir ilusión, de que saldrán airosos en su cometido; de otro modo no lo harían. La justicia está lejos de ser considerada en su pauta personal.

Cuando tarde o temprano el círculo delictivo se cierra como un axioma de costo y beneficio, los delincuentes se enfrentan al dilema de las consecuencias, resignándose con asombrosa impavidez a las sentencias.

Solo en esta etapa los delincuentes consignan la mano de la Justicia, ignorado el simbolismo que encierra la figura de la «Dama de los ojos vendados». Ella, con la balanza en una mano y la espada en la otra, no ve rostro ni corazones, simplemente porque pondera fría y exclusivamente los hechos, buscando objetividad.

Para los criminales, el que esa mujer no vea representa un defecto. Nadie que no quiera ver puede impartir justicia, y en estos términos los victimarios asumen literalmente haber sido condenados por una ciega.

¿Cuántos inocentes hoy estarían libres si el juez se hubiese dignado a mirar a los ojos al acusado? Quizás esto explica, en cierto modo, por qué los criminales asumen sus condenas no como un acto de justicia, sino como un designio; y si esto tiene sentido, es también el motivo que los hace resignarse con una facilidad asombrosa a sus condenas, por inesperadas, duras e injustas que de pronto les parezcan.

Eugenio nunca verbalizó su sentir, quizás porque no tuvo conciencia de esa brújula subrepticia que guiaba sus pasos, pero su móvil inconsciente era la venganza contra la sociedad, desde que le atribuyó a esta haberle arrebatado a su padre. En sus comentarios recurrentes expresaba a sus colegas de celda que cuando gozaba de libertad y caminaba por las calles, se mareaba. Le aterraba percibir su profundidad infinita. Ciertamente, comparaba esas salidas con los ratos en que sacan a los reos a los patios; allí, docenas de ellos dialogan caminando en parejas de muro a muro. Pueden estar horas en esta rutina que, por un lado, les sirve de ejercicio y, por otro, para sostener una conversación privada, ya que mientras se desplazan su entorno no tiene cómo seguir el contenido de la charla.

Eugenio se movía inspirado por una sed de venganza instintiva, hecho que lo convertía en un individuo potencialmente peligroso. Le otorgaba a su oficio de ladrón de casas una categoría de excelencia.

—En este trabajo hay que tener ética —repetía a menudo a sus compañeros de celda.

Para su fortuna, nunca nadie se atrevió a preguntarle qué significaba la palabra ética... Decía que le robaba a gente que tenía mucho dinero, y que la clave era no sustraer demasiado para que a los dueños no les fuera rentable hacer una denuncia. Finalmente, cerraba su ciclo de charlas como decano de la Universidad del Delito, acuñando un concepto que lo dejaba como rey entre sus pares: «Un robo sin violencia, y sin que las víctimas sepan quién lo hizo, es como protagonizar un crimen perfecto».

Los jueces a menudo descubrían que en sus robos no había daños a las víctimas, de modo que le otorgaban condenas menores. Pero como las leyes castigan de manera exponencial los delitos recurrentes, las sentencias fueron cada vez más largas.

Capítulo 5

KILDARE Y CASEY

El Hospital Militar, ubicado en el corazón de la comuna de Providencia, fue creado en 1932 con el propósito de atender a personal del Ejército y a sus cargas familiares. A las seis de la tarde de un día de julio de 1978, en pleno invierno en Santiago, disminuía ostensiblemente su movimiento. Los pacientes se despedían de sus visitas y un gran porcentaje de trabajadores del lugar terminaba sus turnos. El letargo solo podría verse alterado si un atentado o alguna balacera de subversivos dejaban herido a algún uniformado, hecho que en épocas de extensión y abuso del «toque de queda» estaba dentro de las posibilidades.

El taconear de los botines de cuero negro con taco de suela que usaba el doctor Mendoza, caminando por los pasillos del pabellón postoperatorio, era inconfundible. Todos los subalternos, entre los que se contaban médicos, paramédicos, enfermeras y personal administrativo, se ponían en alerta y a veces en una ridícula acción de trabajo para no ser blanco de las críticas de este hombre mayor, quien seguramente, ad portas de una jugosa jubilación y presionado por el alto mando, gobernaba para satisfacer a sus superiores y eso le hacía parecer implacable con aquellos que no cumplían sus obligaciones. El periplo que realizaba el doctor Mendoza, antes de abandonar su campo de poder hasta el día siguiente, comprendía una inspección visual por las habitaciones de los pacientes recientemente operados, luego una mirada por cada una de las áreas administrativas, para culminar con una acción rigurosa, casi obsesiva, en relación con dos particulares ayudantes de enfermeros: Luis Méndez y Juan Báez. Con ellos descargaba sus iras y vociferaba las penas del infierno si los encontraba incurriendo en faltas. Con ellos se desahogaba y hacía un uso excesivo y mordaz de su cargo. La personalidad de Mendoza correspondía al tipo de profesional que estudió en la Escuela Militar, pero que, por razones desconocidas, en algún momento de su vida fue instado a abandonar las filas castrenses. Era un individuo solapado, amable y hasta servil con sus pares, pero podía llegar a ser duro y canalla con aquellos que estaban bajo el yugo de sus botines de cuero y tacones de suela. En su calidad de médico no tenía ninguna obligación de usar este calzado, pero seguramente el cariño enfermizo a la institución, o la reminiscencia de haber abortado la carrera militar a contrapelo, le hizo creer que, en el ocaso de su vida útil, podía ejercer su profesión de médico como si fuera además un auténtico general. La lógica de este análisis indica que, para el doctor Mendoza, su fuerte taconear estaba lejos de ser casual, sino que era más bien la analogía perfecta de la diana militar que rompe el día con su sonido para que la tropa se levante. Así, Luis Méndez y Juan Báez conformaban su tropa de dos soldados. Sin ellos, Mendoza no podía activar el recuerdo de su juventud ni saciar la proyección de lo que no pudo ser. Estos dos ayudantes de enfermeros, que bordeaban los treinta años, con estudios básicos interrumpidos, fieles representantes de una casta social golpeada hasta el hartazgo, no son un ejemplo de empleados; por el contrario, han hecho méritos suficientes para ser despedidos, pero, sin embargo, se mantienen intocables e inamovibles sin ni siquiera sospechar por qué.

El doctor Mendoza tampoco lo sabe, pero algunas conexiones nerviosas que le llegan desde el fondo del hipotálamo le hacen intuir que no puede haber ejército sin soldados, ni hospital sin ayudantes de enfermeros. Aunque en rigor esta denominación es un mero eufemismo para no calificarlos peyorativamente de «chateros».

Estos hombres hacían el trabajo sucio en el centro hospitalario. Luis y Juan acarreaban camillas, sacaban las escupideras, vaciaban las bacinicas llenas de orina de los enfermos que no podían desplazarse por sus propios medios para llegar al baño, y debían limpiar y duchar a aquellos que no controlaban su esfínter, por mencionar algunas de las tareas de las que estaban a cargo. El sueldo que recibían no correspondía a la mierda que sacaban, pero como en la época de la dictadura la cesantía era mucha, aunque disfrazada, poseer un trabajo estable y con regalías permanentes por pertenecer a una institución de las Fuerzas Armadas era una opción laboral muy apreciable. En sus respectivas poblaciones les decían, con envidiable ironía, a Luis el «Doctor Kildare», y a Juan, «Ben Casey», en mención a dos famosos personajes televisivos de la época.

Cuando a estos funcionarios les correspondía trabajar de noche, el doctor Mendoza se desplazaba hasta el cuarto donde ambos se ponían su uniforme de trabajo, para cerciorarse de que hubiesen marcado sus tarjetas de ingreso a tiempo, ya que por vivir ambos en poblaciones marginales y de alta convulsión social, a menudo buscaban justificar sus retrasos bajo el recurrente argumento de haberse encontrado durante el trayecto con manifestaciones o protestas sociales.

—Veo que llegaron a la hora —irrumpía el doctor Mendoza en tono más de sargento que de general.

—¡Sí, doctor! —respondían al unísono Luis y Juan.

—El hospital está esperándolos, así es que manos a la obra. Cuidado con sacar la vuelta en mi ausencia, ya que si mañana me entero de algo parecido, bien saben lo que les puede pasar —sentenciaba en la despedida, a la vez que simulaba el movimiento de un corvo con su mano derecha deslizándose por el cuello.

—Sí, doctor —respondían los «chateros», en abierto tono militar.

Los años de trabajo juntos habían convertido a los llamados doctores Kildare y Ben Casey en verdaderos amigos. Conocían todos los vericuetos del recinto hospitalario, y en su condición de empleados para todo servicio habían sabido granjearse la simpatía de los mandos medios.

Ese día, una visita en la sala de recuperación permitió a Luis enterarse, a través de la bitácora diaria que cuelga como patente de automóvil en la parte trasera de la cama, que una joven paciente, sometida a una extirpación de amígdalas, estaba sedada e inconsciente en aquel lugar. Desde luego, es deber del personal paramédico prestarles atención a estos enfermos recientemente intervenidos con anestesia total, de modo que apenas muestren señales de recuperar el conocimiento, avisar en forma oportuna al médico de turno. Ese día, como muchos otros, y en la certeza de saber que el jefe a esa hora estaba ausente, los responsables directos acostumbraban a quedarse en los pasillos más de la cuenta o se tomaban un café más conversado de lo habitual, con el tácito convencimiento de que serían los colegas Kildare y Casey, quienes, sin tener obligación alguna, asumirían sin regaños esa función.

Un consomé caliente recién salido de su termo fue el señuelo para que estos dos colegas se encontraran haciendo un alto en su trabajo y paliaran los efectos del invierno que se acercaba crudo. El momento sirvió para que Luis vislumbrara junto a su compañero la posibilidad de un trabajo extra. El término «trabajo extra» era una suerte de clave que ambos usaban cuando debían hacerse responsables de una tarea específica en la sala de recuperación. Eso significaba que, en rigor, era una actividad que no correspondía a sus obligaciones, pero que con el tiempo habían ido asumiendo como suya y, más aún, la realizaban con particular estoicismo cuando la ocasión lo ameritaba.

—Leí la bitácora y tiene para una hora más.

—¿No hay más pacientes?

—Está sola, con el horizonte despejado.

—¿Es joven?

—No tiene más de veinte.

—¡Soi un conchetumadre!

—¿Me acompañái o estái ocupado?

—Termino el consomé y te cubro.

Kildare y Casey se desplazaron por el pasillo a esa hora silencioso y con el noventa por ciento de las luces apagadas. Solo al final de ese verdadero túnel que producía la penumbra, se apreciaba un resplandor luminoso que emanaba desde la zona del sector postoperatorio, y eso bastaba para que se orientaran mientras se dirigían a su destino. A mitad de pasillo, frente a la puerta de doble hoja de la sala de reanimación, Ben Casey se detuvo y quedó de portero sin mediar diálogo ni opción posible, en tanto que Kildare se introdujo en la sala para comprobar el estado de somnolencia de la paciente. No tardó más de veinte segundos antes de asomarse por la ventana ojo de buey que tienen las puertas de los hospitales, para hacerle a su colega una seña desde adentro, indicando que todo estaba en regla.

Juan, luego de constatar la hora en el reloj mural iluminado sobre la puerta de vaivén en la entrada principal, y tras escudriñar con una mirada fugaz el entorno, asumió su rol de celador. Por su parte, en el interior, Luis Méndez, con la seguridad que otorga sentirse respaldado, escaneaba el rostro de la joven sumido en las profundidades de su inconsciencia. Se trataba de una estudiante universitaria, hija de un coronel del Ejército que había acudido a una cirugía simple y ambulatoria, y que a lo más requería de una sedación, pero a última hora la operación se complicó y los médicos optaron por intervenirla con anestesia general.

El temblor de las manos de Kildare no obedecía solo a su nerviosismo, sino también a la ansiedad de cumplir sin mucho revuelo su plan. Con la delicadeza de un cirujano, retiró lentamente la sábana que la cubría y con no menos maestría le levantó luego la bata hasta el cuello, dejando al descubierto el cuerpo desnudo de la joven. Su mano derecha no dudó en posarse sobre su seno para acariciarlo con avidez y sin reservas por varios segundos. Estaba en éxtasis. Su acción vulgar lo excitaba tanto que no tardó en llevar a cabo su salto mortal y sublime: succionar uno de sus pechos, el que tenía más cerca. Lo hizo con los ojos cerrados para imaginar que el silencio de la paciente significaba íntima complicidad. Besó el pezón una y otra vez, para luego, víctima de arrebatos de excitación, morderlo con los labios. A mitad de su acto vejatorio y en acción paralela, puso en movimiento su mano derecha para hurgar, con una sutileza que no era propia en él, en el calzón que llevaba la paciente hasta reconocer con la yema de sus dedos la sensualidad que ofrece al tacto el vello púbico. La aberración tenía sin embargo sus límites, le hubiese gustado haber sido más incisivo en sus caricias, pero intuía que estaba al borde de lo permitido. Sobrepasarse significaba, probablemente, despertar a su bella durmiente y ponerle fin a esta secreta rutina con todas las consecuencias que podría implicar. Ben Casey, al abrir la puerta de la sala de recuperación, activó el quejido del resorte que bramaba por una gota de aceite, e interrumpió de golpe el momento de locura desatada.

—¡Ya po, hueón, que va a despertar!

—¡Puta, me asustaste!

—Te fuiste al chancho, llevái como diez minutos.

—Pensé que venía alguien.

—Todo está tranquilo, ¿despertará?

—No le chupís las tetas, que con eso se inquietó.

—Te gusta a vos no más... Ya, anda a sapear mejor.

—Igual hazla corta.

La incursión de Casey fue efectivamente más corta que la de su colega, ya que la hija del coronel pareció despercudirse en medio de la insólita faena. Nervioso, la cubrió con la sábana y se desplazó para alertar a su amigo golpeando el ojo de buey.

Kildare entreabrió la puerta, preocupado.

—¿Qué pasó?

—Parece que está volviendo —dijo Casey en voz más baja.

—¿Qué le hiciste, hueón?

—Nada, estaba en lo mejor y comenzó a moverse, pero siguió con los ojos cerrados.

—¿La tapaste?

—Con la sábana no más.

—¡No la podís dejar así! ¡Anda y le bajái la bata!

—¿Ahora?

—¿Querís que nos pillen, hueón?

Quince minutos después, desde su seudooficina, Kildare llamó a Beatriz, la jefa de enfermeras, para comunicarle que la paciente de la sala de recuperación había despertado.

El tinglado llevaba meses funcionando sin que nadie levantara polvareda. Méndez y Báez nunca comentaban los pormenores de lo que hacían, ni entre ellos, ni ante nadie. Lo que sucedía con la eventual paciente de turno objeto de sus perversiones quedaba tácitamente en el terreno de lo íntimo. El riguroso código les permitía que todo su accionar flotara, como lo planearon, en el terreno de la impunidad.

Luis vivía en la población La Victoria, zona de gente trabajadora, humilde, pero muy vilipendiada y ultracuestionada por las esferas de poder debido a su carácter contestatario y de encomiable sentido social. A menudo sus habitantes eran sacados a la fuerza de sus casas en redadas fantasmas por grupos de uniformados durante la madrugada. Por lo tanto, trabajar en el Hospital Militar significaba desde el punto de vista político-partidista una situación reprochable y, desde la mirada social, una conducta altamente cuestionable, a menos que existiera una razón estratégica para hacerlo. Por lo mismo, Luis siempre tuvo el cuidado de expresarse en público como apolítico y soslayaba hablar del tema laboral. Su polola Paulina, quien por el contrario estaba dotada de un fuerte compromiso político y social, formaba parte del atrevido equipo que planeaba poner al aire en algún momento un canal de televisión clandestino en el corazón de la población.

El alba aún no despuntaba cuando estos cómplices cargaban con sus mochilas para abandonar el turno y dirigirse a casa. Era habitual la antesala en el kiosco ambulante de Manolete, que se ubicaba desde temprano a un costado del Mapocho. De seguro tenía movidas con algún pariente milico, acusaban los comentarios, ya que les parecía extraño que recién terminado el «toque de queda» siempre estuviera abierto y listo para atender. Los más hocicones dejaban entrever que Manolete era un agente de la dictadura y que usaba un seudónimo y que ese boliche solo era fachada para «sapear» a los clientes que vociferaban en contra del régimen. Luis y Juan se cuidaban de no hacer comentarios, se limitaban a engullir su aliado de jamón y queso, y a tomar el vaso plástico caliente con dos cucharadas de café, que según ellos era la cantidad justa y el acicate perfecto para no quedarse dormidos en el metro de regreso a casa. Como muchos, cuando dialogaban sobre temas conflictivos lo hacían mientras caminaban, asegurando con ello que nadie pudiera poner oídos a sus dichos.

—¿Oye, Juan, por qué lo hacís? —preguntó Luis a quemarropa mientras se dirigían a la estación del metro Tobalaba.

—¿Hacer qué?

—Correrle mano a estas minas.

—Ah, eso... De caliente no más, creo yo, ¿por qué más va a ser?

—¿Y se te para?

—¡Lógico po! ¿A ti no?

—Sí, también.

—¿Y esa pregunta?

—Es que estuve leyendo sobre estos tipos que son capaces de tener relaciones sexuales con personas muertas —se miró la palma de la mano izquierda donde tenía anotado el nombre—. Necro... necrofilia. Así se llama.

—¡Pero esos huevones son enfermos! Yo ni cagando haría una cosa así. Ahí sí que este «cabro» se queda afuera —dijo, en clara alusión a su pene. Luego de un silencio decidor, donde no encontró eco, enjuició a su colega—: ¿No estarás comparando eso con lo que hacemos nosotros?

—¿Es diferente, verdad? —respondió Luis con otra pregunta para bajarle el perfil al asunto.

—Las minas que nos agarramos, de partida, están vivas; se sienten calentitas, no tienen comparación con un cadáver. A estas les falta «puro hablar». —Luis no pudo contener la risa y si bien se tranquilizó con la mirada de su cómplice, el motivo de su inquietud era otro.

—Yo siento que me gusta tocarlas y que me excitan, pero también me produce placer saber que me cago un poco a estos huevones.

—¿A los milicos?, ¿no me dijiste que te daba lo mismo trabajar con ellos?

—Sí, no tengo problemas con eso, pero he pensado harto y creo que lo que más me motiva es que nos agarremos a sus minas. No sé si sentiría lo mismo con pacientes comunes y corrientes.

—¿Te pusiste revolucionario ahora?

—No me estás entendiendo. Es como hacerlo por algo más que la calentura... Es como desquitarse de todas las cuestiones que hacen. Siento que cuando esto se acabe, podríamos contar lo que les hicimos a sus esposas y a sus parientes como nuestro humilde aporte a la causa.

—¡Eso es ser revolucionario, po hueón!

—Tocarle las tetas a la hija de un milico no me convierte en rebelde...

—No nos veamos la suerte entre gitanos, ¡no solo las tetas, hueón! —contrapunteó Juan.

—Es como darse el gusto de mearles el asado, no es más que eso. Prueban la carne y no saben por qué tiene un gusto raro, y se la terminan comiendo igual ¿Jugaste al «callejón oscuro» alguna vez?

—Está bien que en mi casa haya habido necesidades, pero jugar siempre ha sido gratis —ironizó Juan con la clara intención de festinar el diálogo y también de subrayar que la respuesta era obvia.

Luis no se dio el trabajo de interpretar el sentido crítico de la ironía, simplemente no la escuchó.

—Es como apretarles las bolas al poder en la oscuridad. Y para esto no hay que ser revolucionario ni tampoco hay que tener ideas políticas —concluyó Luis—. Simplemente es darse un gustito a costa de ellos.

—A mí me importa un pito la política, hueón, pero lo que me estás diciendo es lo más parecido a la política que he escuchado.

—Política sería si nosotros publicáramos en la prensa lo que hacemos con sus mujeres... —señaló Luis, en un análisis espontáneo que hasta le produjo extrañeza a él mismo.

Al día siguiente, el doctor Mendoza no fue a visitar a su tropa. A cambio de esa rutina, raramente suspendida, su secretaria —por expreso encargo del jefe— conminó a Luis Méndez y a José Báez a una reunión en su despacho.

La información recibida cuando abrochaban el último botón de su mameluco blanco inquietó sobremanera a Kildare y a Casey. Todo hacía suponer que alguien se había ido de boca o algún funcionario noctámbulo encontró sospechosa su presencia en las afueras de la sala de recuperación la noche anterior. Luis abrió los fuegos:

—Hueón, tenemos que negar todo, si no estos culiaos nos fusilan.

—¿Pero quién nos denunció?

—Si vos no contaste nada, ni yo tampoco, nadie nos puede haber visto —aseguró sin dejar de mirar a Juan a los ojos.

—Yo la tapé como vos me dijiste, así que no me mires así.

—Entonces, tranquilo, nos vamos de negativa y no nos sacan de ahí, ¿oíste?

La secretaria tomó el teléfono y por interno comunicó la presencia de Luis y Juan. Ambos estaban tranquilos pero más albos que su vestimenta. El propio doctor Mendoza abrió la puerta y los instó a sentarse frente a su inmenso escritorio de madera noble y color caoba. La imagen del general Augusto Pinochet, colgada pulcramente en el muro, y una pequeña bandera chilena con el escudo militar en el centro, dominaban el espacio.

Ningún gesto del facultativo orientaba el sentido de la conversación que se avecinaba; más bien, su rostro serio suponía el aumento de sus presunciones. El doctor Mendoza se volvió a poner de pie, lenguaje no verbal que los preparaba para recibir de mejor ángulo el inminente mazazo.

—Bueno, creo que ha llegado el momento de hablar con la verdad —comenzó la diatriba el médico en su condición de jefe—. ¿No les parece?

—Sí, señor —respondieron al unísono.

—Pues bien, anoche sucedió algo que entiendo se viene repitiendo hace mucho tiempo y que los involucra a ambos.

Luis y Juan tragaron saliva.

—El turno de la noche, como ustedes saben, es muy reducido y la falta de personal pone en riesgo a nuestros pacientes —continuó Mendoza—, razón por la cual las enfermeras en muchas ocasiones no dan abasto y se ven obligadas a dejar sin la debida atención ciertas labores. ¿Me comprenden, verdad?

—Sí, señor —respondieron esta vez con tono muy menor.

—Es aquí donde entran ustedes sin tener ninguna obligación de hacerlo.

—Lo hacemos solo para ayudar, doctor Mendoza —argumentó Luis con voz carraspeada, debido a la sequedad de la garganta.

—Lo sé. Y anoche, una vez más, se percató de su presencia en ese lugar el doctor Acuña, que es, como ustedes han de saberlo, jefe del turno de la noche. ¿Me imagino que se habrán dado cuenta de su presencia?

Juan y Luis se miraron antes de responder.

—No..., no lo vimos —dijeron ambos, esta vez en tiempos distintos.

—Bueno, mi colega los vio salir de su despacho y, preocupado de que sacaran la vuelta, ya que lo tenía advertido de que me avisara si andaban en esas, siguió sus pasos. Ustedes subieron luego por las escaleras hasta el piso donde se encuentra la sala de recuperación y él se quedó mirando detrás de la puerta. No quiso ingresar al pasillo, ya que desde ahí los divisaba muy bien a ambos. ¿Estoy en lo correcto?

Esta vez los ayudantes de enfermeros no tuvieron fuerzas para responder y se limitaron a asentir con su cabeza.

—Bueno, lo que aconteció por el lapso de media hora en ese lugar está demás decirlo.

Luis y Juan se miraron de reojo. El primero, conteniendo la respiración y el segundo, secándose el incontenible sudor de sus manos en el muslo de su mameluco blanco. Mendoza estaba tan inmerso en su discurso que no hizo foco en estos gestos decidores.

—Méndez y Báez, los he hecho venir hasta mi oficina para decirles que su conducta amerita ser conocida por todo el personal de este hospital... ya que, estando casi media hora junto a una paciente inconsciente, velaron por su estado minuto a minuto para luego comunicar que ella estaba pronta a volver en sí. De no haber mediado su leal presencia en el lugar y turnándose en ese desempeño, quizás podríamos haber lamentado una desgracia, ya que la enfermera Beatriz, gracias a ser advertida oportunamente por uno de ustedes, pudo socorrer a tiempo a la paciente antes de que se ahogara con sus propios vómitos. No me queda más que agradecer personalmente a mi tropa por el fiel servicio prestado —concluyó.

Pasaron varias semanas sin que Kildare y Casey volvieran a sus andanzas, e incluso que hicieran una leve alusión al tema. La experiencia vivida en la oficina del doctor Mendoza pareció marcar un antes y un después para estos funcionarios, que de simples «chateros» habían obtenido un insólito reconocimiento que los convirtió literalmente en los empleados del mes.

Sin embargo, con el paso de los días todo continuó igual para ellos y, lejos de sentirse gratificados y honrados con lo acontecido, quedaron con una extraña sensación, muy parecida a la que podría vivir un condenado al paredón de fusilamiento que ignora que las armas están cargadas con balas de salva. En las caminatas después de los desayunos matinales hasta el kiosco de Manolete, hubo atisbos de comentarios aislados que demoraron en poner en pauta la experiencia.

Juan explicó, sin adornos ni vericuetos conceptuales, que lo sucedido le dejó como secuela un permanente «susto interior». Lo cierto es que el desenlace tuvo muy poco de dulce y mucho de agraz. Hubo más y mejores oportunidades para retomar esa rutina, pero en las charlas esperando el amanecer después del desayuno en el kiosco de Manolete rumbo a tomar el metro, ambos entendieron que debían esperar.

—¿Qué onda, compadre? —preguntó Juan con la boca llena de aliado de jamón y queso.

—¿Por qué?

—Hace días que andái como en otra. ¿Te pegó la patá tu polola?

—No, na que ver. Estamos pensando en irnos a vivir juntos.

—¿En esa? ¡Buena, compadre!, ¿y cuándo sería el casorio?

—No he dicho que me vaya a casar.

—Pal caso da lo mismo, ahora vai a tener tu «pierna» propia —insistió Juan, que en su intento de evitar la risa se atoró con el sánguche—. Pégame en la espalda —le exigió a su amigo para salir del embrollo.

—¡Esto te pasa por hablar leseras! —le dijo Luis, al mismo tiempo que le propinaba un fuerte golpe con su mano empuñada a la altura de la quinta vértebra.

—¡Ya, ya, está bueno! ¡Te fuiste al chancho! —alegó Juan, interpretando el auxilio como una venganza, mientras a modo de prueba tragaba en seco para asegurarse de que todo había resultado bien.

—¿Estái bien?

—De la garganta bien, pero me dejaste la espalda adolorida... ¿Bueno y...? —insistió más repuesto.

—La semana pasada fui a hablar con Mendoza para ver un aumento de sueldo. ¿Tú cachái que nos pagan el mínimo?

—¿Y qué te dijo? Porque si te suben a ti, yo me voy en la misma.

—La típica: que la situación está difícil. Que hay que pegarse con una piedra en el pecho por tener trabajo. Que si me suben a mí habría que subir a los demás, que la cacha de la espada, que la pata de la guagua, que la concha de su madre que lo parió... Puras chivas, hueón.

—¿Ninguna opción?

—Por ahora ninguna.

—¿Ni siquiera porque le salvamos la vida a esa mina?

—¿Me estái agarrando pal tandeo? —inquirió Luis con seriedad, aludiendo a que aquella noche nunca tuvieron esa intención.

—Yo sé que nos escapamos jabonados, pero de que alabó lo que supuestamente hicimos, lo hizo.

—Bueno, así está la cosa.

—Milicos culiaos —masculló al viento Juan, veinte metros antes de llegar a la estación del metro Tobalaba, entendiendo que la conversación sostenida en carácter de reservado se congelaba hasta otra oportunidad.

Llovió intermitentemente durante todo ese día, pero al aproximarse la noche, justo cuando Kildare y Casey debían regresar al hospital a cumplir su turno, el agua se dejó caer como si hubiese estado acumulada en alguna nube gigante. La bravura del clima hizo que ambos llegaran a marcar tarjeta con diez y catorce minutos de retraso, respectivamente. De esto se enteró el doctor Mendoza una hora después, al revisar las tarjetas de todo el personal. Con esas mismas tarjetas como evidencia, fue raudo hasta el despacho de ambos ayudantes de enfermeros. Solo encontró a Luis, quien disculpó a su colega que había ido al baño.

—¿Me puedes decir que significa esto? —dijo alzando la voz y encarándolo con la tarjeta como si fuera árbitro de futbol.

—La micro quedó anegada en Lo Valledor y tuve que esperar otra, doctor. Por eso me atrasé.

—¿Cómo es eso de que andaba en micro, si siempre dicen los dos que se vienen en metro?

—Así es, doctor, el metro no pasa por la población y debemos acercarnos en micro a la estación más próxima. El Juan también hace lo mismo desde su casa.

—Ustedes tienen respuesta para todo.

—Es la verdad, doctor Mendoza.

—Bueno, para la próxima, cuando vean que está lloviendo tomen alguna providencia.

—Esa es la micro que tomamos, doctor, la que pasa por Providencia.

—No me refiero a la calle Providencia, digo que si ven que el tiempo está malo deben hacer algo, como venirse una hora antes por lo menos.

—Ah, sí... Entiendo, doctor.

Todo el rigor de una disciplina científica cargada hasta la saciedad de impronta militar recayó sobre estos hombres que no en vano eran considerados el último eslabón en la escala laboral. Cuando el doctor Mendoza tenía que aplicar medidas drásticas, era particularmente severo con ellos, una suerte de conejillos de Indias cuando trataba de demostrar autoridad. El comentario posterior a estas reprimendas inundaba de temor al resto de los funcionarios y probablemente esa era la sensación que buscaba generar.

Esa madrugada de invierno, Luis y Juan se encontraron con una espesa neblina al salir del Hospital Militar. La poca visibilidad fue la atmósfera oportuna para aprovechar la caminata con destino al kiosco de Manolete y no ser observados ni escuchados mientras comentaban lo acontecido. A tranco lento se devoraron, sin darse cuenta, los dos grados de temperatura que a esa hora dominaban la capital y que calaban los huesos del más osado. Al llegar a destino no estuvo ausente el sánguche de jamón y queso, y tampoco el café caliente, esta vez más cargado que nunca. No era prudente estar detenido frente al mostrador del local ambulante para comer, de modo que con el café en una mano y el aliado en la otra, se sumergieron en la neblina rumbo a la estación del metro.

—Yo lo vi venir por el pasillo y supuse que nos andaba buscando. Me metí de una al baño y como es medio corto de vista no me alcanzó a divisar.

—Claro, y la luma me la tuve que comer solito.

—¿Cómo puede ser todo esto?

—¿A qué te refieres?

—Hasta hace poco éramos los funcionarios ejemplares y ahora volvimos a ser la última carta del naipe... ¿Qué pensái? —le preguntó Juan al darse cuenta de que sus ojos miraban hacia un punto fijo.

—Que si las cosas no cambian, a fin de año renuncio.

—¿La firme?, ¿de verdad te echaríai el pollo?

—Mi cuñado tiene un puesto en la feria y la otra vez me ofreció ser su socio. Lo voy a pensar.

—¡Puta!... ¿Me vai a dejar solo?

—¿Con todas las pacientes para ti solo?, no creo que me echís de menos —dijo sonriendo.

—A propósito, hueón, ayer se internó la hija de un general, no me acuerdo el nombre pero creo que es de los pesos pesados.

—¿Cómo supiste?

—Estaba en recepción, engrupiéndome a la secretaria nueva, cuando la vinieron a dejar... se veía potable. Es la mujer de un teniente.

—¿Y de qué la operan?

—Viene por una biopsia, no sé de qué tipo, pero escuché que sería con anestesia general.

Luis evaluó la información, miró la hora y eludió referirse al tema.

—¡Es tarde, parece que el café no me hizo efecto! —comentó.

En el trayecto, Luis y Juan no hilvanaron palabras. Este último, que se bajaba siete estaciones antes, se despidió de su amigo con la recomendación de que ambos no repitieran el atraso. Luis lo siguió con la mirada mientras su compañero se levantaba de su asiento y le respondía con una sonrisa cómplice.

Contrario a lo que supuso durante el resto de la travesía, el sueño no lo venció, seguramente lo espantó con la preocupación de no saber cómo explicarle a Paulina —su compañera y futura esposa— que su petición de aumento de sueldo había sido rechazada. Desde luego, aquello no hubiese sido un problema si en los días previos no hubiese hecho alardes subrayando que esa petición sería un mero trámite debido a la alta estima laboral que le tenían sus jefes. Le costó sacarse de la mente ese pensamiento. Solo el comentario al paso de su colega sobre la llegada de una paciente importante, que sería tratada con anestesia total, logró abstraerlo de lo primero. La negativa de un aumento de sueldo y los argumentos febles, distantes y fríos que recibió como excusa, fueron detonantes para que durante el trayecto de veinte minutos que aún le quedaban para concluir su viaje en metro, Luis urdiera un plan para cobrar venganza a su manera.

En el casino del hospital, mientras tardaba más de la cuenta en consumir un café, que de temperatura tibia ya bordeaba hacia lo helado, Luis esperaba la llegada de su amigo que terminaba de trasladar a una paciente recién operada a la sala de recuperación.

La conversación sostenida con Paulina hizo que su credibilidad fuera cuestionada de plano. No pudo esgrimir ante ella razones que explicaran la conducta ambivalente de sus jefes y eso desde luego hizo trastabillar todos sus planes. Focalizado a niveles obsesivos con el tema, a este joven poco le importó que el doctor Mendoza lo encontrara en la cafetería del hospital de brazos cruzados.

Juan apareció en el borde de su mesa y en el acto preciso de sentarse su colega recién se percató de su llegada.

—¡Puta que te demoraste!

—¿Y qué querías que hiciera? La operación se retrasó y no pude moverme hasta que salió el paciente. ¿Por qué tan urgido, hueón?

—¿Ya intervinieron a la hija del general?

—¿Qué general?

—La que me dijiste que llegó ayer.

—¡Ah!, esa. ¿Qué onda? Ayer te conté y no me diste ni bola.

—No es que no te haya pescado, solo que era tarde para que habláramos de eso.

—¿Estái pensando en volver?

—¿Dónde está?

—No sé. ¿De verdad querís meterle mano?

—¿Vos no?

Juan hizo gestos dubitativos y demoró en responder.

—La mina es rica, me encantaría, pero creo que por ser quien es, viene recomendada y la van a tener vigilada.

—¿Vos creís, o tenís miedo?

—Miedo no, pero creo que es riesgoso.

—Entonces cúbreme.

Juan intuyó que su colega escondía algo. Siempre había sido el más cauteloso en abordar a las pacientes, y por eso le produjo extrañeza su insistencia, sobre todo sabiendo que ni siquiera conocía a la paciente.

—¿Qué estái tramando?

—¿Me cubres o no?

—Sí, te cubro, pero estoy un poco confundido. Nunca te había visto así.

—¿Así cómo?

—Obsesionado con una mina que ni siquiera conocís, pos hueón... ¿Es por la tapa que te hicieron ayer con tu petición de aumento? ¿O ahora sí que te pegó la patá tu polola?

—Da lo mismo.

—¡Chucha, perdona! Pero no da lo mismo. Desechamos a varias pacientes por cuidarnos y ahora se te ocurre que querís volver y tenemos que manosear a la más riesgosa... No te entiendo. Yo te cubro, pero tenís que decirme qué hay detrás de todo esto.

Luis siempre calificó a su colega como una persona básica, de pensamiento menor y sin mayores ostentaciones de ninguna especie. Era, por cierto, el más peligroso a la hora de llevar a cabo esta rutina vejatoria en contra de las pacientes sedadas, precisamente porque dejaba fluir su animalidad sin límites. De modo que quedó perplejo ante la postura que tuvo para intentar reprimir sus planes. Si bien su verso no fue el más ortodoxo, debió reconocer que la vehemencia que expuso daba luces de una personalidad que hasta ese momento él desconocía.

—Quiero vengarme —respondió taxativamente.

—¿Vengarte?, ¿y de qué, si se puede saber?

—De estos hueones.

—¿De los milicos?

—Quiero rayarles la pintura, quiero que sepan que su poder tiene límites, quiero trapear con lo que más quieren.

Juan enmudeció. Validó el hecho de desprenderse así de su rabia acumulada contra el sistema, pero encontró igualmente rebuscada e ineficaz su intención de darle carácter social y hasta político a esta conducta que no superaba la profundidad reivindicatoria de una simple masturbación.

—Está bien, ¿pero tiene que ser ahora y con esta mina?

—Hija de general y esposa de teniente, es la presa perfecta —dijo Luis, convencido de que mataba dos pájaros de un tiro.

—Yo no tengo problemas en cubrirte, ¿pero de verdad creís que por solo correrle mano a esa mujer te cagái a los milicos?

—Esta vez hay una diferencia.

—¿Cuál?

—No solo quiero manosearla. Me la quiero tirar.

El código tácito de estas prácticas en la sala de rehabilitación había sido mantener la excitación a raya. Es decir, podían tocar, besar, succionar y hasta con mucho cuidado acariciar con prudencia y sutileza la vulva. Pero cualquier arrebato o salida de madre representaba un costo que no estaba dispuesto a pagar.

Ambos hicieron las averiguaciones pertinentes para saber el paradero de la paciente en cuestión. La mujer fue la última en entrar a pabellón y, de acuerdo a los pronósticos, estaba ad portas de salir. La prueba de fuego era cerciorarse de qué tipo de anestesia le habían aplicado.

Su padre, el general, el marido teniente y una decena de familiares estaban en la sala de espera para poder verla. Eran las nueve de la noche y el propio médico que obtuvo la biopsia fue quien salió para advertirles que María Eugenia —así se llamaba esta joven y atractiva mujer— estaría dormida por un par de horas más, y que era inoficioso esperar en el hospital. Además, les dijo que cuando abriera los ojos demoraría otro tanto en recobrar la plena conciencia. De modo que, de forma muy diplomática, se encargó de mandarlos a su casa con la promesa de que podrían verla al día siguiente.

El plan de Luis estaba bastante acotado. A diferencia de otras oportunidades, la idea era no dejarse ver merodeando por el sector. A las diez y cuarto de esa noche ya no quedaban familiares ni nadie del equipo médico en el hospital. El cuidado de los postoperatorios estaba a cargo de las enfermeras de turno, quienes como de costumbre alargaban la charla del café más de la cuenta.

El Hospital Militar a esa hora contaba con un personal reducido y esa era la razón por la cual Kildare y Casey atacaban siempre en ese lapso. Muy sigilosos, ambos se aproximaron hasta el pabellón donde estaba María Eugenia, con la certeza de no ser vistos. Leyeron su bitácora y comprobaron que efectivamente la habían sedado con anestesia total. En el pabellón de operaciones existía una sala contigua que se usaba eventualmente para que las pacientes cumplieran allí su proceso de recuperación. En ese lugar, con una luz muy tenue que instaba al descanso y que presumía un despertar más gradual, se encontraba la mujer sobre una camilla, cubierta con una sábana blanca.

Luis, tal cual los ladrones de bancos, echó la última oteada al lugar antes de cometer su ilícito. Luego acompañó a Juan para que, esta vez desde el interior y con la luz apagada, observara por la ventana ojo de buey a cualquier sospechoso que circulara por el sector del quirófano. Estaba ubicado al final de un pasillo, de manera que la visión que obtenía desde allí era la óptima para reaccionar ante cualquier inconveniente.

Kildare fue hasta la habitación interior, destapó a la paciente y observó que la zona de donde le habían extraído la muestra para el análisis no sería un obstáculo para sus intenciones. Con la delicadeza acostumbrada la despojó de su bata, para luego hacer lo propio con el calzón quirúrgico que cubría toda la pelvis. La hija del general y esposa del teniente era muy atractiva y de un cuerpo muy bien formado. Luis, quien nunca había tenido ante sí a una mujer desnuda de estas características, no tardó en excitarse. Sus manos se activaron y comenzaron a recorrer la suave piel de la paciente que ignoraba el vejamen del que era objeto. Hubiese estado acariciando sus muslos, sus pechos y su pubis eternamente, pero sabía que el tiempo era limitado. No obstante, se dio una licencia y se atrevió a besar sus labios con particular sensualidad. Toda la previa cumplió su afán hasta que se aproximó el instante de llevar a cabo el plan original: violar a la mujer. A esa altura, la génesis de la vendetta personal, aquella que fue inspirada por la apatía de los poderes fácticos hacia sus prerrogativas, aquella que le otorgaría rédito ante sus pares cuando en el futuro se atreviera a desclasificar sus andanzas, aquella que le daba sentido reivindicatorio a este gesto retorcido, había quedado postergada a un segundo plano a causa de su excitación animal.

Juan estaba al acecho, y nada ni nadie sospechoso se había cruzado por su mirador como para inquietarlo. Todo ocurría dentro de lo esperado.

En medio de la penumbra, que hacía difícil ver con claridad al interior de la fría habitación, Luis bajó sus pantalones y procedió a culminar su cometido. Deslizó las piernas de la paciente hacia los costados y penetró el cuerpo de esta joven mujer con una parsimonia inusual en sus correrías sexuales. Tenía que hacerlo así, de otra manera corría el riesgo de que ella despertara, pero María Eugenia estaba inerte, solo la temperatura que emanaba de su cuerpo la diferenciaba de un cadáver. En el pasillo de aquel piso, el tránsito de personal del hospital era casi nulo. Juan tenía la vista fija en esa panorámica exterior, pero con los oídos atentos a los ruidos que venían del interior. Confiado en que no existirían sorpresas, quiso satisfacer su curiosidad y dejó solo por algunos segundos su puesto de vigía para aproximarse a la puerta abatible. Si bien la visibilidad era escasa, desde su posición y con una de las hojas entreabierta, pudo constatar que su compañero, en rigor, se encontraba fornicando a María Eugenia.

El acto voyerista, que por supuesto era ignorado por Luis, le produjo tal excitación que incluso pensó en sacar número para colarse cuando su colega hubiese terminado. La perversidad merodeaba el silencio nocturno en aquel rincón del hospital. Juan se olvidó de las represalias hacia su compañero y, situado en primera fila, extendió por inercia la palma de su mano abierta para situarla a la altura de sus genitales. Fue en ese instante cuando unos pasos se hicieron sentir en el pasillo. Volvió a su puesto de vigía y comprobó que un funcionario del aseo estaba sacando unas bolsas plásticas de una de las cuatro puertas contiguas al pabellón que daban al pasillo. Juan pensó en alertar a su colega, pero se percató de que al funcionario ya no le quedaba espacio para más basura y que por lo tanto debía marcharse pronto. Sus conjeturas no estaban erradas, el hombre se alejó con su carro. Juan transpiró helado, su libido bajó por arte de magia y se hizo la promesa de no abandonar su puesto hasta que Luis concluyera.

Al interior, la situación avanzaba como si nada extraño pudiera impedirla. La paciente, en su calidad de víctima, y él con movimientos pélvicos y gemidos guturales que se mezclaban con una respiración entrecortada, anunciando que el execrable acto estaba por culminar.

El clímax de Luis no tuvo bemoles; involuntariamente liberó de placer un estertor de proporciones que coincidió con el despertar de María Eugenia, quien al ver a un extraño monstruo sobre su cuerpo lanzó un grito de espanto que a lo menos debió ser escuchado en todo el piso. Luis, subiéndose los pantalones con dificultad, abandonó el lugar y junto a Juan lograron arrancar por las escaleras antes de que alguien llegara al sitio del suceso.

Para su fortuna, nadie los divisó en las extrañas maniobras y avalados en esa idea estuvieron durante largo rato en su pequeña sala de descanso antes de reiniciar sus actividades.

La enfermera jefe Gladys Pantoja fue la primera en llegar y no dejó de extrañarse —según ella— por el adelantado despertar de la joven, quien estaba en shock. La víctima, aún bajo los efectos de la sedación, mostraba síntomas de aletargamiento y si bien la funcionaria que acudió a socorrerla minimizó el incidente, no le restó gravedad a lo ocurrido. Sin que nadie más se enterara de los hechos, ni siquiera la propia afectada, la enfermera trasladó a María Eugenia a una sala de pensionado.

Al día siguiente, cuando la mayoría de los integrantes del turno de noche estaban en sus hogares, Gladys Pantoja fue conminada a una reunión privada con el doctor Mendoza en su oficina.

—¿No había nadie en el lugar cuando usted llegó?

—Nadie, ni tampoco me encontré con gente en los pasillos. La verdad es que todo fue muy extraño.

—¿No me estará insinuando que hay fantasmas en el hospital?

—Creo que el culpable puede haber huido por la escalera.

—¿Y ella qué decía?

—Que vio a un hombre arriba de ella, y que de pronto desapareció.

—¿Arriba de ella? ¿No habrán sido visiones?

—No creo, doctor, ahí hubo alguien, en la sala había olor a transpiración... de hombre. Además, la paciente estaba desnuda.

—¿Está insinuando que alguien...?

Gladys Pantoja asintió con la cabeza en un gesto que no dejaba lugar a dudas.

—¡Pero no es posible que haya pasado semejante locura! ¿Y ustedes no estaban con ella en ese momento?

—Doctor, nosotras estábamos programadas para que recobrara el conocimiento una hora después, no tenía caso incomodar su descanso.

—¿Pero usted se da cuenta de lo que puede suceder si se hace público este incidente? Esa paciente es la hija de un general.

—Lo sé, doctor, por eso no llamé a ninguna compañera y prohibí que me interrumpieran mientras interrogaba a la paciente y hacía el informe.

—¡No puede estar pasando esto en nuestro hospital! Jamás en mi larga carrera supe de algo semejante. A todo esto, ¿qué decía ella?

—Estaba muy alterada. Le hice pensar que algunos pacientes sufren ciertos trastornos después de la anestesia, pero que no revisten mayor gravedad. Así logré calmarla un poco y llevarla al pensionado.

—¿Pudo revisarla? Porque si un degenerado la ultrajó, lo más probable es que haya dejado marcas. ¿Entiende a qué me refiero, no?

Gladys Pantoja volvió a asentir con la cabeza, agregando un gesto de genuina preocupación.

—Le di un relajante muscular y cuando se volvió a dormir le hice las revisiones pertinentes, e incluso logré obtener una muestra desde su vagina.

Sacó un frasco de su bolsillo y se lo entregó.

—Bien, Gladys, creo que hizo el procedimiento que indica el protocolo —acotó Mendoza mientras por inercia miró la muestra al contraluz de la ventana.

—No lo llevé aún al laboratorio, quería que usted estuviera al tanto de lo acontecido, doctor.

—Si no encontramos al culpable, tiene claro que usted primero, y luego yo, seremos cuestionados.

Esta vez, Gladys Pantoja no asintió con la cabeza, sino que se limitó a mirar con los ojos muy abiertos al doctor Mendoza, como dimensionando ese fatal escenario.

—Lleve este frasco a laboratorio y dígales que el resultado lo necesitamos a la brevedad. Si se descubre que hay restos de semen podríamos dar con el culpable.

—Sí, doctor.

—Ah, y mantenga en reserva lo conversado.

—Por supuesto, doctor —respondió ella mientras abandonaba la oficina... —Ah, se me olvidaba decirle que lo están esperando.

—¿Quién?

—El doctor Agustín Vergara, me parece cara conocida.

—¡Agustín! Sí, claro, dile que pase, por favor... Estamos cerrando un acuerdo con su clínica. Debiste haberme dicho antes, él es muy importante como para estar esperando. Que pase, que pase.

Capítulo 6

CUANDO EL AMOR CUESTA

En uno de sus vuelos de libertad, Eugenio, todavía circunstancialmente moderado y de ferocidad domesticada, conoció a una mujer, aunque no necesariamente el amor. Ese sentimiento solo lo expresó una vez y tuvo como beneficiario exclusivo a su padre. Desde el día en que lo introdujeron a un auto negro y lo vio desaparecer para siempre, ese sentimiento de amor teórico nunca más fecundó en su mente.

A las pocas horas de cumplir una de sus condenas y encontrarse en libertad por enésima vez, Eugenio planificó el robo a una casa del barrio alto para hacer caja. Su afán tuvo éxito y logró sustraer joyas a su antojo, ya que la propiedad estaba deshabitada, como era de su predilección. Con el botín en su poder se contactó con José Zabala, un antiguo reducidor que siempre tenía efectivo para sacarlo del paso. La transacción se llevó a efecto en las afueras del metro Estación Central, que acababa de inaugurarse. Antes de despedirse, y con ánimo de festejo, lo invitó a tomar un trago. Así, se encontró caminando por los vericuetos semioscuros del barrio Estación, hasta llegar a la calle empedrada donde se ubica El Hoyo, un restaurante criollo que como máxima especialidad culinaria ofrece chancho en todas sus variedades y dimensiones. Con suerte se salva la cola del porcino como alternativa de plato.

El lugar no es clasista ni peca de pretencioso; aquí el pobre y el rico, el profesional, el obrero y el cesante comparten espacio con la autoridad democrática que otorga la sed o el hambre. Como atención de la casa, los garzones ponen una porción de cebolla en escabeche y un platillo con un cerro de sal a un costado. El comidillo dice que es una estrategia de los dueños para fomentar la sed.

El paradigma funcionó con Zabala. Le estimuló el apetito y exigió dos perniles de cerdo, los que no tardaron en llegar forrados en un grueso abrigo de cuero aún humeante e hinchado por la cocción. Por añadidura, un vaso de medio litro de vino tinto para cada uno. La cantidad de parroquianos y la algarabía en el ambiente hacían imposible cualquier diálogo fluido. Todos gritaban para hacerse escuchar. En medio de esta batalla de oídos sordos y asentimientos a frases comprendidas a medias, fue el propio Zabala, quien con ánimo de una tregua, pidió la segunda y la última corrida de pipeño, pero no para marcharse a casa, sino para sellar una especial invitación a Eugenio.

—¿Qué hora es? —preguntó con la lengua un tercio de traposa.

—No tengo reloj —confesó Eugenio—, pero deben ser como las doce.

—Tengo una minita por aquí y me gustaría que me acompañaras.

La amistad hasta entonces se limitaba al plano comercial, de modo que esta invitación no dejó de sorprender a Eugenio.

—No me gusta tocar el violín, compadre, anda solo nomás.

—¡Es una puta, hueón! —exclamó soltando una carcajada.

—¿Una puta?

—Sí... trabaja en la calle Maipú.

Eugenio lo apuntó con el dedo.

—¿Cafiche?, no te conocía esa.

—¿Vamos, sí o no? —insistió Zabala desechando responder.

—Me gustaría, ¿pero qué hago con la plata?

—¿Qué pasa con la plata?

—Si me quedo dormido me afanan de una. Sin ofender a tu polola, vos sabís como son estas minas.

—Primero, no es mi polola, sabís de más que yo soy casado. Segundo, a la Sole la conozco hace años.

—¿Y eso qué?

—Le digo que te pase a una comadre de confianza.

El taxi arrancó raudo desde el frontis de El Hoyo y a los diez minutos estaban golpeando en uno de los tantos prostíbulos que inundaban el sector. Se abrió una ventanilla calada en la puerta de madera gruesa y gastada a la altura del rostro de los clientes y desde la oscuridad emergió la voz asexuada de un hombre.

—¡Está lleno!

—Hola, soy yo. ¿Está la Sole?

El par de ojos se acercó a la ventanilla para reconocer a José.

—¡Sole, te buscan! —gritó el «campanillero» con su voz falsete hacia el interior.

Minutos más tarde, una mujer salió a recibir a José, a quien abrazó con denotado entusiasmo.

—Pensé que ya no veníai —dijo ella contenta.

—¿Estái ocupada?

—Sí... pero le doy la cortada altiro.

—Te presento a un amigo —le dijo Zabala antes de que se marchara.

—Ah, hola. ¿Se van a quedar toda la noche?

—Depende —respondió José.

—¿De qué?

—De si le conseguís una mina buena a mi amigo.

—¿Para qué la querís? —dijo ella, volcando la mirada hacia Eugenio.

—Chís, la preguntita —interrumpió Zabala —. Seguramente la quiere para salir a comprar.

—Qué sé yo. La otra vez trajiste a un amigo y se pasó toda la noche bailando y la Lucy se fue con la cartera pelá.

—Bueno, mi amigo anda con la roca y no está para perder el tiempo. Eso sí, tiene que ser una de confianza, mira que mi compadre está recién pagado.

La Sole refrescó su memoria para hacer un registro exprés de sus colegas.

—Hace dos días llegó una cabra de Chillán, yo no la conozco mucho, pero me parece que, como no es del ambiente, no está maleada.

—¿Cómo que no es del ambiente? —apuntó Zabala curioso.

—Es que llegó buscando pega de empleada al almacén de la esquina y la tía Hortensia le echó el ojo porque tiene tremendo cuero.

—Veo que nos estamos entendiendo —acotó el reducidor.

—Esta noche nomás la tiraron a la pelea, pero parece que es un poco tímida eso sí —aclaró la Sole.

—¿No me digái ahora que está cartucha también? —expresó José Zabala, pareciendo más insolente que bromista.

—No, creo que tiene un cabro chico y que el papá la dejó botá cuando la vio con guata, por eso se vino a la capital.

—Ya po, compadre —dijo Zabala mirando a Eugenio a los ojos—, usted se conformaba con cualquier hueso carnudo para la cazuela y acaban de conseguirle un filete de primer corte—. Esta frase dicha con tanta formalidad dejaba traslucir que lamentaba no estar en el lugar de su amigo. La Sole no dejó pasar el infortunio.

—¿Y me podrías decir qué soy yo, si para ti esta galla que todavía no has ni visto es filete?

—Usted no se compare con un pedazo de carne, mi amor. Usted es la reina de este lugar.

Los años de lidiar con clientes que se creían artistas y que la llenaban de palabras rimbombantes y de frases hechas antes de acostarse con ella, le hicieron degustar la respuesta de José con un sabor amargo. Prefirió tragarse su comentario y fue en busca de la sureña antes de enfrascarse en una discusión que pudiera hacerlo emigrar.

Ambos quedaron en medio del pasillo en penumbras que conducía al bullanguero salón de baile ubicado al fondo. A la distancia se veía lleno y rebosaba de sensualidad barata, inspirada más en la calentura que en el afecto genuino. Eugenio se mantuvo en silencio y de pronto recordó, en forma abrupta, que los fines de semana solía dejarse caer la policía por los lenocinios del sector.

—¿No será que mientras estemos tirando lleguen los pacos? Esos huevones me cachan con la plata y no me van a preguntar ni cómo me llamo antes de meterme preso.

—Si llegan hacen la pura pará, echan un vistazo, bolsean un copete y se van. No entran a las piezas. Así justifican el regalo que les hace la tía Hortensia los días lunes.

—¿Qué regalo?

—El día entero para los jefazos y los pacos regalones.

—¿Incluyendo a tu polola? —añadió socarronamente Eugenio.

—Los lunes la saco al cine —dijo Zabala no muy convencido de su mentira.

La casa de Hortensia era un caserón antiguo a mal traer. Poseía unas veinte piezas hechizas que, en la práctica, eran el producto de una subdivisión de las habitaciones originales con el propósito de rentabilizar mejor el espacio. Unos febles tabiques que develaban sin contemplación lo que estaba ocurriendo en la pieza vecina, no eran, necesariamente un problema para los clientes, ya que para muchos escuchar lo que acontecía con la pareja de al lado se convertía en acicate para su excitación.

José Zabala, en efecto, era casado y frecuentaba todos los fines de semana ese lugar. A poco andar comenzó a tener una relación muy estrecha con Soledad, prostituta con un vasto currículum y un prominente trasero que se resistía, con mediano éxito, a ceder a los efectos de la ley de gravedad. Sin duda este era uno de sus mayores atributos a juzgar por quienes asumían que era lo primero que le miraban cuando la veían pasar. Un pequeño corte en el mentón, que le propinó un minero con su navaja, era el vestigio de su negativa cuando trataban de obligarla a tener sexo anal sin la compensación económica que la gestión ameritaba. La dueña —que la trajo a la capital desde Rancagua— la destinó a administrar a sus colegas más jóvenes, y en ese cargo gozaba de muchos beneficios, entre ellos, no pagar por la habitación cuando se acostaba con su hombre.

Al cabo de diez minutos apareció a la distancia y a contraluz, por el mismo pasillo oscuro, la Sole junto a la prostituta en ciernes. Su figura, recortada por la luz de fondo a sus espaldas, dejaba entrever una cintura menuda. Zabala y Eugenio tácitamente rehusaron hacer comentarios.

—Ella es Margarita —señaló Soledad a quemarropa.

—Hola —dijo ella estirando su mano para saludarlos.

—Casi la perdiste —le comentó a Eugenio—, un jinete ya le había echado el ojo.

—¿Un jinete? —preguntó curioso José.

—Corren en el Club Hípico los domingos —trató de explicarle la Sole—. Se pasan de los baños turcos que hay en la Alameda. Dicen que vienen a hacer el peso.

Margarita era una madre joven, de tez blanca, pelo castaño brillante, de mirada dulce y con un rostro ajeno y demasiado cautivador para ese lugar. Desde luego era una presa deseada para los hombres allí presentes, y si ella análogamente fuera un producto, su precio estaría en carácter de oferta, considerando que cualquiera pagaría el doble por pasar una noche en su compañía.

Eugenio no emitió juicios, pero estaba henchido de un gozo silente, ya que sin haber intercambiado palabras con Margarita fue capaz de sopesar a primera vista que, sin duda, esta sureña se convertiría rápidamente en una de las preferidas del lugar.

—Vamos a la 12 —anunció la Sole tomando del brazo a José—. Ustedes quédense en la 15, la Tía dijo que te cobraba la mitad por la pieza para que te hicieras cliente, lo otro lo arreglái directamente con ella —le recalcó a Eugenio.

Era en burdeles como este donde Loyola saciaba sus deseos carnales y donde, debido a sus años de encierro, quedaba en evidencia que su pedigrí amatorio era cuantitativamente menudo y cualitativamente errático. Solo en contadas ocasiones hizo uso de los «camaros». Este es el término que le asignan los reos a estos remedos de moteles de campaña que ponen en los gimnasios durante los días de visitas. Los confeccionan con frazadas adosadas a los muros por un costado y al piso por otro, y luego le ponen una colchoneta en su interior. Están insertos entre la multitud de gente que viene a ver a sus parientes y amigos. Desde luego, incluso pueden parecer ingeniosos, pero grafican la indignidad que viven las mujeres que se ven en la necesidad de entrar allí. Los «camaros» nunca fueron permitidos por la Dirección General de Gendarmería, pero los funcionarios optaban por hacer la vista gorda.

Las cárceles concesionadas corrigieron de alguna manera esta falencia. Hoy todos los recintos penales nuevos, y muchos antiguos también, han considerado como imprescindible el concepto de «venusterio», generando espacios dignos para la intimidad sexual. Desde luego acceden a ellos los reos de mejor conducta, y este espacio para hacer el amor se transforma en una herramienta disuasiva ante cualquier incumplimiento de deberes.

Fue en el momento en que ambos se desvestían al amparo de la débil luz que emanaba a través de una lámpara de cartulina, donde resaltaba una quemadura de ampolleta que había logrado tostar uno de sus costados, cuando Eugenio puso mayor atención al rostro de la que sería su compañera de placer. No superaba los veinticinco años y rezumaba inocencia.

—¿Margarita te llamas, no? —preguntó Eugenio por el mero trámite de entrar en confianza.

—No, ese nombre me lo puso la señora Hortensia.

—¿Cómo te llamas entonces?

—Eduvina —aclaró ella con candidez mientras se metía con calzón y sostén en la cama y se cubría rápidamente con las sábanas.

—Ah, entiendo. ¿Cómo quieres que te llame?

—Me da igual —dijo con convicción, ya que su drama personal estaba más ligado a ejercer este oficio por primera vez, antes que a optar por el nombre que debía usar en un instante como ese. Aunque, en su interior, reconocía que la conducta de este compañero eventual le otorgaba la comodidad necesaria para superar la instancia con más confianza.

Hubo en la mediana oscuridad de la habitación un preámbulo de conversación poco sustantiva, pero que también fue un aporte a que esta joven quitara presión a la nueva experiencia. Ahí le confesó que le gustaba más Margarita que Eduvina. Que la primera vez que tuvo una relación sexual quedó embarazada. Que por necesidad aceptó hacer esto, ya que en el almacén de la esquina el dueño la tendría a prueba por dos semanas y necesita dinero para mandar a sus padres que están a cargo del niño. El relato pareció tan auténtico que Eugenio la cobijó en sus brazos con un gesto de ternura muy poco común en él. Ante la desnudez y la cercanía, sintió su aroma a cuerpo casero y la besó. La recorrió con pasión desenfrenada y depositó luego sus labios en aquellos pezones que comenzaban a endurecerse. Margarita no estaba entregada aún, y solo cuando él se atrevió a succionarlos, ella lo rodeó levemente con sus brazos en asomo a una sensual complicidad, como pidiéndole que no cesara en su afán.

Mientras deambulaba por los recodos infinitos del cuerpo de Margarita, Eugenio, por primera vez, captaba la sensación de compartir con otro tipo de mujer..., que actuaba como mujer y que reaccionaba como mujer. Este hombre había sido básico y hasta rudo en sus relaciones con el sexo opuesto, pero ahora fue distinto. Se dejó fluir y emergió como un prodigio una extraña sutileza en sus caricias y, al contrario de otras ocasiones, tuvo la calma necesaria para postergar incluso el acto de la penetración. Asumió que había quedado atrapado en el encanto del placer duradero. Margarita se dejaba querer, solo emitía unos tímidos quejidos que más bien eran sensuales susurros que hicieron que la bestia egoísta que siempre fue Eugenio en la cama se convirtiera de pronto en un animal domesticado, inmerso en la vorágine de una experiencia única.

Aún no amanecía y la sensación de éxtasis que perduraba en el pequeño cuarto, como polvo en suspensión, llegó a su fin. Si no hubiese sido por los estertores, gritos y ruidos de la pareja que estaba al otro lado de la pandereta, Eugenio habría pensado que todo había sido un sueño.

Abrazados mirando la nada, guardaron silencio y permitieron que el resto de la noche hiciera lo suyo. Margarita se dejó arrullar y no emitió palabras antes de quedarse dormida. Eugenio, aferrado a una mujer que había conocido hace menos de cuatro horas, quería detener el tiempo. Fue entonces cuando encontró en el raído cielo del cuarto, apenas iluminado con la tenue luz que emanaba de la lámpara del velador, la imagen que lo transportó de regreso a la cárcel.

Recordó la experiencia vivida años atrás, cuando debió cumplir una condena por robo en el Centro Penitenciario de Concepción. Allí conoció a la Chany, prima de Eladio Miranda, un reo rematado con el cual compartía celda junto a otros dos compañeros. Ella apareció sorpresivamente durante una visita. Cruzaron miradas, compartieron la conversación con el resto de los familiares y, casi sin proponérselo, terminaron compartiendo el mismo mate. Todo fue muy rápido, así por lo menos lo sintió él, hasta que Eladio los interrumpió.

—¿Cómo están los tortolitos?

—Bien —respondió Eugenio con cierta timidez.

—Es que con mi mujer desocupamos el «camaro» y pensé que ahí podrían conversar más tranquilos.

—¿Tú creís?

—Queda una hora de visita todavía —interpeló Eladio guiñándole un ojo.

—No sé, ¿qué pensái tú? —señaló mirando a La Chany.

—Sí, me parece —respondió ella, encogiendo sus hombros en señal de inocencia.

Al cabo de unos segundos, la Chany y Eugenio se besaban apasionadamente al interior del metro y medio cuadrado que tenía el «camaro». La cándida prima de Eladio, con la falda subida y los pechos al aire, y él, con los pantalones de tela marengo y sus calzoncillos debajo de la rodilla, se habían doblegado a la atracción mutua y repentina.

La pasión desenfrenada no estuvo privada de los quejidos y gritos ahogados que se escapaban y perdían volumen e identidad con el bullicio del ambiente.

Después de la visita, Eugenio y sus compañeros se encontraron en la celda. Eladio tomó una libreta y como un almacenero se puso a sacar cuentas.

—Ustedes dos.... —les dijo al Chalo y al negro Norambuena— me deben cinco lucas. Y las tuyas son ocho —concluyó mirando a Eugenio.

—¿Y eso por qué? —preguntó él con genuina ignorancia.

—¿Cómo que por qué? Te comiste a la mejor.

—¿De qué estái hablando, hueón?

—¿Te gustó o no mi prima? —ironizó Eladio en complicidad con la sonrisa manifiesta del Chalo y el Negro.

—¿Y qué tiene que me haya gustado?

—Hay que hacer la plata, compadre. ¿Cómo te lo explico?

—¿No me digái que me estái cobrando porque conquisté a tu prima ahora?

—¿Te enamoraste o te pegaste en la cabeza? La Chany no es mi prima, es puta como las dos que se comieron estos huevones. ¿Cómo querís que vengan a trabajar si no las hago pasar por familiares?

Durante aquel recuerdo, que se esfumó cuando entre las cortinas se coló el amanecer, temió distanciarse de Margarita con la frialdad con que se alejó de sus anteriores parejas sexuales. Varias interrogantes daban tumbos en su mente.

¿Se había acostado literalmente con una prostituta? ¿O era primera vez que tenía una relación con alguien que no lo fuera. Si optaba por la última, no podía preguntarle: «¿Cuánto te debo?», por temor a ofenderla. Desde luego le hubiese retribuido con el doble o más, pero acariciaba la esperanza de que la ilusión fuera recíproca.

Luego se convenció de que su mayor dilema era encontrar un motivo para sacarla de aquel lugar. De alejarla de lo que él catalogaba como una perdición. Pero una persona que se ha dedicado al oficio de «monrero» y que ha estado toda su vida al margen de la ley —se decía— no posee la autoridad moral para impedir que una mujer se inicie en este oficio, por discutible que a él le parezca. Un «canero» a menudo se niega a actuar bajo la influencia de los sentimientos. Es considerado una señal de debilidad entre sus pares. Eugenio se negaba a reconocer que una suerte de encantamiento con Margarita era la causante de estas contradicciones que frenaban el ímpetu de abandonar ese burdel sin considerar la mínima posibilidad de volver a verla.

Terminó de vestirse y optó por dejarle una cantidad de dinero bajo la lámpara del velador. Mientras dormía, la observó detenidamente y la encontró hermosa. Se sentó en el borde de la cama y acarició su cabello con la intención de despertarla. Somnolienta, abrió sus ojos y lo quedó mirando.

—¿Ya te vas?

—Sí, quería despedirme.

—¿Qué hora es?

—No sé, deben ser como las ocho.

Para despercudirse de su modorra se inclinó un poco cubriéndose sus pechos con la sábana y divisó el dinero que Eugenio había dejado sobre el velador. Respiró profundo y trató de peinarse el cabello con las manos.

—¿Te puedo preguntar algo? —esbozó Eugenio sin mirarla a los ojos.

—Sí, por supuesto.

—¿Saldrías conmigo mañana? —recién ahí la miró a los ojos, buscando su respuesta.

Capítulo 7

KILDARE Y CASEY EN APUROS

Al director general del hospital, Andrés Matus, le habían llegado rumores sobre alguien que había gritado la noche anterior sin motivo aparente. No tenía mayores detalles, pero estuvo muy inquieto esperando a su amigo.

La secretaria puso dos tazas de café sobre la pequeña mesa de centro con cubierta de vidrio que poseía la oficina, y se retiró dejando a Matus y Mendoza sentados frente a frente.

—No quiero llamados, no estoy para nadie —ordenó Matus a su secretaria antes de que cerrara la puerta.

—¿Cómo te enteraste? —preguntó Mendoza mientras endulzaba el café con una pastilla de sacarina que le costó sacar con sus dedos largos desde una pequeña caja metálica.

—No me he enterado de nada, solo sé que algo sucedió, por eso te mandé a llamar. ¿Me imagino que ya hablaste con tu gente y sabrás más que yo?

—El asunto es delicado, Andrés —tituló su colega como para poner las cartas sobre la mesa.

En vista del silencio que provocó su primera frase ante el director, Mendoza bebió un sorbo de café para ganar tiempo, ya que aún no sabía cuánto debía contarle.

—Anoche alguien se aprovechó de una paciente que estaba bajo los efectos de la anestesia —dijo entregando rabo y oreja.

—¿Me estás diciendo que violaron a una... a una paciente?

—No tengo certeza de si se consumó el acto, pero cuando llegó a la sala de recuperación, Gladys la encontró desnuda. En su informe la enfermera describe que la paciente recobró la conciencia en el instante en que un hombre estaba sobre su cuerpo, el que habría desaparecido en ese preciso momento. Estaba desesperada y llorando, más tarde Gladys logró calmarla y la trasladó al pensionado, donde volvió a quedarse dormida. Presume que la paciente desconoce absolutamente lo que habría sucedido. La enfermera estuvo sola en esta gestión y procuró que nadie más se enterara.

—¿Qué te hace pensar que pudieron haberse aprovechado de ella? —preguntó Matus, intuyendo que era lo más probable que hubiera sucedido.

—Que se aprovecharon de ella, lo hicieron; me refiero a que la manosearon y todo eso. No te olvides de que la enfermera la encontró desnuda; de ahí a que la hayan violado, no sé..., de verdad ruego que eso no haya pasado.

—Walter Mendoza, amigo mío, me cargan las frases hechas, pero no intentemos tapar el sol con un dedo —agregó el director con manifiesta ironía.

—Pertenecemos al mundo de la ciencia y mientras no se demuestre que fue así, prefiero guardar silencio.

—¿Eso significa que mientras no sepamos quién fue mantendremos la incertidumbre, no?

—Gladys sacó muestras de líquido vaginal que acabamos de enviar a laboratorio —agregó Mendoza, sabiendo que con ello mostraba todo su profesionalismo.

—¿Tienes idea de quién puede haber sido?

—No, pero intuyo que ese desgraciado trabaja con nosotros. A la hora en que ocurrieron los hechos ya no había visitas en el hospital.

—A esa hora también se podría tratar de un paciente.

—Lo pensé, pero no hay manera de que un paciente llegue hasta ese sector sin ser visto.

—No puedo creer que esté pasando esto y sobre todo aquí. ¿Te das cuenta de lo que puede suceder si sale a la luz pública?

—Por eso he tomado recaudos. Le dije a Gladys que no le contara a nadie, que le costaba el puesto si rompía ese compromiso.

—Estamos sentados sobre un polvorín, Walter —afirmó Matus mientras se paraba para conectarse con su secretaria—. Ubica a la enfermera Gladys... —desconocía su apellido y pidió ayuda mirando a Mendoza.

—Pantoja, Gladys Pantoja.

—Gladys Pantoja. Sí, sí sé que no está de turno, pero entiendo que se encuentra en el hospital ahora.

—Está en mi oficina —precisó Mendoza.

—Está en la oficina del doctor Mendoza. ¡Dile que venga de inmediato!

—Mientras el asunto no llegue a mayores y la paciente se crea el cuento de los fantasmas que afloran con la anestesia, podemos controlar la información.

—A todo esto, ¿quién es la paciente?

—Ese es el gran problema. Se trata de la hija del general Figueroa.

Matus estaba tratando de volver a sentarse frente a su interlocutor, pero con la noticia llegó a saltar y abortó su propósito para quedarse de pie, paseándose como una fiera por la oficina.

—¡La hija del general Rodrigo Figueroa Camus! No, no puede ser —subió el tono de su voz—. ¡No puede ser, hasta aquí llegó mi carrera! —agregó victimizándose.

—Baja la voz, te pueden escuchar.

—¿Pero no te das cuenta de las consecuencias que puede tener esto?

—Por supuesto que me doy cuenta. También está en vilo mi futuro. Esto es inédito en el hospital, pero, en estricto rigor, ni tú ni yo somos los culpables.

—Pero sí somos responsables, y te aseguro que si la prensa se entera de esto nos harán añicos.

—No estoy tan seguro de eso.

—¿De qué no estás tan seguro?

—La prensa, aunque sepa, no dirá ninguna palabra si el alto mando no lo desea.

Matus guardó silencio, pero no dejaba de moverse. Tampoco Mendoza siguió dando su opinión, prefirió tomar el último sorbo de café que ahora estaba helado. Un leve golpe a la puerta de la oficina anunció la llegada de Gladys Pantoja. A Matus no le gustaba dar muestras de debilidad ante sus funcionarios, de modo que evitó verse angustiado y recibió gentilmente a la enfermera. La secretaria, conocedora del gusto de su jefe, traía consigo una bandeja con más café. Recogió las tazas desocupadas y se retiró cerrando la puerta.

—Gracias, Gladys, por venir, sé que no está de turno y créame que valoro lo que ha hecho para mantener en reserva este tema que nos convoca —dijo al tiempo que le servía a ella la primera taza.

—Muchas gracias.

—El director está enterado de todo, Gladys —acotó Mendoza para tranquilizarla.

—¿Alguna respuesta del laboratorio?

—Mañana estará listo. No quise insistir ni decir que el doctor Mendoza lo requería con urgencia, para que pensaran que se trataba de un procedimiento de rutina. También me tomé la libertad de consignar la muestra con una sigla en clave hasta no saber a qué atenernos.

—Veo que también tiene dotes policiales —comentó Matus mientras compartía la mirada con Mendoza, ya más tranquilo, y asumiendo el reporte de la enfermera como muy adecuado a las circunstancias.

—¿Visitó a la paciente? —irrumpió el doctor Mendoza, sabiendo que esa información era clave para el camino que debían tomar.

—Sí, dijo estar un poco adolorida, pero que se encontraba mucho mejor.

—¿Mencionó algo sobre lo ocurrido anoche? —preguntó Matus con solapada avidez.

—Sí, me comentó que si bien tiene esa imagen latente en su retina, la del hombre que vio sobre la camilla, ella lo atribuye a una suerte de pesadilla, ya que habría vuelto a soñar con ese momento.

Matus asumió con controlada satisfacción lo expresado por la enfermera. Con estos antecedentes tendría que elaborar una estrategia para manejar el asunto con la debida cautela.

—¡Qué bien, eso nos allana el camino! Por ahora, Gladys, creemos que lo más conveniente es mantener todo esto en secreto, por decirlo de algún modo. Walter me ha comentado sobre la lealtad a toda prueba que usted tiene hacia su trabajo y, sin el ánimo de comprometerla más allá de sus deberes, creo pertinente que por lo pronto obviemos el informe. Este asunto debe quedar entre nosotros tres. ¿Me entiende, verdad? —señaló acercándose a ella para subrayar su calidad de cómplice.

—Por supuesto, don Andrés —aseguró Gladys como si hubiese recibido una misión militar.

Luis y Juan se juntaron una hora antes de incorporarse a su turno para comentar el tema. Desconocían las repercusiones que pudo tener lo ocurrido la noche anterior y requerían a lo menos tener un discurso en común si eran conminados a declarar.

Se encontraron en la plaza Italia. Ambos sabían que su trabajo e incluso sus vidas tenían un antes y un después de aquel episodio. El encuentro fue pálido, no cruzaron palabras mientras, de común acuerdo y haciendo caso omiso a la baja temperatura, se desplazaron hasta el Parque Forestal en busca de un lugar donde pudieran hablar sin mayores restricciones.

Se acomodaron en una banqueta, hecho que llamaba la atención a los pocos transeúntes que pasaban por el sector, debido a lo insólito que les parecía que algunos valientes se sentaran literalmente a tomar frío.

—Yo de verdad no iría a trabajar —anunció Juan sin mayor análisis.

—Pero cómo podís decir eso, hueón. No te dai cuenta de que con eso te estái acusando.

—Te dije que esa mina nos podía traer problemas, pero a vos te dio con la huevá.

—A nosotros no nos corresponde estar en ese lugar ni cuidar a esos pacientes, nadie nos puede acusar así como así. Nadie nos vio tampoco.

—¿Y si te reconoce?

—Te dije anoche que no alcanzó a verme, la sala estaba oscura y además me tape la cara cuando salí.

—¿Acabaste adentro?

Luis sintió como una estocada la pregunta de su amigo. Su duda era para pensar si decía o no la verdad. Demoró en responder.

—¿Y eso qué importa?

—¿Cómo que qué importa? Si acabaste adentro le hacen un examen y te cachan de una. Trabajamos en un hospital, hueón —dijo Juan con una mezcla de angustia e ironía.

Luis sintió el golpe, pero convenció a su amigo sobre la necesidad de presentarse al trabajo. No tomaron muchos acuerdos, pero se dieron fuerzas para asumir estoicamente el devenir de los acontecimientos.

El doctor Mendoza tuvo la misión de hacer un catastro de todos los hombres que estaban de turno esa noche. Entre ellos, según su hipótesis, estaría el culpable. Contabilizando a médicos, enfermeros y personal, sumaban cerca de una veintena. En un ejercicio rápido exculpó sin más a los doctores y paramédicos, dejando en la lista de los acusados a dos choferes, tres aseadores, un junior y dos guardias, además de Luis y Juan. Sobre estos últimos hizo una raya bajo sus nombres por considerarlos de mediana confianza y estuvo a punto de traspasarlos a la otra lista, pero finalmente se despojó de la simpatía que se habían ganado de su parte y optó por dejarlos.

En conversación previa con Matus, concluyeron que ninguna medida les sería útil si el caso se hacía público o incentivaba los rumores, lo que para la delicada situación que estaban manejando era como lo mismo. En otras palabras, se encontraban atrapados hasta no saber con certeza el resultado de la muestra que Gladys llevó al laboratorio.

Kildare y Casey, por precaución, decidieron no entrar ese día juntos al hospital, ni marcar tarjetas uno detrás del otro para no levantar sospechas. Su llegada no fue diferente a la de cualquier jornada, no divisaron rostro de pregunta de parte de sus compañeros ni nadie parecía advertir el terremoto que se avecinaba para los próximos minutos. Mientras se ponían su ropa de trabajo no aguantaron más y evaluaron el escenario.

—¿Viste?, nadie dijo nada —abrió los fuegos Luis.

—A mí me saludaron como siempre.

—Luego se va a dejar caer el doctor Mendoza.

—Sería preocupante si no lo hace.

No alcanzaron a describir lo que habían sentido en los primeros momentos cuando un enérgico golpe a la puerta los hizo saltar. Era precisamente su jefe, que entró sin esperar respuesta.

—¿Y a ustedes qué les pasa? —preguntó en el tono acostumbrado, solo que esta vez les pareció más inquisidor.

—Nada —contestaron ambos montando sus textos y luchando por no denotar demasiado nerviosismo.

—Vi sus tarjetas y llegaron a tiempo. Veo que estamos aprendiendo. ¿Algún comentario?

—¿Sobre qué, doctor? —se antepuso Luis, que se encontraba más entero.

—¿Algo que reportar?

Luis ya se había dado cuenta del sentido capcioso de las preguntas del doctor Mendoza, que claramente se referían a la noche anterior.

—Bueno, ya que nos pregunta, doctor, sí tenemos algo que reportar —señaló frontalmente.

Juan, que estaba unos centímetros detrás de él —más por miedo que por instinto—, golpeó a su compañero en la nalga izquierda para sacudirlo de su tensión nerviosa que le podía hacer una mala jugada.

—Soy todo oídos —acotó el doctor Mendoza denotando una cuota de paternalismo que le era inusual, ya que esa respuesta podría ser la hebra que andaba buscando.

—Mire usted este uniforme, está limpio pero gastado; incluso debí coserlo para que no se rompiera en el próximo lavado. Creo, doctor Mendoza, que usted debe hacer algo para que nos den unos nuevos y estemos humildemente a la par con nuestros compañeros en el hospital. ¿No le parece?

Juan exhaló, en tanto que Mendoza, quien esperaba otra respuesta, no tuvo más que aceptar el reto y responder.

—Sí, efectivamente estos uniformes hay que darlos de baja. Elevaré una solicitud para que les den unos nuevos. ¿Algo más?

—No, doctor, y muchas gracias por escucharnos —comentó Luis con un íntimo sabor a triunfo.

—Ah... y si durante sus turnos ven alguna anomalía, no trepiden en comunicármelo.

Mendoza regresó a su oficina cabizbajo tratando de interpretar el comportamiento de Luis y Juan. Según él, a todas luces estaban marginados de los sucesos en cuestión.

—¿Qué significa trepiden? —preguntó Juan cuando quedaron solos.

A la mañana siguiente el doctor Mendoza, recién llegado a su oficina, divisó sobre su escritorio un sobre cerrado que le había dejado Gladys. Al abrirlo se percató de que en su interior estaba el resultado del laboratorio. Técnicamente, y sin lugar a error, allí se constataba la presencia de semen en el análisis realizado. Requirió de algunos minutos para dimensionar el terrible escenario que se venía encima. Tenía que confiarle cuanto antes el resultado a Matus, pero un urgente llamado de su secretaria tiñó de drama su intención.

—Doctor, una persona desea verlo.

—¿Quién es?

—Es el general Rodrigo Figueroa.

—Ah, sí, deme un momento y lo atiendo.

—Bien, doctor.

Mendoza se tomó unos segundos para evaluar la razón de su visita. Pensó en compartir el encuentro con Andrés Matus, pero sabía que aquello solo dilataría el calvario, y era exactamente lo que no deseaba. Elucubró en segundos: el general ya está enterado de todo. Su hija le narró que fue ultrajada por un desconocido. Quiere una explicación y viene en busca de los culpables.

—Hágalo pasar, por favor.

—Sí, doctor, ¿les llevo café?

—Sí, gracias —respondió el médico, sabiendo que ese sería un buen compañero para ganar tiempo mientras buscaba respuestas que ofrecerle.

El propio general Figueroa abrió la puerta y la mantuvo así mientras la secretaria se introducía con la bandeja.

—Adelante, general, pase usted.

—¿Desea algo más, doctor? —consultó la secretaria a punto de cerrar la puerta.

—Sí, no me pase llamados. —Cambió la mirada hacia su visita—. Por favor, tome asiento. ¿En qué le puedo ser útil?

Hasta ese momento, ninguna señal ni detalle en su comportamiento, ni menos un gesto en su rostro, habían permitido a Mendoza obtener una instantánea del general que dilucidara el motivo de su presencia allí.

—Bueno, mi hija fue dada de alta y bien sabrá que su estadía no estuvo exenta de problemas.

—¿Problemas? —repitió el doctor Mendoza mientras bebía el primer sorbo de su café; una suerte de símil de lo que son los cigarrillos para los actores, que con uno en sus labios se sienten acompañados y cada vez que lo aspiran, ganan tiempo para recordar sus textos.

—María Eugenia tuvo que vivir las vicisitudes propias de las pacientes a las cuales se les aplica la anestesia general.

—Sí, claro. Era necesario para realizar su examen —argumentó Mendoza por decir una obviedad a la espera del misil.

—Más allá de eso no tuvo otros inconvenientes —agregó el general y se tomó la mitad del pequeño café casi de un sorbo—. Solo quise quitarle un poco de su tiempo para agradecerles a usted y a su equipo la atención y el espacio que le cedieron a mi hija para ser atendida en carácter de urgencia. Por cierto, la biopsia aclaró que no tiene cáncer y eso nos tiene felices —concluyó con notoria frialdad el general, al instante que empinó la taza y bebió el resto de su café. Luego limpió sus labios con la servilleta y, sin cambiar su actitud distante, se puso de pie para estrecharle la mano.

El doctor Mendoza estaba atónito. El comentario del militar en cierto modo cerraba el episodio sin levantar polvareda. Lo siguiente era mantener en reserva por el máximo de tiempo el problema, hasta que se transformara en una mera anécdota.

—Hasta luego, general, ha sido muy grato para nosotros haber podido ayudarle.

—Hasta luego, doctor.

La situación era una verdadera paradoja. Por un lado, tenía la absoluta convicción de que el asunto no pasaría a mayores y, por otro, lo acechaba la plena certeza de que el culpable pululaba por entre los pasillos del hospital, jactándose de la impunidad de su crimen.

Dos meses después de los hechos, Andrés Matus y Walter Mendoza razonaban sobre lo acontecido. Estaban satisfechos porque habían sorteado con éxito el escollo, pero a la vez no cesaban de buscar la fórmula perfecta para dar con el causante del dilema.

Kildare y Casey continuaron su desempeño en el hospital como si nada hubiese sucedido. Intuían que había existido revuelo, pero quedaron intrigados cuando no se abrió ningún sumario para buscar al culpable ni nada parecido. Sin duda, esta misma actitud permisiva los mantenía acotados y atentos. Para Juan, nunca nadie reclamó y, ante las consecuencias, prefirieron dejar todo en statu quo, hipótesis por lo demás bastante acertada. En cambio, para Luis, lo que estaba pasando era la tenue trama de una estrategia muy bien urdida que, a pesar de los meses transcurridos, se olía en el ambiente, intuición nada despreciable también.

Lo cierto es que esta situación tenía a ambos funcionarios a la defensiva y con ganas de irse. El primero lo haría debido a su malestar por el trato que recibió —el rechazo a un aumento de sueldo— y fundamentalmente porque afuera lo esperaba un nuevo y más prominente reto laboral: ser su propio patrón. En cambio, el segundo había decidido marcharse ya que se lo había prometido a la Virgen del cerro San Cristóbal si es que lograba zafar de aquel oscuro capítulo. No tenía trabajo asegurado, pero necesitaba salir del hospital para sentir que dejaba atrás esa pesadilla.

Hubo un momento en que ambos ayudantes de enfermero analizaron en conciencia su futuro cuando el asunto estaba en su punto más delicado. La conclusión fue una sola: serían sentenciados por violación y, en ese caso, dignos de una larga pena en prisión. Quizás su condición de primerizos atenuaría la sentencia, pero de todos modos vislumbraban un destino tras las rejas.

Una vez más estaban sentados en un escaño del Parque Forestal, pero ahora con la primavera a punto de llegar. Ambos entendían también que sería menos sospechoso si dejaban pasar un tiempo antes de emprender el vuelo y abandonar el hospital. El dilema era quién lo haría primero, ya que si se retiraban juntos, arrojarían sospechas más que razonables como para ser interrogados sobre los verdaderos motivos de su alejamiento.

—Digamos que yo solo actué para protegerte esa noche. Solo fui cómplice y por lo tanto merezco irme primero —concluyó Juan.

—Está bien, pero yo te salvé el pellejo también.

—¿A mí? ¿Cuándo?

—Cuando te pillé con los pantalones abajo a punto de tirarte a esa paciente por el culo. Agarraste papa y ni siquiera me avisaste. Si no es porque te aviso que hay moros en la costa... te aseguro que habría despertado y ahora estaríamos en cana.

—Nunca pensé en metérselo.

—¡Ah, claro!, solo le estabai presentando al muñeco. ¿Vos creís que soy hueón?

—¡Ya, está bien!, estamos empatados.

—Para serte sincero, a mí me da lo mismo, ándate vos primero —propuso Luis sin mostrar encono en sus palabras.

Matus y Mendoza acostumbraban juntarse para tratar temas privados fuera del hospital. Un viejo bar-restaurante en la calle General del Canto, a varias cuadras del recinto asistencial, era el reducto elegido para estas citas clandestinas.

Fue allí donde planificaron un pronto ascenso para Gladys como recompensa a su lealtad y compromiso, y hurgaron hasta el cansancio en una manera de encontrar la huella del culpable de esta historia. No podían permitir un segundo ataque y estaban ciertos de que ello ocurriría si no ponían coto a tiempo. Pero no encontraban la manera efectiva de llevar a cabo dicha operación.

No obstante, una intempestiva nueva visita del general Figueroa a su oficina sacudió al doctor Mendoza, quien junto al director del Hospital Militar había dado por cerrado el caso. El general lo esperaba sentado frente a la secretaria cuando llegó después de almuerzo. No pudo evadirlo y, al conversar con él, se enteró de que la razón de su visita guardaba relación con su hija.

Quince minutos después, alrededor de la mesa de centro que posee la oficina del director se encontraban estos tres personajes. El propio Andrés Matus dejó su rango de lado para mostrarse humilde frente al militar y servir el café. El ambiente emergía tenso en extremo. Según el pensamiento de Matus y Mendoza, al parecer el ataque nunca fue abortado, solo se había pospuesto.

—Quiero comentarles algo importante que le sucedió a mi hija. Me refiero a los días en que estuvo internada aquí —aclaró el general Figueroa.

El comienzo de la conversación no pudo ser menos violenta para sus interlocutores. Sus aprehensiones parecían no estar erradas. Debido al excesivo tiempo desde que había ocurrido aquello, no les quedaba otra que mostrar ignorancia y sorpresa.

—¿Diga usted, general? —se adelantó el director, chorreando torpemente parte de su café sobre la cubierta, al intentar revolver el azúcar.

Mendoza, mientras limpiaba con un puñado de servilletas la mesa, minimizó el incidente, acotando que a él le ocurría a menudo debido al pequeño tamaño de las tazas. El general le restó importancia a ese accidente doméstico.

—Bueno, después de enterarme de lo que me contó mi hija, en forma muy secreta por cierto, creo que es oportuno compartirlo con ustedes.

—¿De qué se trata, general? —preguntó Mendoza con un gesto forzado de empatía y de cuestionable inocencia.

—María Eugenia... ¿Recordarán su nombre, verdad?

—Sí, sí —respondieron Matus y Mendoza en actitud casi servil.

—Me llamó ayer para sostener una reunión muy particular, antes de hacer lo propio con su marido, el teniente Jorge Bernous, para confiarme lo que ella misma denominó como el pasaje más importante e inolvidable de su vida.

Fue en este preciso momento cuando el director entendió que debía dar señales sobre el asunto, ya que, enunciadas antes, podrían servir de escudo ante la avalancha que se aproximaba.

—Mire, general, como director, mi obligación es estar enterado de todo lo que ocurre dentro del hospital...

Mendoza no podía dar crédito a lo que estaba diciendo su jefe. Intuyó que atisbaba una confesión anticipada para reducir la pena. Él no estaba de acuerdo con esa estrategia.

—Pero ello no significa en modo alguno —continuó Matus—que ante cualquier desaguisado de algún funcionario nosotros podamos descubrir a tiempo a el o los responsables. Ni mucho menos que avalemos sus ilícitos.

—¿A qué ilícitos se refiere, director? —interrumpió el uniformado genuinamente intrigado.

Ante la franca aseveración de Matus, Mendoza, que no esperaba ese tipo de interrogante, le tiró un salvavidas a su superior.

—Andrés se refiere a que si su hija tuvo alguna experiencia desagradable durante su estadía en el hospital, siempre estamos llanos a colaborar para superarla cuanto antes.

—Entiendo, pero no se trata precisamente de algo parecido. María Eugenia me dijo que estaba... embarazada —explicó el general, esbozando una leve sonrisa que, dadas las aprensiones de Matus y Mendoza, perfectamente podía ser considerada como irónica.

—Embarazada... —atinó a repetir Matus, asumiendo que sus presunciones caminaban por otro sendero, pero que a la vez podrían ser más incisivas y perjudiciales que las anteriores.

—¿Acaso no es un milagro? —insistió el general al observar que ambos parecían no compartir el peso de su exclusiva información.

—Cuánto me alegro —exclamó Mendoza, ignorando la conexión de ese comentario con el hospital.

—¿Por qué es tan milagroso, general?, se supone que una mujer tan bonita y joven como su hija está en la mejor etapa para formar familia —agregó Matus bonachonamente.

—Miren, en este lugar ella recibió atención y también le dieron oportunos consejos para relajarse con respecto a la dificultad que presentaba para ser madre.

—Agradecemos por cierto que nos conceda algún mérito en el embarazo de su hija, pero ¿nos podría aclarar el sentido de milagro que usted le otorga?

—Veo que ustedes desconocen el drama que tenía mi hija; excúsenme, daba por descontado que estaban enterados de ello.

El militar se tomó su tiempo antes de responder. Como el café no estaba del todo caliente, se lo bebió como los vaqueros lo hacen con el whisky, de un solo trago, para luego limpiar la comisura de los labios sutilmente con los dedos.

»María Eugenia no podía tener hijos y unos exámenes previos que le hicieron en este mismo hospital determinaron que el problema para procrear no lo tenía ella, sino más bien era una patología biológica de su marido. ¿Me imagino que ahora entenderán por qué considero su embarazo de dos meses como un verdadero milagro?»

A partir de estas verdades, ambos médicos sintieron cierta tranquilidad, ya que, en rigor, el relato del militar no develaba el perverso incidente; pero en cambio anunciaba una trama que podría ser más cruda y tormentosa todavía.

El general continuó:

—Era tal cual le aconsejó la doctora Macarena Sánchez, con mucho sentido psicológico: «Siempre hay fórmulas para salir adelante cuando existen dificultades para procrear, solo hay que eliminar la palabra ansiedad del vocabulario». ¡Y así fue!

Si el examen previo determinó que el teniente estaba imposibilitado de engendrar hijos, debido a que la cantidad de espermatozoides era insuficiente o estos no poseían la rapidez y vitalidad suficientes para producir la ovulación, era evidente para los doctores Matus y Mendoza que el sorpresivo embarazo no provenía de la superación mágica de la patología del teniente, sino más bien obedecía a que ese hijo tenía como padre al hombre que había violado a María Eugenia cuando se encontraba bajo los efectos de la anestesia general. Esta verdad no podía cruzar las paredes del hospital. Ambos médicos deducían que el castigo por mantener el silencio, y no haber informado este hecho a tiempo, sería exponencialmente superior a medida que pasaran los meses.

Más tarde, en el restaurante de calle Guardia Vieja, le dieron muchas vueltas a la encrucijada. Ante la necesidad de sumar opiniones invitaron a la tertulia a la enfermera Gladys Pantoja, quien también pensaba que el victimario no podía continuar impune, ni mucho menos conviviendo a diario como uno más bajo el mismo techo de la institución. Esa era —decía convencida— una señal peligrosa ya que, de seguro, si el violador no había decidido retirarse del hospital era porque estaría tramando un próximo ataque. Definitivamente, la enfermera tenía la estructura mental de un investigador privado o intuía que necesitaba más méritos para su ascenso.

Matus y Mendoza querían encontrar un subterfugio para alivianar la presión mental que significaba verse convertidos en responsables de un delito que no habían cometido. Sin duda —pensaban—, tenerlo acotado podría exculparlos de sus responsabilidades. La charla estaba siendo fructífera y se encendió más aún con los dos últimos whiskies etiqueta negra que estaban pendientes. Gladys, consecuente con su estilo de mantener respeto ante sus superiores, se conformó con otro café negro de máquina.

Existían métodos de prueba, pero faltaba dar con el procedimiento adecuado que cumpliera a cabalidad con dos exigencias básicas: por un lado, someter a los sospechosos a un examen, y por otro, que el objetivo del mismo no convirtiera el tema en dominio público.

—Creo que hoy están dadas las condiciones para que, teniendo ya una muestra de semen del culpable, podamos contrarrestarlas haciendo una prueba de ADN —propuso Gladys.

—Lo conversamos con Andrés, pero es difícil tomar una muestra sin que le expliquemos a los involucrados el motivo que nos convoca —añadió el doctor Mendoza.

—Yo creo que ese es el camino, me refiero a comparar ambas muestras, pero el costo puede ser demasiado alto para nosotros —comentó Matus mientras, ensimismado, giraba su vaso para desprender el hielo atascado en la parte superior.

—No creo que sea tan oneroso, en todo caso, no se trata de un asunto de plata —aseguró Mendoza con la certeza de que pagaría lo que fuera para salir del embrollo.

—Me refiero al costo que tendría para nosotros el hecho de que el tema fuera vox populi.

—Nos puede salir más cara la vaina que el sable.

Gladys mantuvo en pausa sus comentarios mientras bebía su café. Se dedicó en el intertanto a escuchar a sus contertulios antes de proponer algo que tenía pensado y estudiado desde hace días:

—Según entiendo, hoy se puede hacer una prueba de ADN a través del pelo. Solo bastaría uno de ellos para llegar a saber quién lo hizo.

—Está en lo cierto, Gladys, pero no se trata de un pelo común y corriente. Para que la prueba de ADN sea irrefutable, vale decir que alcance un noventa y nueve por ciento de certeza, es necesario extraer un pelo con raíz y bulbo. En definitiva, el pelo debe ser arrancado del cuero cabelludo y no cortado —aclaró Andrés Matus, intuyendo que la idea de la enfermera era buena siempre y cuando se cumpliera con el protocolo.

—Entiendo, doctor, pero ambos estarán de acuerdo en que realizar esa muestra es menos invasivo, y que podríamos obtenerla sin que los sospechosos se den cuenta siquiera.

—¿Cómo lo haría usted? —preguntó el director del hospital muy interesado en su respuesta.

—Doctor Mendoza, usted hizo una lista de los posibles culpables, ¿verdad? —aseveró Gladys concentrando la atención de sus interlocutores.

—Bueno, no sé si en esa lista están los posibles culpables. Lo que hice con todo el turno de esa noche fue seleccionar por descarte a los hombres que a simple vista me parecen capaces de hacer una barbaridad como esa. Pero desde luego si entre ellos no encontramos al culpable tendríamos que hacer lo propio con el resto.

—Pues bien, creo que en su rol de máxima autoridad debe informarle al personal que el hospital recibirá pronto una visita distinguida y que requiere, por tanto, que todos estén bien presentados. Para este efecto, entre otras prerrogativas, un peluquero les cortará el cabello sin costo.

La idea estaba bien concebida y cumplía cabalmente con las exigencias básicas. En ese escenario, sin duda arrancarle un pelo a cada uno de los funcionarios no era precisamente una tarea compleja. Ni tampoco daba pie para una segunda lectura, ya que el corte debiería hacerse en los propios lugares de trabajo de cada funcionario. Bastaría que durante ese procedimiento el peluquero, so pretexto de haber encontrado una cana, la extrajera y se la pasara a su ayudante para que este, sin mucho aspaviento, la tipificara.

—¡Es una idea excelente! Creo que de esta manera podríamos dar con el culpable sin que el motivo se haga público. Muchas gracias, Gladys. ¿No piensas tú lo mismo, Walter?

—Por supuesto, y de verdad lamento no haberla invitado antes a estas reuniones, Gladys, ya que su aporte ha sido fundamental. La felicito sinceramente. Sé que estoy en el límite de que me entre agua al bote, pero la ocasión amerita un salud por usted —agregó sonriente Walter Mendoza mirando a Andrés Matus para hacer causa común en el festejo.

Las reiteradas conversaciones para abandonar el barco y retirarse voluntariamente del hospital tuvieron resultados. Casey presentaría su renuncia entre Navidad y Año Nuevo, en tanto que Kildare lo haría tres meses más tarde, volviendo de vacaciones. Así las cosas, no tocaron más el tema ni hubo intentos de volver a la carga con sus fechorías, no por ahora al menos. Ambos se abocaron a su trabajo con más ahínco que nunca y procuraron como estrategia no pasar demasiado tiempo juntos en el hospital. Cualquier duda, rumor o sospecha la tratarían fuera de sus horas de trabajo.

Ya estaban enterados de la visita que pronto realizaría una importante personalidad al hospital. La información la recibieron al mismo tiempo que el Departamento de Bienestar les hacía entrega de dos tenidas de trabajo nuevas. De modo que cuando días después les notificaron que la dirección disponía de un peluquero profesional que en forma gratuita les cortaría el pelo, tanto Luis como Juan consignaron la medida como un verdadero beneficio.

El peluquero y su ayudante demoraron dos jornadas en podar las cabelleras de los primeros sospechosos, y sin reparos, lograron sacar canas a todos sus eventuales clientes. El registro de cada pelo arrancado se envió de inmediato a una empresa que recién se iniciaba en nuestro país, haciendo análisis de paternidad y testeando pruebas de ADN a probables sospechosos de diferentes crímenes, en su mayoría acusados de actos vejatorios.

Dos meses después, cuando la primavera hacía lo suyo, la secretaria de Andrés Matus llamó a su jefe para decirle que había un sobre sellado a su nombre. Previamente, el director del hospital había sido advertido por la empresa especializada en ADN acerca de tal entrega. De manera que Matus conminó al doctor Walter Mendoza y a la enfermera Gladys Pantoja para que juntos, en su oficina, sufrieran el espanto o la desilusión de ese inesperado pero ansiado desenlace.

Había curiosidad, pero también velado nerviosismo. Nunca es fácil enfrentarse al desengaño sobre un colega y compañero de trabajo. Pero también el morbo aporta lo suyo en momentos como este. La enfermera fue la elegida para abrir el sobre. Luego de hacerlo, extendió las dos hojas que había en su interior encima del escritorio.

El nombre de Luis Méndez afloró como dibujado en luz de neón sobre el resto de la información. Los testigos oculares de este acontecimiento enmudecieron por unos segundos. A pesar de que en el grupo de sospechosos, él y Juan Báez pertenecían al rango de los menos probables, el fallo fue consignado como inequívoco. No fue necesario buscar otro lugar con más intimidad para analizar las consecuencias de esta prueba de ADN, ya que la secretaria llamó por el interno para anunciar que se retiraba. En la soledad de la oficina, a esa hora, desapareció la mordaza y los pensamientos hablados alcanzaron un tono mayor. Fueron instantes de mucho nerviosismo. Tenían entre manos el arma para fusilar al victimario, pero debían asegurarse de que la sangre no les salpicara a ellos ni enlodara el prestigio bien ganado del Hospital Militar como uno de los centros médicos más completos, modernos e importantes del país en aquella época.

Los tres coincidieron en concluir que, ante los riesgos que involucraba cometer estas violaciones, era imposible que hubiese actuado solo. La lógica indicaba también que este hecho execrable fue solo el corolario de una saga de acontecimientos similares que se prolongaron en el tiempo. El doctor Walter Mendoza fue el primero en levantar la mano por la moción de entregarlo a la justicia. Gladys Pantoja y Andrés Matus compartieron su posición, pero postulaban ser cautos a la hora de denunciar al culpable. Ellos proponían que la policía civil se hiciera cargo del caso y que, antes de tomar las riendas del mismo, adquirieran el compromiso de mantener en el más absoluto hermetismo la detención y el posterior encierro en la cárcel del o los funcionarios considerados responsables. Para ello era menester conocer a algún detective de Investigaciones.

El director dijo haber estudiado en el liceo junto al actual sub-director de esa entidad, a quien consideraba un profesional serio y confiable. Luego acordaron hacer un pacto de silencio. Había conciencia de que cualquier comentario podría poner a los tres entre la espada y la pared. Desestimaron la idea de te-ner una manifiesta y evidente actitud condenatoria hacia Luis Méndez previo a su factible detención, ya que aquello daría luces de los pasos estratégicos que habían planificado para su detención. En definitiva, todo continuaría como si nada hu-biese sucedido hasta que la policía tomara las riendas del caso.

En las postrimerías de noviembre de ese año, a solo dos días del retiro voluntario de su compañero Juan Báez, la poli-cía de Investigaciones detuvo a Luis Méndez una cuadra antes de que llegara al hospital para así no provocar revuelo en su entorno laboral. No opuso resistencia y bastó el rigor de los primeros interrogatorios para que el «doctor Kildare» —ha-ciéndole poco honor al personaje de la TV— confesara su protagonismo en la peculiar violación. Los métodos policiales fueron eficaces para obtener el nombre de su cómplice y toda-vía más para que asegurara que no era la primera vez que in-cursionaban de esta forma con anteriores pacientes. El «doctor Casey» fue detenido mientras hacía fila para postular al mismo trabajo del que quería escapar, de ayudante de enfermero, pero en el hospital Barros Luco.

Eugenio Loyola Valenzuela, acompañado de tres reos más, escuchó este florido, intrincado y cautivador relato de boca de los propios protagonistas. El delito que condujo a la privación de libertad de estos dos ex enfermeros no tuvo di-fusión alguna en la prensa escrita ni en ningún otro medio de la época. Del tal forma que debieron validar el tamaño de su acto criminal para ser considerados y respetados entre sus pares que estaban en prisión. Solo obtendrían protección si se incorporaban a una de las carretas, esos pequeños guetos de poder cuyos líderes a menudo son los más admirados, los más fieros o los que más años de cárcel tienen en el cuerpo. Si bien formando parte de estos clanes los elegidos de alguna manera se blindan ante el resto de la población penal, los más timoratos, los más débiles y los homosexuales —a quienes denominan «perkins» en razón a una tira cómica que aparecía en una antigua revista llamada *El Pingüino*, donde el personaje principal era un asesor del hogar para todo servicio— pueden llegar a establecer una relación de absoluto servilismo con el líder del grupo; y él podrá usarlos, si así lo determina, como su exclusivo objeto sexual, a cambio de no ser violados a quemarropa todas las noches por diferentes reos.

Ya eran cerca de las diez de la noche cuando Luis Méndez y Juan Báez, sentados en torno a sus camarotes y al fragor de muchas corridas de mate caliente y alguno que otro sorbo de chicha de manzana artesanal preparado en forma clandestina por ellos mismos, expusieron su odisea para lograr el beneplácito del reducido auditorio liderado por Loyola.

Cuando las sombras de la noche parecían más espesas y el frío se colaba por entre las mil rendijas de la celda, las bajas temperaturas llegaban para establecer otra forma de castigo, a veces tanto o más despiadado que sus propias condenas.

Una seguidilla de golpes provocados con la luma arrastrada sobre los barrotes de fierro pedía atención:

—¡Silencio, a dormir los huevones si no quieren pasar un día incomunicados! —vociferó un gendarme guarecido entre las penumbras de los húmedos pasillos.

Con este aviso, se dio por terminada la historia de Kildare y Casey.

Tras un rápido proceso, Luis Méndez y Juan Báez habían sido condenados a doce años y un día de privación de libertad.

Capítulo 8

LA PRIMERA CITA

Margarita y Eugenio quedaron de juntarse en la plaza de Armas al día siguiente. De acuerdo al reloj de la Catedral, Eugenio había llegado con cuarenta minutos de antelación. Se reconocía un tanto nervioso, más que eso, ansioso.

Mientras mataba el tiempo se puso a mirar los afiches del cine Santiago, a donde tenía pensado invitarla. Este rotativo se caracterizaba por exhibir películas de habla hispana. Eugenio algo lograba comprender juntando las letras, pero jamás podría leer los textos de algún film extranjero subtitulado en español debido a la rapidez con que cambiaban los textos; todo un dilema insoluble. De modo que *La sonrisa de mamá*, con Libertad Lamarque y Joselito, conformaba un programa de gran interés a juzgar por la fila en la boletería. Aprovechó de sacar las entradas y se sentó luego en la plaza para superar los estragos de la cuenta regresiva sobre lo que estaba a punto de vivir. ¿Y si no viene? ¿Si la tía Hortensia no la dejó salir? ¿Si Margarita se arrepintió de acompañarlo?

Eugenio siempre le puso el pecho a las balas, pero era tímido. Ese coraje que hacía temblar a los de su entorno carcelario, y sobre todo a sus víctimas, solo lo sacaba a relucir en su oficio; pero en lo cotidiano, y en libertad, era conocido por su ostracismo. Era renuente para contarles a extraños cómo se ganaba la vida, y en especial, que era analfabeto. Ahí mismo, sentado en una banqueta de la plaza de Armas y haciendo caso omiso del ruido ambiente, sacó un pañuelo para secarse las manos sudorosas y comprender que, tras esa serie de preguntas sin respuestas, si no tenía un plan, no sabría cómo comportarse. Le parecía extraño que, habiendo tenido sexo con ella la noche anterior, le acechara tanta incertidumbre y nerviosismo. ¿Le daba un beso en la boca o en la mejilla cuando llegara?, se preguntó. Rumbo al cine, ¿la abrazaba o esperaba la oscuridad de la galería para hacerlo? ¿Debía invitarla a un motel o a comer después?

Eugenio, sumido en sus precarias dudas existenciales, la vio aparecer a lo lejos entre un vendedor de algodón azucarado y una madre que, en cuclillas, no lograba calmar el llanto de su hijo porque se le había caído el helado.

En el encuentro, no hubo un beso en la boca ni en la mejilla, apenas se dieron un débil apretón de manos y ambos se sentaron esbozando una incómoda sonrisa. Margarita tenía un encanto especial, anidado seguramente en algún sitio inexpugnable de su cuerpo, de su mente o de su espíritu, ya que era difícil localizarlo; pero lo tenía.

—¿Llegaste hace rato? —preguntó Margarita para testear si sus cinco minutos de atraso ameritaban una excusa.

—No hace mucho —mintió para no parecer tan entregado.

—La señora Hortensia no me quería dejar salir. ¿Qué vamos a hacer?

—Compré dos entradas para el cine. ¿Te gustaría ir?

—¿Para ver una película? —preguntó ella con los ojos muy abiertos y a riesgo de pasar por huasa.

—¿No te gusta la idea?

—Nunca fui.

—¿Cómo que nunca fuiste? —refutó él, sorprendido.

—Donde yo vivo no hay cine.

—¿Nunca has visto una película? —insistió más sorprendido aún.

—Bueno, sí. Sí he visto, pero no en un cine, en la plaza de Paredones dieron una... Era de Chaplin, me reí harto —explicó ella con una candidez que instaba a cobijarla.

—Entonces, te va a gustar. Estamos en la hora, ya compré las entradas —acotó Eugenio para ponerle presión.

—Vamos, pero tú me vas a dejar después donde la señora Hortensia —dijo Margarita, sabiendo que por ser conocido de la Sole, sería más difícil que la reprendieran.

Eugenio no la abrazó rumbo al cine Santiago. Cuando llegaron, Margarita quedó cautivada con los afiches.

—¡Son en colores! —subrayó ella en voz alta.

—Sí, en colores —confirmó Eugenio, sintiendo un poco de pudor al imaginar lo que dirían sus compañeros de celda si lo vieran en esa.

—¡Qué emocionante!

Eugenio se formó en la calle, no le tenía temor a la muerte y jugaba con su vida y la de otros. Jamás se amilanó ante nadie; sin embargo, ahora estaba confundido, no sabía cómo actuar ante una persona que, en teoría, estaba en una situación más precaria que él. Ya sentados en sus butacas y amparados en la penumbra, tuvo más coraje para inmiscuirse en su vida.

—¿Hasta qué curso llegaste?

—Terminé la básica y tuve que ayudar a mis papás en el campo —aclaró ella sin dobleces—. ¿Y tú?

La gente que fue al baño se apresuró cuando comenzaron a apagar las luces y la abrupta aparición de una imagen en la pantalla salvó a Eugenio de responder.

Esperaba que Margarita fuera iletrada también, seguramente para exhibir como un trofeo sus logros en la universidad de la vida. Mientras exhibían una sinopsis con los próximos estrenos, constató su embeleso con lo que apreciaba en la pantalla. Él la miraba con el rabillo del ojo.

Solo los misterios infinitos que producen las químicas afectivas pueden justificar un encuentro tan disímil. Una joven e incauta madre campesina que comienza su carrera de prostituta, junto a un ladrón consumado que tiene como domicilio permanente la cárcel. Ambos no saben nada el uno del otro, pero están aquí, uno al lado del otro.

Libertad Lamarque, la madre, y Joselito, el hijo, ya aparecían en los créditos de la película. La trama en la pantalla había comenzado.

Eugenio secó la transpiración de sus manos en los pantalones y las deslizó paralelamente a la altura de las rodillas de Margarita, quien no alcanzó a dar doble intención a ese movimiento. Ni siquiera se dio cuenta de ello, dado lo concentrada que estaba con esas imágenes a todo color. En esa posición, Eugenio descubrió que su rodilla rozaba una de ella, y tras varios movimientos ingenuos, el meñique y el anular se afanaban en tocar juguetonamente su vestido, simulando casualidad. Cuando tuvo mediana certeza de que su intención no oponía resistencia, la mano íntegra saltó al muslo de Margarita, como si fuera una rana, y allí se quedó esperando el próximo zarpazo. En toda esta treta, Eugenio no despegaba su mirada de la pantalla, pero prácticamente no veía, era solo una estrategia disuasiva. A diferencia de lo que vivía Margarita, su atención no estaba en el drama cinematográfico, sino en el placer erótico que le producía sentir su pierna. Interpretó el silencio como aceptación y con aquel pase en su mano dejó de lado las sutilezas para abordarla poniendo su brazo derecho sobre el hombro de ella. Fue la mano izquierda, a partir de esta acomodación, la que posó en la pierna. La joven, abstraída en el drama, no acusaba recibo del movimiento aplicado por Eugenio sobre su vestido.

Como un verdadero artista, su mano comenzó a recoger el vestido hasta permitir que sus dedos pudieran rozar su aterciopelada piel, para luego introducirse como un reptil entre sus piernas cálidas. Las acarició por unos segundos y se quedó allí, mientras constataba que el drama de la pantalla se desplazaba en el tiempo.

El historial de este hombre en lo meramente sexual siempre fue bajo la perspectiva del cliente que paga para satisfacer sus deseos. Un trámite frío y distante, cuya plenitud no excedía la misión de apaciguar su bestialidad acumulada. Por primera vez se enfrentaba al inmensurable terreno de la sensualidad.

Él percibía la diferencia. El placer que sentía era inmenso, a ratos sublime. Pero aún faltaba más, su dedos escalaron con decisión hasta el monte de venus y fueron los mismos dedos los que se escabulleron entre el borde del pubis en una maniobra que terminó excitándolo peligrosamente. Mientras Joselito le cantaba un paso doble a su madre, Eugenio buscaba complicidad en la depositaria de sus caricias. Descubrió, al mirarla de reojo, que estaba emocionada, pero no a causa de su incursión sino por la historia de la película. No estaba siendo correspondido. Ante tal percepción decidió congelar su velado intento por hurgar en las profundidades. Surgieron entonces unas dudas no menores. Si, a pesar de no dar acuso de recibo, Margarita había sentido sus caricias, significaba su tácita aprobación y entonces no vacilaría en invitarla a pasar la noche juntos después del cine. En caso contrario, debería dejar hasta allí sus avances eróticos para no perder la posibilidad de un segundo encuentro. El asunto adquirió ribetes de dilema shakesperiano.

En los momentos en que su mano izquierda estaba atrapada y descansando en la parte interna del calzón, asumir la retirada significaba realizar movimientos bruscos que dilucidarían si ella era cómplice o víctima de lo que estaba sucediendo.

De pronto, unos silbidos y abucheos lo sacaron de su análisis y Eugenio vio que la pantalla se había ido a negro porque seguramente una distracción del «Cojo» había producido la combustión de unos fotogramas en pantalla y requería por lo tanto algunos minutos para pegar la imagen. Lo nefasto fue que se encendieron las luces del cine. Margarita también despertó de su encantamiento y percibió cómo Eugenio, con torpeza, retiraba rápidamente la mano desde su ropa interior y, en la acción, dejaba el vestido recogido y sus piernas al descubierto. Instintivamente elevó la voz.

—¡Eugenio!, ¿qué estás haciendo? —exclamó sin medir el volumen y dejando en evidencia el acto vejatorio.

La alternativa más improbable había sucedido y, como ante ese escenario no tenía palabras para una excusa, decidió pararse y literalmente huir de la sala. Margarita lo siguió segundos después y lo encontró en la entrada, ya más consciente de su arrebato infantil. Caminaron varias cuadras sin emitir palabras. Al rato entraron a un café y se escucharon. Él le pidió perdón, porque suponía aceptación de sus «caricias». Ella hizo lo propio por haber gritado su nombre y por evidenciar que estaba siendo manoseada sin su consentimiento.

En un motel de medio pelo, conocido como Los Cuatro Patos, escondido en un rincón de la calle Catedral, Eugenio se dejó tentar por el precio oferta por hora y conminó a Margarita a que juntos exoneraran allí sus culpas. Hubo unanimidad y esa noche dejaron fluir sus sentimientos más puros para hacer, literalmente, el amor. El reloj pareció avanzar sin control y fue el sonido insistente de la camarera golpeando la puerta con inusitada violencia lo que puso fin al encanto.

—¡Quedan cinco minutos!

Capítulo 9

A CORAZÓN ABIERTO

El Mercedes Benz negro modelo 280 del 75 enfiló por Pocuro hacia la cordillera. El atardecer se fue de repente, pero aun así, la débil penumbra del ocaso permitía apreciar de fondo el caprichoso telón rojizo que forman las nubes cuando se posan sobre ellas los últimos estertores del sol. De este irrepetible óleo gigante, Agustín Vergara no se percató. Su mente estaba centrada en la posibilidad de acceder a comprar tantas acciones como fueran necesarias para conseguir el cincuenta y un por ciento de la propiedad de la clínica Santa Marta, el lugar donde hizo sus primeras armas como profesional y con el paso de los años —en tiempo récord para sus pares— adquirió fama y dinero.

Mientras conducía casi por inercia el lujoso automóvil con destino a su hogar en el barrio alto de Santiago, el cardiólogo pensaba. Sabía que para acceder a dicha transacción requería de un elevado préstamo bancario, y el principal obstáculo para lograrlo eran los dos créditos que aún tenía vigentes. Debido al conveniente valor de las acciones, era una posibilidad única que no podía dejar pasar. Durante el trayecto, su mente urdía la forma de reunirse con jerarcas del régimen a quienes, por afinidad política, cedía gratuitamente sus servicios profesionales al interior de la policía secreta y a los cuales también facilitaba soterradamente la clínica, en su calidad de director, para atenciones que ameritaban guardar absoluta reserva. Lograr que ellos avalaran su gestión ante el Banco del Estado sería en cierto modo, pensaba para sí, una justa compensación.

Durante la cena compartió su ambición con Florencia. Estaba convencido de que su colaboración con la DINA sería pasajera. Esa palabra, que provocaba terror entre sus víctimas, era la sigla de la Dirección de Inteligencia Nacional. Tal denominación ciertamente era un eufemismo, pues se trataba literalmente de un aparato represor del Estado, que operaba con total autonomía y donde el mayor esbozo de «inteligencia» estaba destinado a buscar intrincadas formas de tortura para obtener información. El doctor Vergara era en extremo cauteloso para no dejar huellas sobre su cercanía y conexión con el poder imperante, ni mucho menos mencionar nada que pudiera desenmascarar ante su esposa aquella doble vida.

Ambos se habían conocido en la Universidad de Stanford, en Estados Unidos, cuando él realizaba allí un postgrado en cardiopatías congénitas y Florencia Cooper, hija de madre chilena y padre norteamericano, quien vivía en San Francisco, asistía a un seminario de idiomas en la Escuela de Humanidades. Florencia escuchó sus conjeturas comerciales con atención, mientras engullían una pierna de pavo al horno con salsa agridulce, que era el plato favorito del cardiólogo.

—Si logro conseguir el préstamo me convierto en el accionista mayoritario. ¿Te das cuenta de lo que eso significaría?

—Que si hoy te vemos poco, en el futuro deberíamos alegrarnos si nos llamas por teléfono.

—¿Pero de qué hablas, Florencia?

—Desde que asumiste la dirección de la clínica, extrañamente tus horarios de trabajo aumentaron, Agustín, y no me digas que no es así.

—Es lógico, estamos reestructurando el perfil de la clínica y además debo atender a mis pacientes.

—Muy lógico será, pero los únicos perjudicados somos Tomás y yo. La verdad es que todo esto me tiene muy confundida.

—¿Qué quieres decir?

—El otro día, cuando saliste a ver a uno de tus pacientes, antes de acostarse Tomás llamó a la clínica para desearte buenas noches y le dijeron que te habías retirado temprano.

—Sí, tuve que ir a ver a un paciente a su casa.

—No me digas ahora que además estás atendiendo a domicilio.

—Tuve que hacerlo, lo habían dado de alta y sufrió una crisis. Fue una excepción.

—¿No vas a comer más? —subrayó Florencia al ver que el pavo yacía en su plato con solo dos cortes.

—No, no tengo mucha hambre.

—¿Un café?

Agustín asintió con la cabeza para no denunciar un tono errático en su voz que podría delatar su mentira. En tanto, Florencia, para ganar tiempo, recogía los platos y los llevaba rumbo a la cocina. Agustín escuchó sentado en el comedor la orden que le dio a Carmen de preparar un café y dos postres, para regresar lo antes posible al comedor y retomar el tema de conversación pendiente. Eso pensó él y no estaba equivocado.

—Antes de que llegaras, el teléfono sonó tres veces, pero al escuchar mi voz, cortaban.

—¿Me estás informando o preguntando?

—¿No te parece raro?

—Sí, claro, pero me lo dices como si yo tuviera algo que ver en eso.

—No fue mi intención, es solo un comentario. —Como en un cuadro teatral, el teléfono cercano al comedor sonó en aquel instante—. Ahí está otra vez —anunció Florencia con la intención de recoger la llamada.

—Deja, yo contesto —saltó presto Agustín.

—Aló. ¿Doctor? —preguntó una voz dubitativa al otro lado de la línea.

—Sí, con él. ¿Quién es?

—Estoy llamando del cuartel... ¿Puede hablar?

—Sí, sí, claro. Deme un momento —tapó el auricular con su mano y dirigió la mirada a Florencia que estaba expectante—. Es de la clínica —le dijo, convencido de haber saciado su curiosidad, luego volvió a su interlocutor—. ¿Qué sucede?

—Necesitamos de su presencia, doctor.

—¿Qué sucedió?

—Discúlpeme, pero no estoy autorizado para dar más detalles, en veinte minutos un móvil lo estará esperando afuera de su casa. Gracias. —La llamada se cortó.

—¿Qué pasa? —abordó Florencia sin preámbulos.

—Un paciente crítico —señaló Agustín para ganar segundos mientras urdía algún argumento que no fomentara dudas.

—¿Tienes que salir?

Agustín asintió con la cabeza, con rostro victimizado.

—Me pasan a buscar en un rato.

Tomás irrumpió en la escena que prometía ribetes de melodrama. No había visto a su padre e intentó correr, con la dificultad que implica desplazarse cuando el pijama tiene las piernas muy largas. El padre fue a su encuentro para evitar que en su loco intento pudiera tropezarse. Lo tomó en brazos. Fue su salvavidas, y sentía que si prolongaba ese encuentro podía congelar la conversación con Florencia que lo tenía atrapado.

—¡Papito!, te estaba esperando.

—Pensé que dormías.

—Me dijiste que veríamos televisión juntos.

Esta vez fue Carmen quien, sin pretenderlo, lo auxilió.

—¿Para quién es el café?

—Para mí, y el postre es para Tomás —agregó el cardiólogo, seduciendo a su hijo para que se quedara.

—Ya comió —acotó Florencia—. Tiene que ir a la cama.

—¡Quiero estar con mi papá!... ¿Vamos a ver tele?

—Tu papá va a salir —se adelantó Florencia con la intención de reponer la discusión.

—¿Te vas, papá?

—Tengo que ver a un paciente que está grave, pero te prometo que mañana estaré de regreso en casa, más temprano, y podremos hacer lo que quieras.

El vehículo dispuesto por los agentes de seguridad lo condujo de nuevo a Londres 38. Ya en el recinto fue guiado de inmediato a una habitación ubicada al fondo del primer piso. En rigor, se trataba de uno de los amplios baños de la casa que había sido adaptado como una peculiar sala de interrogatorios. En su interior había dos personas de civil y un detenido recostado sobre una mesa de madera, cuyas manos y pies se encontraban atados por debajo de la misma. A la altura de su cabeza colgaba una lámpara que, seguramente, cumplía la función de encandilar al detenido, provocando en él un estado psicológico de permanente vigilia, ya que era la única fuente de luz que existía allí. El agente de mayor rango, luego de saludar al médico, lo condujo a las inmediaciones del pasillo para decirle en voz baja que tenían entre manos a un pez gordo y que requerían de sus servicios antes y durante el interrogatorio. Esto significaba que la víctima sería expuesta a tortura mediante aplicación de electricidad, y por tanto era menester su presencia en todo el proceso para evaluar en forma constante la resistencia física del detenido.

En muy pocas ocasiones Agustín había sido convocado para estar presente durante una sesión de tortura. Su labor se limitaba a revisar médicamente a los interrogados después de la aplicación del procedimiento vejatorio al que eran expuestos, con el objeto de evaluar su capacidad para seguir soportando más castigo. Sus pocas experiencias anteriores como testigo ocular le produjeron cierto rechazo, el que tuvo que disimular. Para el médico, esta vez, presentar reparos a la exigencia de los verdugos podría restarle puntos a su idea de conseguir ciertas prerrogativas de parte del alto mando. No dejaba de pensar en el negocio que tenía entre manos.

Al regresar a la habitación, recién se percató de la presencia de una antigua tina de fierro enlozada dispuesta en un rincón. Estaba llena de agua y un enjambre de cables, que parecían tentáculos, salían de ella para unirse a una conexión eléctrica de dudosa factura. El detenido se encontraba en calzoncillos, sentado en la mesa de madera. Agustín abrió su maletín y comenzó su rutina para examinarlo y dar cuenta de su estado físico. Al igual que una res que se enfila rumbo al matadero y que logra percibir un fatal desenlace, el corazón de este hombre palpitaba sin control. Las miradas de los agentes ponían presión al cardiólogo y parecían no dispuestos a aceptar otro diagnóstico que no fuera positivo.

Agustín, pasados algunos minutos, culminó su somero examen y quiso decir que estaba apto, pero ante la sequedad que sintió en su boca, se limitó a asentir con la cabeza.

El detenido fue puesto de pie y obligado a sacarse los calzoncillos para quedar completamente desnudo. Luego, con la «picana» —una suerte de bastón electrificado, que era un elemento de mucha recurrencia y considerado de gran utilidad para obtener información—, el agente a cargo guió a su víctima, como si fuera un toro de lidia, hasta la tina. Al mismo tiempo, su colega de menos jinetas acudía a un rincón para activar un tocadiscos con «El Danubio azul» de Johann Strauss. El médico, solapado en el oscuro rincón opuesto, integraba así la comitiva del horror. La mayoría de los detenidos que llegaban hasta ese lugar pasaban allí entre uno y tres días, aunque en casos excepcionales algunos debieron soportar el rigor de los interrogatorios durante más de dos semanas, y hasta un mes. Parte del tratamiento a los cautivos era privarlos de alimentación, hacerlos pasar mucho tiempo en piezas oscuras, de pie y hacinados con más de diez compañeros, expuestos al frío y baldeados cada cierto tiempo para impedirles conciliar el sueño. En estas condiciones eran conminados al clímax de la tortura, cuyo objetivo último —ya lo hemos dicho— era la delación de otros supuestos subversivos.

El detenido, inmerso en la tina electrificada, tuvo la última oportunidad de entregar nombres antes de que se activara el macabro sistema.

—Ya, huevón, dame nombres —tuvo que gritar el jefe para superar el volumen del vals vienés.

—No, no sé... —pronunció apenas el detenido.

—¡Ah, no sabís, conchetumadre! ¡Ahora te lo voy a recordar! —le replicó el hombre mientras daba una mirada a su ayudante que, de ultratumba, entendió el código y activó el interruptor por un segundo. En cámara lenta vemos cómo la energía se conduce por la maraña de cables, se monta en el borde de la vetusta tina de fierro con trozos de loza menos, y de ahí se distribuye hasta los electrodos que van directo al agua. El recorrido es invisible. Los gritos de dolor no se escuchan, pero el rostro del afectado se retuerce, como si fuera de goma, haciendo mil muecas, todas atroces. La imagen es muda, solo se oye Strauss. El doctor se mantiene en su rincón como único testigo, mientras el dolor hace que la víctima aparente bailar al compás de la música. La imagen vuelve a veinticuatro cuadros por segundos.

—¿Qué dices ahora?, ¿se refrescó tu memoria?

—No conozco a nadie de los que usted me dice.

—¿Te las querís dar de choro, huevón? —el verdugo de nuevo mira a su cómplice. Esta vez, la rutina establece que se duplique el tiempo del interruptor en la fase «on».

El grito ensordecedor fue también la expresión de un doble sufrimiento y coincidió con el último acorde de «El Danubio azul». El long play siguió girando y ofreció «Sangre vienesa». El detenido acusó el golpe de corriente. Su cuerpo tiritaba. El doctor no sabía si interrumpir o no. Prefirió esperar una orden.

—Mira, huevón, si no hablái ahora, en la próxima te vai cortado. Y sabís que no estoy bromeando.

—¿Pero qué quiere que diga? —se escuchaba apenas la voz del detenido.

—Dime ¿qué sabís del Plan Z?

—¿El Plan Z? No sé qué es eso... —balbuceó el hombre, notablemente resentido por los golpes de corriente.

—¿Me estái diciendo que no tenís idea del Plan Z? —preguntó el torturador con visible ira al interrogado.

—¡Le juro que no sé de qué me está hablando, señor! —imploró este mientras buscaba con su lánguida mirada la presencia del doctor, con la esperanza de que intercediera y cesara el castigo.

—¡Desgraciado! —exclamó el torturador, impotente por no obtener resultados. Se agachó hasta quedar a la altura de su rostro y lo miró fijamente a los ojos—. ¡Vos te lo buscaste, hijo de puta! —lo sentenció mientras volvía a ponerse de pie y repetía el contacto visual con su asistente para que acrecentara la cuota de barbarie.

Esta vez, la descarga fue implacable y el detenido no la resistió y perdió el conocimiento. La situación fue manejada por sus celadores con inusitada frialdad. Antes de que su cabeza se sumergiera en el agua, sin ninguna muestra de sorpresa ni conmoción, los dos hombres lo sacaron de la tina al tiempo que el doctor Vergara dirigía las acciones para que lo acomodaran sobre la mesa. Pidió con urgencia que abrieran las ventanas, que lo secaran y lo cubrieran con frazadas. Mientras aquello ocurría, controlaba sus vías respiratorias y su pulso. A petición del cardiólogo, el funcionario de menor rango, el mismo que operaba el interruptor y manejaba la corriente, levantó la aguja del tocadiscos y eliminó de una plumada a Johann Strauss de la gran sala de baño. El jefe del interrogatorio, también a instancias del médico, debió colaborar y levantar los pies de su víctima treinta centímetros por encima de su cabeza para que el torrente sanguíneo cumpliera mejor su cometido. Fueron dos minutos de suspenso hasta que el detenido comenzó a inquietarse y a dar muestras de volver a la realidad. Seguramente, si de él hubiese dependido, con certeza se habría quedado en el limbo en vez de regresar al cadalso. Para constatar la exitosa salida de su estado comatoso, su eventual médico de cabecera debió hacer las preguntas de rigor. La víctima supo decir su nombre, su edad, pero, entendiendo que llevaba varios días de encierro en ese centro de detención, resultó patético cuando Agustín Vergara le preguntó: «¿Qué día es?».

Tras superar la crisis, se cerraron las ventanas y la atmósfera de indomable locura que inundó el lugar volvió a su aparente calma. En esta oportunidad fue el médico quien salió al pasillo para responder a la insistencia del jefe de la operación por saber si podía continuar con su cometido.

—Usted sabe que si cortamos el hilo perdemos el volantín —dijo metafóricamente y en voz baja el verdugo con vil desparpajo.

—¿Quiere continuar?

—Cada uno en lo suyo, doctor. Este huevón es terrorista y no lo podemos dejar partir sin que suelte la pepa... ¿Cómo está?

El doctor reflexionó antes de responder:

—Él está bien.

—¿Podemos seguir entonces?

—No antes de dos horas.

—¿Le damos comida o algo de tomar para que aguante más?

—Le haría bien, pero si no esperan el tiempo debido, va a vomitar.

—Entendido, doctor, déjelo en nuestras manos —dijo soslayando las advertencias y en la íntima convicción de que esta vez no tendría escrúpulos con el interrogado.

—¿Me puede traer mi maletín?, no quisiera volver a entrar —señaló el cardiólogo para no enfrentarse cara a cara con el detenido.

—¡Rogelio, tráigale el maletín al doctor Vergara —gritó el jefe hacia el interior del baño.

—Le rogaría que ante estas personas no pronuncie mi nombre. Es un asunto delicado y la idea es que mi trabajo sea lo más anónimo posible.

—Entiendo, doctor, no volverá a suceder.

Ciertamente, la impunidad flotaba en el ambiente, porque aquí sucedía lo mismo a diario y, al parecer, todos los involucrados pensaban que la recurrencia validaba el método y que el paso del tiempo se encargaría de exculparlos por guardar silencio.

Agustín Vergara llevaba meses en estos menesteres y, si bien a veces existían situaciones que lo sorprendían, las violaciones a los derechos humanos, el despojo a la dignidad de los detenidos y la humillación a ultranza contra compatriotas con el fin de obtener información no estaban entre ellas.

De regreso a casa lo acompañó una persistente garúa y una neblina londinense que obstaculizaba la vista más allá de los cien metros. Fue un retorno reflexivo, donde la posibilidad cierta de acceder al préstamo en cuestión para convertirse en el mayor accionista de la clínica le impedía abandonar su gesto «altruista» como eventual médico de la policía secreta.

Florencia y Tomás ya dormían. Sobre el velador encontró unas letras escritas en una hoja de cuaderno: «Mañana no le puedes fallar». Su esposa podría haberle transmitido perfectamente el mensaje en persona a la mañana siguiente durante el desayuno, pero ella intuía que de esa manera la exigencia sería más efectiva.

Tres días después, en su clínica, sumido en la vorágine de una cirugía a corazón abierto, el doctor Vergara sacaba una arteria sana de otra parte del cuerpo para injertarla en la zona donde su paciente había hecho crisis al tener otra vía bloqueada que no suministraba la suficiente sangre al corazón. La cirugía de bypass sin circulación extracorpórea reviste desafíos, ya que no involucra una máquina que reemplace su movimiento natural y, como sería imposible suturar con este órgano en pleno funcionamiento, se usa un sistema de estabilización para mantener el corazón inmóvil. La faena la realizan cirujanos experimentados ya que cualquier error puede ser fatal. Después de tres horas y media en el pabellón, Vergara culminaba su labor y el equipo médico que lo asistía no ocultaba la satisfacción por el exitoso resultado.

La enfermera jefa aprovechó esa instancia para advertirle al oído que había unas personas esperándolo en su oficina. Lo que quedaba, cerrar la herida del paciente, lo delegó a manos de sus ayudantes y abandonó el quirófano. Mientras se sacaba la ropa de trabajo y accedía a la suya desde su casillero, evaluó los datos entregados por la enfermera, quien dijo que se trataba de tres individuos de terno y corbata e incluso se aventuró a mencionar, entre broma y en serio, que parecían detectives.

Esta idea generó preocupación en el cardiólogo. Desde que comenzó su labor como médico de la DINA supo que corría riesgos, y el mayor de ellos era, sin duda, que su colaboración ad honorem quedara expuesta a la opinión pública. Hasta ahora había mantenido el anonimato; incluso sus colegas, amigos y familia ignoraban su doble vida laboral. Esa conducta tan hermética y reservada había dado frutos, aunque en su entorno muchos especulaban sobre lo veloz que había sido su carrera.

Al salir del área restringida de la clínica, ya vestido con su tradicional delantal blanco, se detuvo al paso para compartir los resultados de la intervención con los familiares del paciente. Pero seguía preocupado por las inoportunas visitas que, según la enfermera jefa, llevaban más de una hora esperándolo. Este detalle acrecentaba la inquietud y en su mente se dibujaron varios escenarios negativos.

Efectivamente, los tres hombres vestían de terno y corbata, y la apreciación de la enfermera jefa le hacía sentido, ya que parecían detectives. Mientras los saludaba uno a uno, no lograba inferir qué buscaban estas personas. La secretaria, sin previo aviso, entró con café, galletas y agua mineral, lo que permitió que mientras tanto Agustín se sentara en su escritorio y escrutara una vez más a cada uno de ellos. Ese somero análisis no entregó mayores pistas, dejando que las dudas revolotearan por más segundos.

—¿En qué les puedo ser útil? —preguntó ansioso Vergara.

—Bueno —respondió el que se veía mayor y parecía ser el portavoz—. Mi nombre es Gregorio Martínez. Ellos son Edgardo Torres y Samuel Villegas. Todos somos ejecutivos del Banco del Estado. Estamos acá para ofrecerle la posibilidad de que acceda a un préstamo, si es que lo necesita; y, si es así, ver la manera de hacerlo viable.

El cardiólogo no dejó de manifestar alivio al ver el misterio aclarado.

—Ah..., de eso se trataba.

—Sabemos que su tiempo es muy valioso y por eso decidimos acercarnos a usted —aclaró Martínez.

—Estamos disponibles para aclarar todas sus dudas al respecto —agregó Torres, mientras bebía un poco de café para comprobar si le había puesto azúcar.

—Tengo una sola duda —se anticipó el médico.

—Estoy para atenderlo, señor Vergara —añadió Martínez dejando entrever que la decisión final dependía de él.

—Desde luego están en lo correcto, necesito ver la posibilidad de tramitar un préstamo...

—¿Y cuál es su duda? —interrumpió Martínez, interesado en demostrar su capacidad ejecutiva.

—Bueno, si bien pensaba recurrir al banco, nunca alcancé a hablar de esto con nadie. Digo, mi intención de pedir dinero. ¿Cómo fue que ustedes llegaron aquí para ofrecérmelo?

Martínez sonrió socarronamente y contagió a sus colegas.

—Doctor Vergara, adivino una gran humildad en sus palabras. Usted es uno de los nuestros. ¿Cuánto tiempo lleva trabajando con nosotros?

—Desde mi época de estudiante —se apresuró a responder el médico.

—¿Tanto?

—Sí, claro, cuando entré a la Escuela de Medicina mi padre me abrió una cuenta de ahorro en el Banco del Estado. Todavía tengo la alcancía que me regalaron y que imitaba precisamente una caja de ahorro.

Los tres hombres de cuello y corbata sonrieron al unísono.

—Me refería a su trabajo como médico en la..., en la... —Martínez se dio cuenta ipso facto de que la aclaración podría ser improcedente y suavizó en el aire la oración— como médico en la... causa. O, si le parece mejor... —aclaró innecesariamente—, en su labor para el gobierno.

Agustín Vergara quedó un tanto perplejo y sonrió sin saber con exactitud el motivo. Delató mucho pudor y se negó a gastar esfuerzos en aclarar cuándo había ingresado a la DINA. Sintió temor al ver vulnerada su privacidad y decidió responder con evasivas antes de reconocer de plano y públicamente su participación en el aparato represivo del Estado.

—Agradezco su consideración, pero de igual modo desconozco cómo me leyeron la mente —insistió el médico en tono festivo para eludir la pregunta.

—No somos magos —intercedió por primera vez Villegas, quien a todas luces era el ingeniero comercial del equipo—. Estamos al tanto de todos los movimientos de la Bolsa de Valores. Y creemos habernos dado cuenta, probablemente antes que usted, de que salieron al mercado las acciones suficientes como para tomar el control de esta clínica.

—¡Y a un muy buen precio! —redondeó fervoroso Torres.

—Bueno, eso lo logro entender —insistió el médico—. Pero no veo el interés que ustedes tienen para venir a ofrecerme, como se dice, el negocio a mi propia casa.

—Es que no es tan así —intercedió muy serio Martínez.

—Discúlpenme, pero creo que comprendo menos.

—Mire, doctor, quizás usted lo ignore, pero no fuimos nosotros sino integrantes del alto mando quienes nos insinuaron, al percatarse de la información que le entregamos, que verían con muy buenos ojos el hecho de que usted se enterara de esta oportunidad con el propósito de tomar el control total de este centro médico. Así, la amistad laboral que los une sería en el futuro más integral y fluida, algo que sin duda beneficiaría a ambas partes. ¿No le parece? —sentenció Martínez.

—Dicho de otro modo, señor Vergara —redundó Torres tras beber de una vez el resto del café que ya se enfriaba—. Estamos frente a una mera coincidencia.

—Y cuando los astros se juntan... —insistió con vehemencia Villegas— nadie puede restarse a los beneficios de este inusual fenómeno estelar. Y que conste que se lo dice un ingeniero —concluyó con una mueca de ironía.

Capítulo 10

DOMINGOS POR MEDIO

El reloj mural ubicado en la cocina marcaba las dos y cinco de la tarde. Debajo había un calendario de un taller mecánico que aseguraba calidad, honradez y puntualidad en sus servicios. La promesa publicitaria era avalada por la imponente fotografía de una mujer desnuda que, a su modo, emulaba a la incipiente Marilyn Monroe cuando por modestos cincuenta dólares hizo lo propio sobre un terciopelo rojo en mil novecientos cuarenta y nueve. En el calendario, un perro para la ropa sostenía enrollados los meses pasados y el mes en curso dejaba ver notorias rayas en cruz sobre algunos días. Era el ayuda memoria de Margarita, para así no olvidar que los domingos por medio y las tardes de todos los miércoles eran sus días de descanso en su nuevo oficio como empleada doméstica, en una casa ubicada en Valenzuela Castillo con Manuel Montt.

En ausencia de su patrona, la rutina indicaba que ella no podía salir sin antes darles almuerzo a sus dos hijos cuando llegaban del colegio. Pero ese miércoles Willy, el mayor, había quedado castigado y llegó tarde a la casa, comprometiendo seriamente la cita que tenía con Eugenio en la plaza Italia a las dos y media.

Mientras trataba de evitar el vaivén del plato de cazuela hirviendo y apuraba a Willy para que se sentara a la mesa,

Margarita rogaba que Eugenio no interpretara su atraso como un desaire. Temía incluso que se fuera sin esperarla, lo que habría sido un caos, ya que ignoraba dónde vivía. La relación entre ambos había sido breve, vertiginosa e irrefrenable. Hasta ahora se había limitado a tan solo dos encuentros sexuales, uno por trabajo y otro por amor. Y, por supuesto, también a una memorable salida al cine.

Eugenio, empecinado en pensar en ella como la mujer de su vida, veía trastocados sus sueños si ella persistía en ejercer su rol de prostituta. Con la autoridad que le confirió su segundo encuentro, usó todos los argumentos posibles para convencerla de que aquello sería un error, pero no logró su objetivo. Solo pudo retomar su plan cuando descubrió que el problema era exclusivamente de carácter económico. Así que le financió una semana en una residencial y le dio otro tanto para que mandara dinero a su hijo. Para cerrar el capítulo, a través de uno de sus reducidores le hizo el contacto para el trabajo que consiguió. Esta cita, a las dos y media de la tarde en la plaza Italia, sería la primera en que ambos podrían hablar y saber más el uno del otro.

Con quince minutos de retraso, encontró a Eugenio apoyado en la salida del metro Baquedano. Se desplazaron abrazados hasta el Parque Forestal y se sentaron con sus piernas entrelazadas en medio del verdor.

—Pensé que llegarías en el metro...

Ella sonrió avergonzada.

—Me da miedo tomarlo.

—¿Miedo por qué?

—No sé cómo subirme ni dónde bajarme.

Eugenio no pudo evitar reírse.

—Es más fácil que andar en micro.

—He andado solo tres veces en micro. También me asusta perderme. No te olvides que soy huasa —dijo riéndose de sí misma.

A Eugenio le sorprendió el gesto inocente de Margarita. En su medio de hombres rudos y suficientes, dueños del mundo y la verdad, se trata de ocultar las propias debilidades y subrayar los defectos del otro.

—Yo te voy a decir cómo hacerlo —dijo resarciéndose por su velada ironía—. A todo esto, ¿cómo te va en el trabajo?

—Bien, los patrones son buenos y paso sola hasta que llegan los niños del colegio. ¿Y tú?

—¿Y yo qué?

—¿Cómo estás?, ¿qué haces?

—¿Qué hago? —respondió para ganar tiempo.

—Sí. Dijiste que me hablarías de ti cuando nos viéramos.

Esa fue la promesa al vuelo que hizo Eugenio cuando la convenció de abortar su futuro como mujer de la noche. Pensó que ella lo dejaría pasar. Nunca antes Eugenio había tenido que dar esta prueba de blancura para establecer una relación con alguien. El respeto ganado en su entorno durante su tiempo en libertad fue construido en gran parte ocultando su talento para robar y soslayando su analfabetismo. Atrapado, ahora no tenía otra salida que transparentar su pasado. A decir verdad, si bien exponer la manera como se ganaba la vida era un acto inédito, heroico y hasta riesgoso desde todo punto de vista, necesitaba que alguien importante para él lo escuchara alguna vez. Que lo hiciera sin hacer críticas ni reproches. Era como la necesidad de una confesión, pero sin tener que recibir una dura penitencia. Eugenio y Margarita estaban compartiendo sin saber nada el uno del otro, pero emanaba de esa cocción el aroma inconfundible de la loca atracción que antecede al amor. Él lo sabía, ella lo intuía.

—¿En qué piensas? —preguntó Margarita—. ¿Te arrepentiste? —insistió con una sonrisa cordial, previendo que su pregunta podría empañar el momento.

—Aunque no lo creas, no sé cómo partir.

—Por el principio —respondió ella irradiando ternura.

Eugenio olvidó que estaban en medio del parque, con gente pasando, con niños que juegan y gritan y con el corazón de la ciudad rugiendo como sonido de fondo. No supo cuál era el principio, pero a medida que la sombra de los árboles se desplazaba por el pasto, fue contándole a esta mujer, conocida y desconocida a la vez, los pasajes más importantes de lo que le había tocado vivir. Le habló de sus dolores y de sus sueños, de las penas del alma y las del purgatorio carcelario, de sus infinitas tristezas y de sus escuálidas alegrías. Le contó que era un delincuente y que su profesión era robar casas. Le confidenció que conocía más el encierro que la libertad, y que siempre que volvía a prisión era como regresar a su casa. Al confesarse sintió que nunca había vivido una experiencia tan catártica como esta. Exponer su pasado fue una experiencia liberadora, que percibió como el descanso de los borrachos cuando vomitan. La última vez que recordó haberse emocionado hasta las lágrimas fue cuando se llevaron a su padre. Ahora sus ojos vidriosos luchaban por no repetir ese momento. Margarita, quien tuvo la delicadeza de no interrumpir su relato, omitió juicios, solo lo abrazó. Lo que vino después fue puro afecto.

El tema de su analfabetismo, Eugenio lo postergó para otra ocasión.

Después de comer un lomito en la Fuente Alemana, la acompañó a pie hasta la casa donde trabajaba. No hubo muchas palabras durante el trayecto, pero sí hubo un beso largo, casi eterno en la despedida. Por lo avanzado de la hora, Margarita debió correr hacia Valenzuela Castillo. Él no le despegó la mirada hasta que, antes de abrir la puerta, la vio alzar la mano en señal de adiós.

El regreso de Eugenio en dirección al barrio Franklin, donde vivía de virtual allegado en casa de Rogelio Mora, un

amigo y ex compañero de andanzas que abandonó sus tropelías luego de cumplir seis meses en la cárcel de Valparaíso por
un delito que no cometió, tuvo como acicate pensar en los días
que faltaban para el próximo encuentro y convirtió en placer
la cuenta regresiva. La promesa era compartir desde temprano
el próximo domingo, su primer domingo libre.

Para ese encuentro, Margarita sufrió el infortunio del
retraso. El punto de encuentro era el mismo: la plaza Italia.
A instancias de Eugenio, decidió hacer el ejercicio de tomar
el metro. Pero la premura por llegar a tiempo la hizo tomar el
vagón en dirección contraria, y cuando percibió que algo no
andaba bien ya se encontraba en la estación Escuela Militar.
A esa altura Margarita llevaba extraviada media hora y solo
cuando consultó a un guardia pudo percatarse de la magnitud
de su error. El funcionario se dio cuenta de su origen provin-
ciano y la condujo hasta la misma puerta del tren que debía
tomar. Le hubiese gustado pasar inadvertida, pero al instante
de subirse al vagón el guardia le recalcó a viva voz que se baja-
ra en Baquedano, en ocho estaciones más. Los domingos a esa
hora no viaja mucha gente, pero cuatro de los cinco pasajeros
existentes le clavaron una mirada e, incluso el quinto, por un
segundo, dejó de leer el diario para imitar el gesto. Temerosa
de que la puerta pudiera cerrarse cuando fuera su turno de
bajar, optó por mantenerse de pie frente a ella durante todo el
trayecto. Con los dedos de la mano fue marcando el paso de
cada andén y sintió que su alma le volvía al cuerpo, al leer que
la octava detención era efectivamente Baquedano. Descendió
y, ladina, siguió los pasos de la reducida manada que se dirigía
hacia la salida. Con una celeridad inusitada subió los escalones
y accedió a la superficie, pero Eugenio no estaba allí. Lo buscó
por ambas salidas, y registró la zona dos veces sin éxito, hasta
que se resignó a entender que ese era el precio por llegar con
cuarenta minutos de tardanza.

Poco antes de la despedida el miércoles anterior, Eugenio, tomando todos los recaudos y reservas que amerita la entrega de datos confidenciales, le dio a Margarita la dirección de Rogelio Mora, el lugar donde dormía. Para un delincuente en ejercicio, develar su paradero es entregar rabo y oreja. Precisamente por esas implicancias, ella desechó ir a visitarlo. Eugenio, además, fue claro en decirle que salía temprano y que solo llegaba a dormir.

La desazón que le causó el desencuentro la llenó de agobio y vio cómo ese domingo tan ansiado se transformaba en pesadumbre. Caminó por inercia y, guiada inconscientemente por la baranda del río, llegó hasta la Estación Mapocho. Una hora más tarde, sin saber cómo, se encontraba sentada frente a la Catedral, en la plaza de Armas, el mismo lugar donde se reunió con Eugenio por primera vez, y allí caviló hasta que las campanas anunciaron la misa de las seis.

Un carro de gendarmería con una decena de reos apiñados en su interior serpenteaba con premura por las calles del centro de Santiago rumbo a la cárcel. Una manifestación que podía obstaculizar su cruce por la Alameda, atentaba contra la llegada oportuna de este camión de latón color verde oliva, con pretenciosa apariencia de carro blindado, hasta su destino final. Sin duda, si la manifestación tenía un propósito social, también podía poner en riesgo la integridad de los ocupantes. Ladrones, estafadores, asesinos y hasta padres separados detenidos durante el fin de semana por el no pago de las pensiones alimenticias, conformaban el variopinto contingente que, como todo los lunes, regresaba de los respectivos juzgados luego de exponer junto a sus abogados las razones para morigerar sus procesos. Eugenio Loyola, con las manos engrilladas y un pie atado a una cadena en común, que como una anaconda de acero enreda su cuerpo en los pies de los otros reos, da tumbos y se golpea contra sus colegas al interior del carro. No hay mucho de donde asirse y las maniobras bruscas del conductor para eludir el tránsito convulsionado previo a la marcha, tienen éxito, pero dejan a algunos literalmente desparramados por el suelo.

Eugenio fue conminado a identificarse en una redada de rutina en la vía pública el viernes anterior. Su nutrida ficha, no muy gloriosa con la justicia, y la imposibilidad de explicar la excesiva cantidad de dinero en efectivo que llevaba encima, además de las valiosas joyas de dudosa procedencia que portaba, justificaron su detención. A la salida del juzgado, la familia victimizada pudo recuperar gran parte de sus pertenencias y estableció una demanda en su contra, que lo puso una vez más tras las rejas.

Eugenio esta vez sí lamentaba su infortunio. El viernes, a solo un par de horas de haber robado con éxito en una casa en la comuna de Vitacura, comenzó su drama justo en el instante en que colgó el teléfono público de Ahumada esquina con Huérfanos luego de coordinar con uno de sus reducidores la hora y el lugar de la entrega. Efectivos de Carabineros lo estaban esperando, ya que intuían por su conducta y la forma como cuidaba el bolso que llevaba, que era un buen candidato para un arbitrario control de identidad callejero.

No haber acudido a la cita con Margarita y la imposibilidad de comunicarle su nuevo paradero le hicieron sentir que esta vuelta a casa no sería tan grata como de costumbre.

Rogelio Mora, conociendo la huidiza actitud de su eventual inquilino, interpretó su ausencia como un hecho de la causa y esperó que de un momento a otro golpeara la puerta sin mayor explicación que un simple «¡Hola!». Coincidentemente, ese miércoles en la tarde, a cinco días de su última salida, escuchó un inesperado golpe en la puerta. Sonrió cuando iba camino hacia ella, sabiendo que después del saludo acostumbrado de su ex colega, vendría una sorprendente invitación a comer afuera como una forma tácita de compartir parte de su botín y agradecer la hospitalidad desinteresada del dueño de casa. Pero cuando abrió la puerta comprobó que su intuición no había funcionado.

—Buenas tardes. Entiendo que aquí vive Eugenio Loyola —dijo ella aplicando todo su encanto para no ser rechazada.

Siempre que alguien ha preguntado por Eugenio él lo ha negado rotundamente. Pero su presencia de inmediato le hizo pensar que aquella era la mujer de la cual tanto le había hablado su amigo cuando ambos, con dos botellas de tinto en el cuerpo, perdían la vergüenza.

—¿Cuál es su nombre?

—Margarita —pronunció ella sin perder su sonrisa—. Él me dio esta dirección.

—¿Para qué sería?

—Bueno...., soy su amiga —dijo ella un poco confundida.

—Lo que pasa es que él no está.

—¿No está?, ¿y a qué hora llega?

—No lo sé, él sale temprano y llega tarde —respondió Rogelio evitando dar mayores antecedentes que después pudieran comprometerlo.

—Qué pena —pensó en voz alta—. ¿Le podría dejar un encargo?

—¡Sí, claro!

Margarita preveía un escenario similar y su plan B era dejarle una carta.

—¿Le puede entregar esto y decirle que el próximo miércoles voy a venir a esta misma hora para que me espere?

—Yo le digo...

—¡Hasta luego!

Margarita regresó satisfecha a casa al saber que, si bien no había encontrado a Eugenio, la certeza de haber dado con su domicilio le abría la esperanza.

La calle seis, donde le había tocado a Eugenio pasar en esta ocasión su proceso de privación de libertad, es la de más alto índice de peligrosidad. Allí, los reclusos son en su mayoría reos que han cometido crímenes de alto impacto y cumplen condenas largas. El lugar se caracteriza por las recurrentes riñas sangrientas y porque sus habitantes no tienen acceso al patio central, al óvalo. A la semana de haber llegado, todos conocían y respetaban el prontuario de Eugenio. Aun así, eran pocos los que se atrevían a compartir con él.

Durante los descansos se dedicó a realizar infinitas caminatas de ida y vuelta y de muro a muro para matar el tiempo. Eugenio sintió que uno de los internos, a quien veía por primera vez, rompía su círculo de privacidad acoplándose a su marcha solitaria. Desde luego no tardó en detenerse.

El hombre vestía un raído terno color café y una camisa gris que en su tiempo fue blanca, sin usar corbata. Era muy delgado, de tez blanca, de rostro enjuto y pómulos salientes, y poseía una mirada lastimera que transmitía la sensación de que en cualquier momento se largaría a llorar.

—¿Qué pasa? —preguntó Eugenio con frialdad aterradora.

—Me llamo Víctor Palma y soy primerizo —mencionó el hombre sin ocultar su nerviosismo. Sus manos temblaban.

—¿Qué pasa?, te pregunté.

—Sé quién es usted y necesito confiarle algo —insistió este con los ojos vidriosos mientras, sin palabras, solo con la intención de su movimiento, lo instaba a conversar en un lugar menos expuesto.

Algo curioso sucedió en Eugenio, que abandonó su tono áspero y provocativo, lo siguió y prestó oídos a su relato. Víctor no dejaba de temblar y cada cierto lapso se secaba la transpiración con un pañuelo que también en algún tiempo había sido blanco.

—¡Soy casado, tengo tres hijos y soy empleado de una curtiembre! —dijo con tanta celeridad que pareció gastar todo el aire de sus pulmones—. Como no quise participar de una huelga interna —continuó con la misma premura, como si el mundo se fuera a acabar— los dirigentes me acusaron de un robo que no cometí, y aquí estoy.

—¿Y qué monos pinto yo en eso?

—Es que quiero que usted sea mi protector.

—¿Tu protector? ¿De qué chucha hablái?

—Yo puedo hacer lo que usted me diga. Puedo ser su empleado a todo servicio. Su perkins, como dicen aquí, ¡pero por favor ayúdeme! —imploró Víctor usando su pañuelo ahora para evitar los primeros atisbos de lágrimas que validaban su genuino drama.

—¿Vos soi maricón?

—¡No! —respondió entre sollozos.

—¿Sabís lo que es ser perkins?

Víctor asintió mientras se sonaba con el pañuelo para minimizar lo que en realidad estaba sintiendo.

—¡Puta, huevón! Discúlpame, pero no te estoy entendiendo. Primero: ¿qué mierda hacís aquí en esta calle siendo primerizo? Segundo: ¡si seguís hablando mientras llorái no te entiendo ninguna huevá!

—No sé por qué me mandaron aquí —respondió el hombre tragándose sus sollozos.

—¿Estái rematado?

—¿Qué es eso?

—¿Ya te condenaron?

—No, el abogado me dijo que iba a estar solo unos días.

—¿Sabís a quiénes les dicen perkins?

Víctor solo asintió con la cabeza, aceptando con ello que era capaz de cualquier cosa con tal de no pasar por el mismo sufrimiento.

—Si sabís lo que es un perkins, te estái regalando y, para tu información, a mí me gustan las mujeres.

A Víctor le costaba dominar su voz entrecortada y sabía que si no hablaba con claridad, y pronto, su interlocutor podría desatender su petición y eso sería el fin, ya que percibía a la distancia que uno de sus victimarios lo observaba desde lejos con particular atención.

Respiró hondo y vomitó su historia.

—De verdad que no soy homosexual. Lo que sucede es que desde el primer día que llegué ellos comenzaron a seguirme. Durante la noche, mientras dormía, entre tres me taparon la boca con un pañuelo, me sacaron del camarote y me llevaron a los baños. Ahí tuve que desnudarme para no recibir más golpes. Después hicieron correr la ducha para que no se escuchara nada y me violaron... Quedé todo moreteado y sangrando, y amenazaron con matarme si los sapeaba. Después de diez días de estar hospitalizado, recién hoy me dieron de alta y tengo miedo de que vuelvan a hacer lo mismo. ¿Me entiende ahora?

—¿Los denunciaste?

—No —dijo con la timidez de un niño.

La confesión de Víctor fue clara y concisa. Eugenio no tuvo más preguntas, sabía exactamente de lo que la víctima estaba hablando. Ese escenario lo vio de cerca muchas veces con otros primerizos. Evaluó la situación y mantuvo silencio por unos minutos. Entretanto, oteó a su alrededor y supuso de inmediato quiénes eran los posibles culpables. A la distancia, tres internos registraban en *close-up* la conversación que sostenía con Víctor. Aprovechando que eludieron su mirada, le preguntó sin anestesia:

—Oye, ¿son esos que están allá, por si acaso?

Víctor se restregó sutilmente los ojos, esta vez con sus dedos, y dirigió la mirada hacia donde Eugenio le indicó. Sacó rápidamente su vista de la imagen y asintió:

—Sí, ellos son.

El testimonio de este desconocido terminó por hacer eco en Eugenio, quien siempre se mantuvo al margen de casos similares en el pasado. Pero desde que conoció a Margarita adoptó una conducta más empática con su entorno, y el caso de Víctor fue la prueba fehaciente de esa transformación.

—Quédate aquí —le dijo Eugenio, y cruzó sin más en dirección a sus victimarios.

Fueron minutos tensos.

Ellos integraban la carreta de mayor incidencia en una de las calles más precarias y violentas de la Penitenciaría.

Por el rabillo del ojo, el Tajo advirtió que se acercaba Eugenio al grupo. Este hombre era conocido entre sus pares por su carácter pendenciero y por la rapidez con que ofrecía puñaladas cuando el diálogo no era afín a sus intereses o cuando sus rivales se mostraban timoratos. Su currículum era vasto y había dejado su impronta en varios de los que estaban en la prisión.

—Hola, ¿cómo están? —saludó Eugenio dándole la mano a cada uno.

—Hola —respondieron todos un tanto perplejos.

—¿Algún problema? —preguntó el Tajo.

—No, no creo que sea un problema, es solo un comentario —aclaró Eugenio sin dobleces ni titubeos.

El más joven del grupo obedecía al nombre de Veneno. Él aseguraba que lo llamaban así porque inspiraba maldad, pero más bien era una ironía de sus pares, ya que el apodo se debía al adagio popular, ese que dice que el veneno, al igual que el perfume, viene en frasco chico; y él medía uno sesenta. Este menudo reo, que cumplía una condena por cuasi homicidio de cinco años y un día, por golpear y dejar casi agónica a su mujer, quiso despejar la gran duda:

—¿Tu amigo se fue de tarro?

—Si fue así, es mejor que se vaya despidiendo de su familia —sentenció el Tajo.

—Si se fue de boca, ahora le meto una luma en la raja para que aprenda a morir pollo —amenazó el Flaco Lalo, el tercer integrante del grupo.

—O sea que es verdad que se lo pescaron —dijo Eugenio, evitando gestos que le dieran otro cariz a su aseveración.

—Les dije, este huevón se mariconeó —acusó el Veneno haciendo el ademán de ir a encararlo.

—¡Calma, chico! Vos muere ahí nomás... —interrumpió el Tajo reteniéndolo del brazo, a la vez que dirigía su mirada hacia Eugenio para inquirir más detalles—. ¿Qué hueá contó?

—Todo lo que ustedes le hicieron. Pero no vengo a cobrar venganza ni nada que se le parezca —acotó.

—¡Desembucha! —exclamó el Tajo respondiendo a su imagen de rudo.

—Él no los delató, si eso es lo que les preocupa. Yo vine para decirles que de ahora en adelante no lo molesten más —esperó unos segundos hasta que se fraguara la exigencia—. Él se quedará conmigo —concluyó como si se tratara de una circular.

El código carcelario consigna tácito respeto a los que ejercen autoridad a través del uso de la fuerza física, a los que por sus crímenes ocupan titulares en la prensa —salvo algunas excepciones como pedófilos y violadores, entre otros—, y a los que acumulan muchas condenas y años de encierro en la cárcel en su prontuario. Es la categoría de «canero» que ostentaba

Eugenio la que usó implícitamente en su ánimo de proteger a Víctor, sabiendo que interceder por él era salvarle la vida.

El Veneno y el Flaco Lalo acusaron el golpe y callaron hasta que su jefe marcara la pauta. El silencio se postergó más allá de lo prudente y hasta pudo interpretarse como una aceptación tácita, pero el Tajo sacó el habla.

—¿Estái hablando en serio? —le enrostró, para estar a la altura de lo que esperaban sus amigos de él.

—¿Creís que estoy hueveando? —respondió Eugenio impertérrito.

—No sabía que te gustaban los giles.

—Lo mismo podría pensar de ustedes tres, después del «capote» que le dieron.

El Veneno y el Flaco Lalo encontraron un tanto provocadora la respuesta y se miraron entre sí, como esperando una orden de su jefe para atacar.

El Tajo miró a sus compañeros, les hizo un gesto con su mano para que esperaran y condujo a Eugenio hacia otro costado para hablar a solas.

—Mira, yo sé quién soi vos, y te respeto. Pero no podís torearme ante mi gente. Me dejái como las huevas.

Eugenio sabía que estaba ganando la pulsada.

—No sé lo qué me querís decir.

—Los dos nos hemos hecho un cartel en la Peni, tenemos que ser leales, ¿no creís vos?

—Yo soy leal con mis amigos, a vos recién te estoy conociendo. ¿De qué lealtad me estái hablando?

La respuesta de Eugenio estuvo intencionadamente exenta de cordialidad. Con mucho menos provocación, el Tajo se hubiese pintado la cara de guerra y ya habría sacado del cinto el cuchillo para encandilar con su brillo letal al rival de turno. Ahora, sopesando a cada segundo el nivel de subrepticia violencia de su interlocutor, el Tajo optó por guardar silencio, no hizo gesto alguno, y a pesar de su pachorra, se tragó la afrenta.

—¡Ya, está bien! Ahora que nos conocemos, para qué vamos a discutir por huevadas —determinó el Tajo mientras extendía su mano para sellar el trato—. Quédate con él, es tuyo, nosotros no nos vamos a meter.

Eugenio lo miró sin emitir palabras y se retiró asintiendo con un leve movimiento de cabeza.

El Tajo regresó adonde sus compañeros para saciar su avidez.

—¿Qué onda? —preguntó el Veneno esperando un plan.

—Se las tuve que cantar claritas, sino después este huevón nos pone la pata encima.

—¿En qué quedaste? —se inmiscuyó el Flaco Lalo en la certeza de que le negó la sal y el agua.

—Le dije que si el maricón no abría la boca, los íbamos a dejar tranquilos por ahora. Él me conoce y sabe lo que calzo.

Los días pasaron mansamente para Margarita hasta que llegó la siguiente tarde libre del miércoles. Ni siquiera quiso almorzar, dio de comer a los niños de la casa cuando llegaron de clases y emprendió el viaje al encuentro programado con Eugenio. No alcanzó a golpear la puerta. Rogelio venía llegando con algunas provisiones del mercado.

—¿Cómo está? —dijo ella sorprendida.

—¿De nuevo aquí? —saludó él con tono amable.

—¿Le dijo que yo iba a venir? —le preguntó, refiriéndose al anuncio que había hecho de regresar.

—¿Sabe?, no lo he visto, puede que haya venido, pero debe haber salido altiro, porque no ha dormido en la casa estos días.

Margarita no pudo evitar su contrariedad. Rogelio así lo percibió.

—Pero no se preocupe, ese va a aparecer de un momento a otro —argumentó para no deprimirla—. ¿Quiere tomar un café?

—No, gracias, tengo que volver a mi trabajo. ¿Le puedo dejar un sobre por si lo ve?

—Sí, por supuesto.

Rogelio no tenía dudas respecto de la relación entre ambos, y por eso se mordió la lengua antes de decirle que, cuando no aparecía, lo más probable era que estuviera preso. En caso contrario, cuando la policía le pisaba los talones, se ocultaba en casa de unos colegas en el sur por algún tiempo. Ninguna de estas elucubraciones pudo cobrar vida.

Margarita regresó a la casa de sus patrones angustiada y con un torturador sentimiento de culpa por haber perdido todo contacto con él. Intuía que Rogelio le escondía algo y sacaba cuentas infelices en relación con la inexplicable ausencia de Eugenio. Las primeras conjeturas le hacían suponer que toda esta conducta de apatía y desprecio eran consecuencia de haberlo dejado plantado. Las segundas lecturas parecían puñaladas autoinferidas e interpretaban su ausencia como el resultado de una relación no correspondida, y aquello la martirizaba más aún. Sin dimensionarlo, Margarita se obsesionó con la idea de encontrarlo, al punto de que volvió a casa de Rogelio los tres miércoles siguientes.

Uno de los gendarmes se acercó a la celda de Eugenio para comunicarle que recogiera sus pertenencias pues sería trasladado a la calle 5. Aún no cumplía un mes privado de libertad y, si bien esperaba este beneficio, nunca pensó que llegaría tan pronto. En la calle 5 cumplían condena gran parte de sus amigos, y es donde el reconocimiento a su carrera delictual se ponderaba con particular respeto. Poco antes de que el gendarme concluyera la misión de dejarlo en su nueva celda, Eugenio lo detuvo para comentarle que en la calle 6 existía un reo primerizo de nombre Víctor Palma y que si no lo rescataban luego de ahí, podrían lamentar una desgracia. El funcionario se comprometió a reportar la información a sus superiores.

Eugenio fue recibido con beneplácito por sus colegas y le asignaron una celda con cuatro de ellos. La situación del encierro fue más llevadera, pero los aciagos pensamientos nocturnos, con la vista pegada al cielo de cemento, lo hacían revolcarse de impotencia ante la imposibilidad de contactarse con Margarita después de tantos días. Tenía que hacerle saber de alguna manera cuál era su actual paradero. Como hasta ese momento nadie lo había venido a ver, la primera gestión en ese sentido —pensó— la haría a través de uno de los familiares de sus amigos.

Fue un miércoles previo a la hora de visitas —luego de haber compartido una porotada con longanizas de Chillán junto a sus compañeros de celda— que un gendarme gritó su nombre anunciando que alguien lo esperaba en el gimnasio. Durante el trayecto al sector de visitas, sus ojos se iluminaron. Nunca, como ahora, había deseado tanto que alguien viniera a verlo y agradeció que el secreto amor de su vida, la única mujer por la cual había sufrido desvelos, y quizás también la única mujer por la cual podría añorar la libertad, lo estuviera esperando. El lugar parecía un hervidero, la bulla en carácter de murmullo permanente hacía parecer inviable que se pudiera producir la armonía para generar un diálogo íntimo, pero aunque parezca insólito, no solo eso se logra en la Penitenciaría. Los camaros con el primer turno completo, los hijos de los reos revoloteando y gritando entre la muchedumbre, las esposas y las madres abrazando a los suyos, y más de alguna prostituta que se hace pasar por señorita y ofrece sus servicios, se reúnen durante ese día de visitas. En medio de este enjambre, Eugenio buscó a Margarita.

Alguien le golpeó la espalda. Eugenio se dio vuelta, pero no era ella.

—¡Hola, puta que te demoraste!

—Rogelio, ¿qué hacís aquí?

—Te vine a ver.

—¿A mí?

—¿Y a quién más? ¿Esperabai a alguien?

—No, no, a nadie; disculpa, me pillaste volando —señaló Eugenio, desilusionado tras fallarle la intuición.

—Supuse que estabai aquí. Pero tranquilo nomás, que no he abierto la boca.

—¿Qué querís decir?

—Que no le dije ninguna cuestión a la Margarita.

—¿Cómo la cachaste? ¿No me digái que fue a buscarme?

—Ha ido como cinco veces.

—¿Y qué tal, cómo está?

—No hablo mucho con ella, pero siempre se va triste porque tú no estái. Como no sé qué chiva le metiste, no le dije na que estabai aquí.

—Ella sabe todo. Por favor, cuando vaya, dile que venga a verme.

—Se va a poner re contenta. Toma, te traje un cartón de Belmont y estas cosas que te dejó ella.

—¿Qué?

—Cada vez que fue a la casa te dejó una, son cinco cartas.

Rogelio abandonó la cárcel cuando aún no terminaba la hora de visitas. Eugenio volvió a su celda antes que sus compañeros y, aprovechando la soledad, miró una y otra vez los sobres que, luego de acariciarlos por algunos minutos, decidió abrir. La letra de Margarita desparramaba disculpas, dolor y mucho afecto contenido. Pero él no podía descifrar ni entender esos trazos en el papel. Fue la primera vez en su vida que lamentó no saber leer; más allá de ser producto de una circunstancia, se había transformado en un castigo. Buscó afanoso, sediento, una oración o frase que le mostrara una pequeña luz de ese contenido que imaginaba maravilloso. Vislumbró entre líneas varios «te quiero» que reconoció más por la forma como se escribía que por la comprensión de sus sílabas. Margarita, esa mujer que concentraba sus pensamientos, estaba ahora en esas misivas, diciéndole cosas que él necesitaba saber, pero que no lograba entender. Sentía como si ella estuviera detrás de una ventana con vidrios opacos, que dejan pasar algo de luz, pero no lo suficiente como para reconocer la figura. Al palpar esos papeles escritos entre sus manos, tenía la certeza de su presencia, pero le era imposible escucharla. Sumido en la desazón y la impotencia, Eugenio pensó incluso en decirle a uno de sus compañeros de celda que se las leyera, pero su orgullo de canero viejo frenó de cuajo esa posibilidad que pondría en evidencia su analfabetismo y en riesgo la autoridad ante sus pares.

El miércoles siguiente y los subsiguientes, la joven no apareció en casa de Rogelio y esa ausencia inexplicable fue la razón que este tuvo para no visitar a su amigo en la cárcel, sabiendo que no existía nada peor para una persona privada de libertad que llevarle malas noticias.

Eugenio se preparó ese miércoles y los que vinieron para recibir a Margarita. Fueron largas noches de insomnio deseando que el próximo día de visitas volviera a suceder pronto, pero cada semana se inundaba de desesperanza al no escuchar su nombre. Se agudizó el invierno y a Eugenio le pareció que el frío había congelado también su corazón. Él se cansó de esperarla y ella nunca llegó.

Capítulo 11

La Venda Sexy

Apenas despertó el alba, la camioneta con pick up llegó a calle Irán tres mil treinta y siete, muy cerca de Quilín con Macul. Se estacionó en su interior sin alterar la curiosidad de los pocos transeúntes que a esa hora merodeaban por el sector. Desde el vehículo descendió Ingrid, en tanto el conductor y un ayudante, sin esperar órdenes, bajaron a Volodia y lo acomodaron en un canil especialmente diseñado para este pastor ovejero alemán.

Su adiestradora dio instrucciones para que lo alimentaran mientras ella se reunía con los funcionarios que habían requerido de sus servicios.

La Venda Sexy ocultaba con maestría su funesto propósito. A esta casa de dos pisos con una escalera de mármol larga, curva y ancha, y que poseía un amplio subterráneo, se le denominaba también La Discoteque. Sus moradores eventuales eran derivados de lugares de detención como Londres 38 y Villa Grimaldi, aunque parte de su contingente también correspondía a mujeres y hombres recientemente detenidos.

La noche anterior, Alejandra, una joven estudiante de Veterinaria de la Universidad de Chile, que apenas sobrepasaba los veinte años, se encontraba cobijando en su hogar a Beatriz, una compañera militante del Movimiento de Izquierda

Revolucionaria, MIR, que estudiaba Agronomía en la misma casa de estudios y que necesitaba guarecerse por unos días. La información que manejaban era que todas las casas de seguridad de la organización habían sido allanadas y que muchos compañeros habían caído presos. Alejandra y Beatriz cenaron juntas esa noche y durmieron un poco sobresaltadas por el devenir de los acontecimientos.

Eran las cinco de la madrugada cuando de pronto escucharon un fuerte y seco golpe en la puerta de calle. La abuela, que despertó con el ruido, vociferó su malestar por quien fuera que hubiese tenido el tupé de incomodar su sueño. Fue Susana, la madre de la estudiante, quien comenzó a vestirse para desentrañar el misterio. En ese instante, Beatriz le recordó a su amiga que portaba información reservada, la que obviamente no podía caer en manos de los agentes del Estado. Ambas se pusieron muy nerviosas y mientras la señora Susana se dirigía a abrir la puerta al inoportuno visitante, las muchachas fueron al baño, destrozaron el documento en pequeños pedazos y con la ayuda de un vaso de agua comenzaron la difícil tarea de engullirlo.

Al abrir la puerta, la madre se encontró de sopetón con dos uniformados: un teniente y un soldado, quienes por información obtenida bajo presión, buscaban precisamente a una estudiante con las características de su hija.

—Muy buenas noches, señora, soy el oficial Lauriani.

—¿Qué desea? ¿Se da cuenta de qué hora es?

—Me dicen que aquí vive una joven de nombre Alejandra. Requerimos conversar con ella, señora.

Susana no tuvo que aplicar teoría cuántica para deducir que ante la búsqueda implacable solo le quedaba negar todo. Lo hizo con vehemencia, aduciendo que había un error en la información y diciéndoles que el domicilio era incorrecto. El oficial dejaba espacios de silencio y agudizaba su oído, por si escuchaba movimientos en el interior del departamento, tras lo cual decidió anunciar la retirada. Pero hubo un segundo fatal. En el preciso instante en que los uniformados comenzaban a dar la espalda, Alejandra, desconociendo la trama de la conversación sostenida por su madre y temerosa de que los militares pudieran atentar contra ella, se asomó sutilmente hacia el living. Eso bastó para dejar entrever su rostro.

—¡Es la que andamos buscando! —lanzó el oficial alzando la voz.

El percance desmoronó a Susana y no tuvo argumentos para impedir que los uniformados, con sus armas en ristre y sin pedir permiso, allanaran su hogar. Alejandra, victimizada, levantó a medias sus manos a la vez que en un rincón encontraron parapetada a Beatriz.

—¿Y ella quién es? —preguntó enérgico Lauriani.

—Es una amiga, estamos estudiando —replicó Alejandra, sabiendo que estaban entregadas a sus designios.

—¡Ya no les creo nada! —dijo molesto el oficial.

—¡Es cierto!, estamos en la misma universidad —afirmó Beatriz, como única probabilidad de librarse de la detención.

—¡Dame tu nombre y el teléfono de tus padres para comprobar lo que dices!

Beatriz no controlaba su nerviosismo. Le dio el número telefónico errado dos veces, antes de acertar con el verdadero.

El oficial, sin despegar la vista de la estudiante, discó la llamada.

—Muy buenas noches, señora, ¿me comunica con Beatriz?

—¿Quién la llama?

—Un amigo de la universidad.

—¿No le parece un poco tarde para llamar? ¿Cuál es su nombre?

—Mire, eso da lo mismo. Solo quiero que me la pase al teléfono —indicó él con tono amenazante.

La madre comprobó que no se trataba de un compañero.

—Beatriz está estudiando en casa de una amiga —respondió y colgó, desconociendo que con esa respuesta acababa de liberar a su hija.

Con esa confirmación el oficial se desentendió de Beatriz y junto a su subalterno, sin que mediara explicación alguna, hicieron de rehén a Alejandra.

—Pero, ¿por qué se la llevan? —gritó Susana, interrumpiendo con su cuerpo la salida de los militares.

—Me la llevo para hacerle unas preguntitas nomás. A las ocho y media la tendrá de vuelta en casa, espérela con el desayuno servido —prometió a Susana el oficial Lauriani, con una liviandad monstruosa.

Alejandra no opuso mayor resistencia para no asustar a su madre. Tan pronto subió al automóvil que la esperaba, le taparon la vista. En el trayecto a la Venda Sexy, para ganar tiempo y con el objeto de que la detenida no asumiera el rol de inocente, le confesaron que llegaron hasta ella por la delación de un detenido llamado Humberto. Sin duda, la desaparición de un compañero con ese nombre durante los días previos le dio sentido a esa información y comenzó a sospechar que se vendrían momentos difíciles.

Por cierto, todos en su casa esperaron el amanecer sin conciliar el sueño. Susana, a las ocho treinta, tenía la mesa puesta con el desayuno para su hija.

Ante la persistente negativa de Alejandra durante los primeros interrogatorios, se dispuso para ella y otros recluidos recientes una estrategia más terrible. Ingrid Olderock, considerada una de las mujeres de mayor poder en la DINA y consignada en la organización por su alto conocimiento en labores de espionaje, secuestros, torturas y desapariciones siendo oficial de Carabineros, fue requerida para hacer hablar a los detenidos. Hija de alemanes nazis, sus padres le aplicaron una particular violencia durante su crianza, hecho que en cierto modo explicaba la dura y agresiva personalidad de esta fornida mujer.

El atardecer de ese día de diciembre en Santiago dejó una remanencia de aire tibio en el ambiente. «A ese muerto no lo cargo yo», a todo volumen, se escuchaba desde la Venda Sexy. La cumbia era el embuste para que los vecinos asumieran el supuesto ánimo festivo que reinaba en ese lugar, mientras en el subterráneo comenzaba un espectáculo siniestro.

La muchacha resistió los primeros embates del interrogatorio, mientras el compañero que la delató, de hecho, debió haber sucumbido al umbral del dolor para entregar su nombre a cambio de una tregua. Ella, a pesar de su juventud, tuvo la empatía suficiente para entender su comportamiento.

La estudiante fue obligada a desnudarse y, en esas condiciones, con tan solo una venda en sus ojos, fue alzada por dos militares que la ubicaron sobre una mesa donde la obligaron a apoyarse en los codos y a esconder la cabeza entre sus antebrazos, a la vez que sus manos se cruzaban sobre la nuca. Por añadidura, de esta forma exponía sus nalgas ante la ávida concurrencia, como si fuera un animal intimidado. La imagen era indigna, pero de acuerdo al manual de la tortura, producía en la víctima la sensación de inseguridad e indefensión necesaria para anular su autoestima y debilitar su mente. Toda esta estrategia era dirigida por la propia Olderock.

—Bien, amiguita, ahora queremos saber con quiénes más te reúnes.

—Con nadie más —dijo ella presionando con sus manos la cabeza para no perder el equilibrio.

—¡No te escucho! —gritó la oficial.

—¡No me junto con nadie más! —respondió Alejandra elevando el tono.

—¡No te escucho! —insistió Olderock pegándole una fuerte nalgada que desestabilizó todavía más a la joven.

–¡Con nadie más! —gritó esta vez.

–Bueno, como veo que quieres defender a tus compañeros traeré a un amigo que te hará hablar.

En ese momento entró en escena un ayudante con Volodia, el pastor alemán, cuyo nombre sin duda era un guiño macabro al conocido político y literato comunista chileno Volodia Teitelboim, quien también estuvo relegado en Pisagua en la época de González Videla.

El animal fue entrenado por la devota pro nazi para misiones como esta. La mesa de madera que sostenía a Alejandra era larga.

—¡Volodia, sube! —le indicó al animal como si se tratara de un espectáculo circense. El perro obedeció.

La joven estudiante, con los ojos cubiertos, no sabía qué le esperaba. Ella estudiaba para veterinaria y amaba a los animales, pero ni siquiera podía ver a su agresor como para inspirarle confianza y pedirle una cuota de compasión. En segundos, el perro se ubicó detrás de la víctima desnuda, esperando la próxima orden que no tardó en llegar.

—Vamos, Volodia, ¡ataca! —ordenó Ingrid con una energía y frialdad desbordante.

El animal, con meses de entrenamiento para ultrajar sexualmente a quien le pusieran por delante, inició su rutina contra la joven.

—¡No, por favor! ¡No! —exclamó Alejandra queriendo zafarse de la bestia.

Desde la penumbra, entró al radio de luz de la única lámpara que iluminaba el triste escenario un uniformado que le tomó sus brazos para que en su loco movimiento la joven no se cayera de la mesa. El espectáculo contranatura, que solo tiene sitio en las neuronas corroídas de una mente perversa, comenzó a gestarse como un castigo de dolor infinito. Del cuerpo y del alma.

—¡Dame nombres! —dijo Olderock, asumiendo la performance del animal como su mayor orgullo.

Alejandra irrumpió en llanto, mientras la bestia no cesaba en su cometido con la certeza de que tendría como premio una doble ración de alimento.

Ante la evidente contrariedad de la oficial, la estudiante soportó estoicamente el salvaje ataque sin delatar a nadie y luego fue trasladada a otro sector donde sería nuevamente interrogada. En caso de no hablar allí, volvería al subterráneo donde la tortura se incrementaría con más rudeza.

El doctor Vergara estaba en la clínica. Ese día no tenía programadas intervenciones eternas ni presiones laborales, y como cayó en la cuenta de que su agenda personal no acusaba más compromisos, consideró oportuno darse unos minutos. En la antesala pidió un café a su secretaria y cuando ella se lo llevó aprovechó de despedirse de él hasta el día siguiente. El café emergía caliente y vaporoso. Sentado frente a su escritorio lo bebió con cuidado y por inercia lo enfrió con leves bocanadas de aire, al mismo tiempo que abría el primer cajón de su escritorio para recoger el llavero de su vehículo. Este anexaba además del logotipo de la Mercedes Benz, una cadena de plata que en uno de sus extremos concluía con un círculo de acrílico transparente. En el interior figuraba una fotografía suya junto a Tomás cuando tenía cinco años. Escrito con puño y letra, sobre el pie de la fotografía, un irregular «Te quiero» le daba especial sentido de autenticidad al regalo que su hijo le entregó aquel Día del Padre. Agustín Vergara esperó que el llavero sostenido en el aire desde el otro extremo dejara de girar para enfrentarse a esa imagen, a la cual con el tiempo terminó por darle carácter de amuleto. Cuando alguna situación le era difícil, mirar esa fotografía le otorgaba paz y nuevos bríos para resolverla. Pero más allá de esa asignación mágica, sabía que la vorágine laboral en la que estaba inmerso le robaba gran parte del tiempo destinado a su hijo y lo convertía, a su pesar, en un padre ausente. La conclusión siempre era odiosa y le producía tristeza. Atrapado en la inacción, empuñó el llavero en la palma de su mano y giró el sillón hacia la ventana para diluir esos pensamientos.

El sonido de su teléfono puso punto final a la reflexión.

—¿Sí...?

—Doctor, el vehículo lo está esperando.

Entonces, recién recordó que se había comprometido con la DINA para chequear a unos detenidos que serían interrogados ese día.

—Sí..., sí, por supuesto, en diez minutos estoy ahí —respondió sobresaltado tratando de no acusar el olvido.

Agustín Vergara bebió el resto de su café de un sopetón, echó la llave de su auto al bolsillo para buscarlo directamente en el estacionamiento a su regreso y no pasar a su oficina, y salió raudo.

En la Venda Sexy, Volodia estaba en los inicios de otro bestial ataque, ahora contra un hombre quien, a pesar de su resistencia a dar nombres, se negó a soportar por más tiempo a ese animal en su cuerpo. El impacto fue tan denigrante para el detenido, que detuvo el martirio bajo el compromiso de hablar. A Ingrid Olderock le vino bien la tregua, ya que en ese mismo instante fue informada de que el doctor Vergara había ingresado al recinto. Con la íntima satisfacción de haber amedrentado exitosamente al detenido, hizo bajar de la mesa a su mascota, le dio descanso a su gente y ordenó que vistieran al detenido.

El doctor aprovechó la instancia para ganar tiempo y revisar en solitario a la víctima de nombre Germán. Se encontraba con sus manos esposadas, los ojos vendados y recostado sobre la mesa en posición fetal, cubierto con una frazada gris de campaña. La temperatura en el subterráneo era elevada y Agustín tuvo que desprenderse de su chaqueta apenas ingresó. Mientras la ponía en el respaldo de la silla que arrastró hacia la mesa donde estaba el detenido, abrió su maletín al tiempo que guardaba riguroso silencio para establecer la distancia que el protocolo exigía.

Si bien Vergara no encontró heridas ni daño visible en su cuerpo, Germán mostraba síntomas de una profunda angustia. Haber sido violado por un perro le produjo un shock emocional que lo dejó exhausto. La presencia del médico, de un profesional ajeno a esa atmósfera distorsionada, le dio fuerzas y valentía para implorarle auxilio.

—Doctor, por favor, ayúdeme.

—Lo he revisado y no tiene de qué preocuparse, está bien.

—¿Se da cuenta de lo que me han hecho?

—Acabo de llegar, mi labor es otra —dijo el médico cuidando sus palabras, mientras recorría su espalda y tórax con el estetoscopio.

—Lo sé, pero ahora mi vida depende de usted.

—¿De mí?, ¿por qué?

—De su diagnóstico.

—No le entiendo.

—Si usted dice que estoy mal, que el daño que me causó ese animal no es menor y que recomienda no repetir la experiencia, se lo agradecería en el alma. Sinceramente, doctor, creo que lo que me están haciendo no lo puedo soportar. ¡Ayúdeme, por favor!

—Podría haber hablado antes y se habría evitado todo —retrucó Vergara demostrando una gélida indolencia.

—Lo que pasa, doctor, es que yo dije que hablaría solo para sacarme a ese perro de encima, pero no conozco a ninguna de las personas que me mencionan.

—¿Se da cuenta de que si miente puede empeorar las cosas?

—Por favor, doctor, haga algo para que no me vuelvan loco. Usted es el único que me puede salvar.

—Usted se lo buscó —acotó el cardiólogo y se desplazó hacia un lavamanos que había en un rincón del subterráneo.

En ese momento, Germán percibió que sus lamentos no tendrían eco en el médico, que ese hombre era uno más de la maquinaria de sádicos que lo estaban torturando. Deduciendo a ciegas que se había alejado un poco y que le daba la espalda, con la incomodidad de sus manos esposadas, se levantó un poco la venda. Necesitaba imperiosamente conocer a ese hombre.

Agustín Vergara, tras lavar sus manos y secárselas con la parsimonia de una postoperación, llenó un vaso con agua y regresó a la escena desde la penumbra. Bajó la mirada para evitar encandilarse con la fuerza de la luz cenital que dibujaba la mesa de tortura como única escenografía. Sacó desde su maletín unas pastillas y cuando se la acercó a la boca del detenido, se sorprendió al verlo.

—¡Oiga usted!, ¿qué hace con la venda afuera? —dijo molesto, y como un acto reflejo se la bajó rápidamente.

—Es que me tienen así desde hace horas, necesitaba ver. Disculpe, no pensé que le fuera a incomodar.

—Tómese esto. —Le encajó la pastilla en la boca y le dio de beber del vaso que traía—. Es un relajante muscular, lo va a necesitar —advirtió intransigente.

El cardiólogo, incómodo con el percance, cerró su maletín, tomó su chaqueta y abandonó el lugar sin despedirse. Germán le habló antes de que abordara el primer peldaño del subterráneo.

—¡Doctor!, ¿se va sin despedirse?

—Por si no lo sabe me está prohibido hablar con ustedes. ¡Hasta luego!

—¡Espere, espere! Quiero decirle algo.

—Dígame, que estoy apurado —enunció nervioso Agustín.

—No me voy a olvidar nunca de usted. O, mejor dicho, algún día usted se acordará de mí.

Agustín Vergara prefirió ignorarlo para no dar segundas intenciones a sus palabras y subió a la superficie para revisar a otro detenido. Más tarde, al salir de la Venda Sexy en el auto que lo regresaría a la clínica, percibió que la noche había caído de bruces. En el trayecto recordó las infinitas veces que le hizo promesas vanas a Tomás, solo que esta vez le atormentaba no encontrar una coartada para justificar su retraso.

Le pidió al chofer que lo dejara en la esquina de la clínica. Según su juicio, nadie de su entorno sabía de la conexión que tenía con agentes del gobierno, y siempre tomaba recaudos para mantener esta sociedad en la penumbra. En el estacionamiento frente a su Mercedes Benz, hurgó una y otra vez en los bolsillos de la chaqueta y también en el interior de su maletín en busca de las llaves del auto. No las puedo extraviar, se dijo una y otra vez ofuscado por su descuido. El valor de ese llavero era enorme para él. Se convenció finalmente de que debió habérsele caído cuando se sacó la chaqueta y deambuló por varios tramos con ella en la mano, en la Venda Sexy. Llamó un largo rato desde su oficina, hasta que finalmente le respondieron.

Alcanzó a oír el «aló» del telefonista haciendo esfuerzos para ser escuchado, ya que «Ese muerto no lo cargo yo» sonaba de nuevo a todo volumen.

—Hola, habla el doctor Vergara, acabo de estar allá.

—¡Sí, doctor, dígame!

—Es que se me extraviaron las llaves de mi vehículo, y estoy casi seguro de que se me cayeron allá.

—¡Disculpe, no le escucho bien!

—¡Digo que creo que mis llaves se me quedaron allá! —repitió Agustín Vergara alzando la voz.

—¡Ah, entiendo! Dígame cómo son para encargárselas al personal. ¿Usted trabajó en el subterráneo, verdad?

—Sí, ahí estuve la mayor parte del tiempo y también en el lugar donde está una estudiante. Las llaves tienen el logo de Mercedes Benz y una cadena de plata con una foto donde salgo con mi hijo.

—No se preocupe, doctor, apenas las encuentren se lo hago saber.

—Lo que pasa es que las necesito ahora mismo porque tengo que irme a mi casa.

—¿Las necesita ahora, me dice?

—¡Sí!, tengo que sacar mi vehículo del estacionamiento.

—Lo siento, doctor, pero todavía están trabajando en el subterráneo y, usted sabe, allí no está permitido interrumpir.

—¿Y les quedará mucho?

—Yo creo, porque estos gallos han salido más duros que los otros.

—Entiendo —respondió resignado—. Si las encuentran guárdenmelas por favor, veré qué hago.

El doctor Vergara llamó a su esposa y le contó el percance, por cierto, obviando su paso por el centro de detención. Le hizo saber que lo que más sentía era el llavero que le regaló Tomás. Florencia lo lamentó y buscó las llaves de repuesto; junto a Tomás fueron a dejárselas a la clínica.

Al día siguiente lo llamaron desde el centro de torturas para informarle que habían hecho un acucioso registro en todo el recinto y que el mencionado llavero no apareció.

Capítulo 12

AIRES DE LIBERTAD

No hubo cargos en su contra y la libertad temprana esta vez lo sorprendió. Como pasaba cada vez que las puertas de la prisión se abrían, debió enfrentar la disyuntiva de buscar un destino hacia donde dirigir sus primeros pasos. Su costumbre era permanecer parado por largo rato frente a la puerta de la prisión, mirar a su alrededor y elegir finalmente el camino que tomaría, al que accedía como empujado por el viento más que por convicción propia.

Es que, para Eugenio, la libertad no era un fin, sino una mera circunstancia.

Era como salir de viaje al extranjero sabiendo que por muy auspiciosa que haya sido la estadía, el regreso a casa sería un hecho. Eso sí, esta vez había una diferencia: su destino fue resuelto en eternos insomnios y monótonas e interminables caminatas de muro a muro. Iría adonde Rogelio.

Se alejó bordeando los muros externos de la cárcel a paso cansino mientras sentía que se desprendía de un encierro inédito que estuvo marcado por sinsabores: fue recluido en otra calle, Margarita jamás acudió a verlo, Rogelio desapareció sin explicación. Además se enteró de que a Víctor Palma, durante una noche de truenos y relámpagos, lo agredió sexualmente una turba de reclusos. Según su informante, lo encontraron a la mañana siguiente agónico, tirado en los baños. Sus agresores esta vez no tuvieron compasión. Un rumor no confirmado decía que murió días después, cuando era trasladado a un hospital público.

Rogelio sacaba de la bandeja su té con tostadas y se disponía a ponerlo en la mesa. Se inquietó al sentir que alguien golpeaba la puerta de calle a esa hora. Al abrir, sus miradas se encontraron y antes que palabras hubo un abrazo que, por lo afectivo y sincero, Eugenio no alcanzó a interpretar, y postergó sus críticas.

En la mitad del café con leche y en la segunda tostada que compartió con Rogelio, ya se había enterado de todos los porqués y hecho mentalmente las paces con su amigo. No hubo reparos, ni menos rechazo a la invitación de ocupar la misma habitación de siempre hasta que encontrara donde vivir.

El miércoles inmediato esperó desde temprano en la esquina de Valenzuela Castillo sin despegar un instante la vista de la casa donde trabajaba Margarita. Había pasado casi dos horas esperando que ella saliera en su tarde libre y, ante la incertidumbre, prefirió enfrentar la realidad. Le abrió una mujer algo excedida de peso.

—¿Sí?

—Busco a Margarita —le dijo Eugenio, intuyendo que algo había pasado en su ausencia.

—¿Margarita?, aquí no hay nadie con ese nombre.

—Perdón, ¿aquí vive el matrimonio Hermosilla?

—Sí, pero como le dije, no hay nadie con ese nombre; a menos que sea la niña que trabajaba aquí antes.

La noticia era previsible, pero debía tomar una hebra para encontrarla.

—Sí, ella trabajaba aquí. ¿Cuándo se fue?

—Yo voy a enterar mi tercer mes en esta casa, pero a ella no la conocí. Los niños me comentaron que al parecer había vuelto al sur, más no le puedo decir.

Cuando la mujer cerró la puerta, Eugenio se quedó allí consumido por la desazón, como tantas otras veces en que, al salir en libertad, no sabía qué camino tomar. Ella no había dejado ninguna huella que motivara su búsqueda, y Eugenio sintió el golpe. Necesitaba echar su cuerpo en algún lugar y lo hizo en el banco de una plaza cercana. Por inercia hurgó en el bolsillo de su chaqueta y sacó el sobre con las cartas que Margarita le dejó en casa de Rogelio; siempre las llevaba consigo. Mientras las abría, impotente para descifrar su contenido, se imaginó por unos instantes que la luz que buscaba podría estar en esas misivas. Acostumbrado a una vida de encierro que le negaba poder ver la enorme gama de grises que tiene la vida, determinó que Margarita lo había abandonado porque nunca supo que estaba preso. Concluyó que no había vuelta atrás, que el adiós era definitivo.

Llegó temprano adonde Rogelio, con una botella de vino tinto entre sus manos, con el ánimo de atomizar su olvido en compañía.

Capítulo 13

Madre mía

El hombre gordo se abrió paso entre la gente y avanzó por el pasillo hasta la mitad de la micro —llena a esa hora— para ubicarse hombro a hombro con Eugenio, quien debió reacomodarse para hacerle espacio. Alzó su brazo izquierdo y se aferró al pasamanos sin importarle que su codo quedara como la punta de un misil apuntando hacia el rostro de Eugenio. En la mano derecha sostenía un paquete de frutos secos que engullía cada vez que la micro se detenía en un paradero. Vestía un viejo y sucio traje de tela gris claro, cuya chaqueta no le cruzaba y seguramente nunca le cruzó, ni siquiera cuando fue nueva y mucho menos ahora que usaba debajo un chaleco de lana hecho a mano que explicaba la constante sudoración que emanaba desde su frente y que, sin disimulo, secaba a ratos con su antebrazo. La posición dejaba el bolsillo de su chaqueta expuesto a la mirada de Eugenio, quien fácilmente descubrió que en su interior cargaba una abultada billetera. En el decir de la jerga delincuencial, el gordo estaba «regalado». Si bien la especialidad de Eugenio era el robo de casas, no meter las manos allí era como desafiar a la buena suerte. Pero esta vez nada de aquello estaba en sus planes. A las siete de la mañana, Rogelio le había entregado un sobre abierto. Lo habían dejado por debajo de la puerta y, pensando que era para él, lo había abierto. «Dice que tu mamá esta grave en el hospital El Salvador», le dijo.

El pasajero que iba sentado frente a él en la micro se bajó, y Eugenio aprovechó de ocupar su lugar luego de una lucha silente de empujones políticamente correctos con el gordo que también postulaba al puesto.

Una vez sentado, fijó la vista en la ventanilla y se fundió en los recuerdos de su madre. Desde que comenzó a pagar con prisión sus delitos, dejó de verla, pero cada vez que tenía dinero le mandaba a dejar una buena parte con algún amigo mensajero. Ella deducía las razones de su ausencia, pero omitía mayores comentarios y jamás hizo preguntas. De ese modo se relacionó con Paty hasta que perdió su pista cuando el último mensajero regresó de vuelta con el sobre, señalando que su madre ya no vivía en la dirección indicada. Le contó que ya no quedaban casas en el viejo barrio y que unas máquinas retroexcavadoras estaban en el lugar aplanando el terreno para construir en el borde del Zanjón de la Aguada una carretera hacia el litoral central.

Ahora se enfrentaría a ella con toda su historia postergada. Habían pasado más de quince años desde que la vio por última vez, y esa era la imagen que conservaba de ella. Siempre pensó en juntar dinero y comprarle una casa, ayudarla para que nunca le faltara nada, abrazarla para decirle que jamás la olvidó y que era la única persona a quien realmente quería en la vida. Pero su peregrinar de delincuente lo fue alejando de esas intenciones que no llegaron a prosperar.

Sumido en sus recuerdos, no se dio cuenta de que estaba a punto de llegar a Providencia y que incluso el gordo había desparecido de su entorno.

Después de media hora de consultas en todas las oficinas de registro del hospital, averiguó que Paty se encontraba en estado grave, compartiendo espacio en una sala común con una veintena de enfermos.

El acceso al lugar estaba prohibido para las visitas y solo pudo observarla a través de los visillos de las ventanas. Paty estaba sedada y una enfermera, que le negó la entrada, rehusó darle mayor información en ausencia del médico. Solo le dijo que no era conveniente despertarla para avisarle de su presencia. Eugenio pensó que si el cuidado era acorde a la indolencia del personal, en esa sala vieja e inmensa, atestada de enfermos y que a simple vista más parecía un pabellón de emergencias durante la Segunda Guerra Mundial, la posibilidad de recobrar la salud ahí era improbable. Atribulado, se sentó en una banqueta en uno de los pasillos exteriores para tratar de salvar la situación. Verla tan sola, indefensa y desamparada, le hizo sentir una profunda pena. Lamentó haber dejado pasar tanto tiempo sin verla y se revolcaba en su asiento ante la impotencia de encontrar la forma de acceder a ella. Desde el pabellón salió un tipo de uniforme blanco, con un trapero y un balde con desechos líquidos.

—¡Ey, compadre!, ¿te puedo preguntar algo?

—Sí —dijo este con velado interés, aprovechando la instancia para descansar.

—Lo que pasa es que mi vieja está en esa sala allá dentro y tengo ganas de verla —acotó Eugenio, dejando entrever que la gestión tendría recompensa.

—Pucha, yo ahí no puedo hacer mucho.

—Pero si no hay nadie. La hago corta y tú me cubrís.

—Usted no ve a nadie, pero adentro hay una auxiliar de enfermera. No se admiten visitas, solo personal del hospital.

—Es que no veo a la vieja hace muchos años y nadie me dice ninguna cuestión.

—El doctor hace la ronda todos los días a las seis de la mañana. Si está a esa hora le puede preguntar.

—¿Vos tenís mamá?... Viva, digo.

—Sí, claro. ¿Por qué?

—Pa que te pongái en mi lugar.

—Me pongo en su lugar, pero eso no cambia las cosas, pues.

—¿Qué tan grave está la gente que hay ahí?

—En ese pabellón están los más graves. Todas las semanas sacan de ahí a un finado.

—Con mayor razón, tenís que ayudarme. Te juro que me muero si le pasa algo a mi vieja y no alcanzo a verla.

—Mire, si de mí dependiera, no tendría problemas en ayudarlo. Pero no sé cómo.

—A todo esto, ¿cómo te llamái?

—Me llamo Rolando, pero todos me dicen Rolo.

—Rolo, de verdad, ¿si pudierai, haríai algo por mí? —El funcionario asintió con la cabeza creyendo que con esa respuesta le ponía una lápida a su intención—. Bueno, si es así —continuó Eugenio—, te doy un billetito si me hacís la paleteá. ¿Medimos casi lo mismo, no?

—¿Qué?

—Que andamos por ahí con el cuerpo.

—Disculpe, pero no entiendo lo que me quiere decir.

—A ver, para que no te sintái ofendido, te lo voy a poner de otra forma. Quiero que me arrendís tu uniforme y tus cosas... Me pasái el trapero y el balde, y entro al pabellón como un colega tuyo por un rato. Eso sí, me decís lo que tengo que hacer.

En menos de cinco minutos, Eugenio y el funcionario entraban a los baños del hospital. Ambos se sacaron la ropa y la intercambiaron bajo la promesa de encontrarse en el mismo lugar en no más de media hora, y de que él no mencionaría su nombre si lo descubrían.

Vestido con pantalón y chaqueta de tela cruda y una gorra de la misma textura, premunido de la información debida para no levantar sospechas ante la enfermera que se la pasaba tejiendo, según le dijo el auxiliar, Eugenio entró al pabellón con una mascarilla que cubría nariz y boca, con el balde y el trapero. Efectivamente, la mujer ubicada en un rincón que la hacía invisible desde afuera, siguió concentrada en los palillos después de alzar la vista por sobre sus lentes para cerciorarse de que el visitante era un funcionario del hospital.

Eugenio se puso a limpiar el piso por unos minutos hasta que ubicó la cama donde yacía su madre con los ojos cerrados. Aprovechando que las demás pacientes no hicieron caso de su presencia, la observó con detención y se acercó lentamente a su cabecera. Mientras recogía cualquier desecho del velador para echar en el balde, a modo de pretexto, no pudo dejar de impresionarse al verla tan delgada y pálida. Conmovido frente a la situación de su madre, Eugenio no resistió más. Le tomó la mano y se la apretó con delicadeza. La sintió tan helada que llegó a temer que estuviera muerta, pero se quedó mirándola fijamente hasta comprobar que respiraba. Desde su muñeca morada y resentida de tantos pinchazos, nacía una sonda que la alimentaba por suero y otra que auxiliaba su respiración desde un tubo de oxígeno hasta su nariz, dejando en evidencia la gravedad de su estado.

Eugenio no resistió el momento y, sin soltar la mano de su madre, dejó correr unas lágrimas. El rostro de la mujer estaba ajado y, a causa de la delgadez, lucía ausente de vida, casi cadavérica, pero los rasgos que la identificaban seguían invariables desde la última vez que la vio. Aprovechando que la enfermera continuaba absorta en lo suyo, dejó de lado su rol de seudofuncionario, bajó su mascarilla hasta dejarla libre a la altura del cuello, e inclinó su rostro para besarla en la mejilla por unos segundos, y susurrarle al oído:

—Mamita, voy a hacer todo lo posible para sacarla de aquí.

Con la emoción viva, limpió su rostro, regresó la mascarilla a su lugar, tomó sus bártulos y se retiró en silencio. Había logrado su objetivo. En el baño del hospital y dentro del plazo estipulado, recobró su identidad, le regresó el uniforme a Rolo y le pagó por el favor concedido.

—Te pasaste, compadre, muchas gracias —dijo Eugenio aún con un dejo de tristeza.

—¿Le doy un consejo? —habló el funcionario coludido con su drama antes de que partiera.

—Dime.

—Saque a su mamá de ahí y póngala en el pensionado. No es mucho lo que hay que pagar, pero la van a atender mejor.

Divagando sin destino por entre las calles de Providencia, lamentó no haberle sacado la billetera al gordo en la micro. Ahora, un propósito mayor lo condicionaba a ejercer su oficio con urgencia.

Comentó largamente el tema con Rogelio mientras tomaban once. Su amigo estaba casado, tenía un hijo de tres años y su mujer se había ido a vivir con su madre hasta tener certeza de que él hubiera dejado las malas juntas. Le había facilitado su taxi nuevo a dos amigos que más tarde asaltaron una tienda y terminaron dando muerte a su víctima. Él se enteró del funesto hecho al día siguiente por los diarios. Los victimarios fueron sentenciados a diez años y un día, y Rogelio, luego de ser hecho durante tres meses, fue considerado inocente y dejado en libertad. Eugenio le proponía ahora que lo llevara y lo esperara con su taxi a una cuadra de la casa que tenía vista en el barrio alto. A cambio recibiría la mitad de las ganancias. Le aseguró que usaría el vehículo como un supuesto pasajero para que, en el caso de que la policía lo detuviera, no se convirtiera en su cómplice.

Rogelio no estaba bien económicamente. Debía mantener dos hogares hasta que su esposa se decidiera a volver, y como tenía las últimas cuotas por la compra de su taxi impagas, la oferta de su amigo, más que un dilema, era una gran oportunidad.

Apenas las sombras de la noche inundaron las calles en el sector de Los Dominicos, el taxi de Rogelio se estacionó en la calle Los Pintores, casi al llegar a Camino del Alba.

—Espérame aquí.

—¿Cuánto te demorái?

—La hago cortita, voy aquí a la vuelta nomás. Tenís que estar mirando y cuando me veái prendís el motor.

—Está reoscuro, ¿cómo voy a cachar que soi vos?

—Por aquí no anda ningún gil en la calle a esta hora. En todo caso, cuando esté listo, apenas venga por la esquina te hago una seña con la linterna.

Efectivamente, nadie transitaba por las veredas en ese sector, solo andaban vehículos, y escasamente una que otra empleada paseando a algún perro. Eugenio había recorrido el lugar horas antes para seleccionar la casa que pensaba robar. Descubrió por entre las rejas varios periódicos que no habían sido recogidos, y para asegurarse de que los moradores no se encontraban, dejó un par de botellas vacías y dio vuelta un tarro de basura frente a la entrada de la casa. De acuerdo a su estrategia, si al volver los diarios no estaban y el frontis se encontraba limpio, era señal inequívoca de que existía gente en su interior y debía abortar su propósito.

Se alegró al ver que todo estaba tal cual lo había dejado. Una gruesa cadena atada a un candado impedía abrir el portón de la entrada de vehículos. Se aseguró de que nadie observara sus movimientos y usó de apoyo la propia cadena para poner el pie y empinarse, en dos segundos, por encima del portón.

Mientras Rogelio esperaba, dedujo que la posición del taxi en ese lugar sembraba sospechas. Lo comprobó cuando dos vecinos que salieron en vehículo desde sus casas no dejaron de interrogarlo con la mirada mientras se alejaban. Su presunción no tardó en confirmarse: a los diez minutos un furgón policial se estacionó muy cerca y dos carabineros se bajaron y se acercaron al taxi. Uno anotó la patente y el otro fue a su ventanilla. Rogelio hizo esfuerzos para controlar su nerviosismo y encontrar una excusa convincente.

—Buenas noches. ¿Sus documentos? —preguntó sin preámbulos el carabinero.

—Buenas noches —respondió Rogelio mientras usaba el silencio restante dirigiéndose a la guantera y urdiendo los motivos que usaría en su defensa—. Aquí están —dijo entregándoselos.

La poca luz del sector no permitía revisar exhaustivamente los documentos.

—¡Manríquez! —llamó a su compañero—. Présteme la linterna.

Manríquez cerró su libreta y se acercó con la linterna encendida, aprovechando de dirigir el haz de luz hacia el interior del taxi sin advertir nada sospechoso.

—Aquí tiene, mi sargento.

En breve, el carabinero comprobó que estaban en orden.

—Abra el maletero —le ordenó sin ánimo de inspirar confianza.

Rogelio bajó del vehículo y, secundado por ambos funcionarios policiales, lo abrió con tranquilidad sabiendo que no existía allí nada que pudiera comprometerlo. Aprovechó la ocasión para mirar hacia la esquina, preocupado de que justo en ese momento fuera a aparecer Eugenio.

El oficial ya no tenía motivos para cuestionar a Rogelio, pero aun así lanzó la pregunta de rigor:

—¿Se puede saber qué hace estacionado aquí?

—¿Qué tiene de malo, acaso está prohibido? —preguntó Rogelio.

—No, no está prohibido ni tiene nada de malo, pero díganos usted qué tiene de bueno entonces —se adelantó el carabinero raso, con la seguridad de que así ponía en jaque al taxista con su pregunta capciosa.

Rogelio tragó saliva antes de exponer sus razones.

—Estoy esperando a alguien —respondió tanteando el terreno ya que advertía la próxima pregunta.

—¿Se puede saber a quién? —inquirió el sargento montándose en las primeras sílabas de su colega, que tenía la intención de continuar con la entrevista.

—Vengo a buscar a mi polola, sale a esta hora todos los días.

Los carabineros no esperaban esa respuesta. Manríquez, en el afán de impresionar a su superior, quiso volver a tomar las riendas de la interrogación.

—¿Cómo se llama ella y dónde trabaja?

—Norma —dijo mencionando el nombre de su esposa—, y trabaja a la vuelta de la esquina —agregó, indicando con su índice en la misma dirección en que se había alejado Eugenio. —Apenas sopesó su respuesta, entendió que debió haber indicado hacia el otro lado, ya que presintió que por el cariz que había tomado la interrogación, los carabineros podrían obligarlo a que les mostrara exactamente la casa donde trabajaba la supuesta novia.

—¿A la vuelta? —se preguntó Manríquez en voz alta, sobreactuando la postura y emulando el pensamiento deductivo a lo Sherlock Holmes—. Y si trabaja a la vuelta, ¿por qué la espera aquí? —concluyó compartiendo su burlona mirada con el sargento. Rogelio sintió la estocada y se tomó unos segundos para responder—. ¿Me podría explicar eso? —insistió Manríquez, empoderado con la presión que le estaba poniendo a Rogelio a quien, supuestamente, tenía en jaque.

—La verdad..., la verdad, es que no es mi polola.

—¡Ajá, yo sabía que aquí había gato encerrado! —interrumpió Manríquez saboreando el triunfo.

—¿Y se puede saber quién es entonces? —se sumó el sargento para no perder tanto terreno ante el subalterno.

—Ella es... es mi amante —dijo Rogelio sin medir las consecuencias.

—¿Su amante? —exclamaron ambos carabineros casi a la vez.

—Bueno... ustedes son hombres y confío en que me entenderán —agregó Rogelio—. Norma es casada. Se imaginan qué pasa si me pilla el marido.

Manríquez enmudeció y el sargento abandonó a su personaje por primera vez. Ambos carabineros se miraron y soltaron una pequeña pero amistosa sonrisa.

—Pudo haber empezado por ahí, mi amigo —acotó el sargento sin abandonar ahora su gesto bonachón, como dando a entender que él también se había visto en esas—. Tome sus documentos y cuídese, mire que los patas negras nunca terminan bien. —Se despidió con un apretón de manos y junto con su compañero iniciaron la retirada.

En tanto, Eugenio ya había desactivado la alarma y entrado al dormitorio principal de la casa desde donde sustrajo joyas y dinero en efectivo que no le significó gran esfuerzo encontrar. Al concluir, aferrado al bolso que contenía el botín, se agazapó detrás del portón esperando que un vecino que a esa hora llegaba del trabajo entrara su auto, y así poder salir de la misma manera como había entrado: sin testigos oculares.

Al día siguiente, durante un opíparo desayuno al que le invitó José Zabala, su reducidor, lograron dimensionar el valor total de la mercancía. La necesidad de resolver a la brevedad el difícil trance de su madre les permitió llegar a un rápido acuerdo en el cual Zabala sacó los mejores dividendos. La única exigencia de Eugenio fue recibir el pago en efectivo.

Esa tarde llegó a la casa apurado, con un par de bolsos con ropa nueva. Estaba seguro de que le esperaban una o varias batallas con los funcionarios del hospital para lograr el objetivo de conseguir un lugar más digno y una mejor atención médica para su madre. El costo de ese beneficio era lo de menos, le dijo a Rogelio, dejando claramente establecido que no le importaba gastarlo todo, con tal de que la mujer que le dio la vida se recuperara cuanto antes.

Tras ver la hora y dividir —tal cual lo acordó— la mitad de sus ganancias con Rogelio, este último lo instó a que llamara a informaciones del hospital, ya que presumía que a esa hora no dejaban entrar visitas. Ambos fueron hasta la casa del vecino, el único que tenía teléfono en el barrio, para cerciorarse de no hacer dos horas de viaje en vano.

El cielo de madera de pino machihembrado o, mejor dicho, las figuras caprichosas que dejaba notar el viejo barniz, sirvieron de anzuelo para que Eugenio, recostado en su cama y sin poder conciliar el sueño, fijara la vista y se dejara llevar por los recuerdos de su madre. No haber podido verla esa misma tarde le produjo algo inexplicable que él interpretaba como melancolía. Un estado de concentración máxima y de pensamiento profundo, que no lo llevaba a ningún análisis ni respuesta, salvo a tener la certeza de que nunca existieron motivos reales para no verla durante tantos años.

Los tempraneros pasos de Rogelio en la cocina lo hicieron despertar. No había dormido más de dos horas. Por inercia corrió el velo que cubría la pequeña ventana que daba al patio para tantear el día. La espesa garúa no impidió que se diera una ducha de agua helada, la única posibilidad que ofrecía la casa.

Rogelio —que escuchó correr el agua del baño— ya había ido al almacén y le tenía preparado un contundente desayuno que Eugenio, mientras se secaba el pelo, no pudo rechazar.

—Siéntate, el pan está recién salido —lo tentó Rogelio.

—¡Puta que hace frío! Con la ducha entré un poco en calor.

—¿Querís que te acompañe al hospital?

—Te lo agradezco, pero creo que esta vez prefiero ir solo.

Rogelio dejó hervir la tetera y la ubicó sobre un plato que había dispuesto en el centro de la mesa.

—¿Te pongo a calentar un poco de leche?

– No, así está bien. ¿Qué hora es?

—Son las ocho y cuarto, y las visitas empiezan a las diez. ¡Estái sobrao!

—Quiero ver si puedo hablar con el médico.

—Pero esos huevones pasan tempranito.

—Voy a su consulta, no creo que vean a los pacientes y que se vayan altiro del hospital.

—¿Y sabís bien qué tiene tu mamá?

—No tengo idea. Te dije que la tenían con unos calmantes y solo la pude ver durmiendo. Por eso quiero hablar con el doctor. La quiero sacar de ahí como sea.

—Yo voy a dejarle unas lucas a mi señora y me vengo pa acá. Por cualquier cosa, vos sabís, cuenta conmigo.

El taxi tuvo que activar el limpiaparabrisas para mejorar la visión.

—¡Pucha, jefe!, le digo altiro que vamos a tener que darnos una pequeña vuelta, porque escuché en la radio que hay una protesta al mediodía en la plaza Italia. Al hospital Salvador me dijo, ¿no?

—Sí, pero son las nueve y media.

—Es que trabajo en esto pues, y yo sé que los pacos, desde tempranito, cortan el tránsito en todo el sector.

—Váyase por donde quiera, pero métale chala que estoy apurado.

El conductor contó durante el trayecto que era jubilado de Ferrocarriles del Estado y que se había comprado el taxi con la indemnización. Que los hijos ya estaban grandes y que esta pega la hacía más por hobby que por plata. Que gracias a Dios tenía buena salud y que quería vender su casita, ya que sin los hijos su mujer se sentía sola. Eugenio, sin dejar de mirar por la ventana, únicamente asentía cada vez que el conductor lo miraba por el retrovisor y nunca le contestó.

Efectivamente, los carabineros tenían acordonado el sector y Eugenio debió bajarse antes.

—¿No le dije yo? —se jactó el conductor mientras le daba el vuelto.

A paso presuroso, Eugenio se dirigió hasta la entrada del hospital. Una vez allí, de inmediato se fue al pabellón donde estaba Paty. Golpeó repetidas veces antes de que la enfermera, con el tejido en la mano y la bufanda a punto de terminar, se asomara entre los vidrios pequeños de una de las puertas de madera. Corrió el visillo e hizo esfuerzos para escuchar lo que Eugenio decía desde afuera.

—¿Ya pasó el doctor?

—Ya se fue, pasa a las ocho —dijo ella desde el interior.

—Quiero saber de una enferma que está aquí.

—Aquí no se admiten visitas, si quiere saber algo tiene que hablar con el doctor Peralta en su consulta, termina la ronda como a las once —fue la única respuesta de la enfermera, tras lo cual dejó caer el visillo.

Eugenio se mordió los labios para no mandarla a la mierda. Sabiendo que aún no eran las once, fue hasta una de las ventanas del costado del pabellón para tratar de ver a su madre. Solo pudo asomarse a través de una pequeña rendija que dejaban las cortinas, pero un biombo de fierro cubierto por una tela blanca, que bordeaba toda la cama de su madre, le impidió saciar su deseo.

Se sentó frente a la consulta del doctor Peralta, ya que se enteró en los pasillos de que la única manera de hablar con él era, literalmente, hacerle guardia hasta que apareciera. Cada cierto tiempo se retorcía inquieto en la banca de madera como si quisiera sacarle más lustre. Mientras esperaba impaciente, se puso a mirar todo lo que se movía a su alrededor. Pacientes yendo y viniendo a paso cansino, en sillas de ruedas, en camillas, enfermeras pasando de prisa, visitas que no consiguen ver a su familiares, familiares llorando, niños que escalan tratando de ver lo que los adultos les prohíben, estudiantes de medicina que disponen de todo el tiempo y diagnostican gratis al que se le cruce por su camino, médicos consumados que cobran caro pero deambulan abúlicos por los pasillos.

Una mujer adulta, con el peso de la enfermedad a cuestas, se desplazaba con tanta dificultad que inspiraba lástima. Eugenio le ofreció ayuda y la invitó a descansar junto a él. Desde lejos parecía un esperpento, de cerca descubrió a una mujer madura y de una cautivante belleza interior. Sin que él le preguntara, le confesó a Eugenio que su objetivo era llegar hasta la oficina del director del área para hacer un reclamo. Según sus cálculos, para llegar a su destino le quedaba una cuadra por recorrer y esta era la tercera escala que hacía para recobrar fuerzas. Una doble fractura al húmero la obligó, en su pobreza económica, a recurrir al sistema de salud pública. Aquí la recibieron, la inscribieron y la instalaron en una sala junto a una decena de pacientes, ante las cuales tuvo que desnudarse sin la más mínima cuota de privacidad. Dijo que se trataba de una lesión que, según los especialistas, requería ser operada a la brevedad, pero que la intervención se había ido postergando al extremo, que ya había enterado un mes sin que nadie le preguntara siquiera por qué estaba ahí. El relato de la mujer era conmovedor, aunque lo contaba con manifiesto estoicismo y seductora gracia, dejando entrever que había vivido episodios peores. Temía que cuando se produjera la intervención ya no hubiera mucho que hacer. Pero su queja mayor era otra, apuntaba ella. Al quinto día, después de acostumbrarse a los gritos y estertores que le impedían dormir, pudo conciliar el sueño. De pronto, dijo, cuando recién amanecía y el descanso era tan profundo que le postergaba el dolor inmenso que atormentaba su pierna, sintió que estaba temblando, pero al abrir los ojos comprobó que era una religiosa, vestida con una enorme pechera blanca almidonada, que le sacudía los pies para que despertase. Al costado opuesto había otra que murmuraba algo que no alcanzaba a comprender. «Somos misioneras de la Inmaculada Concepción», explicó la primera, y, al unísono, ambas, se sentaron en la cama presionando la frazada que cubría sus piernas, lo cual la hizo bramar de dolor. «Vinimos para acompañarla, para estar junto a usted». «¿Y para eso me tienen que despertar?», les respondió ella en defensa propia. «Es importante que oremos juntas para acercarnos al grandísimo», insistió una, mientras la segunda le pasaba un rosario y un libro. Atrapada en esta especie de pesadilla, la mujer contó a Eugenio que solo atinó a decirles que ella no era creyente. Pero no debió ser muy convincente, relató, porque las dos religiosas se pusieron a orar a viva voz, haciéndole pensar que su gravedad era tal que estaba a un paso de la muerte. «¡Basta!, ¡basta!», gritó la mujer. «No soy creyente, respétenme», insistió. Fue entonces cuando las religiosas se apagaron y se miraron entre ellas creyendo que aquella interna se había vuelto loca. «¿Entonces nos retiramos?», preguntó la que hablaba, porque la otra solo oraba. Para no emitir juicios, dijo la mujer, debió morderse la lengua y se tapó con la sábana en un vano intento por recuperar el sueño. A los dos minutos, fue la enfermera quien la inquietó para entregarle el desayuno.

Al día siguiente —continuó contando la señora a Eugenio— recibió la visita de unos miembros de la Iglesia de Jesucristo de los Últimos Días. Entraron y se pararon a los pies de su cama, uno a cada lado, como verdaderos tótem con camisas blancas y una sonrisa dibujada como si fueran vendedores de artefactos eléctricos. «¿Y ustedes quiénes son?», les ladró. Uno levantó su Biblia y señaló convencido: «¡El Señor Cristo está en el Cielo!». A lo que ella replicó: «Yo solo necesito a alguien que esté en la tierra y que me opere luego». Ambos ignoraron su ironía y continuaron con su discurso. Al primer atisbo de punto seguido, ella volvió a la carga pero esta vez en serio. «¿Me pueden decir quién les dio permiso para interrumpir mi reposo?» Al igual que las monjas del día anterior, los jóvenes se descolocaron y tras leves miradas entre ellos dijeron a coro «gracias», y se marcharon. Los días posteriores, circulando como tiburones al acecho de su presa, continuó alrededor de su cama, a la misma hora, la procesión de evangélicos, metodistas, pentecostales, y varios otros grupúsculos que se esmeraban en vender su verdad como si se tratara de una base de datos. «¿Quién les dio permiso, me pregunto yo, para hacer de mi estadía en el hospital otro calvario tan duro y más insoslayable que mi propia enfermedad?», les espetaba ella. Cuando les correspondió el turno a los adventistas, le mostraron una autorización del director del hospital, como si con ello su derecho a disentir debiera emanciparse. Ahora, le contó, cada vez que ella veía a una pareja se preguntaba: «¿A qué religiosos debo hacer frente ahora? Soy pobre, pero no invisible, por eso me arranqué del pabellón para luchar por lo único que me queda: mi dignidad», dijo la señora, al tiempo que, con su propio esfuerzo, se levantó y siguió rumbo a su destino.

El relato de aquella mujer hizo más liviana la espera hasta el momento en que la secretaria del doctor Peralta lo hizo pasar.

—Dígame, ¿en qué lo puedo ayudar? —preguntó el médico.

—Es que mi madre está hace un tiempo en un pabellón donde no permiten las visitas y quiero...

—¿En qué pabellón?, ¿cómo se llama?

—No sé cómo se llama, pero es uno que está aquí atrás —dijo Eugenio, girándose para indicar con la mano.

—Ah, debe ser «El sagrado corazón».

—Quiero ver si puedo trasladarla a un lugar mejor, a pensionado ojalá. No me importa pagar lo que sea, pero necesito que tenga la mejor atención.

—Este es un hospital público y todos reciben el mismo trato —explicó el doctor para resaltar un principio en el cual ni él parecía creer.

—No me han dejado verla. No me saben decir ni lo que tiene. ¿Ese es el trato que usted me dice? —ironizó pensando en la historia que acababa de escuchar.

—Deme el nombre de su madre —pidió el doctor Peralta, evitando enfrascarse en una discusión que de seguro solía tener con la mayoría de los familiares.

—Patricia del Carmen Ortiz.

El médico llamó por interno a su secretaria para que trajera toda la información de ese pabellón. En el intertanto le dijo a Eugenio que si bien su madre podría trasladarse a pensionado, igualmente las visitas a enfermos graves eran restringidas.

—En todo caso —agregó—, vamos a ver cuál es el real estado de la paciente para no crearle falsas expectativas. —La secretaria entró con un fajo de documentos, le entregó todo al doctor y se retiró de inmediato—. ¿Patricia del Carmen...? —Había olvidado su apellido.

—Ortiz.

El doctor Peralta se zambulló en el alto cerro de papeles que tenía en su escritorio. Confirmó que la mujer estaba en el pabellón «Sagrado corazón»; sin embargo, demoró más de la cuenta en reportar su diagnóstico. Testeó tanto los datos que tenía en su poder, que ello inquietó a Eugenio.

—¿Qué sucede, doctor? ¿La encontró?

—Sí, mire... Ya sé de qué paciente se trata.

—¿Es muy grave lo que tiene?

—Me va a perdonar..., pero no tiene mucho caso hablar de su diagnóstico.

—¿Por qué, doctor? Soy su hijo, tengo derecho a saber —reclamó Eugenio.

—Lo que sucede es que... —el médico tomó aliento para continuar la frase—. Es que su madre... falleció anoche.

Así como muchos reos lucen en su rostro, y con cierto orgullo, las marcas que dejan las peleas, Eugenio ahora asumía otra marca. Pero esta no atravesaba su rostro, sino que hería su hoja de vida. Ni las decenas de robos que incrementaban su prontuario, ni las víctimas que dejó en el camino delictual, le produjeron tanto sentimiento de culpa como esta noticia.

Sin saber cómo, de pronto se encontró en la ventana del pabellón donde ella, según el doctor Peralta, agonizó durante un mes producto de un agresivo cáncer al hígado. Las cortinas estaban abiertas y tras los cristales opacos de polvo perenne dio una última mirada hacia la cama —ahora sin biombos— con la ilusión de encontrarla allí, como si por medio de un *déjà vu* ella lo hubiese esperado para despedirse. Apoyó su cabeza en el marco de madera, húmedo aún a causa del rocío nocturno, y con la certeza de que nadie lo observaba sollozó como un niño por largo rato. Así le dijo adiós a su madre.

Capítulo 14

EL AMOR EN CUALQUIER PARTE

Nunca había tiempo para la conversación profunda. Florencia fue acumulando dudas que se trasladaban a la cama cuando tenía sexo con Agustín. Aunque nunca estuvo en sus planes fingir el placer, fueron muchas las noches en que se negó a sentirlo para no inmiscuirse en el arduo trabajo de su marido. El costo lo comenzó a pagar pronto, y fue tan elevado que se preocupó de verdad. Florencia llegó a imaginar que su esquiva postura podría convertirse en crónica y llevarla a engrosar, sin retorno, el porcentaje de mujeres frígidas.

En francas reuniones de camaradería con las esposas o compañeras-amantes de los colegas de Agustín Vergara, el tema siempre terminaba apareciendo. Así también ocurrió en la fiesta de cierre de la primera cumbre sobre cardiología que reunía a destacados facultativos en la casa del doctor Alejandro de la Torre que, según muchos, era toda una eminencia en el tema. Florencia, conocida por su carácter serio y reservado, se encontró de pronto compartiendo la velada con Lorena Duque, la nueva pareja de un colega de su esposo, Andrés Salgado. No eran precisamente amigas, se habían topado en un par de ocasiones en encuentros similares. Lorena era muy amiga de la ropa y los viajes, que eran muchos, según decía ella misma en sus ratos de locuacidad. A poco transitar, entre los vericuetos de la íntima charla, Florencia se enteró de que ella había vivido algún tiempo en Europa asistiendo a cursos de alta costura, no para convertirse en diseñadora, sino simplemente para darle mayor sustento a su sentido crítico de la moda. Confesó que su sueño era escribir sobre el tema en alguna revista del rubro. Florencia pensó que la mujer no era precisamente lo que se diría una «mujer bonita», sin embargo, estaba segura de que era «gusto de hombres».

Florencia no tenía el hábito de separarse de Agustín y dejarlo solo cuando iban a reuniones sociales. Pero sus dudas respecto de las salidas inexplicables que hacía su marido bajo una vaga excusa laboral, los caprichosos horarios que condicionaban y restringían su tiempo con la familia, y una serie de llamados sorpresivos e impositivos que recibía a deshoras, le habían hecho pensar que podía existir «otra». Y, en cierta forma, el hecho de que él pospusiera una conversación al respecto, le había gatillado su apatía sexual como una protesta silenciosa.

En el evento, Agustín Vergara se había quedado en un extremo de la casa, conversando con unos médicos españoles e italianos. Cosa curiosa, no hablaban de trabajo, sino de la repercusión y el desenlace que había tenido hacía poco la final de la Copa Davis, en la que el equipo chileno de tenis había caído a manos de Italia. El encuentro, que se transformó en noticia internacional, rebasó los límites deportivos y alcanzó el ámbito político: la decisión del equipo soviético de no jugar contra Chile la semifinal, mientras existiera un gobierno de facto, encendió la hoguera. Era imposible restarse a la polémica.

La fiesta en casa del doctor De La Torre fue tomando vuelo y Florencia continuó unida a Lorena de muy buena gana, lo cual por añadidura resultó la excusa perfecta para mantenerse lejos de su marido. La música y el generoso cóctel inspiraron la charla, que fue ganando confianza y deambuló por varios temas hasta instalarse dentro de la alcoba. Lorena compartió su preocupación por los horarios disímiles que manejaba su pareja, lo que la había condicionado a llevar una vida sexual de «gitana», según dijo, apelando a su histórica condición de nómadas.

—Disculpa, ¿pero qué quieres decir exactamente?

—Ay, que como él llega a casa cuando estoy durmiendo y a veces se va al trabajo antes de que despierte, es bien complicado tener una vida sexual «normal»..., por decirlo de algún modo.

—Ah, entiendo —dijo Florencia, sintiéndose identificada con la figura.

—Bueno, eso significa que lo hacemos en cualquier parte... o, para que no me malentiendas, donde podemos.

—¿Tanto así?

—Yo solo lo hago porque lo quiero. Al principio me pareció entretenido, pero ya me está resultando un poco humillante.

—Mira, yo te escucho con mucha atención porque tenemos los mismos síntomas. Pero si bien muchas veces no tengo ganas de que me despierten a las tres de la mañana, todavía no llego a esa etapa de sentirme indigna.

—¿Alguna vez lo has hecho en un avión?

—No se me ocurriría —respondió Florencia con cierto pudor.

—¿Y en un auto?

—Una vez, cuando estábamos pololeando. Pero hace muchos años —confesó como excusándose de mostrar su intimidad.

—¿En el baño?

—Bueno, en la ducha, ¿quién no? —acotó Florencia un poco incómoda y con ánimo de cortar el interrogatorio.

—No me refiero a hacerlo en tu casa... —aclaró Lorena—. En otros baños.

—¿No me digas que tú lo has hecho? —inquirió Florencia genuinamente sorprendida, con el afán de pasarle el testimonio a ella.

—Lo hemos tenido que hacer. ¿Si no, cuándo? Tú sabes que los hombres son un poquito bestias y se excitan en cualquier parte.

—Sí, bueno, pero eso no significa que por eso lo van a tener que hacer aquí, por ejemplo.

Lorena lanzó una carcajada que atrajo la atención del entorno y que puso en relieve la abstracción que habían logrado en aquella charla, olvidando que estaban en medio de un concurrido cóctel.

—¿Por qué te ríes? Sé que soy un poco chapada a la antigua y que seguro me costaría mucho ser tan osada.

—Yo no soy tan osada como aparento, Florencia. En este caso, ya te dije, lo hago más que nada por mantener la relación.

—Bueno, ¿por qué te reíste entonces? ¿Dije algo malo?

—Ay, no sé si deba contarte —expresó, y volvió a reír, esta vez con más recato—. Te lo voy a contar solo para que no creas que estoy loca. Prométeme guardar reserva. Estas cosas son entre Andrés y yo nomás.

—Lo prometo —contestó Florencia, ignorando el rumbo que tomaría su relato.

—Entre ambos tenemos un código para cuando sus ganas son muy... digamos... «urgentes». En esos casos, se acerca y me dice al oído, casi susurrándome, y sin importarle quién esté cerca: «¿Tendrías un minuto para mí?...» Yo siempre le respondo que sí.

—¿Y qué pasa ahí? —pregunta Florencia con avidez.

—Elijo un baño generalmente, porque en ocasiones lo hemos tenido que hacer tras el escenario de un salón de eventos antes de que ofrezca alguna conferencia, en su oficina, e incluso en una oportunidad tuvimos que encerrarnos en un *walk in closet*. Bueno... entro yo al lugar elegido, y a los pocos minutos él hace lo mismo, parándose en la puerta; entonces carraspea levemente y esa es la señal para que yo saque el seguro por dentro y él pueda pasar.

—Estoy impactada con lo que me cuentas. Definitivamente no sería capaz de hacerlo por mucho que quisiera alimentar mi relación de pareja... A todo esto, todavía no me explicas la razón de tu risa.

—¡Ah, sí!, lo que pasa es que anoche Andrés llegó tarde de un viaje y hoy se fue temprano a esta cumbre de cardiología, y han pasado varios días de abstinencia. Además, ya me dijo que mañana temprano debe dar una clase en la universidad... Entonces, no pude soportar la risa porque seguramente no recuerdas que hace un rato Andrés vino y nos saludó.

—Oh, sí, ahora recuerdo que vino a hablar contigo.

—Me preguntó delante de ti si yo tendría un tiempo para él.

—No me digas que... ¡Estás bromeando!

Recién en ese momento, Florencia cayó en la cuenta de que ambos estaban de acuerdo para llevar adelante su rutina sexual en medio de ese centenar de invitados.

—Y este es mi dilema, estimada Florencia.

—¿Dilema?

—Esta noche me muero de ganas, pero otras veces me siento utilizada. ¿Te das cuenta?

—Perdona mi curiosidad, pero a qué hora es... es eso. Digo, para que yo no sea un estorbo.

—Ahora. Ahora mismo —le dijo y se alejó cerrándole un ojo.

Lorena se retiró hacia el baño como si fuera a retocar su maquillaje, y cerró la puerta tras ella.

Florencia caminó hacia un garzón que estaba ofreciendo postres y, cuando tuvo uno en su mano, volteó hacia atrás para cerciorarse de que Lorena seguía en el baño. Logró ponerse nerviosa, no solo por el riesgo que ambos corrían —considerando que la casa únicamente disponía de dos baños para toda la concurrencia—, sino además por el respeto profesional que había logrado conseguir Andrés Salgado en el medio. A Florencia se le pasó por la mente que toda esta historia podría ser parte de una broma y consideró prudente cerciorarse de si era verídico. Lo hizo con un refresco en su mano, observando desde lejos y camuflada entre el enjambre de invitados.

Efectivamente, cinco minutos después de que entró Lorena, Andrés acudió al baño, se paró frente a la puerta, empuñó su mano y se la llevó a la boca para carraspear naturalmente; luego entró.

Quince eternos minutos pasaron antes de que la puerta del baño se abriera de nuevo —previo a ello, hubo dos invitados que intentaron entrar, obviamente sin éxito—. Lorena y Andrés dejaron la puerta entreabierta durante algunos segundos. Fue ella la que abandonó el baño primero, dio dos pasos, revisó algo en su cartera y, so pretexto de que algo se le habría quedado, regresó. Pero en rigor lo que hizo fue sondear el entorno; al no percibir miradas extrañas se lo comunicó a Andrés, parándose frente a la puerta abierta del baño. Tras esa señal, él abandonó el baño unos segundos después, como si nada hubiese pasado. Entonces, sin mediar palabras, cada uno volvió a retomar la actividad social postergada.

En el regreso a casa, Florencia estuvo más comunicativa con Agustín. Hasta antes de la fiesta pensaba seriamente en que él le estaba siendo infiel, pero sus ideas cambiaron a raíz de la experiencia vivida con Lorena, quien, más allá de sorprenderla y haberla convertido en cómplice de su secreto de pareja, le había aclarado que la suya no era una situación fuera de lo común. Si bien no compartía su solución, encontraba que la génesis del problema era idéntica al suyo. Con la mirada perdida en el horizonte de luces nocturnas, no esperó más tiempo para comenzar su reflexión.

Esa noche, su marido le hizo el amor y ella sintió el placer de otrora.

En la mañana, Agustín no quiso tomar desayuno. No acostumbraba a comer de noche y el pecado de no restarse a nada de lo que le ofrecieron los garzones durante la fiesta produjo estragos en su estómago. Tuvo, sin embargo, el ánimo de compartir con Tomás, a quien esperó para llevarlo al colegio después de varios meses de no hacerlo. En el trayecto lo escuchó hablar con interés y lo notó contento. Comentó que jugaría futbol en el colegio esa mañana y que era el tercer goleador de su equipo, después de Diego Porras y Lucas Ascencio, y que se había sacado un siete en Historia; poco antes de llegar a destino, el niño le dijo que no se preocupara por haber perdido el llavero ya que pensaba hacerle otro regalo. Agustín recibió un adiós cargado de afecto al que respondió con un abrazo largo; luego Tomás partió hacia el tumulto de alumnos que a esa hora taponeaban la entrada del colegio. A la distancia, volteó la mirada y agitó el brazo, sonriente, para perderse entre sus compañeros. El doctor Vergara hizo esfuerzos para no emocionarse. No cabían otras lecturas para interpretar ese trance. El trayecto hacia su trabajo fue reflexivo y cuando la autoevaluación llegaba a plantearse su ausencia en la vida de su hijo, el Mercedes Benz entró al estacionamiento de la clínica.

Capítulo 15

EL PADRE ANSELMO

El panorama no era alentador. A la definición unilateral de una guerra inexistente y a la abdicación de la Corte Suprema de todas sus facultades al momento del golpe militar, esta se desentendió de faltas y abusos cometidos en contra de las personas. Quienes tuvieron el infortunio de caer en manos de los agentes del Estado, sufrieron las más funestas consecuencias y fueron dejados en total indefensión tras padecer estas arbitrariedades.

—¡No son ustedes los únicos afectados! —dijo el joven sacerdote jesuita Anselmo Olivares a la dolida concurrencia compuesta por familiares de detenidos desaparecidos—. Los católicos, entre otras instituciones religiosas y laicas también, estamos viendo cómo abordar este tema. Bien saben que los denodados esfuerzos del cardenal Silva Henríquez han permitido fundar este año la Vicaría Episcopal de la Solidaridad y a través de ella ahora estamos brindando apoyo a las víctimas de la represión. Nos ha costado trabajo que nuestras acciones de carácter judicial ante los tribunales tengan eco —informaba—, pero a lo menos hemos conseguido, con las continuas denuncias de estos vejámenes que sostenidamente son negados por las autoridades militares, que adquieran validez y se consolide una reiterada condena en el concierto internacional.

Las palabras del sacerdote emanaban genuinas pero, en rigor, su transparencia era desoladora para los familiares que, ante esta dura realidad, debían admitir que muy poco o nada se podía lograr. Saber dónde están sus familiares y obtener su libertad era, por lo pronto, alimentar vanamente una pizca de esperanza.

A la salida de la reunión, en una oficina ubicada muy cerca de la Catedral de Santiago, la familia del detenido Osvaldo Molina esperó al orador en el pasillo. Los padres y una hermana de la víctima fueron conminados a exponer su drama en una pequeña sala que el cura usaba para asegurar privacidad y tranquilidad a los denunciantes.

—Mi hijo fue sacado de clases mientras estaba estudiando en la Universidad Técnica, hace dos meses. Estaba con dos compañeros cuando, a golpes, unos civiles de terno y corbata lo metieron a un auto con los vidrios polarizados.

La señora Rosario se mantuvo firme durante la primera parte del relato y contuvo su emoción cuando narró que, después de dos semanas, se enteró de que lo tenían detenido en un recinto ubicado en la calle José Domingo Cañas. Sacó la dirección exacta desde su modesta cartera y se la entregó al religioso, quien escuchaba como si intuyera el desenlace.

—Fui varias veces a preguntar por él, y nunca me dieron razones —contó apenada. Quiso continuar pero su llanto reprimido le impidió hilvanar palabras. Don Arturo, el padre del estudiante, que sabía de memoria cada episodio, continuó:

—A Osvaldo lo torturaron —informó—, y seguramente fueron bestiales con él, ya que siempre nos dijo que prefería morir antes que delatar a un compañero. Tiempo después de que se lo llevaron tuvimos la visita de dos presos que fueron liberados y que conocieron a mi hijo en ese lugar. Ellos nos contaron que en una ocasión tuvieron que traer a un doctor para que evaluara si podían continuar con el castigo... Pero él encontró que estaba apto, así que los verdugos siguieron con las torturas.

Los ojos de este hombre relativamente joven pero que dibujaba canas recientes, se pusieron vidriosos por un momento, pero ello no fue obstáculo para que continuara su relato:

—El propio Osvaldo —señaló— le habría implorado al médico que se apiadara de él y le diera una tregua, pero este no quiso escucharlo. Uno de ellos lo conocía, y dijo que sabía que el cardiólogo era tanto o más frío que los propios torturadores —agregó el padre con dolor y rabia—. Estos amigos presumen que Osvaldo sucumbió en pleno proceso de tortura. —Don Arturo se limpió sus lágrimas y terminó casi sollozando: —¡No tuvieron compasión y mataron a nuestro hijo!

De su chaqueta sacó un sobre y se lo entregó al padre Anselmo. Este sacó un papel de su interior donde estaban los datos del médico que tuvo, según el denunciante, la potestad de darle una oportunidad. El sacerdote leyó el contenido y prefirió guardar sus comentarios.

—Él debe saber qué pasó con mi hijo —afirmó la mujer—. Si al menos pudiéramos recuperar su cuerpo o que nos diga dónde está.

Después de consolar a la familia y acompañarlos hasta la salida, Anselmo Olivares volvió a su oficina y revisó otras denuncias de similares características en su archivo para chequearlo con el nombre de ese médico, el que a simple vista le pareció conocido. Efectivamente, existían a lo menos cinco historias que mencionaban la participación del cardiólogo Agustín Vergara en torturas. El nombre de la clínica y otros datos —excepto la dirección de su casa— estaban inscritos allí, haciendo notoria la coincidencia con las demás acusaciones.

El padre Anselmo necesitaba digerir tanta historia de dolor acumulada. Llevaba meses escuchando relatos de esta índole y debido a su enorme empatía con las víctimas, se le hacía cada vez más difícil despojarse de estas historias que azotaban su mente y erosionaban su espíritu. Ya no quedaban feligreses en el templo, solo se oían los pasos disímiles del cuidador rengo que había perdido una pierna cuando un automóvil se subió a la calzada mientras él pedía limosna apoyado en el muro del templo que daba a la calle Catedral. Ahora es el portero y, eventualmente, el encargado de abrir y cerrar las puertas al público.

—Buenas noches, padre Anselmo, puede orar tranquilo, ya no queda nadie —dijo antes de abandonar el templo por una pequeña puerta hacia las dependencias interiores.

Anselmo Olivares nació en Coronel. Su abuelo Genaro fue minero y antes de morir a causa de la enfermedad denominada «el pulmón negro» —cuyo cuadro de enfisema, silicosis y bronquitis era tan devastador como irreversible—, le había hablado de su pasado como dirigente de las minas del carbón. Cada noche, cuando él estaba listo para dormir, su abuelo le relataba historias sobre la rudeza de ese oficio que tarde o temprano los atrapaba entre la oscuridad de sus túneles, quitándoles la vida como si los mineros que sacaban el carbón de sus entrañas fueran los culpables de su extinción.

Sentado en la primera banca de la Catedral, el sacerdote oraba en silencio y pedía a Dios misericordia por las víctimas y también por sus arrebatos de rebeldía. Sentía que la Iglesia rechazaba la violencia, pero que su accionar era aún insuficiente. No deseaba convertirse en héroe, ni era su anhelo íntimo alcanzar notoriedad, pero en cambio necesitaba dar un paso más allá. Necesitaba una explicación. Consideraba que la información que manejaba era letra muerta si no se hacía algo con ella.

Vestido con un blue jeans de mezclilla gastada por el trajín, una camisa blanca clerical, su correspondiente alzacuello y un chaleco de lana ancha de color gris con coderas caseras de cuero negro, esa mañana se montó en su bicicleta con destino a la clínica Santa Marta. El recorrido no fue tan largo pero le resultó extenuante y debió descansar unos minutos antes de entrar al recinto médico.

La secretaria le explicó que el doctor Vergara se encontraba en pabellón pero que, de acuerdo a la intervención que lo convocaba, no debería demorar más de cuarenta y cinco minutos en regresar a su oficina. El padre Anselmo decidió esperar y aceptó la taza de té que gentilmente le ofreció la señorita. Anclado en el mullido sofá tuvo tiempo para evaluar lo que le esperaba. Tratándose de un profesional de la medicina, regido por el principio ético inherente a su profesión —se convencía— sería fácil dialogar y llegar a un entendimiento. Leyó una y otra vez las denuncias que lo sindicaban con un alto grado de responsabilidad en su rol de árbitro con las víctimas y las posteriores muertes de los afectados cuando su veredicto significaba que tenía resistencia para más tortura. El religioso acudió a su viejo reloj en varias ocasiones, pensó en retirarse y regresar en otra oportunidad, pero entendía que eso era una forma de arrancar. Debía tener precaución y delicadeza en su hablar; cualquier exabrupto podría llegar a las instancias superiores y ver frustrado su rápido ascenso en el clero. Pero lo que más le afectaba —si es que su gestión se hacía pública— era que nadie de su entorno, ni mucho menos sus superiores, estaban enterados de su presencia en ese lugar.

Las dudas le acecharon en el último sorbo de té, que se le antojó amargo. Vio llegar al imponente doctor Vergara vistiendo su riguroso delantal blanco. La secretaria lo presentó, señalando que aunque no había pedido hora previamente, y considerando que la agenda del doctor estaba en blanco, no encontró obstáculo para sugerirle que lo esperara. Agustín Vergara no tuvo reparos con su presencia y lo invitó a pasar a su oficina, gustoso y confiado por su condición de sacerdote católico.

Con un café para el director de la clínica y una nueva taza de té para el religioso, la secretaria entró a la oficina cuando ya los preámbulos estaban en curso. Vergara, en su condición de católico de misa dominical, no demoró en relajarse ante este hombre adulto de apariencia juvenil.

—¿En qué puedo serle útil, padre?

—Bueno, en muchas cosas, pero hay una en especial en la que me gustaría pudiera darme ciertas luces.

—Estoy a su disposición.

—Trabajo en un área de la Iglesia que me convoca a escuchar muchos comentarios extraconfesionales y, desde luego, como usted es un hombre de fe, considero que su ayuda es vital para resolver un problema que aqueja a muchas familias.

—Debo reconocer que me tiene intrigado, padre.

—Recuerdo que, mientras estaba en el seminario, mi primo, que es doctor igual que usted, me invitó a su graduación. Y, créame, me emocioné cuando hizo su juramento hipocrático.

—¿Qué lo emocionó? Yo estaba muy nervioso cuando me tocó hacerlo.

—Esos principios éticos me hicieron pensar por primera vez en la grandeza de su profesión. Incluso algunos de estos compromisos con el prójimo me los aprendí después y se quedaron grabados en mi memoria hasta el día de hoy.

—¿Tanto así?

—«Consagraré mi vida al servicio de la humanidad. Me apartaré de todo daño e injusticia. No permitiré que consideraciones de credo político o religioso, nacionalidad, raza, partido político o posición social se interpongan entre mi deber y mi conciencia. Velaré con el máximo de respeto por la vida humana aún bajo amenaza.»

—Creo que tiene una memoria de elefante, padre. Lo que es yo, no sería capaz de recitar ninguno tan exactamente como usted.

—¿Sabe, doctor?, le confieso que he aplicado estas máximas en mi vida sacerdotal.

—Vaya. Jamás hubiera imaginado que le calzarían a otra profesión, ni mucho menos a un sacerdote.

—¿Le puedo hacer una pregunta de carácter muy personal?

—Sí, claro.

—¿Se ve enfrentado muy seguido a dudas éticas?

—La verdad es que no mucho, padre. Creo que finalmente uno hace carne este juramento, y en la mayoría de los casos uno actúa casi por inercia, ya que siempre existe una natural concordancia con estos principios.

—De verdad me alegra escucharlo decir eso, doctor.

—Disculpe, pero creo que nos hemos desviado del tema o, mejor dicho, ¿qué tiene que ver todo esto con la razón su visita, padre?

—Es que si no actuara como dice que actúa, difícilmente me hubiese atrevido a incomodarlo... Mire, doctor, muchas de estas conversaciones, de las cuales le hablé, con familiares de personas detenidas... señalan que usted ha tenido la misión de atenderlos.

—¿Personas detenidas? —exclamó Vergara mientras digería la inesperada pregunta—. Perdón, no sé a qué se refiere.

—Digo que a usted, en su calidad de cardiólogo, le ha correspondido velar por la salud de personas que han recibido cierto castigo siendo prisioneros.

—Disculpe, padre..., siempre he ayudado a la gente, pero creo que me confunde.

—Tenía entendido que en su labor de médico, e inspirado en lo que recién conversábamos, usted presta ayuda a prisioneros que por alguna razón sufren castigo excesivo durante las detenciones.

—Siento informarle que no soy la persona que usted busca.

—Es probable que me haya equivocado. Tenía la esperanza de averiguar mediante su voluntad cristiana qué ha sucedido con muchos de ellos. Gracias por su tiempo.

El padre Anselmo no tuvo la concentración necesaria como para subir a su bicicleta al regreso y caminó varias cuadras a pie, junto a ella, tratando de interpretar el subtexto de la conducta del médico.

Agustín Vergara pidió a la secretaria que avisara a sus colegas que no sería parte de la junta médica de esa tarde. Esperó que ella fuera a almorzar para realizar un llamado que lamentablemente para él no tuvo eco. Estaba como león enjaulado en su inmensa oficina. La visita del sacerdote había puesto en jaque su estabilidad, ya que jamás esperó que su secreta colaboración al servicio de los agentes del Estado pudiera haberse filtrado de la manera en que el jesuita Anselmo Olivares —nombre que se le quedaría grabado— lo había expuesto. Necesitaba urgente desahogarse con alguien, y la única persona que podría calmar su inquietud y orientarlo por los alcances de dicha información, era exactamente quien lo reclutó para esta labor, el capitán de ejército Rigoberto Leiva. Ese día no solo se restó de la reunión de médicos, sino que también aplazó una intervención para el día siguiente. Fue el propio capitán quien le devolvió la llamada casi al terminar la tarde y quedaron de juntarse en su oficina de calle Zenteno (ex Gálvez), una hora después.

Las dudas del padre Olivares por su atrevimiento de enfrentar al facultativo merodearon sus sueños hasta que se convirtieron en pesadillas. Después de meditarlo mucho concluyó que su visita había sido un error y que solo su ímpetu lo hizo creer que podría obtener algún resultado en la entrevista con Vergara. Se asustó de haber llegado a semejante instancia y dio gracias a Dios por haber salido airoso de aquel embate. Fueron dos tardes de autoconfesión en la Catedral las que lograron atomizar en parte su sentimiento de culpa.

Dos semanas después, ni la prensa escrita, ni la radial y muchos menos la televisiva, recogió el extraño alejamiento de las funciones humanitarias del padre Anselmo Olivares. Muchas familias de detenidos desaparecidos sí lamentaron su ausencia. Y en el entorno eclesiástico se oró profundamente por la muerte sorpresiva del sacerdote en un accidente donde una camioneta lo arrolló y se dio a la fuga, cuando el religioso salía desde su hogar a cumplir con sus labores pastorales.

Capítulo 16

LA CÁRCEL DE SANTIAGO

Una llovizna leve pero persistente caía sobre un Santiago triste. Aún había resabios de una manifestación no autorizada en el centro de la capital que revolucionó el ambiente y obligó a cerrar los negocios tempranamente. En medio de esa algarabía, un bisoño periodista en su primer día de práctica profesional, presuroso, cabeza gacha y con el cuidado de no resbalar en el piso mojado, se dirigía hacia las oficinas del diario *El Mercurio* con la noticia fresca, pero al parecer ignoraba que, aunque el ocaso del gobierno militar parecía inminente, la prensa chilena, cuando se trataba de problemas de carácter político, todavía estaba regida por los comunicados oficiales. Eso significaba que gran parte de su reporteo estaba destinado a fenecer. Distraído en su intento de cruzar en la intersección de las calles Morandé con Compañía, se estrelló cuerpo a cuerpo con Eugenio Loyola Valenzuela, quien aquella tarde era el último detenido en salir del juzgado, y cuyo destino final en esta oportunidad era la Cárcel de Santiago. Engrillado de pies y manos, y guiado por un par de gendarmes —que no hicieron cuestión por el incidente—, fue obligado a subir al carro celular a punta de empujones y golpes de luma. El periodista, antes de entrar al hall central del periódico, miró al reo y se quedó observándolo hasta que la puerta del calabozo ambulante se cerró.

Todo hacía presumir, dijo el juez que llevaba su causa, que había bastantes antecedentes como para conformar una condena ejemplar. Eugenio captó de inmediato que sus intenciones —en razón de su reincidencia— serían aplicar en su contra la justicia más dura.

Sus víctimas jamás sabrán que los procesos, las condenas, ni siquiera los castigos han logrado minar la conducta de Eugenio. Él, sin embargo, sabe que está solo en el mundo y que su mundo es el encierro, tal si fuera un animal en cautiverio que jamás pudo ser domesticado. Esta vez llegó al juzgado a esperar el resultado de su reciente detención bastante más crecido, convertido en un adulto que ya postula al medio siglo, pero con la actitud de un hombre viejo al que no muchas cosas le impresionan. Con altanería y el alma refractaria a todo compromiso afectivo, conjuga un pasado amargo, casi agrio. Es la mezcla perfecta que le hace entender que vivir o morir no es la cuestión. Lo suyo pareciera ser que es solo estar ahí, en vigilia permanente, como las fieras amaestradas que esperan recibir las órdenes de su domador para cruzar el aro de fuego y que ignoran cuál es el beneficio por haber cumplido la hazaña. Y que, en cualquier momento, podría volverse contra su instructor, y clavarle garras y dientes ante el horror del público.

***

La Cárcel de Santiago, *que emergió como uno de los recintos penitenciarios más modernos de América en el adiós del siglo diecinueve (1893), tambaleó mucho tiempo con la factibilidad que de improviso sus cimientos sucumbieran y el recinto se cayera a pedazos. Aquí los reos sufrían dos condenas anexas a la que les otorgara la justicia por sus crímenes: una, el hacinamiento; y la otra, la incertidumbre permanente de si en el próximo temblor los muros terminarían sepultándolos a todos bajo sus escombros. Quizás fue la única cárcel que, con la expansión de la ciudad, quedó empotrada en la periferia del centro de la capital y que recibió siempre una mirada burlona e irónica de los transeúntes, erigiéndose como un monumento histórico que nadie quiso venerar. Se creó para cobijar a seiscientos reos y sus celdas llegaron a soportar tres mil quinientos.*

***

Por esas cosas de la vida, por circunstancias, por azar o simplemente porque el ordenamiento de los astros lo determinó de ese modo, Eugenio Loyola fue asignado al módulo donde estaban los denominados presos políticos. El régimen militar derivó a la Cárcel de Santiago a varios centenares de opositores a la dictadura. Aquí, algunos participantes del atentado a Augusto Pinochet, dirigentes solapados que protestaban en las calles, profesionales delatados por su supuesta militancia de izquierda, y hasta un simple almacenero que en el piso de su negocio tenía un fortuito volante incitando a combatir contra la dictadura, pagaban sus culpas con un encierro crudo y de tiempo indeterminado.

Hasta ese entonces, Eugenio se creía amo, dueño y señor de las cárceles. Era un intocable, y se había acostumbrado a los méritos que significaba, a su edad, haber vivido más años recluido que en libertad. Hoy, en la calle cuatro, sus adoradores no existían. Su nueva vecindad no estaba compuesta por simples ladrones, carteristas ni mecheros. No eran violadores, pederastas ni psicópatas. Algunos de estos nuevos compañeros de celda, de pronto —motivados por otras razones— podían llegar a ser más violentos incluso que él mismo. Algunos no negaban tener preparación paramilitar en el extranjero, conocían de estrategias de guerra y, seguramente, se mostraban temibles con armamento de grueso calibre en sus manos.

Decir que eran distintos porque luchaban por sus ideales en modo alguno aminoraba su categoría de individuos altamente peligrosos para el gobierno de facto. Pero, a decir verdad, la mayoría de estos hombres eran revolucionarios caseros, inteligentes e inspirados en profundas filosofías, pero a ratos únicamente sostenidos en la débil utopía de sus ideales políticos. Estaban encarcelados pagando un precio desmedido, básicamente por el hecho de pensar distinto, y lo que es más, casi todos ya portaban la marca indeleble que deja la tortura. Y eso no tenía justificación alguna.

***

Al interior de la cárcel, dirigentes del MIR, fracciones del PS y PC y militantes activos del FPMR habían hecho de su estadía privados de libertad un símil, un remedo de sus actividades en el exterior. Probablemente eran más exigentes aún con sus pares, acuñando el concepto de «Cárcel combatiente». Se tomaban —literalmente— la calle cuatro, e impedían el ingreso a los propios gendarmes, se negaban al encierro, realizaban huelgas de hambre y dieron origen a una Coordinadora Nacional de Presos Políticos. Decían que tener una carreta era un derecho y realizaban publicaciones escritas y diseñadas por ellos mismos e impresas por sus familiares en el exterior. Así nacieron las revistas Cárcel y Pueblo *y* El Árbol, *como también algunas de carácter cultural que se unían a una revista hecha por Gendarmería llamada* Carreta Única.

***

Rodeado de dirigentes políticos, sindicales y hasta intelectuales, Eugenio se fue convirtiendo en un simple espectador de una realidad que desconocía y que lo ponía exactamente en la vereda de enfrente. La atmósfera lo trasladó, por el discreto encanto que a menudo otorga la memoria, a su infancia y a los recuerdos imborrables de su padre; con el paso de los años, más que recuerdos, eran simplemente imágenes, pasajes, fotografías de una época que subyace, perdurando al igual que los eucaliptos que mantienen sus raíces inertes, pero que logran sobrevivir después de ser mutilados en la tala.

Fueron semanas de adaptación, de esfuerzos por comunicarse genuinamente con estos dispares pares. Fue invitado a participar de una carreta sui generis que cobijaba a un par de jóvenes estudiantes, a un profesor a y dos maduros rebeldes de extrema izquierda que fueron detenidos a cambio de prerrogativas para su delator. El grupo era activo, así lo exigía el medio, y había que estar en todas para no quedar incomunicado. Generalmente, en las tempranas tardes de encierro, el infaltable mate o una once conversada daban paso al intercambio de opiniones y al comentario de noticias en torno a la situación del país. A menudo, más de alguien nuevo ingresaba a la cárcel y, menos a menudo, sucedía que algunos de sus compañeros fueran dejados en libertad, los que rápidamente optaban o eran presionados por la opción del exilio.

En repetidas ocasiones se leían algunos libros y su contenido era conversación obligada de cada integrante de la carreta. Fue en estas actividades donde Eugenio se vio enfrentado al fantasma de su analfabetismo. No poseía, entre este grupo de compañeros, la autoridad que siempre tuvo para poner las reglas y obviar las situaciones que ponían de manifiesto sus debilidades.

Precisamente al fragor de estas rutinas, Eugenio pudo advertir que muy pronto vendría su turno para exponer su opinión pos lectura, y esa simple idea lo angustiaba. Dejar en evidencia que había estado participando como uno más en este grupo, sin saber leer ni escribir, era una vergüenza que debía evitar. Además, la posibilidad de que su gesto fuese entendido por el resto del grupo como una maniobra de engaño ex profeso lo atormentaba con mayor fuerza.

Gilberto Castro se mostró afable desde el principio con Eugenio y fue quien lo incorporó a la carreta. Sus años de profesor normalista y de consecuente dirigente del gremio le otorgaron la confianza suficiente para hablar del tema.

—¿Qué pasa, amigo?, con esa cara más de algo te aflige —preguntó el maestro sin dobleces.

—¿Podemos compartir un mate? ¿Podría ser?

—Pero para eso estamos. Deja que se caliente el agua y le damos. Pero apuesto dos a uno que el mate es solo un pretexto. ¿O me equivoco?

Eugenio sonrió.

—¿Te salió la condena?

—No, no me ha salido todavía. Pero no se trata de eso. Hay que comentar el libro.

—Ah, era eso. ¿Y cuál es el problema? ¿No me digas que te falta personalidad para hablar frente al resto? Porque, conociéndote un poco, eso no lo creería.

—Lo que pasa es que no lo he leído.

—¿Todavía no lo has hecho? ¿Y por eso tanta alharaca?

—La verdad es que nunca se lo he contado a nadie, Gilberto, pero... pero yo no sé leer... ni escribir —recalcó estas palabras a tirones hasta que se desahogó.

Gilberto no dejó de sorprenderse con la confesión a quemarropa. Procesó la información y guardó respetuoso silencio.

—Me da vergüenza —agregó Eugenio como si fuera un niño frente al maestro.

—Debo reconocer que no lo esperaba, pero no tienes que sentir vergüenza por no saber, la vergüenza impide que te abras a la posibilidad de aprender.

—Ya estoy grande y me he ganado mis pesos robando y también el respeto de mis colegas, y estoy seguro de que lo perdería si supieran que no sé leer ni escribir.

—Vaya, vaya —pensó en voz alta Gilberto, buscando palabras que no ofendieran a su interlocutor—. ¿Y cómo te las has arreglado en la vida?

—Así nomás. En mi ambiente paso piola, pero entre ustedes estoy cagado. —Sonrió con un dejo de amargura.

—¿Y te gustaría aprender?

—A esta edad, no creo que se me abra la mollera.

—La mollera no tiene nada que ver en esto. Te pregunté si te gustaría aprender.

A Eugenio no le salió el habla, solo atinó a mirar a Gilberto y tragar saliva.

Capítulo 17

EL MERCADO NEGRO

Un fin de semana de espiritualidad en un templo precordille-
rano podía ser la instancia para la inspiración que Florencia
andaba buscando. Eso fue lo que la llevó a participar en el
retiro anual de un grupo de mujeres de la pastoral católica.

Ese fin de semana largo, Agustín le regaló tres días libres
a Carmen; así, él podría estar solo con su hijo Tomás y saldar
una antigua deuda: compartir exclusivamente con él. Lo fue a
ver jugar un partido de fútbol al colegio, almorzó con él y le
mostró el lado lúdico de la ciudad.

En el regreso a casa, antes del anochecer, con las luces de
las calles aún tímidas y luchando por imponerse a la melancó-
lica luz del día, Tomás rompió el silencio:

—Papá, ¿te puedo preguntar algo?

Agustín, aferrado al volante, había evaluado ese primer
día con Tomás como un reencuentro provechoso. Lo vio disfrutar, lo sintió alegre, cercano y, a pesar de su actitud seria y
concreta ante la vida, eligió un adjetivo inusual en su vocabulario para definir la mirada de su hijo, que ese tiempo que compartieron le pareció luminosa. Sentirse tan pronto depositario
de su confianza era un premio inesperado.

—Por supuesto, puedes preguntarme lo que quieras.

—¿Pinochet es malo?

—Malo, ¿por qué va a ser malo?

—Pancho me contó.

—¿Quién es Pancho?, ¿un compañero?

—No, es el hijo del señor del quiosco del colegio.

—Dile que Pinochet salvó a Chile. Una persona así no puede ser mala.

—¿De qué lo salvó?

—De los comunistas. Ellos tenían al país en el caos y la escasez. Antes de que llegara él no había nada de nada, había que hacer filas eternas para conseguir cosas para comer...

—¿Y por qué no había cosas?

—Los trabajadores siempre estaban en huelga, pidiendo aumento de sueldo... y se sublevaron.

—¿Qué significa eso?

—A ver, ¿cómo te lo explico? Es desobedecer y ponerse violentos cuando algo no les gusta. Mira, los obreros se creían los dueños de Chile. Pasaban en huelga, y como no trabajaban, no había cosas para comprar. Ni para comer.

—¿Y qué comían tú y la mamá si no había cosas para comprar?

—Bueno, por suerte a nosotros nunca nos faltó, gracias a Dios. Pero teníamos que comprar en el mercado negro.

—¿Mercado negro?

—El mercado negro se produce cuando lo que uno quiere no existe para todos y, en ese caso, para conseguirlo tienes que pagar mucho más de lo que vale. Por ejemplo, si el pan cuesta diez pesos el kilo y en las panaderías no hay para venderles a todos, lo puedes conseguir en algunas partes pero pagando más. Ese es el mercado negro.

—¿Y cómo lo hacía la gente que no tenía plata?

—Bueno, esa gente se la pasaba todo el día de fila en fila para conseguir algo de mercadería... Pero ellos siempre se las arreglan. Había unos frescos que a su propia gente le vendían su lugar en la fila.

—¿Cómo?

—Por ejemplo, si una señora llegaba tarde y la fila estaba muy larga, lo más probable es que cuando le tocara su turno para comprar el pan, ya no quedara. Para no tener que hacer la fila a pleno sol o lloviendo, muchas dueñas de casa compraban a estos revendedores el lugar que habían reservado. Fue una época difícil, pero ellos se lo buscaron.

—¿Ellos?, ¿por qué?

—Porque ellos querían un gobierno así... Un gobierno comunista, una copia de la Unión Soviética y de Cuba. Si no fuera por los militares estaríamos igual que ellos. Pero son malagradecidos.

Tomás se quedó pensativo por unos segundos mirando hacia la calle a través de la ventana. Era mucha información y necesitaba digerirla.

—¿En qué piensas?

—En el papá de Pancho.

—¿Qué pasa con él?

—Pancho me contó a mí y a otros dos compañeros que Pinochet se llevó a su papá.

—¿Cómo que se lo llevó?

—Dijo que estaban durmiendo en su casa y de repente aparecieron unos militares con armas, que entraron sin golpear y se lo llevaron así como lo encontraron, en calzoncillos. No les importó que el Pancho y su mamá se quedaran llorando. Al otro día fueron a preguntar a un regimiento, pero nadie sabe todavía dónde está. ¡Desapareció!

—Mira, Tomás, siempre las cosas tienen una explicación.

—¿Pero por qué se lo iban a llevar?

—Si de verdad pasó algo así, será porque hizo algo malo.

—Don Rafa es una buena persona. Cuando me olvidaba de llevar plata al colegio, él igual me vendía y me decía que le pagara después.

—Eres muy niño para entender estas cosas, pero es necesario que sepas que estamos en guerra.

—¿En guerra...? ¿Dónde? ¿Por qué?

—¡Ay, Tomás! De verdad no creo que sea bueno seguir explicándote estas cosas de grandes. Dejemos hasta aquí la conversación. Mejor dime qué quieres comer cuando lleguemos a la casa.

—Solo dime una cosa, ¿dónde hay guerra? Yo sé que si le cuento esto a Panchito me va a entender, y va a estar más tranquilo porque si su papá fue a la guerra lo va a esperar. ¿O tú crees que en la guerra lo van a matar? ¿No, verdad?

—Hijo, la guerra que hay en Chile seguramente no es como tú te la imaginas, pero hay mucha gente que no está de acuerdo con lo que hace el presidente Pinochet. Hay comunistas y tienen armas. Son terroristas. No sé cómo decirte para que me entiendas... El general Pinochet está luchando para sacar a esa gente mala. Al papá de tu amigo seguramente se lo llevaron para saber si era de esa gente. Pero si es como tú dices, no le va a pasar nada.

—¿Entonces no fue a esa guerra que tú dices?

—Mira, ya estamos llegando a la casa. Mejor después seguimos hablando de esto.

Ya era de noche. El Mercedes Benz se estacionó en el patio interior de la casa. Agustín Vergara bajó del auto y dio la vuelta para recoger a su hijo.

—¿Por qué no bajas? —Pero el pequeño no respondió—. ¿Qué dije de malo para que te pusieras tan triste? Ven, hijo, yo te llevo. —Lo abrazó y lo alzó para acunarlo en sus brazos mientras cerraba la puerta del copiloto con su pie derecho—. Tranquilo, nada malo le va a pasar al papá de tu amigo. Lo importante ahora es que tú y yo estamos juntos.

Capítulo 18

La carreta

El encierro para Eugenio fue distinto, hasta tuvo pasajes esperanzadores. No hubo condena corta ni larga, simplemente siguió detenido mientras su caso continuaba el letargo de un proceso sin fin. En su mente negativa y de certeza culpable, ya estaba acostumbrado a pensar que la justicia era lenta a propósito con los de su calaña.

Eso no fue tema, nunca lo fue, pero ahora menos. Eugenio difícilmente entendía qué estaba haciendo ahí, compartiendo espacio con presos políticos y, seguramente —pensaba—, tampoco los presos políticos imaginaron tener a un compañero que fuera ladrón y analfabeto entre los suyos. Hubo acuerdo en su carreta, instado por Gilberto, para no hacer mofa de la carencia de este particular integrante. Ellos sabían que estaba tomando clases para aprender a leer y escribir; sin embargo, continuaron los análisis de libros y las charlas políticas. Solo que, a partir de esta condición de alumno básico, ya no tuvo la responsabilidad de exponer su punto de vista sobre el contenido literario. Un fenómeno especial ahogó su vergüenza y lo hizo abrirse al placer de aprender. Muchas mañanas, mientras la población penal se encontraba en sus labores de ocio o en visita en los respectivos patios para despercudirse del encierro, Gilberto transformaba su celda en un aula y ejercía con ahínco su rol de maestro. Nunca había enseñado a adultos, y ese simple reto le dio sentido a esas horas que comúnmente pasaba sumido en la improductividad. Las primeras semanas fueron duras tanto para el profesor como para el alumno. Gilberto debía encontrar un método adecuado. El plan era que el egreso se produjera antes de los seis primeros meses. Después de aquello, otros objetivos podrían dejar la tarea inconclusa y el esfuerzo sería en vano. Eugenio imaginó al inicio que su mollera recibía martillazos, luego golpes de cincel y hasta combos con los nudillos de su profesor en medio de la sien, sin lograr abrirse. Fue a los veintitrés días exactos —los anotó con una raya en el muro de su celda— cuando algo maravilloso invadió su mente. Comenzó a sentir que por arte de magia absorbía cada letra, cada sílaba, cada palabra, y que a partir de ahí todo era esperanzador.

Una noche soñó que su cabeza poseía un pizarrón donde había miles y miles de garabatos escritos durante años de esfuerzos infructuosos por aprender solo. Y que durante los primeros días de prestar atención a las lecciones de Gilberto, ese pizarrón, repleto de rayas, se fue borrando poco a poco hasta quedar limpio. Limpio como el de un infante que recién entra a kínder. En esas condiciones —quiso interpretar— se convirtió en una esponja.

La carreta fue mutando. Las tardes de mate y de libre conversación a menudo contaban con integrantes nuevos y pasajeros, siempre reos políticos o que eran sindicados como tales. Muchos de ellos traían a cuestas la marca que dejaba la estadía en los centros de detención. Estos grupúsculos se reunían al ocaso para pasar el momento y nutrirse de los recién llegados.

Belisario Morel relató que, como muchos otros, al ingresar le dieron una dura golpiza a modo de bienvenida y además lo dejaron incomunicado casi por un mes. La situación, contaba Morel, a esa altura era un juego de niños, pero como venía de otros centros de torturas ese recibimiento fue como obtener el título de máster con mención en castigo. Como consecuencia, llegó en muy malas condiciones físicas y psíquicas. Los hacinamientos y privaciones en la Cárcel de Santiago pasaron inadvertidas para este hombre que en mucho tiempo no había tenido descanso en su rol de víctima. Pasó algunos días como sonámbulo hasta que comenzó a sociabilizar con sus compañeros. Todos sabían de estos procesos de adaptación y cobijaban a los recién llegados con silencio y respeto. Unido a la carreta de Eugenio, señaló que antes de llegar a la cárcel pasó por Villa Grimaldi y Tres Álamos, y más allá del castigo excesivo, variado y tormentoso, muchas veces —contó—, había despertado creyendo que estaba muerto. Escuchar su testimonio era sobrecogedor. Eugenio vivió en la calle y supo de penurias más que ninguno de sus interlocutores, pero nunca fue castigado, al menos no de esa forma. Si antes respetaba la intelectualidad de los presos políticos, ahora la imagen de estos hombres que estaban lejos de su adicción a la cárcel, crecía hasta su total admiración.

Aquel hombre necesitaba escupir lo ocurrido. No pretendía borrarlo sino simplemente compartirlo. Compartirlo hasta diluir su efecto devastador y poder convivir con la incomprensión de haber sido objeto de un castigo inmerecido e inhumano, pero que permanecería en su recuerdo mientras la memoria viva. Sin duda, aminorar esa pesadumbre era tarea de profesionales, pero ahora, junto al grupo, lograba sentir algo de alivio declamando ante todo quien quisiera escucharlo su experiencia aniquiladora.

Belisario Morel relató cómo, una y otra vez, su cabeza fue zambullida en un inodoro lleno de orina y excrementos. Y de cómo su respiración entrecortada no podía llevar el ritmo en cada ocasión en que era hundida en ese pantano sádico.

Relató cómo tragó y ni siquiera tuvo energía para pedir auxilio ni menos delatar a nadie. Y cómo habría dado lo que fuera por una muerte rápida. Y relató cómo perdió la conciencia. Lo supo, dijo, cuando el ángel de la guarda estaba reanimándolo tendido sobre una mesa. Increíblemente, los verdugos habían desaparecido. No había nubes pero el despertar fue placentero. Sin embargo, estaba lejos del cielo y no se trataba de un ser celestial que lo guiaba hasta la eternidad, sino del médico de turno que se había dado el tiempo para reanimarlo. La información que esperaban de su boca, ahora sucia y maloliente, era confesar su supuesta participación en el atentado a una patrulla militar ocurrido en la población Los Nogales. Desconocía el hecho, y menos aún quienes eran los responsables. Aseguró en su relato que fue tan traumática la experiencia, que de haber sabido quiénes habían sido, por el solo hecho de congelar la masacre, los hubiese delatado. Su corazón, que sufrió a mil durante el proceso de tortura, ahora gozaba de normalidad. Es lo que le mencionó el médico. Se sintió apoyado por ese personaje extraño que siempre aparecía de la nada, casi desde la oscuridad, como lo hace un referí de boxeo que separa a los contendores con el fin de cerciorarse de si las lesiones ameritan o no suspender el combate. Morel relató cómo intuyó que el veredicto del facultativo, en su caso, sería detener la pelea. Por eso, antes de que se alejara con su maletín y se perdiera en la oscuridad, le tendió su mano en señal de agradecimiento. Tras su partida, su mirada se posó en el cielo de la habitación y vagó por minutos. Su oído no había sufrido en los embates y más bien pareció agudizar su sensibilidad cuando, desde su posición, escuchó todo lo que ocurría afuera. Sintió unos pasos marciales de supuestos militares acercarse a la puerta, que se detuvieron antes de entrar. Imaginó en su cabeza a sus victimarios.

Belisario Morel repitió el diálogo que oyó en ese momento:

—Doctor, ¿ya terminó? Le encargué un café, se lo traen de inmediato.

—No, gracias, prefiero irme luego, tengo una reunión.

—¿Cómo lo encontró?

—Se había desmayado.

—¿Pero está bien?

—Sí, claro. Ya está más repuesto.

—Usted sabe, doctor, que su testimonio es vital para nosotros.

Entonces, Morel relató cómo levantó su cabeza tratando de escuchar mejor:

—Denle una hora de descanso y pueden continuar sin problemas.

Esa horrenda información fue una estocada mortal para Morel. ¿Cómo era posible que un médico recomendara más castigo, si «el paciente» apenas podía mantenerse consciente?

Esa hora se transformó en apenas veinte minutos. En cuanto el doctor dejó el recinto, los agentes se pusieron a la carga sin piedad. Y otra vez no pudieron sacarle ningún nombre. La única salvación era inmiscuir a inocentes, pero prefirió soportar estoicamente la masacre. En esta ocasión, Belisario Morel estaba en pánico y aguantó menos. Sus fosas nasales se taparon y estuvo a punto de fallecer ahí mismo, y perdió el conocimiento. Despertó dos días después en la clínica Santa Lucía. Una casa antigua de cuatro pisos, casi sin iluminación natural, que servía básicamente para atenciones de salud del personal de la DINA y de sus familias. Pero, según algunos testimonios, en el último piso con forma de buhardilla existían algunas celdas.

Morel maldijo al facultativo que dio la orden de continuar con la pesadilla y fue tanta su ira y su sed de venganza que le dedicó mucho tiempo hasta obtener su verdadero nombre. El resultado de su hallazgo lo mencionó ante todos sus compañeros de carreta para que supieran quién era el chacal silencioso.

Belisario Morel pronunció con claridad un nombre: Agustín Vergara, cardiólogo.

Antes de dormir, cerró su relato asegurando que si no tuviera en sus planes exiliarse cuando saliera en libertad dentro de poco, se ensuciaría las manos cobrando venganza. Puso el dedo índice apuntando a la sien y dijo con sus ojos inyectados en furia:

—¡Lo tengo aquí! Ese rostro nunca se me va a olvidar.

Juntar las letras y comprender el significado de las palabras fue para Eugenio como rasguñar las estrellas. El aprendizaje comenzó siendo un martirio, pero lentamente se convirtió en un reto que se propuso superar a como diera lugar.

El destino de los presos políticos era sui generis, ya que la presión ejercida por la comunidad internacional por estas detenciones, que consideraban arbitrarias, permitía que cada cierto tiempo se les ofreciera la libertad a algunos jerarcas siempre y cuando ese beneficio estuviera condicionado al exilio como única alternativa. Eugenio nunca se lo preguntó a Gilberto, pero por alguna razón que él desconocía, el profesor actuaba como si dentro de los próximos meses debiera abandonar definitivamente el encierro.

Los movimientos de esta casta especial de reos en la cárcel eran demasiado sigilosos. La mayoría eran seres pensantes y aplicados, vivían en función de hacer productivo cada segundo tras las rejas. Cuando editaban panfletos y revistas y se conectaban con el exterior, no hacían uso de prerrogativas, sino que actuaban a la sombra del régimen impuesto por Gendarmería, inspirados por la fuerza de su agudeza. Eugenio, formado en la universidad de la calle según él mismo decía, supo entender que, manteniéndose distante y postergando su condición de hombre ducho en materia de encierros, podía obtener mejores dividendos. Todos los integrantes de su carreta le hicieron espacio, no subrayaron su ignorancia y terminaron respetando su conducta.

A medida que iba madurando su proceso de aprendizaje, fue conociendo mejor a sus compañeros. Supo de sus andanzas, de sus utopías, de sus atrevimientos, de sus conquistas sociales y de sus humillaciones. El concepto «derechos humanos» fue adquiriendo importancia en su vida. Le hizo sentido que el hecho de tener una mirada política diferente en modo alguno condicionaba a unos a castigar a otros. Comprendió y aceptó de otra manera la sincronía perversa y casi perfecta de la «víctima con el victimario». Según algunos estetas del tema —le decían los compañeros— para que exista un victimario necesariamente debe haber una víctima. Son cóncavo y convexo, ambos conviven, se gestan y desarrollan al unísono y se potencian como en el drama, donde tampoco es posible ir tras un objetivo sin que el protagonista se vea interferido por la oposición del antagonista. Eugenio no captaba del todo el concepto, pero usando la avidez que produce la ignorancia, engullía estas materias presumiendo que algún día el proceso iniciado en su mente a causa de dejar el analfabetismo, sería la llave para entenderlo todo.

Fue un día lunes, después del horario de visitas, que un tal Germán, también procedente de un centro de detención, llegó a engrosar la ya nutrida cantidad de presos políticos en la cárcel. Se unió a la carreta pues conocía a Mario, uno de los compañeros que había sido presidente del centro de alumnos de la Universidad Técnica del Estado. Un mate con hierba fresca hizo más encendida y fecunda la reunión. Germán era joven, no sobrepasaba los veintiocho. Seguramente, su juventud jugó a favor suyo, ya que a pesar del riguroso castigo que dijo haber recibido, mostraba menos secuelas físicas que la mayoría.

Eugenio puso mucha atención a su relato. Confesó haber estado en la denominada Venda Sexy. Solo atinó a insistir en que se habían ensañado con él y que, producto de las vejaciones, tenía serios problemas para conciliar el sueño. Aclaró con menos vergüenza que estaba traumado y que lo asediaban pesadillas. El mate se llenó varias veces y pasó de mano en mano más que de costumbre. Germán claramente evitaba entrar en detalles sobre el origen de su drama. Mencionaba una y otra vez el sufrimiento que le causaron y se negaba a expresar las razones que lo produjeron. Sin ser psicólogos ni menos tener la receta para su sanación, todos en la carreta —incluido Eugenio— percibían que aquel hombre, realmente, había tocado fondo con la tortura. Decirle que vomitar la experiencia producía menos dolor y que aquella catarsis podía ser el principio de una rehabilitación, era sin duda demasiado prematuro. Hubo largos silencios entre el grupo, se acabó el primer paquete de hierba y se abrió un segundo. La duda sobre cuál era la causal de su delirio revoloteó como paloma mensajera en el pensamiento de cada uno de los presentes, pero nadie le hizo la consabida pregunta hasta que la confesión llegó a su fin, al menos por esa noche.

A Eugenio le costó conciliar el sueño. Imaginó a Germán siendo objeto de diferentes formas de tortura, pero ninguna le calzaba como capaz de justificar ese calvario que parecía atormentarlo. Se sentía impotente por no poder hacer nada para ayudarlo, y seguramente él no era el más indicado para ello. Fueron las decenas de testimonios similares las que más hondo lo calaron en esta nueva vida de reo. Era como conversar con soldados que llegaban de la guerra a contar sus historias, y no era de extrañar que no hubieran podido sacarse de encima aquel dolor incontenible.

Eugenio se quedó sin padre tempranamente. También a edad temprana salió a la calle y muchas veces, a su pesar, debió convertirla en su dormitorio. Conoció de cerca la orfandad y sufrió un hambre imperecedera. Eran carencias largas, destructivas, que lo prepararon para defenderse de una sociedad que, según él, nunca le prestó atención, que lo ignoró hasta convertirlo en invisible y, por sobre todo, en un hombre marginal: sin Dios, ni ley, ni tampoco identidad.

Apoyado en una ráfaga de luz de luna llena que se colaba entre unos calcetines colgados en la pequeña ventana abarrotada de su celda, compartida con otros tres compañeros, sintió por primera vez que de seguro él habría sucumbido ante una experiencia de ese tipo. Sintió por sus sufridos compañeros, primero, una total comprensión; luego, empatía en el dolor, y posteriormente, la necesidad inmensa de hacer algo por ellos. Este propósito era solo una buena intención, lo más cercano a un sueño. ¿Qué podía hacer por los presos políticos una persona que con dificultad lograba entender el significado de sus inmolaciones y desconocía la génesis de sus conciencias sociales? ¿Qué podría hacer Eugenio para entender la seducción que ejerció el pensamiento marxista en la mente de cada uno de ellos en su juventud? No mucho, en realidad. Lo suyo era solo una ilusión.

La clase de esa tarde con Gilberto, después de abandonar los patios, se archivó en su memoria como inolvidable. El maestro le pasó un libro de bolsillo que era lectura obligada para sus alumnos y que cargaba más por principios que por hábito. Eugenio debía leerlo en voz alta. La tarea lo sorprendió y no pudo menos que tratar de eludirla por considerar que no estaba preparado. Gilberto insistió diciendo que el ejercicio no era optativo. Más bien, cumplía con la misión de medir su progreso hasta ese momento. Eugenio no escondió su nerviosismo. Por primera vez en su vida tenía un libro en sus manos con la responsabilidad de abrir sus páginas y proyectar por sus propios medios la magia de su contenido.

Eugenio carraspeó como si fuera a cantar y un hilo de su voz se hizo escuchar:

—Suu... Suub. Subteera.

—¿Cuántas «e» tiene?

—Una sola.

—¿Entonces, por qué lees como si tuviera dos?

—Sub tera —insistió tímido Eugenio.

—Al revés. ¿Por qué lees como si tuviera una «r», si tiene dos?

—Sub... terra.

—Bien, eso es. *Subterra.* ¿Sabes lo que significa terra?

—No.

—Significa tierra en latín. *Subterra* quiere decir: bajo tierra... ¿Quién es el autor?

—Bal... do... me... Baldomero, Li... lo... Lillo. ¡Baldomero Lillo! —dijo Eugenio como si hubiese descubierto la pólvora.

—Baldomero Lillo. ¡Correcto! Este es un autor chileno. Uno de los más grandes escritores de nuestro país y que se dedicó a reflejar las injusticias sociales de los mineros del carbón en Lota, cerca de Concepción.

Gilberto lo llevó a la página veintiuno y le pidió que leyera «La compuerta número doce».

Para Eugenio eso era un mar de palabras infinitas. Siempre que abría un libro veía únicamente manchas originadas por el cúmulo de letras. Esta vez pareció ser distinto. Confiado en que había dado el primer paso, no tenía otra alternativa que continuar.

—Pa blo se aferó, afe rró... in in ins tin tiva mente a las pier... nas de su pa de... pa dre... padre.

Gilberto no abrió la boca, se limitó a escuchar a su alumno que enredaba su lengua y pronunciaba sílabas tras sílabas sin descanso. Era como un canto oriental cuya rítmica y métrica, al oído de cualquier mortal, eran indescifrables, pero no así para este maestro que veía emerger los primeros brotes de un verdor esperanzador.

Pablo se aferró instintivamente a las piernas de su padre. Zumbábanle los oídos y el piso que huía debajo de sus pies le producía una extraña sensación de angustia. Creíase precipitado en aquel agujero cuya negra abertura había entrevisto al penetrar en la jaula, y sus grandes ojos miraban con espanto las lóbregas paredes del pozo en las que se hundían con vertiginosa rapidez. En aquel silencioso descenso sin trepidación ni más ruido que el del agua goteando sobre la techumbre de hierro, las luces de la lámpara parecían prontas a extinguirse y sus débiles destellos se delineaban vagamente en la penumbra las hendiduras y partes salientes de la roca: una serie interminable de negras sombras que volaban como saetas hacia lo alto.

El viejo tomó de la mano al pequeño y juntos se internaron en el negro túnel. Eran de los primeros en llegar y el movimiento de la mina no empezaba aún. De la galería, bastante alta para permitir al minero erguir su elevada talla, solo se distinguía parte de la techumbre cruzada por gruesos maderos. Las paredes laterales permanecían invisibles en la oscuridad profunda que llenaba la vasta y lóbrega excavación.

Eugenio no comprendió casi nada del contenido de la primera hoja de este emocionante cuento que narra las vicisitudes de un pequeño hijo de minero de ocho años. Se deslizaba a empujones entre las letras, pero con la pasión desenfrenada de quien sube a un caballo chúcaro con la certeza de que en algún momento podrá dominarlo.

Hacía mucho tiempo, quizás desde que comenzó a ejercer como docente, que Gilberto no experimentaba el placer de sentirse gratificado con los resultados de un alumno. Comprobar que su mollera no estaba cerrada, ni menos dura y que por tanto tenía incólume su capacidad de aprender, fue el resultado de esta lectura titubeada pero enaltecedora, que abría surcos inmensos dando fe de que dejar atrás su condición de analfabeto sería solo cosa de tiempo.

Germán no participó durante los siguientes tres días en la carreta. Nadie lo presionó para que lo hiciera. Había consenso de que estaba haciendo uso de su derecho al silencio y que su conducta merecía comprensión. Al cuarto día se reintegró al grupo y compartió el mate, pero no habló mucho. Fue al día siguiente cuando, luego de excusarse, levantó la mano:

—Quiero agradecer la desinteresada acogida que me han dado al llegar a este lugar. Siento que me escucharon con atención el otro día y solo les conté una parte de lo ocurrido. Nadie me ha exigido nada y eso me ha ayudado a madurar mi parecer —dijo guardando un mesurado silencio antes de continuar—. Si ustedes me permiten, hoy me siento preparado para hablar.

El grupo actuó como si se hubiesen puesto de acuerdo. Se pasaron el mate de mano en mano, bebieron y se dispusieron a escuchar atentos, sin emitir juicios. Sabido era el valor terapéutico de esa alocución. Germán iniciaba así un lento, seguro y viable camino de rehabilitación.

Con voz entera, pero áspera y casi quejumbrosa, comenzó a desnudar su imagen de hombre joven, valiente y varonil. La concurrencia advertía por lo mismo que la confesión deambulaba por el camino de una flagrante violación. Y en cierto modo lo era.

En la mencionada Venda Sexy, él y otros detenidos habían sufrido —dijo— estas tremendas vejaciones. Perros adiestrados mediante la orden de su amo se aprovechaban de la indefensión de los detenidos para actuar como las bestias que eran, y corroer aún más la feble esencia de humanidad de la que disponían en esas condiciones.

El episodio narrado fue esbozado sin los detalles más horribles, pero logró transmitir desde su perspectiva el inmenso dolor y el indomable trauma que aquello dejó como saldo en su vida. Cuando puso punto final, la carreta enmudeció. Estaban literalmente golpeados. Germán no quiso inspirar lástima sino simplemente desahogarse, y ese afán pareció cumplido. Pero la historia dejaba en ascuas la razón que justificaba gran parte de su accionar. Ingenuamente, pensó durante esos momentos aciagos que con la llegada del médico su castigo se vería minimizado. Reconoció que trató de seducirlo para que su diagnóstico fuera tan lapidario que no hubiera más alternativa que cesar la tortura. Pero con pesar señaló que ni la realidad ni sus intentos de obtener ayuda tuvieron eco. Tanto fue así —explicó— que a partir de su intervención y de haber tenido la osadía de quitarse la venda para verle la cara, el médico no hizo ninguna concesión; por el contrario, cuando se marchó, sus verdugos fueron más salvajes que el propio animal. Pero señaló que pudo identificarlo y tallar en su memoria el rostro de la infamia. Estaba seguro de que algún día lo encontraría en la vida y ese doctor tendría que mirarlo de frente para pedirle perdón. Eugenio, inmiscuido en el corazón de su relato, no pudo más y preguntó por el nombre de aquel facultativo. Germán les contó que se dio maña para obtenerlo y que esa odisea sería materia de un mate posterior. Agradeció la atención y el respeto con que todos lo escucharon en el mismo instante en que abortaba un par de lágrimas restregándose los ojos con el nudillo de su dedo índice.

Al día siguiente, durante las horas de patio, Germán buscó a Eugenio entre los detenidos. Quería situar y valorar en su persona el beneficio de haber sido escuchado.

—Hola —le dijo ya más entero.

—Hola, Germán. ¿Cómo amaneciste?

—Bien, gracias.

—Qué bueno.

—Quiero pedirte disculpas por no haber respondido anoche tu pregunta —se refería obviamente a la omisión del nombre del médico.

—No te preocupes, no tiene importancia.

—Es que sí la tiene, pero me sentí tan bien con que ustedes me escucharan que no quise ennegrecer el momento cargándole al grupo una misión que no les corresponde. Eso es todo.

—¿A qué te refieres?

—Cada uno carga con sus muertos, y también con sus vivos.

—¿Acaso no te gustaría sacarle la concha de su madre si te lo encontraras en la calle?

—He pensado muchas noches en esa posibilidad antes de quedarme dormido.

—¿Y?

—Mira, Eugenio, ese huevón se merece eso y mucho más. Pero seguramente voy a estar tan contento con mi libertad que, si me lo encuentro, no quisiera tener motivos para perderla. Es paradójico lo que te estoy diciendo, pero pienso que es mi única alternativa. De verdad, creo que la vida se encarga de este tipo de personas. Es el consuelo que me queda. ¿Me entiendes un poco?

—Sí, claro.

—Sin embargo, quiero pedirte un favor.

—¿Dime?

—Prométeme que esto quedará entre tú y yo.

—Lo prometo —dijo Eugenio, emocionado con el gesto de confianza de su eventual compañero de prisión.

German sacó de su bolsillo un pequeño bulto envuelto en papel de diario, anudado en cruz con un elástico.

—En su interior está el nombre del médico —declaró— y el lugar donde podrías encontrarlo. Aquí también hay un pequeño presente para él. Te pido que cuando salgas en libertad veas el modo de entregárselo. Él sabrá darle debida interpretación.

—Solo por ti lo haré —respondió Eugenio, y tomó el encargo como una misión. Ambos se fundieron en un afectuoso abrazo.

Capítulo 19

LOS RATONES ANDAN SUELTOS

Eugenio congeló sus pesares y se abocó con seriedad casi infantil al placer de aprender. Juntar sílabas y darle vida a las palabras fueron obstáculos superables, pero se empantanaba cuando debía explicar el sentido de lo leído. Su lengua fue haciéndose cada vez más locuaz, pero su avance fue lento —casi nulo a veces— al tratar de interpretar la médula y el sentido de cada palabra. Ahí estuvo siempre apoyado por la mano gentil pero enérgica de Gilberto Castro, su profesor *ad honorem*.

Para Eugenio, estar preso nunca antes tuvo tanto vértigo y tan poco ocio. Sumido en la obsesión por torcer su inercia y dejar de ser también rehén del analfabetismo, pasaba horas dedicado a la comprensión de lectura. Tan absorto estaba en la tarea, que llegó a ignorar su condición de reo y deambulaba por los recodos de la cárcel, ajeno al peso de sus culpas, como si fuera un hombre libre recorriendo el centro de Santiago. Fue tanto así, que incluso olvidó preguntar por el devenir de su proceso.

Como de costumbre, en la cárcel pululaban los presos políticos en constante actividad y permanente movimiento, y eso era tan normal que el diagnóstico a la vista de los gendarmes proclamaba que el horizonte era calmo.

Pero en las capas subterráneas el movimiento invisible era de carácter sísmico. De eso, Eugenio quedaba marginado por naturaleza. Las demandas de aquellos hombre eran valóricas y de principios políticos, y ya la palabra «principio» le sonaba a otro idioma. Compartiendo un mate con sus contertulios de siempre, quiso indagar sobre el oscuro polvo en suspensión que parecía inquietar el ambiente, pero no hubo respuesta, y en la omisión no avizoró ninguna intención que ameritara validar sus sospechas.

Entretanto, Belisario y Germán daban muestras de total integración al grupo; ahora parecía que arrastraban su pasado con mayor entereza. Sin embargo, las presunciones de Eugenio no estaban tan erróneas. Los presos políticos más radicales, fundamentalmente del Frente Patriótico Manuel Rodríguez, debatían al interior de la cárcel sobre el futuro de la organización.

***

Mientras unos postulaban continuar las instrucciones del Partido Comunista, otros pretendían orientar el movimiento de una manera más autónoma. Al poco tiempo terminaron agrupándose en dos tendencias ideológicas: el Frente Partido y el Frente Autónomo. Ambos bandos tuvieron preparación guerrillera en Cuba y fueron protagonistas en el llamado caso Arsenales y en el posterior atentado frustrado, perpetrado el 7 de septiembre de 1986, en contra de Augusto Pinochet cuando este regresaba desde una de sus residencias vacacionales en la zona precordillerana conocida como El Melocotón, distante cuarenta kilómetros de la capital. La operación, denominada Siglo XX, que se planificó con dos años de antelación y que estaba a cargo de José Valenzuela Levi, alias el Comandante Ernesto —en una clara alusión al Che Guevara— dejó como saldo cinco muertos y once heridos. Hoy se dice que existe un registro completo de dicha operación, incluyendo la etapa de planificación que habría sido cuajada en La Habana. También se dice que el armamento utilizado en la emboscada corresponde al que no fue decomisado cuando se descubrió la internación clandestina de armas en Carrizal Bajo, en la Región de Atacama. El atentado a Pinochet estaba fechado para el domingo 31 de agosto, pero la muerte del ex presidente derechista Jorge Alessandri, la noche anterior, obligó al general a regresar a Santiago durante la madrugada, descolocando a los terroristas, los que tuvieron que postergar sus planes hasta el siguiente fin de semana, debiendo guarecerse de emergencia en una casa en la localidad de San Alfonso, cercana a su objetivo. Los detenidos en este frustrado intento de acabar con la vida de Pinochet fueron torturados brutalmente durante meses y condenados en juicios arbitrarios a severas condenas, incluso a penas de muerte en siete de los casos.

***

En esa misma época, los asesores políticos habían clavado su primera banderilla en el lomo del régimen militar, avalando un eventual éxito del dictador en un futuro plebiscito que validaría su continuidad por ocho años más como primer mandatario de Chile.

Pero el 5 de octubre de 1988, la gente, contradiciendo todos los vaticinios, pareció perder el miedo y acudió a las urnas para votar mayoritariamente por la opción No, que significaba negar en forma rotunda que el general Pinochet se perpetuara en el poder. El resultado fue tan inesperado y avasallador, que la cúpula del gobierno, hurgando infructuosamente en una gama de subterfugios que pudieran invalidar el proceso, tardó más de lo recomendable en admitir el contundente triunfo de sus adversarios.

La noticia revolucionó, literalmente, a los presos políticos. Muchos pensaban que, al igual que durante el plebiscito realizado para darle alas a la nueva Constitución inspirada por uno de los civiles más connotados de la derecha y cercano al poder militar como lo era Jaime Guzmán —considerado por sus detractores como un hombre inteligente, versado, duro, locuaz y maquiavélico—, participar de esta convocatoria era hacerle el juego a los uniformados ya que, según ellos, el resultado solo avalaría sus propósitos.

En prisión hubo algarabía y también el último apriete de medidas represivas para contener el desorden. Desde luego, nada que superara los castigos anteriores, o, dicho de manera menos eufemística, nada que las víctimas no pudieran soportar. Los planes urdidos con la templanza que ofrece tener todo el tiempo del mundo, sufrieron cambios sustantivos. Unos se anularon, otros se postergaron, varios se congelaron y algunos se aceleraron.

Eugenio, aún buceando en las profundidades de la comprensión de lectura, estaba en una espiral obsesiva con su aprendizaje y, al igual que los caballos con anteojeras, avanzó en esa exclusiva dirección sin otro horizonte en su mirada.

Fueron unos movimientos extraños que sintió en el entretecho de una de las galerías los que lo sacaron por un momento de su ostracismo. Todas las tardes, poco antes del encierro, Eugenio acostumbraba a pasearse por ese entorno habitualmente solitario, ya que ahí se atrevía a pronunciar los textos en voz alta sin que nadie descubriera su afán. Luego del notorio ruido sobre esas añosas y ocultas vigas de roble, las páginas de su libro abierto acogieron un cúmulo de polvo que cayó desde lo alto hasta formar una leve capa que empañó su lectura y distrajo su atención. Eugenio miró hacia arriba con la certeza de que no eran ratones, sino pisadas de una persona. Claramente, se trataba de alguien que evitaba meter ruido y se desplazaba con pasos calculados. Su curiosidad lo llevó a buscar la entrada desde donde se podría acceder a ese sector y para ello debió avanzar una distancia nada menor entre laberintos de tránsito obsoletos y pasillos oscuros para constatar sus presunciones, las que, de ser ciertas, le darían valorización y respeto entre sus especiales compañeros.

En sus años de encierro nunca estuvo ante un escenario de esas características y, sabiendo que los gendarmes no dan puntada sin hilo, quiso anticiparse a la trama que se estaba urdiendo. Vigilar a los presos políticos era delicado, sobre todo teniendo en cuenta el clima social que comenzaba a respirarse con la derrota de los militares. El delincuente supuso que los gendarmes estarían apostados durante la noche en lugares clave para ver y escuchar los planes de los internos. Los imaginó realizando filmaciones indiscretas desde lo alto del entretecho con el fin de espiar las carretas y abortar cualquier intento de desestabilizar el sistema carcelario. Su mente de «canero» pillo navegó sin límites en busca de una explicación lógica a la presencia de alguno de los carceleros en el entretecho. Caminó sin despegar la vista del cielo y, para no extraviar su rumbo, siguió durante varios metros aquel sonido de pasos sobre las tablas. Los tenía acotados, pero de pronto se detuvo, ya que los escuchó alejarse en otra dirección, hacia un lugar al que no tenía acceso desde su posición. Fue entonces cuando se percató de que estaba muy cerca de una de las celdas de los presos políticos de mayor categoría. Dos de ellos, Pascal y Marín, habían sido considerados los autores intelectuales del atentado contra Pinochet y condenados a muerte, junto a otros cinco compañeros. A esa hora, la mayoría de los internos ocupaba los patios y los guardias desatendían las celdas por razones obvias. El lugar estaba cerrado; sin embargo, un leve murmullo que emanaba desde la parte superior de una escala que dirigía a un segundo piso inhabilitado focalizó su atención. Instintivamente se escondió bajo ella al sentir que los pasos sigilosos comenzaban a descender. Agazapado, esperó que ellos terminaran su recorrido y se alejaran. Los divisó de espaldas. No lo podía creer, no eran gendarmes sino reos.

Los vio alejarse en dirección al patio, pero al entrar en un boquerón de sol que dibujó sus figuras a contraluz, le fue imposible identificarlos. En resumen, ninguna de sus conjeturas había sido acertada y por un momento no supo resolver ni intuir la extraña maniobra de sus colegas. Cuando tuvo plena seguridad de que no era observado, salió de su guarida, giró en dirección a la escala y se atrevió a subir siguiendo la leve huella de las pisadas dibujadas en el polvo que abrazaba los escalones, como un pastel con azúcar flor. Ya una vez en el descanso, Eugenio rodeó con su mirada el entorno y al no descubrir nada extraño a primera vista, entendió que no tenía caso continuar. Dentro de pocos minutos escucharía la orden de regresar a las celdas y sería un riesgo que los gendarmes lo encontraran allí. Dejó entonces para otro día su particular investigación y regresó al patio por donde había ingresado.

Gilberto se había programado para examinar a su pupilo después de un largo período. La tarea consistía en leer el cuento completo durante ese tiempo y ahora debía enfrentarse a su maestro para explicarle el contenido. Su única ayuda era un pequeño diccionario que había sobrevivido entre sus pertenencias —que le facilitó el propio Gilberto—, el cual fue dejando varias páginas en el camino, al punto de que las letras A, T y R estaban incompletas y la V y Z de plano ya no existían. Los compañeros de celda estaban en el patio y solo el encargado del aseo merodeaba por el entorno.

«El cuento se llama "La compuerta número 12"», comenzó diciendo Eugenio sentado frente a una pequeña mesa pegada al muro de la celda que hizo las veces de pupitre durante su aprendizaje. Gilberto, para no presionarlo, se acomodó en la cama inferior de su camarote. «Su autor es Baldomero Lillo», prosiguió aferrándose al libro. «Los personajes son: Pablo, de ocho años; Juan, su padre, de cuarenta, y el capataz, un señor mayor. Esta historia sucede dentro de una mina de carbón en Lota». Eugenio se transportó a su niñez, cuando el gran referente era su padre, a quien a menudo debía acarrear desde el restaurante hasta casa cuando la cuota de alcohol sobrepasaba lo prudente. Gilberto había preparado café antes de comenzar la interrogación y debió darle de beber un poco a su alumno para que aceitara la garganta, notoriamente seca por el nerviosismo.

«La historia se trata...», continuó luego del primer sorbo, «...de un padre minero que por su edad y producción baja, le avisan que pronto deberá dejar su trabajo. Como la familia vivía con esa plata, se le ocurrió llevar a su hijo Pablo engañado, para que en el futuro lo reemplazara. El capataz pone al pequeño a cargo de la compuerta número doce, la que tiene que abrir para dejar que pasen los caballos que arrastran el carbón y cerrarla después. Como justo venían los caballos con un cargamento, el jefe quiso probar a Pablo y dio la orden: "¡Abran la compuerta!". El niño reaccionó con cierta timidez, pero demostró delante de su papá que podía hacerlo. Y cuando él se retiró, orgulloso de su hijo, y lo dejó solo en ese puesto de trabajo, confiado de que pronto se convertiría en minero, Pablo corrió hacia el y se abrazó a sus piernas llorando para que no lo dejara solo. Don Juan no sabía qué hacer, pero luego sacó una cuerda y con una punta amarró a su hijo de la cintura y con la otra hizo un nudo en el fierro de la compuerta número doce para que su hijo no se escapara y cumpliera con su trabajo. El padre lo dejó ahí y se fue a su mina... a trabajar en lo suyo; y cuando ya iba caminando, escuchó el grito desesperado de Pablo. Él se detuvo un momento, pero sabía que si se devolvía y lo salvaba, nadie ganaría un sueldo para la casa y entonces decidió seguir sin mirar atrás.»

Eugenio, haciendo acopio de las imágenes que atesoraba de su niñez, se vio representado en el personaje de Pablo y recordó —mientras daba su examen— el momento en que su padre debió abandonarlo. Ese momento en que aquellos hombres de traje y corbata lo subieron a un automóvil negro, y en que su progenitor volcó la mirada por la ventanilla de atrás para despedirse. Eugenio, animal silvestre, con años de calle y cuneta, se hizo incombustible a la emoción. Pero ahora, como un caballo desbocado, sintió que la memoria ponía la imagen de su padre ante él y la analogía con ese niño, hijo de minero, casi lo traiciona y debió beber —sin consultar al profesor— de su taza de café para ahogar sus penas y no demostrar debilidad ante su maestro.

Gilberto, respetuoso, se mantuvo sin hablar por varios segundos. Su alumno había cruzado el umbral de la ignorancia y a partir de ahora estaba convencido de que podría caminar solo. Sus ripios en la lectura y en la comprensión sin duda lo acompañarían por algún tiempo más, pero desde ahora en adelante su avance solo dependería de él.

—No dejes nunca de practicar —dijo Gilberto casi emocionado—. Solo te quiero decir que ya no eres más analfabeto.

En la soledad de la celda, a esa hora, Eugenio no supo qué responder. Dimensionó las palabras de su preceptor como la entrega virtual de un título. Y en cierto modo era así. Era también el inicio de una nueva forma de entender su existencia, de introducirse en un mundo al cual hasta ahora no pertenecía. Era como sacarse una venda de los ojos o como haberse operado de cataratas. Ni el incansable profesor revolucionario ni el viejo canero habían crecido en cuna de oro. Tampoco supieron mucho de afectos melancólicos en su niñez y, ya jóvenes, solo fueron hijos del rigor, de las carencias, primos del frío y parientes cercanos de la pobreza. Uno había sido criado con profunda conciencia social y el otro, formado en la rudeza de la calle. Gilberto creció luchando por reivindicar a su clase y Eugenio, usando la delincuencia en defensa propia.

En sus años de maestro de escuela básica, este pedagogo le enseñó las primeras letras a cientos de niños, pero replicar su método con un adulto fue encomiable. Por eso, ver a Eugenio allí, narrándole esa historia de mineros, tuvo un significado distinto. Llegó a pensar que la privación de libertad tuvo en ese resultado su mayor compensación.

Ambos se levantaron de sus bancas, se miraron y guardaron silencio. No hubo música ni aplausos, tampoco un diploma. El profesor y su alumno testimoniaron, en la fría soledad de la celda, aquel inolvidable paso en sus vidas con un sencillo pero sentido abrazo.

Con el compromiso personal de recuperar los años de ceguera informativa y cultural, este reo endémico no dejó papel impreso sin leer, por vetusto que fuera. Luchó durante meses para erradicar el hábito de leer en voz alta. Mientras practicaba, se tapaba la boca con la palma de su mano, se mordía los labios e incluso cuando se quedaba solo en su celda se amordazaba la boca con un pañuelo. Pero fue el cansino pasar del tiempo el que se encargó de superar esa falencia. En las noches de insomnio reflexionaba sobre su vida, pensaba en lo distinto que hubiese sido saber leer y escribir antes, mucho antes. Esta simple condición le abrió tanto el apetito que, por primera vez en su condición de preso, tuvo la intención de disfrutar de la libertad. Agradecía en la intimidad haber sido destinado por error o divinidad a cumplir su encierro con los presos políticos, y se hizo el compromiso de compensar lo recibido. Tenía la intuición de que saldría en libertad antes que ellos y quizás allí, en esa coyuntura, pensó, les podría devolver la mano.

Debido a su fascinación por la lectura, Eugenio había congelado su interés por averiguar qué hacían esos reos roedores en el entretecho de la cárcel. Sus indagaciones en la carreta no prosperaron y dejó de indagar. Pero como en las noches de invierno oscurece más temprano y antes del encierro la poca visibilidad se advierte y aumenta la complicidad para los voyeristas, pensó que pasaría inadvertido si escudriñaba al atardecer. Premunido de una pequeña linterna que le facilitó un compañero de celda, volvió al sitio de los hechos. Estaba seguro de que a esa hora el entretecho no tenía moradores y subió la escalera lo suficiente como para dar con una curiosa tapa muy camuflada, que a todas luces era la puerta de acceso. Por cierto, nadie sin el propósito de encontrar una entrada habría dado con ella. Trató de buscar una razón mejor que la simple curiosidad para entrar, pero no la encontró. Bastó que la empujara con fuerza medida para que se abriera. Los estertores de la tarde ofrecían una luz débil, y luego de pasar agazapado por ese hoyo negro, cerró la puerta por dentro y quedó inmerso en una oscuridad total. No encendió la linterna hasta tener alguna evidencia desde donde provenían los pasos que creyó sentir. Concluyó que su sorpresiva llegada había alertado a decenas de roedores que chillaban en justicia por su flagrante interrupción. La certidumbre, lejos de preocuparlo, lo tranquilizó. Para Eugenio, que era un viejo zorro de noches eternas y frías durmiendo sobre papeles de diarios y cartones en rincones callejeros, la compañía cercana de roedores nunca fue tema, menos ahora que estaba sumido en una investigación que, si bien adolecía de sentido, cerraría su caso particular de espionaje. Encendió la linterna y no vio nada especial. El entretecho, más allá de olor a humedad, de guarenes encandilados y de montículos de tierra, no presentaba un escenario que se ajustara en algo a sus presunciones. No por lo menos allí. Faltando cinco minutos para el encierro de los internos, Eugenio se apresuró en salir.

Su carcajada inesperada a las doce de la noche, cuando todos dormían, le costó una reprimenda de sus compañeros de camarote que reclamaron silencio. Eugenio aceptó sumiso y cerró el *Condorito* aún con la sonrisa a flor de labios antes de apagar la luz. La oscuridad casi plena lo trasladó sin preámbulos a situar su imaginario nuevamente en el inexistente hallazgo del entretecho. Solo que ahora ese resultado negativo le comenzó a parecer sospechoso. No podía entender que sus compañeros se subieran allí, sin razón alguna, ni menos esta particular categoría de reos. Al segundo bostezo se hizo la promesa de regresar pronto al entretecho con el tiempo necesario para investigar.

El dominio de la lectura alcanzó niveles inesperados para Eugenio. Las miles de horas de encierro nunca fueron tan desastrosas ni tormentosas, pero sí le parecieron exentas de pasión, y las consumió porque no tenía otra alternativa. Sin embargo, jamás significaron algo que pudiera recordar con algún grado de placer. Comer sin razón, por la mera necesidad de llenar el estómago, era lo más parecido a lo que sentía respecto de su pasado iletrado. Los otoños, se decía cada vez que aquella estación lo encontraba tras las rejas, eran de una tristeza tremebunda, no veía árboles, solo las hojas que al volar aparecían en el cielo como una bandada de pájaros y que aterrizaban de vez en cuando en uno de los patios. Muchas veces sacó la mano por entre los barrotes de la ventana de su celda de turno, tratando de alcanzar en el aire una hoja descolorida. Cuando aquello sucedía, marcaba con un clavo una raya en el muro. Era la gráfica visual de otro año de encierro. Estaba seguro de que, de haber sabido leer, esa tristeza no hubiese existido.

El primer mate de la carreta fue para él, quien, imbuido en su reflexión, no advirtió que el agua estaba caliente y se descueró el paladar tratando de disimular su torpeza entre los presentes.

Mientras la charla previa y el mate transitaban con comentarios banales, Eugenio trataba de ponerle nombre al estado de confort que le causaba saber leer y escribir. Paradójicamente, el concepto de libertad era el que mejor lo representaba. Los contertulios, entre los cuales Gilberto —su profesor— era uno de los más locuaces, abrían los fuegos aludiendo a grandes filósofos, políticos y escritores que lo obligaban a restarse de opinar y a asumir la condición de un simple pero privilegiado oyente. ¿En cuánto tiempo, pensaba él, podría alcanzar ese nivel de conocimiento?, ¿ese diálogo universal y ese florido lenguaje que le daba certeza a las palabras y sentido a la narrativa verbal? Una pregunta sin respuesta, pero que no empañaba lo que consideraba su mayor logro como persona: haber descifrado el enigma que siempre representaron las letras para él. Se sentía un piloto recién egresado, exento de horas de vuelo.

Si bien el profesor fue el motor de su aprendizaje, todos los allí presentes fueron clave en ese propósito. Cómo retribuir, aunque fuera mediante un pequeño gesto, todo lo que significó para él ese simple error logístico de Gendarmería, y que se transformó en la única y mayor oportunidad de su vida.

Belisario y German habían sido víctimas recientes de maltrato, abusos y torturas. Ellos, en la segunda rueda de mate, redundaron sobre ciertos pormenores de sus respectivos castigos. Desde la vereda de enfrente y con todos los rasgos de su ignorancia a flor de piel, Eugenio concluía en silencio que estos hombres mostraban, sin proponérselo, pero con mediana recurrencia, que las heridas de guerra les habían dejado huellas profundas y perpetuas.

El cese del fuego concluyó, pero todavía viajaban por sus mentes esos innumerables personajes —todos malditos— que se coludieron para producirle a cada una de sus víctimas no solo dolor, sino algo peor: incrustarles para siempre el virus de la desesperanza.

De entre toda esa larga fila de torturadores, cuyas figuras se iban borrando a medida que aparecía otro aún más bestial, existía uno que permanecía incólume en sus mentes, y que bien podría llamarse «El espía del dolor». Este aparecía como una suerte de ángel redentor, una figura a la que veían como un salvador, dispuesto a socorrerlos para darles un respiro, despertarlos de su pesadilla. Pero en realidad este hombre tenía el alma gélida, muy distante de sus tristezas y demasiado ajena a su condición de médico. No buscaba un paliativo a sus dolores y terminaba revelándose como un personaje a veces peor que los propios verdugos.

Capítulo 20

UN ERROR VESTIDO DE ACIERTO

La curiosidad de Eugenio por lo que acontecía en el entretecho no pudo ser saciada, y tampoco siguió alimentando su obsesión por aquel puzle.

Un lunes de noviembre de 1988, cuando la primavera ya había madurado lo suficiente como para advertir que el verano se intuía infernal, un gendarme fue a buscar a Eugenio a su celda. No hubo explicación alguna, solo se lo llevaron. Por cierto, ignoraba el motivo de este repentino llamado. Durante el trayecto elucubró en su mente que el departamento de estadísticas había descubierto que su asignación junto a los presos políticos había sido un error. De ser así, el cambio abrupto ni siquiera le permitiría despedirse de sus amigos, y aquello lo llenó de angustia y tristeza. Cabeza gacha, evitando la mirada de los reos de otras galerías aledañas, se encontró de pronto frente a una oficina. El oficial lo hizo esperar afuera mientras daba cuenta a su jefe de que el reo estaba en cuerpo presente tal cual lo había solicitado.

No aguardó ni cinco minutos cuando el mismo gendarme le dijo que el coronel Bustamante —el mismo que lo había recibido a su ingreso— lo esperaba. Con la actitud de cordero rumbo al matadero, Eugenio Loyola ingresó a la oficina. Fue conminado a sentarse, cosa extraña en estos casos, e incluso el coronel pidió a su secretaria dos café. Viejo zorro de milenarios encierros, Eugenio comprendió allí que algo extraño estaba pasando.

—Bien sabes que estás compartiendo espacio con los reos políticos —dijo Bustamante en un tono estudiadamente amistoso.

—Sí —respondió Loyola a la espera de más información, para saber a qué atenerse.

—¿Y cómo te has sentido con ellos?

—Bien —dijo con timidez intencionada, ya que el coronel aún no daba luces suficientes como para confiar en su postura.

—¡Pero relájate, hombre, estás a la defensiva...! El error fue nuestro. —Ese comentario fue revelador. Sus presunciones eran correctas y por lo tanto advertía que el traslado de galería era inminente.

—¿Me van a cambiar? —consultó con cautela, con la certeza de que quedaban cartas por destapar.

En sus años de prisión nunca había sido citado a una oficina de Gendarmería. Por la mirada que le dio la secretaria cuando entró con la bandeja y se enteró de que el segundo café era para él, no le quedaron dudas de que el peso de ese error caería sobre sus hombros.

—¿Te gustaría cambiarte? —contraatacó el oficial, reconociendo que su presencia allí estaba lejos de ser gratuita.

—Es primera vez que me hacen esta pregunta.

—¿Qué te incomoda?

—Nada, es que no depende de mí dónde yo quiera estar.

—¿Pero te llevas bien con ellos?

—Sí, son buena gente.

—¿Mejor o peor que estar con los bandidos de siempre?

—Me llevo bien con todos —explicó Eugenio con cautela.

—Nos dimos cuenta del error al poco tiempo de que llegaste... y como supimos que estabas contento, te dejamos.

Por un momento, Eugenio creyó que ya estaban jugadas todas las cartas en esa extraña reunión. Pero se inquietó más de la cuenta al sospechar que el coronel apuntaba claramente en otra dirección.

—¿Por qué? —preguntó Eugenio, hurgando con premura para conocer de una vez por todas la trama oculta.

—Tómate el café que se te va a enfriar. —Esperó a que Eugenio le echara azúcar al café y bebiera el primer sorbo para continuar—. Te dejamos ahí con ellos porque la información que nos puedes dar será muy bien considerada por nosotros.

—¿Qué información?

—Me gustaría que me dijeras qué hacen, qué conversan, qué planifican.

—Con todo respeto, mi coronel, no creo que yo sea la persona que usted necesita.

—¡Cómo que no! Llevas suficiente tiempo con ellos.

—Así es, pero no tengo nada que decir.

—¿Acaso no te das cuenta de que ellos no son como ustedes? ¡Ellos son terroristas! ¡Son presos políticos! ¡Son comunistas! —exclamó ahogando su rabia interior ante la escasa cooperación—. A ustedes ellos los miran para abajo. Se creen intelectuales, dueños de la verdad... Incluso a nosotros nos miran con desprecio. ¡Ellos quisieron matar a mi general Pinochet! ¡Para que lo sepas, allí hay siete condenados a muerte por eso! Solo te estoy pidiendo que nos ayudes. ¿Es mucho pedir?

—Los presos políticos hacen lo mismo que yo nomás. Cuando nos reunimos, hablamos de la familia. De lo que vamos a preparar para comer. De lo que hacían en libertad. Nada diferente a las otras galerías.

—No nos veamos la suerte entre gitanos. Seguro que sabes que ellos tienen mucho contacto con el exterior.

—De eso sí que no tengo idea.

—Parece que ya te dieron vuelta. Quiero que me digas una sola cosa: ¿qué están tramando?

—No sé de qué está hablando, coronel.

—Te voy a confiar algo, pero me tienes que prometer que solo quedará entre nosotros.

Eugenio advertía que su interlocutor lo estaba manipulando. La gran pregunta se aproximaba e intuía que el coronel Bustamante lo sondeaba como un posible soplón. Si su presunción era cierta, el final de esta partida sería muy parecida a la movida del «ahogado» en el ajedrez. Quedaría entrampado, sin posibilidad de movimiento. Luego de beber el resto del café de un solo sorbo, volvió a la carga.

—Mi gente está muy saltona. Olfatean que la atmósfera está pesada en esas galerías. Y cuando eso pasa es porque no está equivocada. Me refiero a que estos huevones están tramando algo a nuestras espaldas. Y te mandé a buscar para que me saques de la duda. Eres el único hombre que puede cumplir con esa misión.

—¿De sapo?

—Llámalo como quieras. Te dejamos con ellos para que pudieras ayudarnos. Ahora necesitamos que nos devuelvas la mano. Por supuesto que esto queda en total y absoluta reserva. ¡Dinos en qué están!

—Creo que tendrá que seguir el olfato de sus hombres, porque todo lo que me está contando ni siquiera se me habría pasado por la cabeza.

—¿Me estás diciendo que no sabes lo que están haciendo?

—Así como usted lo cuenta por lo menos, no.

El coronel tuvo una valla infranqueable en Eugenio, quien no dijo una sola palabra que pudiera comprometer a sus compañeros. Sin duda, el gendarme fue más simpático en la llegada que en la partida, y masticó con amargura la supuesta ignorancia de su interlocutor. Tras el infructuoso interrogatorio, lo despachó de inmediato a su galería.

Eugenio se retiró de la oficina del coronel con una sensación de profunda vacuidad. No le cabían dudas de que Gendarmería estaba husmeando ese sector desde hace mucho tiempo y que lo requerían como delator. Cualquier respuesta, incluso su silencio, de ahora en adelante jugaría en su contra. Le parecía que este corolario era nefasto, ya que estaba seguro de que, ante cualquier escenario, Gendarmería pondría en su contra a los presos políticos, tanto como un posible colaborador como, lo que es peor, un infiltrado. Y esto no podía ser menos cercano a su sentimiento de gratitud hacia estos compañeros. Lo habían virado al extremo de hacerlo sentir otra persona. Hipotecó muchos insomnios buscando la forma de compensar su desinteresada acogida. Cuando se produjera el adiós entre ellos, no podría ser únicamente con un apretón de manos. No era suficiente. Ni siquiera un fuerte y sentido abrazo: ellos se merecían más. Y Eugenio, en la certeza de que vería la luz de la libertad antes que los presos políticos, había pensado en hacerles una promesa, tras la cual jamás se olvidarían de él. Pero todo aquello ahora podría transformarse en carroña si Gendarmería lo ponía a él como punta de lanza para espiar sus actividades, muchas de las cuales él desconocía.

No existía ningún movimiento que lo pudiera favorecer. Todo lo que deambulaba por su mente tenía un alto costo para la futura relación con sus compañeros. También tenía claro que, de restarse a los planes de sus celadores, sus próximos días estarían impregnados más de agraz que de dulce.

A Eugenio le pareció que sus compañeros de celda se habían dormido con una rapidez y profundidad mayor que la acostumbrada. Él, con su vista pegada al cielo de tablas imperfectas, en cuyos pliegues se concentró muchas veces en vez de contar ovejas para dormirse, no pudo abstraerse del insólito episodio vivido que lo empujaba a convertirse en soplón. Una categoría que no se permitía y que obviamente era muy mal evaluada por sus pares. Al principio de esta imposibilidad de cerrar los ojos intentó leer, que era su gran placer desde que aprendió a hacerlo, además de ser un método somnífero infalible; pero tampoco surtió efecto, y no tuvo otra alternativa que caminar por el infinito y tortuoso sendero del insomnio. Cuando la luz artificial, a través de la pequeña ventana de su celda, parecía debilitarse ante los primeros acechos del nuevo día, recién pudo conciliar el sueño.

Los pasos erguidos y marciales de un gendarme que le traía un mensaje lograron captar fácilmente la atención en aquella galería, ya que a esa hora los moradores habituales habían bajado al patio, con excepción de Eugenio, quien era presa de un sueño profundo.

El tañido sobre la gruesa puerta de madera de su celda sonó como el de un bombo sinfónico. Eugenio abrió los ojos, desorientado. Solo la presencia del emisario del coronel Bustamante, un joven gendarme recién incorporado al que no conocía y quien, ante la falta de una respuesta luego de haber golpeado, decidió entrar a la celda sin previo aviso, lo volvió a la realidad.

—¿Eugenio Loyola?

—Sí, ¿qué pasa?

—Usted sabe que no es hora de estar en cama. ¡Tiene que levantarse y bajar al patio!

—Le dije al gendarme de guardia que no me sentía bien y me dio permiso...

—Tiene que ordenar sus cosas... —recalcó el funcionario aceptando tácitamente las disculpas.

—¿Me van a cambiar de celda? —interrumpió Eugenio, con la certeza de que estos eran los primeros coletazos de su nula cooperación con Bustamante.

—¡A las cinco de la tarde lo vengo a buscar! Usted queda en libertad —anunció el gendarme con una actitud gélida y descomprometida, sin ninguna empatía con el significado de lo que estaba informando. Se retiró sin esperar respuesta.

Eugenio enmudeció y quedó en posición de reposo por varios minutos. Llegó a pensar que todo era parte de un texto inconcluso de su último sueño. Le costó entender que el encierro, el más importante de su historia carcelaria, llegaba a su fin y agradecía saber que tenía tiempo suficiente para ordenar sus pocas cosas y despedirse de sus compañeros.

Anonadado era la única palabra que ilustraba a cabalidad el impacto que le causó la noticia. Aunque todavía no terminaba de digerir su nueva realidad, pudo entender algo más de lo acontecido el día anterior. Ahora le hizo sentido el comportamiento del coronel, quien lo presionó de manera tan particular para que revelara lo que supuestamente sabía. Como tenía conocimiento de que quedaría en libertad y sin tener medios para castigarlo, trató de sacar ventaja, manipulándolo sin informarle del fin de su condena, con el perverso juego de mentir para obtener verdades. En resumen, pudo haberse evitado tanto desvelo.

De la inminente y sorpresiva partida, sus compañeros de carreta se enteraron con genuina alegría y algunos no tardaron en usarlo de mensajero. Incluso hubo uno que le encargó que le llevara una misiva a su amante, a quien no veía desde hace dos años, cuando lo subieron a un jeep militar en medio de la noche y tuvo que terminar de vestirse a tientas en el trayecto, con los ojos vendados. Los más locuaces aseguraban, entre bromas y risas, que la misión sería infructuosa, ya que era seguro que al poco tiempo la mujer lo habría dado por muerto, y era muy probable que estuviera con otro.

Mientras ordenaba sus pilchas, el recuerdo de Margarita afloró casi por acto reflejo. Nunca más supo de ella y la encrucijada en aquel momento era si se atrevería a buscarla o la daría por perdida. El asunto tenía un obstáculo insalvable: ignoraba cuál era su paradero. En la cárcel los amores mueren por omisión.

El encuentro con la calle sería distinto. Era lo más cercano a la reacción de un detenido al cual, una vez cesada la tortura, le sacan la venda. No esperaba esta sorpresa, ni siquiera la deseaba, pero saldría a la vida cotidiana con una íntima esperanza. Ahora podría detenerse en un kiosco y leer los titulares. También podría sacar unas monedas y, como nunca antes lo había hecho, comprar un diario. Deseaba testearse con el mundo, ver una película con subtítulos, hurgar algún ejemplar en una librería, leer la carta de un restaurante y nunca más tener que pedirle una recomendación al garzón sobre el plato que quisiera comer. Tomar un bus sin preguntar para dónde iba. En definitiva, era el alumno queriendo demostrar lo que había aprendido. El niño que repite en voz alta el nombre de todas las estaciones del metro, los letreros luminosos, los afiches en las paredes. ¡Leer su horóscopo! Siempre fue una incógnita su futuro. Ahora podría vislumbrar lo que le deparaba el destino. Podría distinguir cuánta mentira pueden soportar las palabras. Ahora, estando preso, se sentiría libre, se decía, mientras cerraba con dificultad el mohoso cierre del bolso con sus pertenencias.

Faltaban cincuenta y cinco minutos para que lo vinieran a buscar, tiempo suficiente para conversar a solas con Gilberto Castro, su profesor.

No podía marcharse sin tomarse un instante para agradecerle lo que ese hombre había hecho por él. Lo encontró en uno de los comedores; allí estaba pactada la cita.

—¿A qué hora te abren la jaula? —inquirió Gilberto con la satisfacción en su rostro por verlo partir; pero, a la vez, con un dejo de tristeza de saber que pasaría mucho tiempo antes de volver a encontrarlo en la vida. O quizás eso nunca ocurriría.

—A las cinco. Tenemos tiempo para un café.

—En el termo hay agua caliente.

—Creo que esta vez será distinto —dijo Eugenio mientras echaba agua a su jarro de porcelana blanca con el borde saltado en varias partes.

—¿Alguien te espera?

—Nadie.

—¿Y esa novia de la que me hablaste algún día?

—No tengo idea de dónde buscarla.

—Dijiste que será distinto esta vez, ¿por qué?

—Porque, aunque nadie me espere, tengo como ganas de plantarme en la calle, a la gente, y eso antes nunca me pasó. Seguramente es porque aprendí a leer y a escribir. Y eso te lo debo a ti.

—No me debes nada. Es un mérito tuyo. Es de esperar que no regreses nunca más.

—Esta es mi casa, Gilberto... No sé cuándo, pero sé que voy a volver.

—Pero me dijiste que te hubiera gustado casarte y hacer una vida con esa compañera... ¿Cómo es que se llama?

—Margarita.

—Margarita es tu libertad para siempre, debes buscarla. Y si la encuentras esta no será más tu casa.

—Tengo que pagar muchas deudas.

—¿Estás hablando metafóricamente o de verdad debes mucho dinero?

—¿Qué significa metafóricamente?

Gilberto no pudo ocultar una sonrisa.

—Metáfora es cuando uno habla en sentido figurado... Por ejemplo: si yo quisiera decir que alguien goza de juventud, diría metafóricamente que está en «la primavera de su vida». ¿Me entiendes? O decir «Me voy volando a casa», que significa que te irás rápido..., ¿te das cuenta?

—Sí, claro.

—Dijiste que tienes que pagar muchas deudas. Eso puede significar que de verdad debes mucho dinero o, metafóricamente, que tienes muchos compromisos contigo mismo, de cosas que no has podido hacer, por ejemplo.

—Entonces dije una metáfora.

—No puedo creer que hables en serio.

—Me hice la promesa de devolverles a todos parte de lo que me han dado. Jamás pensé que este error del departamento de estadísticas de ponerme junto a ustedes me iba a convertir en otra persona.

—¿Una persona mejor, me imagino? Si es así, no entiendo por qué tanta incertidumbre...

Compañeros y amigos irrumpieron como una bandada al sector de comedores para despedirse de Eugenio Loyola. Se aproximaba la hora señalada y como de un momento a otro sería requerido para abandonar el recinto carcelario, ninguno quiso dejar de estrecharle la mano y darle un abrazo en este sorpresivo adiós. Fue un momento único para este reo «canero» que nunca supo de bienvenidas, ni menos de despedidas. Ahora era testigo de una convocatoria espontánea, genuina y muy inusual en su vida.

Eugenio no era un hombre de sensibilidad a flor de piel, pero la sorpresa que le dieron sus compañeros de prisión no lo dejó indiferente, y debió controlar sus sentimientos para no emocionarse. Estos hombres, que él llegó a admirar por su consecuencia política, habían destinado parte de su tiempo para despedirlo. Con ellos compartió las horas de patio y las charlas en la carreta. Lo escucharon en su precariedad y guardaron silencio cuando descubrieron su analfabetismo.

Seguramente, tanto Eugenio como ellos tenían conciencia de que no existían razones para que el futuro les brindara la posibilidad de reencontrarse y replicar la particular simbiosis del encuentro entre cuatro paredes. Son momentos únicos, exclusivos e irrepetibles. Y, más allá de las buenas intenciones, ambas partes admitían tácitamente que estos pasajes virtuosos desaparecen en el aire como pompas de jabón.

Mientras la fila de presos políticos avanzaba, Eugenio agradecía a cada uno de ellos con la voz entrecortada. El tiempo expiraba y, por inercia, luego de que el último de ellos le deseara buenaventura, todos se sentaron formando un semicírculo a su alrededor, dando origen a una espontánea carreta. El objetivo implícito era darle el derecho a Loyola a esbozar unas últimas palabras. Debió carraspear seguido para recuperar su garganta obstaculizada por la abortada emoción que segundos antes se había negado a evidenciar.

—Ustedes saben que no soy un hombre de muchas palabras. Les doy las gracias por haber venido a despedirme. Nunca olvidaré este momento. Solo les puedo decir que gracias a ustedes mi vida parece tener más sentido. Me voy con un compromiso que no me han pedido —dijo—. Gracias por todo, y ya sabrán de mí. Será mi forma de pagarles en parte por la forma como me trataron. —Así concluyó Eugenio sus palabras, dándole la última mirada a sus eventuales compañeros de prisión, quienes ignoraban a qué se refería con su promesa.

—¡Loyola! ¡Te vienen a buscar...! —se escuchó el grito desde una galería interior.

Rumbo a la salida a través de los intrincados pasillos de la cárcel, Eugenio dudaba si había hecho bien en haberles ocultado su propósito. Solo la idea de no sentirse cuestionado lo llevó a determinar que lo mejor era mantener en secreto el plan que fraguó en las tardes de carreta y que se consolidó cuando tuvo la certeza, en sus últimas semanas de encierro, de que el doctor Vergara, luego de examinar a tres detenidos, autorizó a sus verdugos a continuar con la tortura. Solo que, en estos casos, los tres detenidos dejaron de existir unos días después. El certificado de defunción consignaba que estas personas habían sido abatidas en intentos de fuga.

En el trayecto recordó al minero que dejó a su hijo a cargo de la compuerta número doce en las profundidades infernales de las minas de carbón en Lota, mientras él se resistía a obedecer a su condición de padre, desoyendo el llanto del menor como única alternativa para mantener el sustento familiar. Pero aquel relato de Baldomero Lillo estaba en las antípodas de su presente, ya que él hacía abandono de la cárcel, teniendo como sonido ambiental una lluvia de aplausos que comenzó a inundar tímidamente las galerías y que fue creciendo con más persistencia a medida que traspasaba las puertas que lo eximían de manera definitiva del cautiverio. Es el rito de adiós de los que se quedan para aquellos que han cumplido su condena.

Pero entre los que se quedaban había algunos que no estaban dispuestos a esperar cumplir su condena para salir.

No más de una centena de reos estaban al tanto de lo que realmente ocurría; el resto de la población penal, al igual que Eugenio, ignoraba que, bajo tierra, decenas de cuadrillas habían comenzado a calar como topos la tierra con absoluta cautela.

El túnel nacía en la galería ocho y, de acuerdo a los autores intelectuales de este proyecto libertario, debía atravesar la calle Balmaceda y proseguir hasta los terrenos eriazos de la estación de trenes Mapocho. Estos hombres estimaban que deberían cavar cerca de ochenta metros, y como se inspiraron en el film, donde actuaba Steve Mc Queen que en Latinoamérica se conoció como *El gran escape*, tomaron todos los recaudos que en esa producción hollywoodense se mostraban. El hermetismo de este proyecto de escapatoria contemplaba el beneficio únicamente para una cincuentena de reos políticos, los que al momento de diseñar el plan, tenían en el inicio de su construcción —en julio de 1988— las condenas más severas y que, por cierto, contemplaba por añadidura a los siete condenados a muerte por el atentado a Augusto Pinochet. El pacto consagró la palabra de cada uno de los integrantes de no comentar con nadie la estrategia libertaria.

Los cálculos estimaban la conclusión del túnel en ocho meses, de modo que si alguno hablaba pondría en jaque su término. Cuando Eugenio descubrió el lugar donde se guardaba la tierra que se extraía desde el túnel y cuya procedencia, para suerte de los que trabajaban en él, no supo interpretar, ellos ya llevaban tres meses de sistemático trabajo.

Capítulo 21

La duda

«¡La comida está servida!», fue el amistoso llamado que hizo Rogelio a su asiduo visitante apenas sintió que había abandonado la ducha.

Eugenio le aclaró que en esta ocasión estaría máximo unos quince días, ya que pronto viajaría fuera de Santiago. El dueño de casa, tras un largo período de separación, había conseguido que su esposa accediera a regresar a la casa para intentar juntos una nueva oportunidad y, de acuerdo a sus planes, ella llegaría en las mismas fechas en que su amigo partiría, de modo que su presencia estaba lejos de ser un problema para él. El agradecimiento implícito hacia este compañero que siempre le tendió una mano era no crearle problemas, y por lo tanto Eugenio estimó coherente no inmiscuirlo en sus propósitos. En ausencia de una conversación que los involucrara a ambos, el tema entre la cazuela y el postre fue Margarita. A Rogelio le parecía que esa mujer era la oportunidad para que su amigo enmendara su vida, y esa fue la razón para poner el tema sobre la mesa. Pero Eugenio no alimentó la charla, prefirió «hacer una verónica» para no compartir con nadie la enorme desazón que significaba haberla perdido. Aunque, a solas, sí estaba dispuesto a hacer el último intento por rastrearla, apostando a que su búsqueda sería una tarea titánica y con altas probabilidades de fracaso. Por eso prefería no compartir sus anhelos. La imagen de la joven, a la que él consideraba haber sacado de la prostitución, aún permanecía latente.

Sabía que encontrar al médico en cuestión le haría correr muchos riesgos e incluso podría poner en jaque su propia libertad. Pero, fiel a sus compromisos, se autosentenció a abandonar sus históricas tropelías, si es que su rol de sicario *ad honorem* culminaba con éxito. Desde luego, esa promesa estaba ligada a la idea de encontrar en algún rincón de Santiago a la única mujer por la cual podría dejar la delincuencia, y que aquello tuviera sentido.

Rogelio, embobado con el inminente retorno de su esposa a casa, le confesó que tenía que acompañarla a diario para empacar las cosas. Ese fortuito espacio que le dejaba su amigo, le permitió a Eugenio darse el placer de quedar solo. Las últimas horas de reo, unido a la emoción contenida de un adiós inesperado en la cárcel, habían degastado su musculatura física y mental. Necesitaba momentos de tranquilidad, despejar la mente y tener todo su conocimiento delictivo en alerta para llevar adelante el inédito golpe que concentraba su atención.

El testimonio entregado por Germán, el joven que finalmente desahogó sus infortunios sufridos en el centro de detención, lo tocó de tal manera, que sentía la obligación de salir en su defensa a como diera lugar, y a su modo. Ya en ese momento tenía la mediana certeza de que abandonaría la cárcel antes que los presos políticos, y consideraba que esa situación era propicia para ofrecer —sin que nadie se lo pidiera— la oportunidad de cobrar venganza en su nombre. Eugenio guardó celosamente entre sus pertenencias el mensaje que Germán le entregó, información que valoró y que incluso memorizó por si la extraviaba. Le confesó en esa oportunidad que había conseguido —a pesar de estar privado de libertad— consistente información, a través de su pareja, que lo visitaba diariamente mientras estuvo convaleciente al ingresar a la cárcel. En el centro de detención se comentaba que el cardiólogo era propietario de una clínica particular. Esa información estaba consignada verazmente, como también su domicilio y los desplazamientos habituales que realizaba cuando no se encontraba en esos recintos.

Eugenio era un delincuente especializado en robos a casas, pero aunque tenía los cojones para enfrentar al más atrevido, nunca había llegado a matar a alguien. Se diría incluso que siempre trató de evitarlo. Dejando de lado cualquier conjetura, sentía que esta vez debía eximir su accionar de toda connotación política. En su mente albergaba la intención de realizar un plan perfecto, tan perfecto que no debía involucrar ninguna motivación que implicara directa o indirectamente a sus ex compañeros. En definitiva, nadie debería asumir este crimen como una *vendetta*, ni menos asociarla a conceptos panfletarios o revanchistas, debería aparecer como un simple acto delictual.

Si conseguía aquello, esos hombres sumidos en la desesperanza del encierro incierto e infinito, sabrían a ciencia cierta quién había estado realmente tras las bambalinas de esa inaudita ejecución. Con eso le bastaba, ese sería su pago de la primera cuota de aquella deuda contraída en aquel significativo encierro. Por ello, encontrar a Margarita jugaba un rol fundamental para su futura existencia. Con ella a su lado como compañera, tendría la suficiente motivación para redimirse de su pasado. La misión de enfrentar al doctor Agustín Vergara y convertirse en el redentor de los centenares de hombres sometidos a castigos bárbaros e inenarrables en los campos de detenidos, era su máxima obsesión. Pensando en las diferentes opciones para consumar su acción contra Vergara, se quedó dormido sin esperar el regreso a casa de Rogelio como le había prometido.

A la mañana siguiente, cuando abrió los ojos, su amigo ya no estaba. Fue mejor, ya que así evitaba tener que justificar su destino: las proximidades de la dirección del cardiólogo. No había tiempo que perder. El bus recorrió con pereza inusitada las calles colindantes antes de acercarse a la lujosa propiedad que cobijaba a esta familia. Debió caminar tres cuadras a pie hasta acceder a la fachada imponente que la distinguía sobre la de sus vecinos.

Fue en el trayecto cuando cerró la idea surgida durante su insomnio; más precisamente, gestada a las tres de la mañana cuando se levantó para ir al baño. Observaría el lugar con detenimiento. Haciendo gala de su oficio de ladrón, le «tomaría las medidas» a la propiedad, como dicen en el ambiente carcelario: dejaría ciertas marcas para cerciorarse de la existencia de moradores y, en ese caso, orientarse de acuerdo a las rutinas de entradas y salidas de sus patrones. Para ello, aprovechando que es una zona de alto nivel económico, por donde rara vez se ve gente caminando por las aceras, a menos que sean asesoras de hogar puertas afueras, jardineros, repartidores de diarios, carteros o maestros, sacó un par de botellas plásticas del basurero externo de la misma casa, y las dispersó en la entrada. El método arcaico, pero ingenioso y efectivo, le daría luces sobre la existencia de alguna empleada en la casa. La experiencia indicaba que ellas, cuando salen a regar o van de compras, recogen las botellas y sin sospecha alguna, las regresan al basurero. Luego se sacó un cabello y con un pedazo mínimo de *scotch* que llevaba, pegó cada una de sus puntas en el marco del portón de entrada. Si alguien abría la puerta en ese lapso, él se enteraría, y así sabría si había gente entrando o saliendo en ese horario. De esta manera se iría tranquilo a algún local próximo, para volver cada una hora y cerciorarse de si las señales hubieran sufrido alguna alteración.

El café cortado se le enfrió al tratar de hacerlo durar hasta hacer su primera ronda. Eugenio era especialista en desactivar alarmas y su preocupación constante, mientras cumplía condena, era dialogar con sus pares recién incorporados al encierro para intercambiar conocimientos sobre nuevas técnicas de violación a la propiedad. El tiempo de espera lo mató leyendo, a su ritmo, un periódico que alguien había dejado en su mesa. A ratos se desconcentraba de la lectura y su mente tendía a revisar por inercia una y otra vez la validez de su estrategia. Ahora, conociendo donde vivía su víctima, debería rearmar el plan y adecuarlo a las complejidades que le ofrecería aquella casa. Aunque el tema que lo abrumaba, en verdad, era otro: tener que hacer desaparecer de esta vida a una persona. Siempre se negó, por ética delictiva, a matar a alguien en alguna de sus faenas. No lo encontraba necesario ni propio de su línea de trabajo. Sabía que, de ser así, las penas habrían sido más duras. En muy pocas ocasiones tuvo que enfrentarse de cara a alguna de las víctimas de sus robos y en solo tres ocasiones debió sacar el arma que cargaba. Además, en su caso, la pistola en sus manos cumplía una mera función intimidatoria; incluso, en varias oportunidades llegó a portarla sin balas. Ciertamente, ahora sabía que, más allá de sus aprehensiones, no tenía otro destino que cumplir este designio. De esa manera reforzaba el carácter, la fuerza y convicción que requería para asumir que aquello no tendría vuelta atrás. Pidió la cuenta y aprovechó de chequear el tiempo transcurrido.

Las botellas y el cabello adherido a la puerta de calle se mantenían incólumes en los sitios asignados. Las cinco cuadras que debió caminar hacia el café y de regreso a la casa no le hicieron mucha gracia y, sabiendo que ya eran cerca de las seis de la tarde, prefirió detenerse a solo unos metros del domicilio y teniendo como pretexto leer el diario, se quedó en la esquina más cercana para observar desde allí. Eugenio ya entendía que su labor requería varias visitas de estudio antes de intentar ingresar a la casa; y, seguramente, un tiempo mayor para el último tramo. Después de la visita ocular a este lugar necesitaba contar con un arma de fuego, y durante varios minutos sondeó en su mente la forma de obtenerla. Para ello había que tener dinero, y en razón a eso, sus pensamientos se trasladaron a la figura de Rogelio y los negocios que tenían en común.

Cuando Eugenio recobraba la libertad debía generar dinero. El modus operandi era ejecutar pequeños robos a casas para conseguir una base económica y poder desplazarse con libertad, autoridad e independencia, mientras durara en esta condición. Del botín obtenido, siempre acostumbraba sacar una pequeña tajada de dinero para regalarle a Rogelio. Antes de su último encierro, cuando Eugenio avizoró en su destino inmediato que la relación con Margarita caminaba con una inédita seriedad afectiva, le fue dejando en forma sistemática —en calidad de ahorro— pequeñas remesas de efectivo a su amigo.

Sus planes eran contar con esos fondos en el momento que se atreviera a plantearle a Margarita la idea de compartir una vida juntos. El dinero acumulado no era despreciable, y apenas llegó nuevamente a compartir con Rogelio, le advirtió que lo necesitaría a la brevedad.

Esa noche en que volvieron a compartir la cena, Rogelio le sirvió sin que lo hubiese pedido, una humeante taza de té con limón. El gesto, tan inusual, no dejó de sorprender a Eugenio o, mejor dicho a inquietarlo, porque intuyó que aquello podría tener una intención velada que no alcanzaba a interpretar. Mientras lo endulzaba, su amigo le extendió un sobre con dinero.

—Lo saqué todo —dijo Rogelio, omitiendo lo que pensaba agregar.

—Gracias, está bien, lo voy a necesitar.

Rogelio le entregó el abultado sobre con dinero en efectivo en su interior, manteniendo la idea de que habías cosas que aclarar y que él había postergado comentar desde su llegada.

Eugenio nunca acostumbraba a contar el dinero en su presencia. Pero en esta ocasión dejó que el «agua perra» se enfriara por unos minutos, abrió el sobre y comenzó a contar uno a uno los billetes. Ante la inesperada acción, su amigo no tuvo más que aprovechar la instancia y vomitar aquello que lo atragantaba.

—Tengo algo que decirte —dijo Rogelio algo compungido.

—Dime —respondió Eugenio, con la certeza de que su intuición parecía no estar tan extraviada.

—Falta un poco.

—¿Un poco de qué? —contestó Eugenio, congelando su conteo.

—Te dije que la Norma y mi cabro van a volver a la casa a fin de mes, ¿no es cierto?

—Sí... y yo te dije que no te preocuparai, que me voy a ir antes de que lleguen.

—Bueno... es que justo vuelven en el momento más fregado de mi trabajo.

—No te entiendo, ¿necesitái que me vaya antes?

—No, na que ver. La cuestión es que no los puedo recibir así como así.

—¿Así cómo?

—Tuve que comprar un catre nuevo pal Adriancito, y una tele... Vos sabís cómo son los cabros chicos.

—¿Ya, y...?

—Yo no pensaba que ibai a salir tan luego po. Y me tomé la libertá de sacarte una cosa poca...

—¿Me sacaste plata? —preguntó Eugenio, sin poder ocultar su molestia.

—Pero solo en calidá de préstamo, eso sí —subrayó Rogelio, quien había intuido lo que sucedería si Eugenio se enteraba de este modo de lo acontecido.

—¿No te parece que me deberíai haber avisado, por lo menos? —agregó Eugenio malhumorado.

—Sí, por supuesto..., pensaba avisarte en la cárcel.

—Pero nunca fuiste.

—Pucha, Eugenio, de verdá yo creí que tenía tiempo pa poder devolverlo y que ni cuenta te ibai a dar.

—Yo contaba con toda mi plata.

—Yo sé, te prometo que te la voy a devolver. Hasta el último peso.

—¿Creíai que no me iba a dar cuenta?

—¡Cómo se te ocurre! —respondió Rogelio sin convicción, aceptando que esa pregunta lo incriminaba.

Eugenio no hizo más comentarios, tomó el sobre y se dirigió impertérrito rumbo a su habitación.

—Buenas noches.

—Buenas noches —se escuchó apenas de parte de Rogelio, asumiendo que había hecho algo detestable.

A la mañana siguiente, Eugenio se hizo el dormido para no acudir al llamado de Rogelio para compartir el desayuno. Desde la pieza, a puerta cerrada, esperó que saliera a sus diligencias habituales. Con la certeza de que no regresaría pronto, se levantó, hizo su bolso y se marchó para no volver. Una hora después puso su rúbrica —con trazos básicos, casi infantiles, pero con velado orgullo pues lo había escrito de su puño y letra— en la hoja de pasajeros de un hotel de dos estrellas ubicado en las proximidades del barrio Bellavista.

Tras recibir la habitación que le habían asignado, se tiró vestido a la cama para visualizar sus próximos pasos. Lamentó que las cosas se hubieran dado en ese plano con Rogelio, no lo esperaba. Para él, era un verdadero robo que le hubiera sacado su dinero sin consultarle previamente. Entendió que contar los billetes casualmente en su presencia presionó a Rogelio para que se atreviera a confesar su conducta. En caso contrario, pensaba, si hubiera actuado como le era habitual, cuando aceptaba a ojos cerrados la devolución de lo que le dejaba encargado, lo más probable es que hubiese guardado silencio. Durante la última noche en su casa, en los prolegómenos de un sueño profundo, Eugenio determinó, sin mucho análisis, que la actitud de Rogelio fue desleal y ameritaba el quiebre de su amistad. El prejuicio no tenía soporte ético ni moral, sobre todo viniendo de un consumado ladrón, pero así lo consideró y no había más vuelta que darle al asunto.

Se duchó con agua caliente, como no lo hacía desde tiempos inmemoriales, y se mantuvo bajo el chorro casi una hora, creyendo que el placer de sentir el agua temperada escurriendo por su cuerpo pudiera acumularse para el futuro. En prisión, recordó, el agua salía tan helada a las siete de la mañana que ducharse en invierno se convertía en un castigo anexo a la condena.

Aprovechando la cercanía del hotel al sector comercial de Patronato, se dirigió hacia allá decidido a invertir en su imagen. Pensó que, si quería pasar inadvertido en las proximidades de la casa del doctor Vergara, no podía ser confundido en la calle con un jardinero, ni mucho menos con un obrero de la construcción. Ambos trabajadores formaban parte del entorno y no causaban rechazo ni sospecha alguna, mientras se desplazaran desde el paradero de buses hasta sus fuentes de trabajo y viceversa. Pero si una asesora del hogar o algún propietario se percataba de que alguien extraño merodeaba por el sector con recurrencia y denotada curiosidad por el lugar, ello sería razón suficiente para alertar a la policía.

Eugenio, más comprometido con su estrategia criminal que con su apariencia personal, compró dos tenidas y, en menos de cuarenta y cinco minutos volvió a salir del hotel con una imagen acorde a sus planes.

En complicidad con la huida temprana del sol a causa de una sorpresiva ráfaga de nubes que lo ocultaron hasta el anochecer, se parapetó tras un árbol vetusto pero aún con musculatura en sus raíces, las que engrosaron el tronco lo suficiente como para ocultar a plenitud su cuerpo para que pudiera vigilar desde allí. Las dudas que tenía sobre la presencia en casa de Agustín Vergara se disiparon abruptamente. Eugenio vio con sorpresa abrirse el portón, y salir desde el interior el vehículo del facultativo acompañado por una mujer, presumiblemente su esposa. El foco callejero hizo visibles por unos segundos sus rostros, y presumió, por el tipo de vestimenta que llevaban, que la ausencia de la pareja sería prolongada.

Con herramientas más propias de un relojero que de un asaltante, abrió la chapa de la puerta de calle, ubicada a un costado del portón de fierro forjado. Afanó menos de un minuto y casi sin esfuerzo ingresó al inmenso antejardín que precedía a la puerta principal.

Una mirada furtiva le confirmó que estaba frente a una verdadera mansión de dos pisos. Desde afuera, la planta baja se apreciaba iluminada, no así el segundo piso. El grueso tronco de una enredadera fue la escalera natural que usó Eugenio para acceder a una ventana que desde abajo se veía abierta. Su pequeña linterna le dejó ver que había recalado sin pretenderlo en el dormitorio principal. Ya asentado en ese sector de la casa, mantuvo la mano derecha en el bolsillo de su casaca acariciando el revólver Taurus modelo 82–S, calibre 38. Compró el arma luego de contactarse telefónicamente con un *dealer* que había conocido en una de sus condenas anteriores y que sabía de alguien que requería deshacerse de ella.

Mientras abría levemente la puerta del dormitorio para estimar mediante el nivel de ruido ambiente la presencia y cantidad de moradores posibles en ese instante en el interior de la casa, recordó cuando le preguntó por su procedencia al encapuchado que le vendió el revólver en un oscuro rincón de la población La Legua. Ahí se impuso de que era el botín de un asalto que realizaron a la casa de un carabinero. Mencionó como característica positiva que esos eran los que usaba la policía, con seis tiros y muy certeros a media distancia. Las armas no eran el fuerte de Eugenio; lo único que a él le interesaba era que el revólver estuviera en buen estado.

La casa del cardiólogo era grande, pero de igual modo Eugenio sintió a la distancia la presencia de alguien por sus pasos y desplazamientos intermitentes. Dedujo que podrían provenir de la empleada en la cocina. No alcanzó a sacar más conclusiones. Sonó el timbre de la casa y luego se oyó la respuesta que la mujer le daba por el citófono a alguien, al activar la chapa electrónica recién violada por Eugenio. Luego escuchó unos pasos en dirección a la puerta principal.

—Hola, Tomasito... ¿Por qué tan tarde?

—El furgón los fue a dejar a todos. Salvatierra y yo fuimos los últimos.

—¿Por qué?

—Parece que un niño se sentía mal y tuvieron que llevarlo a él primero.

—Ah..., no va a volver a pasar.

—¿Y mis papás?

—Fueron a un cóctel, van a llegar tarde.

—Tengo hambre...

—Sáquese el uniforme, le llevo la bandeja a su pieza.

Eugenio miró a través de la rendija que dejaba la puerta de dormitorio principal, levemente entreabierta. Así pudo apreciar la imagen del menor, que se hizo visible después de escuchar las briosas zancadas que dio para subir por la escalera. Al llegar al segundo piso, el pequeño —arrastrando su mochila— se dirigió en sentido opuesto al lugar donde se ocultaba Eugenio, estimando una considerable distancia entre ambos dormitorios.

Esta visita *in situ* le permitía a Eugenio conocer muy bien la casa de su víctima; inspeccionando y registrando en detalle sus dimensiones, la ubicación y ocupación de las habitaciones y, por cierto, las salidas de escape. Una ligera mirada definiría exactamente el terreno que estaba pisando y, también, las posibilidades de salir de allí tras lograr su cometido.

Aprovechando la alfombra sobre el piso, se deslizó en silencio y muy confiado, contemplando cual turista la enorme casa donde vivía el doctor más vilipendiado por las víctimas de los centros de tortura. Merodeó sin temor —por cierto, con la mano derecha pegada a la Taurus 38— cada rincón del segundo piso. El escritorio del dueño de casa apareció tras tantear una puerta que se presumía con llave. Giró la manilla y entró. El haz de luz de su linterna hurgó con detención en uno de los muros, atiborrado de fotografías que orquestaban como un coro filarmónico su título de médico cirujano, además de una media decena de títulos de especializaciones y posgrados, uno de ellos en Estados Unidos. Detrás de su silla de escritorio, como una advertencia o intimidación implícita para quienes se sentaran a conversar con él, destacaban dos instancias en que el facultativo aparecía junto a Pinochet. En las instantáneas, que seguramente habían sido tomadas en algún evento social, ambos conversaban animadamente vestidos de civil. Al centro había otra fotografía donde los miembros de la junta militar posaban para la posteridad, sentados y con sus respectivos uniformes. El taconeo sorpresivo de la nana, que subía la escalera con la merienda para Tomás, lo sacó de un sopetón de su soliloquio y le exigió una gran destreza para no alertar sobre su presencia en el lugar. No alcanzó a cerrar la puerta, solo alcanzó a esconderse detrás de ella. Desde esa posición, y por el espacio entre la puerta y el marco, pudo ver a la mujer que se dirigía rauda con la bandeja en dirección a la habitación del primogénito del doctor Vergara. Al pasar, ella dio una mirada de soslayo: claramente le había parecido extraño que la puerta del estudio estuviera a medio abrir, pero ello no distrajo su rumbo. Eugenio quedó atrapado y en la duda de si mantener su posición o desplazarse escalera abajo. Optó por lo último. La sintió golpear la puerta de Tomás y anticipar que le había preparado el panqueque celestino que tanto le gustaba. En ese instante, Eugenio abandonó el escritorio y bajó con rapidez. Desde allí, y con la certeza de que desde arriba no escuchaban nada, dio una mirada exprés y aguda al entorno del hall central de la casa, a continuación apretó el botón de la puerta eléctrica y salió. Ducho en la materia, para no levantar sospechas si era visto por alguien desde afuera, abandonó la propiedad con sorprendente calma. Ya en la calle y sin volver la vista atrás, cerró el portón y se desplazó por donde mismo había llegado.

Mientras cenaba en una menuda área de servicio, mezcla de cafetería con snack bar que existía en el hotel, ensimismado en el propósito de reordenar su mente, Eugenio cayó en la cuenta de que hasta ese momento ignoraba que el doctor tenía un hijo —al parecer único— y de esa edad. Para él, este no era un mero antecedente, sino que constituía una información que podía convertirse en el pilar de su estrategia. Se tomó dos copas de vino tinto durante la cena y, como le sucedía a menudo, le hizo el efecto de un somnífero. Ya en su habitación, encendió el televisor y no pasaron ni diez minutos cuando sus ronquidos se confundieron con la voz del conductor de las noticias que Eugenio no alcanzó a terminar de ver.

Capítulo 22

En el zoológico

El gendarme golpeó anunciando su entrada con una bandeja, vasos y un jarro plástico con más agua. Eugenio no alcanzó a agradecer. Llenó el suyo y, sediento, empinó el líquido como si hubiese venido desde una travesía en el desierto. La sed era superior a su caballerosidad. Yo, en cambio, sí lo hice y con mucho énfasis: le agradecí el gesto como una manera de compensar la falencia de mi interlocutor, imprudencia que después de casi tres horas de entrevista o, mejor dicho, de distendida conversación, era admisible.

Esta vez no hubo tregua, beber fue solo un punto seguido en el diálogo. Aun así, tuve la idea de no apurar su testimonio, guardando silencio para no distraerlo ni cambiar el tema. Así pareció entenderlo también él, que durante un par de minutos se quedó reflexivo mirando el óvalo, tal cual lo había hecho yo horas antes. Seguro que era la primera vez que apreciaba ese circo romano desde la galería. O, al menos, no siendo protagonista sino un espectador común y corriente. Estuve tentado de conocer su impresión sobre aquello que veía, pero me contuve de hablarle, ya que la atmósfera que había logrado en su relato, tan auténtica y genuina, aún permanecía como polvo en suspensión en esa oficina, y si la congelábamos, bien podría languidecer. En pocas palabras, me convencí de que conseguir ambas miradas, en ese mismo instante, por lo pronto era incompatible. Sabíamos que solo faltaban los tramos finales y en esos términos el clímax de su historia no debía estar exento del mayor de los dramatismos.

Mientras deducía lo que este hombre pensaba dirigiendo su mirada hacia el patio central de la ex Penitenciaría de Santiago, no podía analizar este encuentro inesperado con los altibajos de una ficción, sino más bien como un hecho de aberrante y dolorosa realidad, cuya dinámica superaba a ratos la imaginación.

Eugenio volvió a echar agua a su vaso y bebió, esta vez más calmo, y dijo estar listo para continuar.

—¿Qué pasó en usted cuando supo que el doctor tenía un hijo?

—No pensé que tuviera un hijo pequeño.

—¿Y qué cambiaba el hecho de que así fuera?

—Me di cuenta de que esa era la salida que andaba buscando.

—¿Cuál?

—Me prometí una venganza que no dejara ni un rastro de haber sido cometida por políticos ni por revolucionarios. El crimen debía ser realizado a mi manera.

Eugenio no encontraba las palabras para explicarme cuál sería la diferencia en su actuar luego de saber que aquel hombre tenía un hijo.

Después de mucho divagar y tratar de interpretar sus dichos, logré hacer sintonía. Necesitaba desquitarse —ese fue el término que empleó— a su modo. Para la opinión pública, el móvil debía parecer un robo, así el modus operandi sería la prueba fehaciente para que sus amigos y presos políticos interpretaran que él había cumplido su palabra, aunque nunca la explicitó. En su ignorancia política sentía que de esa forma no afectaba a quienes quería favorecer. Todo esto podría parecer absurdo; sin embargo, él necesitaba demostrarles pericia en su oficio, pero también lealtad y compromiso para igualar en parte todo lo que ellos le habían otorgado —concepto que reiteró majaderamente durante nuestra conversación.

Es obvio que nada hay que pueda justificar la muerte de nadie, ni siquiera el compensar otra muerte. La ley del Talión no cabe en mi diccionario, pero era, en cierto modo, la forma como este hombre que tenía ante mí creía hacer su aporte. Estaba equilibrando, así, la balanza de tantos detenidos que fueron castigados inhumanamente, incluso, en algunos casos hasta morir.

A Eugenio, mirar por la pequeña ventana de un metro veinte de ancho por no más de sesenta centímetros de alto, parecía extasiarle. Yo sentía que los centenares de reclusos que se movilizaban incansables, briosos, inquietos, con destinos exiguos, eran como un enjambre de transeúntes en pleno paseo Ahumada, desplazándose con apuro antes de que el banco les fuera a cerrar. Mientras estuve solo, esperando a que Eugenio llegara a darme esta entrevista, me entretuve siguiendo con mi mirada el trayecto de varios de ellos, y comprobé, sin encontrar explicación, que todos sus destinos eran ficticios, pues no llegaban a ningún lugar o encuentro en particular. Luego, transcurridos algunos segundos, se escabullían entre los demás reos hacia otro objetivo imaginario, con la misma energía y supuesta premura que mostraban hacia el destino anterior.

—¿Qué esperamos? —dijo como saliendo de un trance.

—Nada —respondí en la misma dinámica de no distraer el tema que habíamos congelado.

—Nunca me había dado cuenta de que desde aquí parecemos animales —mencionó Eugenio, como un exabrupto.

—¿Animales?

—¡Esto es un zoológico! —agregó en tono más reflexivo.

Solo me limité a sonreír. Temía que nos quedáramos pegados.

Capítulo 23

El pequeño gran Tomás

Por una razón caprichosa y que solo obedecía a la cantidad de años del festejado, Tomás invitó a su cumpleaños nada más que a once amigos. Como hijo único de una familia acomodada, que no tenía reparos en satisfacer sus caprichos, la fiesta se llevó a cabo en la sala de estar de la casa, que tenía salida directa a la piscina y que le otorgaba a los pequeños invitados la libertad de disfrutar sin reparos, bajo la promesa de hacer del evento un recuerdo inolvidable.

La exigencia tácita era que en esta ocasión los padres solo podrían ir a dejar y a buscar a sus hijos, y en ningún caso quedarse. Si bien esta condición era un alivio para los elegidos, detrás de esta determinación se apreciaba la solapada intención del cardiólogo, que se cuidaba de no tener que compartir con los padres de los compañeros de su hijo, a muchos de los cuales apenas conocía por las fiestas al final de cada año escolar.

Vergara se había consolidado como accionista principal de su clínica, sus contactos con el alto mando militar eran privilegiados y desde hacía más de un año había podido abandonar en forma gradual su compromiso con la dictadura. Su presencia en situaciones de apremio era esporádica, casi nula. En definitiva, las aguas estaban calmas para los propósitos del ex médico de la tortura. No obstante, la proximidad de un gobierno de transición democrática advertía a todos los jerarcas del gobierno militar el término definitivo de su poder, y ante ese inminente proceso, lo ideal para Agustín Vergara era ir borrando toda huella de sus actividades secretas.

De este modo, el oportuno retiro del cardiólogo de sus actividades al interior del aparato represivo instaurado por el gobierno de facto, sobre lo cual no existía ningún vestigio, lo exoneraba de plano ante cualquier investigación a futuro. En lo cotidiano había logrado, con mucha astucia y a pesar de los años de secretismo, que su propio entorno laboral y familiar nunca se hubiese enterado de su sensible pasado. En definitiva, esta suerte de aporte invisible a la causa no había dejado huellas ni secuelas que cuestionaran su impecable hoja de vida como profesional. Pero el médico no contaba con la misión que se había autoimpuesto Eugenio. Al igual que en las antiguas películas de vaqueros, el duelo en público, al caer el día, era inminente.

Esa noche, Florencia y Agustín, previo a ponerse sus respectivos pijamas, tuvieron una inesperada visita.

—¿Qué pasa, hijo?, ¿no puedes dormir? —preguntó su madre de espaldas a la puerta, para darse tiempo de cerrar su bata ante la imprevista entrada de Tomás.

—No, solo vine para darles las buenas noches. Y gracias por el cumpleaños, lo pasé muy bien.

—Qué bueno saber que lo pasaste bien —dijo Agustín, haciendo esfuerzos para demostrar interés en sus palabras.

—Fue mi mejor cumpleaños —agregó el pequeño, acercándose a su madre para darle un beso en la cara.

—¿Tanto así? —preguntó Florencia, no muy convencida del ranking—. ¿Mejor que el del año pasado? No creo... —insistió ella sin ánimo de polemizar.

—Es que estuve con mis mejores amigos.

La simple explicación no admitió más comentarios y dejó en evidencia que los megaeventos de años anteriores no eran de su agrado. No al menos para producir en él tanta satisfacción como para exigir, tácitamente, que debieran ser así de ahora en adelante. Dicho eso, se desplazó hacia el otro costado de la cama para despedirse de su padre.

—Buenas noches.

—Buenas noches, hijo —se despidió Agustín, revolviéndole el cabello con una caricia en su cabeza, para evitar una respuesta sensiblera que pusiera en jaque su autoridad.

—Gracias, papá —replicó el pequeño genuinamente y emprendió la salida sin esperar respuesta.

Tras cerrar la puerta e irse a su dormitorio, Florencia hizo notar que Tomás, a menudo, hacía comentarios como si fuera alguien de mayor edad. La reflexión con respecto a la celebración de sus once años era una crítica implícita a la forma como ellos creían que debían satisfacer sus deseos. A Florencia le agradaba esa mirada humanista de su hijo. A su marido, en cambio, esa conducta le parecía un signo de debilidad. Le hubiese gustado un hijo menos sensible, ya que presentía que el futuro cercano sería de la gente con más poder y autoridad.

—Es un niño —reclamó ella, defendiendo a su hijo—. Además, él está lejos de ser débil como tú supones. Le exiges el comportamiento de un militar.

—¿No te gustaría acaso?

—No es que no me guste, pero nunca le he escuchado que pertenecer a las Fuerzas Armadas esté entre sus preferencias. Hay que dejar que él elija.

—Es muy pequeño para eso.

—Por lo mismo, hay que esperar que crezca y madure.

—Hay que incentivarlo, si no, nos puede salir con que quiere ser artista.

—¿Y qué tendría eso de malo?

—Por favor, Florencia, ¿estás bromeando? Eso es como permitir que sea cura.

—No sé qué quieres decir.

—Que los artistas y los curas quedan literalmente a la buena de Dios —explicó vanamente Agustín esbozando una sonrisa dura.

—No sé si entendí bien tu ironía, pero me imagino que quieres decir que no tienen un sueldo seguro.

—Algo parecido —agregó él haciendo acopio de su interpretación, que no se atrevió a explicar más.

—¿Vas a evaluar lo bueno o malo de una profesión por la plata que deja?

—¿Y cuál sería otro parámetro?

—La satisfacción personal o la felicidad, por ejemplo.

—Ahora sé a quién salió Tomás.

—Nunca sé si estás hablando en serio o no.

—Mejor dejémoslo hasta aquí. Mañana tengo que levantarme temprano —informó Agustín metiéndose a la cama para cerrar la conversación.

Florencia sintió el punto final que puso su marido como una bofetada a su inteligencia. Ella intuía que su hijo único, efectivamente, había ido consolidando una personalidad más conciliadora. Lo estimaba sociable y leal con sus amigos y poseedor de un especial placer por la lectura y la música. Para ella, Tomás era un gran observador y abusaba de su ignorancia para que le explicaran lo que necesitaba saber. Estas características las resumía Agustín como el ADN de una personalidad feble. Ella, en cambio, las apreciaba como inequívocos rasgos de un niño con talento y, por tanto, le otorgaba méritos suficientes como para imponerse y hacer de su vida lo que él deseara. A Florencia le cargaba el facilismo que encierra el concepto de «felicidad», pero admitía que por ese camino se activan honestos propósitos cercanos a esa sensación.

Capítulo 24

La búsqueda más dolorosa

Una botella de vino tinto durante la cena fue el acicate perfecto para tomar la difícil decisión que tenía atragantada desde que supo que el blanco de su venganza tenía un hijo menor. Hasta el garzón que lo atendía todas las noches se extrañó de que, en esta ocasión, luego de elegir el menú, no exigiera su humilde copa de vino extraída de una garrafa. Los setecientos cincuenta centilitros de cabernet sauvignon de Doña Dominga, que el garzón acusó como la única botella que quedaba en stock en un rincón del minibar, le rindieron poco más de cinco copas. Las suficientes para dejarlo contento, casi al borde de la risa fácil y con los pensamientos dislocados. A la segunda copa de vino, volvió sobre el hecho de que nunca había dado muerte a nadie y que, si en esta ocasión estaba dispuesto a debutar como asesino por autoencargo, su performance debía tener algo más de glamour, sorpresa y misterio que la gestión de un típico y vulgar asesino callejero. Los años de carreta junto a diferentes compañeros, de otros géneros delictuales, le enseñaron que para convertir a un individuo en víctima no era necesario quitarle la vida. Ese es el despiadado método de los narcotraficantes. Cada vez que actúan por sed de venganza, su afán es producir una estela de sufrimiento eterno en la víctima, que debe vivir para sufrir. Los victimarios determinan con extrema perversidad que matarlos, en cierto modo, es hacérsela fácil; que un balazo certero es lo más parecido a premiarlos.

Fue con la tercera copa, cuando sin darse cuenta, verbalizó en voz alta la idea que sintetizaba su reflexión.

—¡Eso...! ¡Él no debe ser el blanco...! —exclamó de repente Eugenio, como si hubiese descubierto la pólvora.

Cuando escuchó que sus palabras habían brotado de su boca sin su consentimiento, confió en que su grito pasaría inadvertido entre los escasos comensales que esa noche compartían el comedor. El individuo que comía pescado frito con chilena, a dos mesas de distancia, casi se traga una espina al buscar con su mirada, más por instinto que por curiosidad, el origen de semejante exabrupto. La pareja que estaba en un rincón lejano del oscuro salón se volcó hacia él con igual sorpresa, pero con mayor cautela.

La cuarta copa de vino tinto, que el propio garzón le vació con especial gentileza en pro de hacer méritos y conseguir una propina jugosa, hizo que Eugenio reordenara sus pensamientos, los que hasta ese momento parecían colisionar sin destino.

La bala del revólver que pensaba ocupar para liquidar a su víctima cambiaba en forma drástica de destinatario, desviándose ahora hacia la figura del pequeño Tomás. Este hombre se había obstinado en que esa era la forma perfecta de dar su inesperado golpe.

Cuando el sueño en su última estadía en prisión se entrampaba en laberintos insondables, Eugenio, en vez de contar ovejas, invertía ese tiempo en imaginar cómo sería la figura física y el rostro de Agustín Vergara. Gracias a ese ejercicio inoficioso, que no conducía a nada, lograba cerrar sus ojos hasta la mañana siguiente. Su odio hacia aquel imaginario fue alimentado por los testimonios de sus «pacientes» eventuales, quienes nunca obtuvieron una sola migaja. Por el contrario, sus veredictos fueron siempre serviles al propósito de los opresores. Tanto así, que varias de las personas expuestas a los apremios ilegítimos e indignos de la salvaje tortura, sucumbieron o quedaron con profundas secuelas a causa de la liviana recomendación del cardiólogo, que autorizaba a los verdugos sin el menor atisbo de empatía, ética ni mucho menos humanidad, para continuar martirizando a los detenidos.

Mientras el garzón pareció estrujar la botella cuando le sirvió la última copa, le avisó a su cliente que en minutos debían cerrar la caja, en palabras simples, que era hora de retirarse. Una mirada fugaz al entorno y sin mucho control de sus movimientos, le hizo advertir a Eugenio que era el único que quedaba.

Esa noche durmió con ropa sobre la cama; la temperatura ambiente se encargó de arroparlo. Al despertar no se cuestionó por estar vestido. Se lavó la cara y, tal cual, con lo puesto, salió al aire para despercudirse. A esa hora, el sucucho que ofrecía desayuno a los pasajeros del hotel todavía estaba cerrado. Recién entonces se percató de que era muy temprano. El reloj de la pequeña recepción marcaba las siete y media de la mañana y el nochero aún roncaba en una postura incómoda en su silla sin respaldo ubicada detrás del mostrador. No quiso despertarlo y como la puerta de ingreso no mostraba ningún tipo de seguro, la abrió confiado. Pero al empezar a abrirla chirrió tan fuerte, que parecía ser un tipo de alarma infalible que el cuidador tenía para despertar.

—Voy a tomar desayuno. Aquí todavía no abren —explicó Eugenio para responder a la mirada inquisidora del nochero—. ¿Hay algún lugar abierto por aquí cerca a esta hora? Quiero tomarme un café.

—No sabría decirle, soy de Cerro Navia. Yo solo vengo a cuidar...

—Entiendo —le respondió, mientras trataba de abrir la puerta sin hacer tanto ruido.

Tuvo que llegar a las calles colindantes a plaza Italia para encontrar un lugar funcionando. La borrachera aún hacía estragos en su cabeza, pero ya iría en retirada con el transcurso de las horas. Al garzón le pidió un Barros Luco con harto queso y un café con leche. Quiso darse un festín para satisfacer el apetito y —según él— afirmar el estómago.

Al parecer, la relación que tenía con su cuerpo no era muy amistosa ni menos certera, ya que de regreso a pie al hotel atribuyó sus retorcijones estomacales intermitentes y dolorosos al desacierto de mezclar el queso derretido con la leche y juntarlos con los resabios de vino tinto que de seguro aún permanecían efervescentes en sus tripas.

Después de pasar media hora en el baño, se recostó en la cama y encendió el televisor con la esperanza de quedarse dormido.

Apenas la pantalla adquirió imagen, el dolor pasó al olvido. Las noticias, en carácter de un extra, daban cuenta del increíble descubrimiento de un túnel en la cárcel de Santiago, desde donde una cantidad no confirmada de presos políticos se habría escapado durante la noche.

Los pormenores de la noticia cautivaron a la audiencia y la información, a medida que se iba desarrollando, se propagó con inusual rapidez hacia las grandes cadenas televisivas del mundo. Ya en horas de la tarde, todos los medios comentaban la fuga con más claridad sobre lo que había acontecido. Eugenio no despegó sus ojos de la pantalla. Estaba impactado.

***

El túnel nacía en la galería ocho de la Cárcel Pública de Santiago y atravesaba una extensión superior a los ochenta metros hasta llegar a un muro que ocultaba a los reclusos de los guardias nocturnos del recinto penal. A medida que se iban describiendo los detalles de la denominada «Operación éxito», la opinión pública creyó estar ante un relato digno del mejor guion cinematográfico.

De acuerdo a los testimonios, la masiva fuga estaba inspirada, precisamente, en la película estadounidense estrenada en 1963, conocida como El gran escape, protagonizada por Steve McQueen y una veintena de luminarias del celuloide de aquel entonces.

Fueron dieciocho meses de trabajo sistemático y secreto para construir el túnel que llevaría a la libertad a los presos políticos.

La organización de este plan, que contemplaba a veinticuatro reos políticos del Frente Revolucionario Manuel Rodríguez, requirió que sus integrantes hicieran un pacto de no comentar con nadie lo que estaban haciendo. Presumiendo que la construcción del túnel sería de larga data, era menester, por el bien de la operación, que el resto de los presidiarios, incluyendo a muchos compañeros presos políticos, y hasta a sus propios familiares, ignoraran sus movimientos.

Los datos duros establecían que para este proyecto —que en cierto modo puso en ridículo a los custodios de ese recinto penitenciario— se debieron movilizar cincuenta toneladas de tierra, las que, al igual que en el film inspirador, fueron sacadas del túnel con total sigilo y esparcidas posteriormente en los patios y en este caso, además, en los grandes entretechos de la vetusta construcción.

Los reportes fueron desarrollándose a medida que avanzaba el día. La sorpresa que causó este exitoso suceso y la forma como se fue revelando la noticia, generaron una inusitada avidez en la ciudadanía por conocer más sobre los entretelones de esta fuga que cumplió con la intención de no provocar enfrentamientos ni muerte. Hubo decenas de circunstancias que bordeaban lo increíble. Todo el ingenio desplegado por los personajes de la película que narraba el escape de prisioneros aliados desde un campo de concentración nazi, durante la Segunda Guerra Mundial, conformó el espíritu de esta fuga criolla.

El túnel fue planificado por reos de alto compromiso político. Entre ellos se encontraban siete condenados a muerte.

Durante los días previos al desenlace de la operación, camaradas de partido habían hecho una «peinada» en torno al sector de la cárcel, sacando a los vagabundos que acostumbraban dormir en las proximidades de la Estación Mapocho. A las diecinueve horas con treinta minutos de la tarde del 29 de enero de 1990, los reos comenzaron a ingresar y a trasladarse por el interior del túnel. Cuando la oscuridad total comenzó a dominar el ambiente, se escucharon pequeñas detonaciones de cargas explosivas en distintos sectores de Santiago. El plan era distraer a la policía y a las fuerzas de seguridad del Estado, de manera que la salida de los presos políticos pasara inadvertida, con menos gente dispuesta para contrarrestar sus propósitos. Alrededor de las diez de la noche comenzaron a salir al exterior uno a uno y cada dos minutos. Agazapados en un muro que los ocultaba de los guardias que custodiaban la periferia de la cárcel —así lo habían calculado—, se despojaron de sus ropas sucias y se pusieron otras ad hoc a su nueva vida civil. Esta les fue facilitada por sus contactos en el exterior, quienes los esperaban en el mismo sitio donde ellos habían determinado abrir la tierra para acceder a la libertad definitiva. La situación estaba controlada en los alrededores. La dirección del Frente Patriótico Manuel Rodríguez dispuso de un centenar de hombres armados que merodeaban y vigilaban en las cercanías de la Cárcel Pública para salir en defensa de sus compañeros si es que ocurría un enfrentamiento. Entretanto, cuando existió *claridad de que los veinticuatro fugados gozaban de una virtual libertad, el más ágil del grupo tuvo la misión de regresar, por el mismo túnel, hasta el interior de la cárcel. Su objetivo era advertir a los demás presos políticos sobre la existencia del túnel y comunicarles que ahora estaba dispuesto y expedito para aquellos que quisieran adherirse a la fuga masiva. Como este grupo ignoraba que se hubiese estado fraguando un túnel, ya que les parecía extraño que ellos no se hubiesen percatado de su construcción, demoraron en caer en la cuenta de que la insólita oferta no era broma. El mensajero ya había regresado a reunirse con sus compañeros que estaban escondidos y en silencio a la espera del transporte que los llevaría a las llamadas casas ayuda. Con el mismo sigilo y nerviosismo —a causa de los perros vagabundos que insistían en ladrar más que de costumbre porque estaban siendo invadidos en su espacio— e impactados ante el panorama de volver a la vida como ciudadanos comunes y corrientes, los hombres fueron ingresando a un pequeño bus, tal cual estaba planificado.*

Todos fueron ubicados durante esa noche en familias que los acogieron hasta que pudieran abandonar el país, su única alternativa para prolongar su libertad. Dos horas después, otros veinticinco presos políticos habían salido por el boquete final del túnel. Cada uno de los de este segundo grupo emprendió rumbos distintos y azarosos.

Más allá de cualquier inspiración o tendencia política —estimaba la prensa—, esta fuga, también denominada por ellos como «El gran escape», se convirtió en un hecho que causó una suerte de mayoritaria empatía nacional. Los propios familiares estaban consternados con la información, desconocían a cabalidad que ello hubiese podido ocurrir, pero lograban entender que desconocer los hechos era una suerte de protección para ellos, ya que obviamente serían los primeros interrogados al producirse el hecho. Para los partidarios del próximo gobierno elegido democráticamente y que pondría en *La Moneda* —en las próximas seis semanas— al recién electo presidente Patricio Aylwin, «El gran escape» de la Cárcel Pública de Santiago fue, en cierto modo, el último golpe que la oposición democrática asestaba a la dictadura.

El corolario de este episodio que dio la vuelta al mundo continuó esbozando hechos relevantes. En cada pedazo de madera usado al interior del túnel, los gendarmes encontraron impresos pensamientos que graficaban el espíritu que había dado vida y sostenido esta verdadera proeza: «Cava tu metro de libertad»; «Fugarse no es un derecho, es un deber»; «Un preso no tiene nada que perder cuando se escapa, solo las cadenas». Estas y otras proclamas alentaban a los que se desplazaban lentamente por el interior del túnel, feblemente alumbrado, con el objeto de bajar la ansiedad y vencer la incertidumbre. La ansiedad por no caer en las garras de la claustrofobia y la incertidumbre de alcanzar la salida. El túnel tenía un diámetro un poco superior a los cincuenta centímetros cuadrados. El aire era escaso y la sensación de ahogo era una amenaza flagrante. El último en sumarse al segundo grupo fue el reo Jorge Martínez. Su exceso de peso lo hizo quedarse atrás, pero igual tenía energía para avanzar. Luchó contra todos los obstáculos y contra sus propios miedos. Estaba solo, no tenía a nadie delante ni a nadie atrás que lo apurara, pero el duro trayecto lo tenía extenuado. Aun así logró llegar hasta la boca del túnel donde, ciertamente, nadie lo esperaba. Él entendió que era su turno, que la libertad también le pertenecía, pero no contaba con que la estrechez de la salida sería un nuevo problema. Martínez logró sacar la mitad de su cuerpo, pero su abultada cintura le impidió aflorar totalmente a la superficie. No era cuestión de tener más tiempo ni de encontrar una fórmula para salir, simplemente quedó atascado, y en esa posición decidió esperar por varios minutos para recuperar sus fuerzas y hacer un último *intento. Él no sabía que a las tres de la madrugada, los gendarmes descubrieron la entrada al túnel en el interior de la cárcel. Al trasladarse hacia la calle y suponer donde se encontraba la salida, no tardaron en encontrarse con un insólito escenario. Martínez estaba atascado como un verdadero tapón humano, sin poder subir ni bajar de posición, cerrando con una imagen tragicómica una de las fugas más espectaculares ocurridas en el sistema carcelario chileno.*

En los días posteriores, el balance de Gendarmería fue negativo. De los cuarenta y nueve fugados, solo nueve fueron detenidos; el resto cumplió su objetivo para convertirse, a su manera, en los últimos exiliados de Pinochet.

***

Durante varios días, Eugenio solo consumió noticias relativas a sus ex compañeros. Estaba asombrado de que hubiesen trabajado con tanta inteligencia, astucia y disciplina como para mantener al resto de la población penal al margen de tan fantástico proyecto. Increíblemente, él pudo haber sido el único en enterarse de la fuga si su suspicacia hubiese sido mayor. Si durante su estadía con los presos políticos había llegado a sentir gratitud y admiración hacia ellos, ahora los ascendía a la categoría de ídolos.

Esta verdadera hazaña fue el aliciente que tuvo para ponerle fecha a su cometido. Aquella gesta, casi heroica para muchos, había rasguñado las estrellas y le había hecho entender que debía responder a la altura. Necesitaba darle una última repasada a su plan y eso significaba entrar nuevamente a la casa del doctor.

Esa misma noche se aproximó a la propiedad de Agustín Vergara y logró, mediante tres movimientos con sus herramientas caseras, abrir una de las ventanas de atrás e ingresar otra vez y con menos dificultad a la inmensa casa. Era medianoche y todos debían estar durmiendo. Conocedor de los espacios interiores, se desplazó con la confianza de un experto en su oficio por el pasillo izquierdo del segundo piso, conducente al dormitorio principal. La alta temperatura del verano le daba a la noche garantías para desarrollar su objetivo, ya que la puerta del dormitorio matrimonial se encontraba levemente abierta para formar una pequeña corriente con la ventana.

Eugenio cargaba su arma y decidió sacarla y empuñarla mientras intentaba mirar por la puerta entreabierta. Suponía que el doctor tenía armas y de seguro las tendría a mano, en el velador. Desde el interior emanaba la suave luz de una lámpara que le permitía observar sin ser visto. El cardiólogo dormía profundamente y a ratos dejaba escapar unos agresivos ronquidos. Su esposa también dormía, de espaldas a él. Eugenio se atrevió a ingresar al dormitorio más por osadía que por necesidad. Desde la puerta se quedó observando a la pareja. El dormitorio era muy espacioso. Agustín Vergara estaba boca arriba, con la mitad de la ropa de cama a los pies y cubierto levemente por una fina y fresca sábana blanca. De pronto, y como dominado por la energía que se gesta con los malos sueños, Agustín se dio media vuelta para acomodarse en la cama sin despertar. El movimiento dejó la pierna izquierda de Florencia al descubierto. Su piel era muy blanca y tersa, su enagua de seda, un poco recogida, exponía la bella y sensual forma que expresaba su muslo. La imagen lo dejó pensativo por unos segundos. De pronto, apuntó desde su posición el arma en dirección a Agustín. El dedo índice en el gatillo listo para activar el revólver. Imaginó que disparaba, pero esa no era la razón por la cual había llegado hasta ahí. Guardó el arma en su bolsillo y abandonó el dormitorio principal. Su intención en este segundo registro ocular tenía como objetivo calcular la distancia existente entre el dormitorio de los padres y el de su hijo Tomás. A pasos agigantados para su estatura media, Eugenio intentó valorar en un metro cada zancada y se dirigió así hasta la habitación del menor. Buscaba saber la capacidad de reacción que tendría si algo salía mal, pues debería enfrentarse al padre ante cualquier traspié. Su gestión debía ser inmaculada y el crimen bordear la perfección; nada podría ser producto del azar. La idea era que Agustín se enterara de la muerte de su hijo sin siquiera sospechar quién lo había ejecutado. Para ello no debían quedar vestigios de su presencia en el lugar. También midió el trazo que lo distanciaba de la empleada, y calculó el tiempo que podría demorar en salir de la casa, tanto a paso lento como acelerado. Por último, hurgó con una parsimonia abismante, como si estuviera solo en la casa, el sistema de alarma, el que ya se las arreglaría para anularlo el día elegido para cometer su monstruoso, macabro y aberrante asesinato del único hijo de este hombre.

Capítulo 25

Un café siempre es un buen pretexto

Las medidas estaban tomadas y la promesa hecha a sí mismo, de cometer un crimen al estilo de los narcos, se mantenía invariable. Eugenio había leído y escuchado que los presos fugados hicieron todo lo posible por no comprometer la inminente llegada de la democracia con su cometido. Su expresión libertaria no produjo enfrentamientos ni causó desbande, ya que la logística de escape se había enmarcado en razones personales y en derechos presidiarios. Su ética blindó a los familiares, quienes no pudieron aportar, ni siquiera bajo presión policial, con pista alguna, ni menos respecto de sus posibles destinos.

La exigencia de no cometer errores y también de tomar recaudos para protegerse le hicieron determinar que lo prudente era, por lo pronto, darse una tregua.

El encuentro fortuito con un colega de oficio, el Flaco Madariaga, un reo de reciente libertad que ya había cumplido su condena y que aseguraba haber tenido conocimiento previo de los planes de fuga en la cárcel a pesar de no convivir con ellos, alimentó la necesidad de Eugenio de saber más y ambos concordaron en extender su charla en el Luxor, un camuflado «café con piernas» enclavado al interior de la galería Alessandri en el barrio Estación.

Eran las once de la mañana de un día viernes, propicio para quienes se desligan a temprana hora de sus responsabilidades laborales so pretexto de las cercanías del fin de semana. El lugar, ubicado en un subterráneo, era de mediano tamaño y contaba con un miniescenario de poca profundidad, en cuyo frente existía una barra larga y serpenteante que, con discutida comodidad, admitía a muchos parroquianos en la primera fila. A lo largo de un pasillo igualmente estrecho se movilizaban las meseras en *hot pants* con una blusa de escote pronunciado y tentador, que nunca pretendió cubrir el ombligo. El café era de dudosa calidad, casi intomable, pues en rigor únicamente servía de pretexto para justificar la gratuidad supuesta de la entrada. Finalmente, la presencia de las jóvenes meseras conformaba el espectáculo. No era requisito necesariamente lucir esculturales figuras; bastaba que con calculada melosidad cautivaran a los clientes asegurando de ese modo la obtención de suculentas propinas. Aquellas oxigenadas, provistas de contundentes recursos físicos, les otorgaban a sus clientes el derecho de depositar los billetes entre sus pechos.

Eugenio no era un visitante asiduo a este tipo de locales cuando gozaba de beneficios carcelarios o cuando salía en libertad, y se mostró bastante embelesado con el devenir de los acontecimientos a medida que avanzaban los minutos. El lugar comenzó a llenarse en forma repentina y fue el propio Flaco Madariaga quien abrió los fuegos para compartir con él una información.

—A esta hora sale la Denisse —dijo sin poder evitar poner en evidencia que era cliente frecuente.

—¿Y quién es la Denisse? —preguntó Eugenio sin entender la relevancia de ese dato a esa hora.

—Ella es una mina espectacular que baila aquí —señaló apuntando con la mirada hacia el miniescenario.

—¿Tienen una bailarina?, ¿y por eso tanto escándalo?

—Dependiendo de los aplausos y la gente que haya, la Denisse se saca los sostenes al final.

—¿Muestra las tetas? ¿En serio? —acotó Eugenio con una carcajada.

—Casi siempre lo hace y te aseguro que son de otro planeta.

—Ahora me lo explico. No entendía por qué tanta locura para la obtención de un simple café y malo más encima.

—Los viernes se saca todo —agregó el Flaco Madariaga al ver entusiasmado a su amigo.

—Me estái hueveando...

Denisse no tenía más de veinte años y poseía un cuerpo de una blancura inmaculada; según la opinión del Flaco: «hecho a mano». Su rostro casi angelical era ajeno al lugar y desconocido en los barrios colindantes a la estación. Ciertamente, resultaba insólito verla bailando allí. Había rumores de que algo tenía que ver con el dueño del local, y otros comentaban que pertenecía a una buena familia de Providencia que ignoraba lo que ella hacía por estos lares. Lo cierto es que Denisse llegaba a trabajar en su propio auto y recibía un buen porcentaje por las ventas. Esta suerte de *strip tease* furtivo carecía de anuncios y de publicidad callejera, pero el boca a boca de este espectáculo le había otorgado al Luxor un atractivo muy seductor, casi adictivo para los comerciantes, locatarios, oficinistas y empleados del sector, quienes, próximo a las once de la mañana y con la excusa de un café, decidían abandonar sus labores por el lapso de una hora. También era sabido por los asiduos que, al cierre del lugar, precisamente los viernes en la noche, la bella Denisse terminaba su espectáculo entera desnuda. Obviamente, a la hora de esas funciones en que solía quedar gente afuera, el café subía de precio tres veces con la añadidura de un poco de aguardiente, detalle que hacía las veces de una compensación sin sentido, porque de igual modo solo los valientes se atrevían a beberlo.

El show de Denisse comenzó ese viernes a la hora señalada. Las luces del subterráneo se apagaron y solo un foco seguidor, reflejado en una cortina de terciopelo sintético rojo, de tercera mano, concentró la atención del auditorio. Con «Libertango», de Grace Jones, Denisse apareció en el miniescenario; el público, en vez de aplaudir, enmudeció. Para quienes por primera vez la veían, los comentarios previos escuchados sobre las bondades de esta joven resultaban insuficientes. Era perfecta, y mientras se movía al compás de la música su cuerpo parecía flamear como un papel al viento. Los cafeteros de las once no pestañeaban. Sin duda era demasiado para ese sucucho y su visión resultaba un premio impensado para los asistentes. Al parecer, en este barrio y en un lugar así, Denisse podía dar rienda suelta al placer de bailar sin que nadie de su entorno se enterara de ello. Quizás ganaba un dinero que no obtendría en otro lugar, y todo hacía suponer que lo suyo no era buscar la fama. Lo que ella producía en el escenario era indescriptible y enigmático. A pesar de ubicarse muy cerca de la concurrencia, nunca nadie se atrevió a traspasar ese límite. El público, sin ponerse de acuerdo, le confería el máximo respeto, porque ella era como un ángel sensual caído del cielo y, por lo tanto, solo quedaba agradecer con humildad su presencia allí.

La performance de Denisse duraba lo justo para dejar prendidos a los parroquianos y, si vendieran entradas con anticipación, muchos comprarían los tickets antes para el próximo espectáculo. Cuando los compases de la canción estaban por llegar a su fin, Denisse dio sutilmente la espalda a la clientela y se desabrochó el sostén. En ese instante, muchos de los presentes hubiesen querido que el tiempo se detuviera. Ella, sabedora de lo que provocaba, lo dejó caer al piso. Luego cubrió sus pechos con sus manos. El clímax estaba ad portas de producirse como todos los viernes a la misma hora. Algunos tenían la garganta tan seca, que por la urgencia, estoicos, bebían un sorbo de café; otros aguantaban la respiración, embobados; los novatos, como Eugenio, parecían inmóviles para no perderse una milésima de segundo de ese dramático final.

De pronto, lo esperado.

Denisse se volcó hacia ellos y esperó un momento el acorde final de «Libertango» para levantar sus manos y dejar que sus hermosos pechos quedaran a la vista de aquella concurrencia totalmente entregada y devota.

Esta vez, sí, sus adictos, tras unos segundos de total silencio, la aplaudieron cuando ella se inclinó para recoger la prenda íntima y perderse tras la cortina roja de terciopelo sintético.

Eugenio quedó perplejo por algunos instantes. Se bebió el café ya frío, sin hablar. Ninguno dijo palabra. El Flaco, porque con su asidua presencia en este café denotaba que su soledad le había hecho alimentar una obsesión casi perversa por asistir a este espectáculo. Y Eugenio, porque no estaba dispuesto a demostrar debilidad ni mucho menos falta de mundo ante un tipo al que no conocía del todo. Durante los diez minutos restantes, el grueso de los supuestos cafeteros desocupó el recinto como en una estampida.

Más tarde, tal cual como acostumbraba hacer cuando estaban privados de libertad, caminando por inercia, sin rumbo definido, pero ahora sin límites, el Flaco le confió a Eugenio que los presos políticos solo darían señales de vida cuando hubiesen cumplido la meta de estar asentados en el extranjero. Agregó tener la certeza de que entre los escapados estaba Gilberto Castro.

El mutismo que rodeó la operación fue necesario e inteligente. De haber sido descubiertos en el intertanto, la posibilidad de comprometer al resto de los compañeros se reducía y de este modo cualquier castigo se circunscribía exclusivamente al grupo ejecutor. El resultado les dio la razón. Los demás presos políticos que se vieron beneficiados de la operación solo minutos antes de la fuga supieron de la existencia del túnel. A pesar de todas las aprehensiones, le hizo bien a Eugenio encontrarse con el Flaco, este compañero de andanzas, un monrero, especialista en abrir puertas sin tener sus llaves.

La sensación de goce interno que le produjo el golpe que dieron los presos políticos fue vivificante para su alma y para sus planes. Eugenio pensó con absoluta certeza que su próximo cometido le pondría una cinta de regalo al éxito de «El gran escape».

Ya de vuelta en el hotel, mientras limpiaba su revólver más por ocio que por necesidad, había definido el trazado de su gestión y la fecha en que la ejecutaría.

En el marco de esta cuenta regresiva y tratando de devorar con sentido los días intermedios, que no eran pocos, se asomó entre sus recuerdos la imagen de Margarita. La tenía enquistada en su mente, y a menudo aparecía en instancias similares, cuando su pasado afectivo se descongelaba, dándole a su rostro imborrable una viva presencia. Ya la había ido a buscar al lugar donde trabajaba y no supieron darle ningún indicio. Pero se negaba a desistir de su búsqueda; incluso se dijo repetidas veces que si lograba saber la dirección de su casa en el sur, se atrevería a tomar rumbo hacia allá.

Recordó que, cuando la conoció en aquella casa de prostitución de calle Maipú, logró darse cuenta de que era cierto que recién esa noche ella se iniciaba en el oficio, y que para su fortuna él había sido su primer cliente. Eugenio no era un hombre ligado a las cosas espirituales ni mucho menos extrasensoriales, pero en esa oportunidad creyó entender que alguien —o algo— había puesto a esa mujer en su camino. Fue la razón por la que hizo todo lo posible para asegurarse de que aquel designio llegara a concretarse. Ese logro también marcó su hoja de ruta, ya que comprendió que había hecho lo correcto y que la presencia de esa mujer en su vida era el antídoto inconsciente para darle un vuelco a su existencia.

Mientras miraba hacia el exterior por la ventana del vagón del metro rumbo a la Estación Central, un collage de fotografías mentales de Margarita volvieron a adquirir la nitidez que aceleraba su ritmo cardíaco. En él, permanecían imperecederas la primera cita, su ida al cine, esa vez que pasaron la noche juntos y su mirada cómplice cuando la acompañaba hasta la esquina de su trabajo.

«¡Próxima parada, Estación Central!». El aviso transmitido por los parlantes internos rompió el embrujo y Eugenio debió volver con premura a la realidad para avanzar hacia la puerta de salida si no quería sucumbir ante la avalancha de pasajeros que ahora luchaban por abordar el mismo vagón.

Mientras se desplazaba ese mediodía por la calle Maipú, se detuvo en el frontis de aquel prostíbulo. Lo miró embobado, como si fuera la mismísima Puerta de Alcalá. La calle y el sector se encontraban solitarios a esa hora. Ningún transeúnte casual podría imaginar que durante la noche esa calle se transformaba en un hervidero de oferta y demanda sexual. Ahora solo algunas prostitutas recién duchadas se asomaban por las ventanas abiertas de par en par, buscando secar su cabello con la ayuda de una brisa insuficiente.

Eugenio buscó en la esquina algún almacén. Existía uno solo que estaba abierto y con suficiente clientela. Entró y esperó hasta que la dueña terminara de atender.

—Señor, ¿qué se le ofrece?

—Buenas tardes, señora. Disculpe, solo quería hacerle una consulta.

—Dígame nomás —respondió presta la dependienta, que pintaba algo de canas y se apreciaba robusta con su delantal floreado amarrado a la cintura.

—Quería saber si hace algún tiempo trabajó en este lugar una joven que se llamaba Eduvina.

—No recuerdo ese nombre.

—Ella venía del sur, del interior de Rancagua.

—La mayoría viene del sur. Apenas se bajan del tren comienzan a buscar trabajo. ¿Cuál era su apellido?

—No lo recuerdo en estos momentos..., pero según ella me contó, ella trabajó aquí como quince días y después se fue adonde la señora Hortensia, aquí, a mitad de cuadra.

—Déjeme preguntarle a mi marido. A lo mejor él la recuerda mejor que yo.

—Muchas gracias.

La mujer cruzó la puerta que daba al interior del almacén —que a todas luces era además donde vivían— y, desde afuera, Eugenio la escuchó formulando la consulta. El hombre no tardó mucho en aparecer junto a ella. Era aún más gordo y se dejaba crecer el poco cabello que le nacía sobre las oreja para luego atravesarlo engominado hacia la otra, con la clara intención de ocultar vanamente su calvicie.

—Buenas tardes.

—Buenas tardes, señor —saludó Eugenio intimidado, presumiendo que debería repetir su verso.

—¿Le decía a mi mujer que busca a una niña que trabajó con nosotros y que después se fue con doña Hortensia?

—Sí, se llamaba Eduvina.

—No me olvido, era bien agraciada y jovencita. Recuerdo que me dijo que tenía un hijo y que lo cuidaban sus padres.

—¡Sí, ella! —agregó Eugenio con la certeza de que había agarrado la hebra.

—A ella solo la vi un par de veces más cuando venía a comprar algo. Entiendo que no duró mucho tampoco en esa casa.

—Pero se me ocurre que usted puede haber sabido su dirección en Rancagua. Es que necesito ubicarla urgente por un trabajo que me encargó y ahora la necesitan.

—A lo mejor la anotaste en el cuaderno —dijo la esposa, adhiriéndose a la causa.

—Búscalo en el cajón... —ordenó él—. Ojalá que pueda hallarla. Yo la hubiese dejado aquí, pero es difícil competir con la vecina —agregó el dueño del almacén, en tanto su mujer se zambullía en un cajón profundo y grande donde de seguro cabía hasta una rueda de bicicleta.

—Aquí lo encontré.

El hombre, preocupado de una clienta que recién entraba, le arrebató el cuaderno a su mujer, más por machismo que por falta de respeto.

—Dámelo y atiende a la señora —le ordenó, al mismo tiempo que abría el cuaderno cuyas páginas, llenas de anotaciones revisadas hasta la saciedad, engrosaban casi el doble su tamaño original.

Eugenio, ante tanta amabilidad, decidió comprar una bebida para compensar el tiempo y el esfuerzo gratuito de su gestión.

—Sáquela usted mismo —dijo el hombre para no abandonar su búsqueda, señalándole con la mirada el refrigerador que tenía enfrente.

El almacenero no tardó en encontrar el nombre de Eduvina.

—¡Sabía que lo tenía!, Eduvina Rozas, así se llama.

—Ah, qué bueno, se pasó. ¿Tiene su dirección, verdad?

—Se la anoto. Vive hacia el interior de Rancagua según recuerdo —acotó el hombre desprendiendo una mitad de la hoja del manoseado cuaderno donde había escrito los datos.

—No sabe cuánto se le agradezco, caballero...

—Ojalá la encuentre, mire que a todas las que se lleva la señora Hortensia, terminan tentándose y se dedican a... usted sabe.

—¿Se ha llevado a otras?

—A todas las cabras jóvenes y bonitas les echa el ojo. Y lueguito se las lleva engañadas, diciéndoles que les paga el doble por el mismo trabajo que me hacen a mí. Pero al poco tiempo una las ve con minifaldas y bien pintarrajeadas. Venga en la noche a darse una vuelta y va a ver con lo que se va a encontrar.

Eugenio canceló el refresco, recogió la dirección e irradiando satisfacción, se despidió de los dueños guardando como hueso santo ese papel que volvía a poner en marcha el posible reencuentro con su amada Margarita.

El regreso en el metro fue menos melancólico pero más soñador. Sabedor de que ahora dependía de él y de sus tiempos concretar la búsqueda, se puso de inmediato a programar su ida a Rancagua.

La soledad endémica del Flaco Madariaga tuvo atisbos de mermar luego de contar con la eventual compañía de Eugenio para compartir con él el café más insípido y oneroso del mundo.

La esperanza de un posible reencuentro con Margarita gracias al hecho de haber conseguido su dirección y de haber sacado los pasajes para ir a Rancagua, le había cambiado la actitud a Eugenio. Sintió incluso las ganas de una pequeña celebración. Analizó que, a excepción de sus propósitos de herir el alma del doctor Vergara y, por supuesto, de buscar a su amada, el resto de lo que ocurriera en su vida eran solo nimiedades.

Fue así como terminó aceptando una salida con el Flaco Madariaga, de quien antes se había mantenido un tanto receloso ya que no lo conocía lo suficiente. De camino a juntarse con él, recordó que mientras estuvieron juntos en la cárcel nunca conversaron de nada en especial. La relación nunca prosperó, al menos de forma espontánea. Sin embargo, bastaron las dos primeras cervezas en un tugurio cercano a La Vega, para dejar de manifiesto que la soledad del Flaco llegaba a ser patética. Confesó que fue casado, que tenía tres hijos a los cuales no veía nunca, que vivía solo en un pasaje donde no conocía a nadie y que no tenía pareja desde hace muchos años. La confidencia le hizo reflexionar a Eugenio si acaso a él le podría ocurrir lo mismo, y alcanzó a pensar en compartir la alegría que alimentaba su corazón, pero desistió.

Después de cinco cervezas, tres vasos de vino y la necesidad del Flaco de contar sus penurias como si consolidara más rápidamente la amistad que tanto ansiaba, al morir la tarde terminaron encaminándose al Luxor. Eugenio lo había olvidado, pero si Denisse realmente se mostraba en cueros, sería un despilfarro desechar la increíble oportunidad de presenciar aquello. La filosofía popular concluía algo muy parecido, ya que una larga fila de hombres esperaba que el boliche abriera sus puertas para ingresar.

Esta vez, ya dentro del Luxor, no tuvieron la fortuna de quedar cerca del escenario ni tampoco alcanzaron un espacio en la barra. El último peldaño de la escalera del subterráneo fue la única posición que ellos, y otra media decena de asistentes que llegaron tarde, encontraron para intentar ver por encima de las cabezas del resto de los asistentes el portento que se venía. Los dueños debieron prometer una siguiente función para apaciguar los ánimos de los molestos clientes que, a pesar de hacer la fila, habían quedado afuera. Esta vez, las mesoneras se paseaban llenando una bandeja entre la pequeña multitud, ofreciendo el café con malicia y cobrando de inmediato. Recién cuando todos los presentes tuvieran su vaso en la mano, el show podría comenzar. Dos ventiladores dentro del recinto y al máximo de su función no daban abasto para airear la atmósfera.

«You Can Leave Your Hat On» se filtró por entre el telón de terciopelo sintético. Joe Cocker pareció estar allí, en vivo, como telonero de la majestuosa Denisse que con su tardanza en aparecer, enardecía a la masa. Vestida con un ceñido traje de secretaria de banco, color azul petróleo, entró en escena cuando la cortina se abría a trastabillas. Como una copia feliz del final de *Nueve semanas y media*, y sin desmerecer a Kim Basinger, la joven Denisse no se distanciaba demasiado de la original. Mientras su cuerpo danzaba al compás de la música, se fue desabotonando, primero, la parte superior del traje, para luego hacer lo propio con la falda que, intencionadamente, llegaba cinco centímetros por debajo la rodilla. El propio cantante británico parecía clamar para que ella continuara. Denisse pareció entenderlo también así y tras desabrochar esa prenda, la deslizó coquetamente hasta dejarla tirada en el piso. Lucía una enagua de seda blanca, muy corta, que mostraba parte de sus muslos. Eugenio y el Flaco Madariaga no se miraban ni tampoco hacían comentarios. A decir verdad, nadie lo hacía. La joven se sentó de perfil en una silla que una mano regordeta había dispuesto previamente en el pequeño escenario. Ella introdujo sus manos bajo la enagua y soltó el portaligas de sus medias, color piel, las que deslizó fuera de su cuerpo dejando ver más de la cuenta. El subterráneo era literal y figurativamente un infierno... Denisse tenía eclipsada a la masiva concurrencia. Se levantó luego, y la misma mano de antes retiró la silla para que la joven pudiera mostrar sus dotes de bailarina. Así, vestida únicamente con la enagua blanca de seda, se movió provocando una leve brisa que calentó todavía más el ambiente. Esta vez, sus dedos dejaron caer el calzón al piso mientras seguía bailando. Un foco a contraluz apareció por entre las cortinas y dibujó su figura que ya la enagua de seda dejaba traslucir, exacerbando la ya desarrollada imaginación de cada uno de los presentes.

El Luxor estaba convertido en una modesta réplica del Moulin Rouge.

Y Denisse se aproximaba al clímax del show.

Lo que todos deseaban comenzaba a ocurrir. Ella dio la espalda, dejó caer los tirantes de sus hombros y también la enagua, que se deslizó por las tentadoras curvas de su cuerpo.

El sonido de los ventiladores impidió que se escuchara el instante en que casi todos tragaron saliva al unísono. Por entre la cortina apareció ahora una mano simulando una percha. De ella pendía un abrigo de piel sintética de color negro. Denisse lo tomó y, en breve, se cubrió con él. Acto seguido se dio media vuelta y enfrentó las miradas en el ocaso de «You Can Leave Your Hat On».

El último bramido de Joe Cocker fue la señal para que la doncella del Luxor abriera el abrigo y ofreciera la visión de la parte delantera de su cuerpo por breves tres segundos, suficientes como para producir el encantamiento en sus seguidores. Las luces se apagaron, el subterráneo quedó a oscuras y recobró la visibilidad cuando la protagonista ya no estaba. La misma mano regordeta hizo ingreso rápidamente para retirar de un zarpazo el calzón abandonado en el piso.

Durante el regreso a casa, el Flaco le dijo a Eugenio que le gustaría que lo pudiera acompañar en su cumpleaños. Eugenio, que esta vez se sintió agradado con su compañía, le aseguró al despedirse que así sería.

Capítulo 26

LAS CARTAS

Desde temprano las noticias de Chile y el mundo ocuparon las pantallas y la prensa en general con imágenes e informaciones sobre la trasmisión del mando.

Hoy se restablecerá la democracia en Chile, después de casi diecisiete años de dictadura, cuando el general Augusto Pinochet deje el cargo de primer mandatario y lo asuma el presidente Patricio Aylwin. Previo al evento se reabrirán las cámaras de diputados y senadores, ambas clausuradas desde el cruento golpe de Estado de 1973.

A la ceremonia asistirán los presidentes de Argentina, Brasil y Uruguay, a quienes el presidente electo recibió el día de ayer en el aeropuerto.

Con el objeto de evitar saludar a Pinochet, con posterioridad a la ceremonia de cambio de mando, cuando el país viva sus primeras horas de democracia, se unirán a los festejos ocho presidentes, entre ellos el jefe del gobierno español, Felipe González.

EL PAÍS, *España, 11 de marzo de 1990.*

Chile convulsionado, pletórico y esperanzado se preparó para no perderse esta ceremonia que ponía al país, ahora democrático, nuevamente en el concierto mundial. Cada detalle, palabra, movimiento o entrevista fuera de protocolo era el alimento periodístico que nadie se quería perder. El general, que cesaba su mandato, dijo a la salida del Parlamento:

> *«Estoy orgulloso de la labor realizada», y con evidente emoción concluyó: «No digo más porque tengo pena.»*
>
> *A las diez de la noche de ese histórico día para Chile, el nuevo gobierno tomó posesión del palacio presidencial de La Moneda, donde murió en 1973 el depuesto mandatario Salvador Allende.*
>
> EL CLARÍN, *Argentina, 12 de marzo de 1990.*

Nunca la política ni los hechos que la rodeaban habían sido significativos para Eugenio. Pero desde que compartió su vida con los presos políticos se dio cuenta de que en la espiral del progreso personal, la educación pone a los individuos en un escenario germinal. «No es la mollera la que se abre cuando uno aprende a leer y a escribir», le dijo en una oportunidad Gilberto Castro, «sino que es la inteligencia la que se nutre.» Ahora era capaz de comprender que el período que estaba terminando en el país había sido casi idéntico al de aquella época en que mutilaron el futuro de su padre. La ausencia definitiva de ese hombre, al que a menudo iba a buscar al restaurante y, al cual, agarrado de su chaqueta conducía hasta su casa cuando se emborrachaba, permanecía viva en su mente pero con cierta intermitencia. Más estable, como si fuera reciente, afloraba el momento en que unos hombres de terno y corbata se lo llevaron para no volver a verlo jamás. La mirada de su padre desde el vidrio trasero del automóvil mientras él corría tras el vehículo, permanecía como fondo de pantalla en su inconsciente. Fue su manera de despedirse para siempre. Jamás se lo confesó a nadie, pero Eugenio por mucho tiempo creyó que había delatado a su padre. Quizás si no le hubiese dicho a esos agentes del gobierno que él dormía la siesta en casa esa tarde cuando llegaron a buscarlo, estaría vivo y de seguro todo hubiese sido diferente. Esa certeza lo persiguió por años, reviviéndola como una letanía cada vez que tenía algún momento de introspección en su celda.

Tiempo después, en la carreta, fueron los presos políticos quienes le hicieron ver que su sentimiento de culpa era equivocado, y que su progenitor, como tantos otros, estaba acorralado y no tenía escapatoria, y que su final, tarde o temprano, habría sido el mismo. Ahora, Eugenio comprendía que los tiempos son disímiles en lo político, pero, a la vez, idénticos en la forma violenta y perversa en que se ha aplicado el castigo a quienes piensan diferente. Entendió que con el paso de los años todo se olvida y, desde su forma básica, casi inocente de entender la política, la posibilidad de que aquella barbarie que le arrebató a su padre se repitiera nunca sería producto de la casualidad, sino de la vereda moral en que se encuentren los seres humanos.

Días más tarde, se encontraba sentado prácticamente en el mismo escaño de la plaza de Armas donde un domingo por la tarde esperó a Margarita en su primera cita. Eugenio acariciaba el pasaje que había sacado hace poco para viajar próximamente a Rancagua. Por miedo, vergüenza, o quizás por no asumir los posibles escenarios con los que se podría encontrar si la sorprendía a disgusto con su visita, fue demorando la decisión de acudir a ella. El haberle puesto fecha definitiva a su plan criminal contra Vergara, confabuló también para contrarrestar sus inseguridades y atreverse. A pesar de que la plaza de Armas, atestada de gente, parecía bullir, su mente fue transportada al pasado para recuperar la imagen de aquella mujer de quien, en lo más íntimo de su ser, reconocía estar enamorado.

Aquella vez, Margarita se asomó entre la gente y lo saludó con un beso en la mejilla, titubearon en la conversación y terminaron guareciéndose en la semioscuridad del cine. Una vorágine de fotogramas lo invadió en esos segundos de nostalgia. Eugenio no era un hombre de carácter sensible. Se acercaba más al prototipo de una persona simple y concreta, de una ingenua brutalidad. Sin embargo, aquel domingo estaba conectado con su parte más íntima, dejando espacio a una actitud de profundo sentimentalismo.

Entre sus bártulos había dado con las cinco cartas que Margarita le había escrito, las cuales antes no había podido leer a causa de su analfabetismo. Tampoco se atrevió a que alguien más se las leyera. En su introspección y hosquedad, jamás se habría permitido tamaña confianza con Rogelio o alguien más.

En una suerte de vía crucis personal, contemplaba las misivas que se había dispuesto a leer en la tranquilidad de la Catedral de Santiago. Previo a la misa, las puertas estaban abiertas para los pocos fieles —no más de doce— que aprovechaban la quietud de ese espacio para orar o autoconfesarse. Se ubicó en la parte final de una de las naves y se mantuvo largo rato contemplativo, dirigiendo su mirada perdida hacia el altar, para que nadie fuera a pensar que estaba allí únicamente para descansar o capear el clima. La situación podría parecer banal, pero Eugenio, con avidez y nerviosismo, se dispuso al fin a desclasificar lo que escondían esos mensajes que tanto tiempo habían aguardado por su lectura.

Primera carta:

Querido Eugenio.
Lamento no haber llegado a tiempo a nuestra cita, ya te habías ido. Tuve un problema que me pasó de tonta, que luego te explicaré mejor.

*Espero no te hayas enojado conmigo. Te prometo que no
volverá a pasar.
Cariños.
Yo.*

El contenido evidenció que ambos tuvieron responsabilidad en el desencuentro. Ella por llegar atrasada y él, simplemente, por estar tras las rejas.

Segunda carta:

*Eugenio:
Tienes razón para enojarte conmigo. Asumo mi culpa,
pero necesito que nos veamos. Vendré en mi próxima salida. Un beso. Margarita.*

Rogelio desconocía cuánto de su vida real Eugenio le había contado a Margarita y, por temor a perjudicarlo, omitió todo comentario que develara su prontuario delictual. Lejos de defenderlo, con su acto de lealtad alimentó el desencanto en la joven.

Tercera carta:

*Eugenio:
Tenía la intención de verte, al menos para decirte que he
pensado mucho en lo nuestro. Que te echo de menos. Creí
que me esperarías, pero sigues enojado. Jamás pensé que
fueras tan duro conmigo. Volveré la próxima semana.
Margarita.*

Yo también te echaba de menos, se encontró diciendo en voz baja Eugenio, mimetizado con la atmósfera celestial de la Catedral.

Cuarta carta:

Eugenio:
Cada día que pasa te extraño más. Me cuesta quedarme dormida imaginando que no quieres verme.
Margarita.

La búsqueda incesante de Margarita estuvo lejos de tranquilizar su ánimo. Al avanzar en su lectura, Eugenio percibió que tras cada semana de desilusión por parte de su amada, la relación quedaba al borde de un despeñadero. No existía duda de que ambos estaban conectados, que en ese momento sentían lo mismo el uno por el otro, pero ante la imposibilidad de verse y desnudar lo que sucedía, el final de la historia no se advertía feliz. Levantó la cabeza y reiteró su mirada hacia el Cristo crucificado. Pero esta vez no como pretexto para pasar inadvertido, sino como una genuina búsqueda de auxilio, ya que presumía que no estaba en sus manos el destino de su vida amorosa. Su corazón comenzó a latir con más fuerza antes de leer la quinta y última carta de Margarita.

Quinta carta:

Estimado Eugenio:
Tu amigo nunca se atrevió a decirme dónde estás, ni tampoco la razón que tienes para no querer verme. No sabes la pena que siento por todo esto. Me hubiese gustado que

fuera de otra manera, haber hecho todo lo que estaba en mis manos para demostrarte que me importabas. Te deseo lo mejor.
Adiós.
Margarita.

No había que ser demasiado intuitivo para entender que el devenir de los acontecimientos llevaba a un irrevocable adiós definitivo. El golpe fue duro y Eugenio lo sintió hasta el tuétano. Se quedó algunos minutos más en la Catedral, con la mente en blanco.

Días después fue él quien ante la imposibilidad de adelantar los pasajes a Rancagua, buscó al Flaco Madariaga. Era viernes y lo esperó en la entrada de la galería comercial donde se encontraba el Luxor. A la distancia le pareció extraño que, en vez de una fila para ingresar al local, existiera un tumulto inquieto. Se aproximó para enterarse y pudo leer un colorido cartel hecho a mano que advertía que el show, por razones ajenas al establecimiento, había sido suspendido. Esta información fue lo primero que le comunicó al Flaco Madariaga cuando se encontraron. A falta de Denisse, terminaron frente a tres cervezas y dos copas de vino en un boliche cercano.

—Ayer entré a una casa desocupada y me la hicieron fácil. Me pusieron el «billullo» debajo del colchón. ¿Me las mandé o no? Yo invito.

—¡Qué «cuevazo»! ¿Quién guarda plata debajo de la cama en estos tiempos?

—Los teclitas y las mujeres que le meten la mano al bolsillo al marido —dijo Madariaga, orgulloso de su gestión.

—No quiero saber la cantidad..., solo dime si fue harta o poca.

—Lo suficiente para ser «paganini» toda la noche.

—Vos lo dijiste —rio Eugenio, para reforzar la invitación.

—No me conocís bien, pero yo cumplo mi palabra —agregó el Flaco Madariaga adelantando un rasgo clave de su conducta.

—¿Te puedo hacer una pregunta?

—¡Échale! —dijo el Flaco, mientras le hacía señas al garzón para que repitiera el pedido.

—¿Cómo te las arreglái?

—¿En qué sentido?

—Con las minas, poh huevón. ¿O te vai de pura «manuela»? —preguntó Eugenio, sin poder ocultar una mueca de sarcasmo.

—Te dije que estoy solo hace rato.

—Por eso te pregunto —insistió.

—¿La firme? Me voy de putas. —La respuesta no dejó de sorprender a Eugenio, que había preguntado más por molestar que por curiosidad—. Me podríai acompañar.

—¿Estái hablando en serio?

—Te dije que soy de una palabra.

—¿Y adónde vai?

—A Emiliano Figueroa.

—¿Cerca de San Camilo?

—Pa allá voy cuando ando corto. En Emiliano Figueroa es otra cosa, las minas son mejores. Veo que no conocís.

—No. No conozco.

—Ya te dije, yo pago esta noche. ¿Vai o no?

La puerta del prostíbulo, que no se diferenciaba de las del resto de la cuadra, demoró en hacer eco en los moradores. Golpearon fuerte para superar la música que se escuchaba desde adentro. Efectivamente, el barrio era otro; no había algarabía ni escándalo en la calle. Desde dentro, la voz enérgica de una mujer preguntó quién era, y el Flaco Madariaga respondió con una personalidad que hasta ese entonces Eugenio no había advertido en él: «¡Queremos tomarnos un copete!».

La mujer continuó la interrogación desde el otro costado de la puerta:

—¿Cuántos son?

—¡Soy el Pato Madariaga!, y ando con un amigo —aclaró para evitar mayor burocracia.

La puerta se abrió levemente y los ojos de la mujer, de mediana edad, aparecieron entre la tenue luz del interior para chequear la información. Cuando vio al Flaco, los dejó entrar sin reparos. Para cualquier primerizo el lugar pasaba por una casa particular. Al ingresar, se entendía que el living y el comedor se habían convertido en el salón principal. Una veintena de parejas bailaba con la parsimonia y seriedad de una fiesta casera, pero en rigor eso era la antesala del consumo inicial donde la botella de vino, de pisco, o whisky con cuatro bebidas, parecía un combo en el estómago para los escuálidos bolsillos de los novatos. El Flaco Madariaga daba muestras claras de manejarse en el ambiente, y cuando la que hacía de mesera trajo el pedido, sin consultarle a Eugenio le pidió a dos amigas para compartir la fiesta. Sacó un billete, y al momento de pasárselo, le exigió que fueran las mejores.

—¿Las pediste para bailar o para tirárselas? —preguntó Eugenio en el afán de saber cuáles eran los límites de la invitación.

—Las dos cosas —contestó canchero Madariaga.

La mecánica para seducir a estos hombres oscila entre lo vulgar y lo grotesco. Las mujeres bailan apretadas a su pareja, restregando de forma escandalosa las partes pudendas con las de ellos, hasta erotizarlos. Ríen gratuitamente de todas las estupideces y groserías que afloran de la borrachera de sus galanes de turno y, si bien simulan beber, hacen salud por todo para acabar con el trago y hacerlos gastar más. Por cierto, los ardientes machos engreídos e ignorantes desconocen que esta orden de la administración los puede dejar en la bancarrota. Desde luego, la seducción resulta conveniente para estas mujeres en la medida en que toda la puesta en escena las haga concluir en la cama con su eventual amante. Ellas no reciben nada ni por los tragos ni por la habitación, pero el acuerdo económico por pasar juntos el momento o la noche, es personal e íntegramente destinado a estas trabajadoras sexuales.

El paradigma es evidente, aquí no hay engaño ni mentira flagrante. Este mundo se sostiene desde tiempos inmemoriales en el preciso instante en que emerge la estupidez y la calentura de los visitantes, quienes en determinado lapso del jolgorio comienzan a pensar más con su sexo que con la cabeza.

Mientras probaban el primer sorbo de «piscola», divisaron por el pasillo a las dos mujeres que les fueron asignadas. Una morena pasada de kilos pero tentadora a los ojos del Flaco, y la otra, una rubia teñida de cuerpo delineado, claramente la más atractiva. Al llegar al salón principal, mientras los bailarines se desplazaban, Madariaga alzó la mano para facilitar el encuentro.

—¡Esas son! —le dijo a Eugenio—. Se ven potables.

—¿Las conocís?

—Deben ser nuevas, primera vez que las veo.

Las dos mujeres se percataron de los clientes, pero la rubia clavó su mirada a la distancia y luego del examen de rigor, le dijo unas palabras al oído de su compañera y optó por devolverse. Eugenio, que de inmediato había puesto los ojos en ella, pareció entender que la razón del rechazo se debía a él.

La morena dijo llamarse Tania y explicó que su compañera, Francisca, no se sentía bien, pero que en su reemplazo vendría otra. Acto seguido, y sin perder su naturalidad, abrazó al Flaco Madariaga, instándolo a que le sirviera algo, ya que tenía sed. Eugenio no se tragó los argumentos y le dijo a su amigo que iría tras ella. Su semblante no era precisamente el de un conquistador humillado, sino más bien el de un hombre con una necesidad urgente de esclarecer una repentina aprensión.

Cruzó entre las parejas en dirección al lugar donde la vio perderse, y se internó en un pasillo de luz tenue que llevaba a una seguidilla de puertas numeradas. Le consultó a otra de las chicas donde podría encontrar a Francisca. Sin titubear, la mujer le indicó que su habitación era la dieciséis, al fondo a la izquierda.

Eugenio se cercioró de que no hubiese una pareja en el interior y entró con sigilo y sin golpear. Sobre la cama estaba Francisca, sujetando con sus manos su cabeza gacha, solo iluminada por la lámpara del velador. Se notaba tan consternada que pareció no importarle la entrada de Eugenio.

—Hola... —le dijo él, sin rodeos, como si la conociera. La mujer continuó en su postura, ignorando ex profeso su presencia—. ¿No me vas a contestar, Francisca? —reiteró Eugenio en tono inquisidor.

Ella, claramente quería evitar el diálogo; necesitaba que él saliera de ahí sin tener que mirarlo a los ojos.

—¿No me vas a dar la cara, Francisca?, ¿o quieres que te diga Margarita?

El silencio inundó la pequeña pieza y, al cabo de unos segundos, la joven, casi irreconocible pero con el mismo rostro cándido y acogedor de siempre, se atrevió a mostrase ante Eugenio. Unas lágrimas corrieron la pintura de sus ojos. Sus labios pintados de rojo carmesí y el exceso de maquillaje en nada pudieron impedir que él la reconociera. Francisca se sacó la peluca rubia y se aproximó a la Margarita que él conocía.

—Te esperé tanto —dijo ella, con una pena tremenda.

—Yo también.

—Pero nunca me perdonaste.

—Tú me escribiste que habías llegado tarde. Yo no asistí porque me habían tomado preso.

—¿Y por qué tu amigo no me lo dijo?

—No lo sé. Por lealtad, supongo.

—¿O sea que nunca te llegaron mis cartas?

—Las leí hace pocos días, por eso me atreví a sacar pasajes para ir a buscarte a Rancagua.

—¿A Rancagua?

—La dirección me la dio el dueño del almacén, cerca de la señora Hortensia. Había decidido que tenía que ir a buscarte.

—¿Y qué haces aquí?

—Acompañé a mi amigo, que me invitó.

—¿A qué?, ¿a bailar? —preguntó ella con celosa ironía.

—¿Y tú? ¿Hace cuánto tiempo que trabajái aquí?

—Creís que eso cambiaría en algo lo que nos pasó.

—No sé..., pero necesito saberlo.

Margarita se tomó su tiempo, meditó el alcance de la respuesta y entendió que no tenía caso mentir.

—La semana pasada cumplí un año.

—¿Un año? ¿Era necesario que hicieras esto? —Eugenio habló compungido, como si con aquello borrara de una plumada su pasado reciente.

—Murió mi papá y debo mandar plata para que mi mamá cuide a mi hijo.

—Margarita... —agregó Eugenio con un dejo de amargura—. ¿Por qué no me buscaste?

—Lo hice, lo hice, pero nunca te encontré. Si me hubieran dicho que estabas preso, feliz te hubiera ido a ver.

—Teníai que haberme esperado, pero me dijiste adiós, eso significa para siempre...

—Imaginé que no me querías ver —expresó ella, sin poder evitar la emoción contenida.

Eugenio estaba lleno de interrogantes, pero por primera vez en su vida el trauma que le impedía mostrar sus sentimientos a cabalidad lo dejó sin habla. Sabía que tan solo el intento por verbalizar sus dudas haría estallar ese cúmulo de lágrimas petrificadas desde su infancia. La imagen de esta Margarita, idealizada por su ausencia y corroída por sus necesidades, parecía desmoronarse ante él. Eugenio no podía evitar estar enceguecido por el impacto de haberla encontrado en ese lugar, y se parapetaba en sus contradicciones machistas, anulando el juicio crítico frente al motivo que lo convocaba esa noche a estar en un prostíbulo. Ambos enmudecieron ante la impotencia. El afecto mutuo se respiraba en el aire, pero ellos no lo querían sentir, estaban heridos, profundamente desilusionados. No con el otro, sino con las circunstancias.

Un golpe enérgico y demandante se escuchó en la puerta.

—¡Francisca..., te esperan en el salón! —gritó una voz de mujer que no esperó respuesta. Era en el mismo tono que emplea el director de escena en el teatro para llamar a la estrella del espectáculo y decirle que su público la espera.

Para Eugenio el aviso fue una estocada. Margarita, casi por inercia, acercó su mano a la peluca rubia que recién había abandonado.

Eugenio, sin agregar palabra, abrió la puerta y se alejó sin explicación alguna.

Margarita lo vio partir, pero no tuvo argumentos para retenerlo.

Capítulo 27

La sombra del miedo

El ascensor se detuvo en el piso seis. De los cuatro pasajeros, solo descendió Agustín Vergara, vestido de riguroso traje y corbata. Había pedido la reunión con el coronel Del Canto, asesor de la jefatura del Ejército, hacía tres semanas y recién se la habían confirmado, con menos de veinticuatro horas de antelación.

La llegada de la democracia le había puesto una cuota de incertidumbre al futuro del cardiólogo, quien temía que con el paso de los meses comenzaran a destaparse ciertas maniobras comprometedoras. Era un tema muy presente en las Fuerzas Armadas, pero a la vez muy restringido a las altas esferas. La relación con el gobierno era calma, pero no de fiar, de acuerdo a los comentarios que pululaban entre las ex autoridades. Ya se elaboraba en secreto un catastro de las víctimas cuyos derechos habían sido vulnerados, muchas de las cuales habían perdido la vida impunemente a mano de los agentes del régimen saliente.

Tras las bambalinas de la presidencia, se hablaba de la necesidad de conformar una comisión para hurgar en ese pasado. Mientras Vergara hacía la antesala para ser atendido, le complicaba el hecho de que a lo menos en tres oportunidades sus diagnósticos o, mejor dicho, su autorización para que los torturadores continuaran apremiando a las víctimas durante los interrogatorios, habían terminado en la muerte. Cada vez que lo acechaban estas imágenes, se convencía de que el exceso de castigo había sido el detonante, y en ese sentido la responsabilidad era compartida con los propios torturadores; pero tenía la certeza de que, de haber actuado con mayor empatía —la que nunca tuvo—, los fallecimientos de esas personas pudieron haberse evitado.

Vergara no debió esperar demasiado para que la secretaria del coronel Del Canto lo hiciera pasar.

Por razones obvias, la reunión entre Vergara y el asesor militar debía mantenerse en total hermetismo. Mientras revolvía el café que la secretaria le trajo al instante, el cardiólogo esperó el momento adecuado para plantear su inquietud.

***

Considerando que por ley autoimpuesta por la Constitución creada por él mismo, Augusto Pinochet permanecía hasta 1998 como comandante en jefe del Ejército —y por ende su cuota de poder continuaba siendo relevante en democracia—, el gobierno de Patricio Aylwin tuvo como misión, desde los inicios de su mandato, consolidar el llamado proceso de transición a la democracia. En estos términos, su plan de abordar las violaciones a los derechos humanos se circunscribió a la idea de «hacer justicia en la medida de lo posible».

***

—Coronel —habló Vergara luego de beber el primer sorbo de café y haciendo esfuerzos para que su rostro no evidenciara el temor que lo embargaba—. No quiero quitarle demasiado tiempo, solo quisiera saber si está sucediendo algo de lo que deba preocuparme. ¿Sabe a lo que me refiero, verdad?

—¿Está preocupado de que alguien cuestione su labor, doctor?

—Lo que temo es que con un gobierno como este, los socialistas y comunistas comiencen a recuperar espacio. Usted sabe que si eso sucede, sería fatal para todos.

—De que los «zurdos» volverán a la carga, no le quepa la menor duda, pero le puedo asegurar que mientras mi general se mantenga como comandante en jefe no podrán avanzar mucho. Ellos saben lo que les espera si comienzan a cuestionar su labor. Digo, más allá de la inquietud propia de algunos desagradecidos que piensan que nos quemarán en la hoguera por defenderlos como lo hicimos...

La actitud del coronel fue vehemente y aportó tranquilidad a su interlocutor.

—No se olvide de que usted es militar y yo civil —agregó Vergara para justificar sus dudas.

—¿Qué me quiere decir con eso, doctor?

—Que no soy uniformado, y que ante cualquier problema será la justicia civil la que... ¿No sé si me entiende? —agregó un poco a trastabillas, intuyendo que con su pregunta se había metido tontamente en un problema.

—De verdad, don Agustín, ¿usted cree que después de la forma consensuada en que entregamos el poder a los civiles, alguien se atrevería a poner en tela de juicio a nuestra gente? Siempre hemos mirado con respeto a los alemanes, pero olvídese de que algo parecido a Núremberg podría ocurrir aquí —expresó enfático Del Canto para aclarar hasta la menor incertidumbre del doctor.

—En forma responsable y desinteresada hice mi aporte a esta causa y me asusta la idea de verla empañada por ánimos revanchistas. Por eso sus palabras me tranquilizan, coronel —respondió el médico con burda zalamería.

—Para mayor seguridad, le contaré una infidencia, doctor. La inteligencia militar tiene orden de destruir todos los archivos o vestigios que involucren a nuestra gente, ya sean militares o civiles.

Luego de esta afirmación que puso fin a la charla, lo restante fue un poco más de café, trivialidades y la promesa mutua de estar conectados ante cualquier exabrupto del nuevo gobierno hacia los uniformados.

Mientras manejaba su vehículo hacia la casa, Agustín Vergara planificaba adelantarse a los hechos, ya que como civil no mostraba un juicio tan autocomplaciente con lo que se había hecho y tenía claro que el tema de los derechos humanos era el talón de Aquiles del gobierno militar. Él se sabía una rata, pero era una rata inteligente; se consideraba un oportunista, un hombre que había aprovechado las prerrogativas que jamás hubiese conseguido de no ser por su vehemente postura y colaboración con el gobierno de facto. Para él, la ecuación perfecta, toda vez que este episodio se cerrara para siempre, sería que su participación en actos considerados como violaciones a los derechos de humanos no dejara huella alguna en su imagen profesional. Que su familia no descubriera su pasado secreto. Y, por último, que las considerables prebendas obtenidas —que fueron sustantivas en lo económico— no sufrieran merma alguna.

Con el pasar de los minutos, consideró que los dichos del coronel habían sido una respuesta diplomáticamente correcta, ya que un militar —se repetía mentalmente— no le entrega nunca información confidencial a un civil.

Sus pensamientos le originaron una sensación de vértigo. Tal cual un actor que se saca la máscara después de abandonar un personaje, Agustín Vergara, con el regreso de la democracia, encaraba su realidad. Despercudido por sus propios temores, lograba ver los lentos pero decididos pasos de las organizaciones defensoras de los derechos humanos en busca de justicia.

Florencia se cansó de esperar a su marido. La hora de la reunión con autoridades del colegio de su hijo expiraba y debió resignarse a partir sola.

A juzgar por el llamado que le hizo el inspector para confirmar la presencia de ambos, ella intuía que se trataba de algo positivo. De modo que lamentó que Agustín, advertido hace una semana de la cita, se hubiera restado sin más. No era primera vez que por sus emergencias médicas lo importante para la familia pasara a segundo plano. No hubo por tanto especial interés en justificar su ausencia, y el director tampoco se dio muchas vueltas para referirse al pequeño Tomás y sus particulares condiciones. Lo calificó como un alumno excepcional, de riguroso comportamiento y poseedor de un extraordinario talento para la literatura. Tanto así, que le dijo que lo postularían en representación del colegio a un concurso nacional.

—El cuento que escribió ha sorprendido a sus compañeros y a la profesora de Lenguaje por la profundidad de la historia y su espontánea expresión literaria —explicó el director con denotado entusiasmo y parsimonia. Florencia estaba tan sorprendida que no se atrevió a emitir comentarios—. Pero la razón de esta conversación —agregó el director sin darle tregua— es que, en concordancia con su profesora jefa y el resto de los maestros, hemos considerado que Tomás está poco exigido en su curso.

—Disculpe —dijo Florencia un tanto confundida—. No extiendo exactamente lo que me quiere decir.

—Quiero decir que, en cuanto a aprendizaje, está por sobre sus compañeros y eso claramente atenta contra su desarrollo.

—Pero él es un buen alumno y tiene excelentes notas —interrumpió Florencia, sin lograr entender aún hacia dónde apuntaban esos comentarios.

—Por lo mismo —insistió el director—, estimamos que sería beneficioso ascenderlo de curso.

—¿Subirlo de curso? ¿A pesar de su edad?

—Desde luego es una propuesta que la dirección académica le hace, pensando en lograr un rendimiento más acorde con su capacidad. Ustedes son los que deciden.

—Señor, director, ¿eso lo hablaron con Tomás?

—Por supuesto que no, son sus padres quienes tienen la última palabra.

Florencia salió de la oficina agradada por los comentarios y dubitativa por la idea de adelantarlo al curso superior. Necesitaba tiempo y análisis para dimensionar la trascendencia de tal determinación. Al salir, el inspector del colegio, Máximo Benavides, la estaba esperando. Se trataba de un tipo de mediana estatura, corpulento y con tendencia a la gordura, que usaba un bigote menudo, estilo teniente de ejército. Ella no lo conocía, pero eso no fue obstáculo para que él fuera muy amable y cordial. La invitó al casino del colegio para explicarle con calma la razón de su interés en conversar con ella. No era precisamente para coordinar algo relativo a su hijo —como Florencia pensó—, sino para lamentar que su esposo no hubiera llegado a la reunión con el director.

—Él debió haber tenido una urgencia en la clínica; por supuesto que le hubiese gustado acompañarme —dijo ella con ánimo de —una vez más— disculparlo.

—La felicito por su hijo Tomás.

—Muchas gracias.

—Tiene mucho de Agustín, por eso los estaba esperando y quería aprovechar la ocasión para saludarlo.

—¿Se conocen?

—Sí, en más de alguna oportunidad tuvimos que resolver juntos algún problema —dijo el inspector con denotado orgullo.

—¿No me diga que usted es médico?

—No, no. Era coordinador.

—¿En la clínica?, ¿cómo es que nunca lo vi?

—No, yo coordinaba los centros, y acudía a él cuando algún entrevistado de los llamados «porfiados» necesitaba de sus servicios —agregó el inspector socarronamente.

Ante la mirada de evidente ignorancia e inquietud de parte de Florencia, Benavides advirtió que sus comentarios no tocaban terreno fértil y decidió abortar la conversación so pretexto de haber olvidado que tenía otra reunión. Usó ese argumento para acompañarla hasta la salida. Desde luego, a ella nada le hizo mucho sentido y además se percató de la insólita y burda maniobra que realizó el inspector Benavides para terminar abruptamente la conversación. Abandonó el colegio llena de dudas.

La secretaria de Agustín no estaba en la recepción, de modo que ingresó a la oficina de su esposo sin golpear. Lo besó en la mejilla para no perturbarlo mientras respondía una llamada. Se sentó frente al escritorio y lo acorraló con su mirada. Agustín ya captaba que Florencia bramaba por una explicación de su ausencia.

—No pude llegar, Florencia —se excusó él al momento de despedirse de su interlocutor—. Lo de siempre, una emergencia.

—¿Te costaba mucho decírmelo?

—Bien sabes que las emergencias no avisan.

—Me refiero a que, si no tenías tiempo para llamarme, al menos le dejaras el encargo a tu secretaria. ¿No te parece? Estoy cansada de que siempre me hagas lo mismo.

—Sí, tienes razón, discúlpame.

—Siempre te pierdes las cosas importantes de Tomás —dijo la mujer con un genuino gesto malhumorado.

—Créeme que lo siento. ¿Para qué era la reunión?

—Creo que es mejor que hablemos de eso en la casa.

—¿O sea que viniste solo para reprenderme? —largó el médico en tono festivo para distender el momento.

—¿Quién es Máximo Benavides?

Agustín fue puesto en el paredón sin previo aviso y sintió que se podía venir un gran vendaval.

—¿Por qué me lo preguntas así? —respondió a la defensiva y para ganar tiempo.

—¿Así cómo?

—Es una manera un poco violenta de preguntar, ¿no te parece?

—Está bien, bajaré el tono. ¿De dónde conoces a Máximo Benavides?

—No conozco a nadie con ese nombre. ¿Por qué tendría que conocerlo?

—Porque él dice que te conoce.

—¿Y de dónde, si se puede saber?

—Dice que trabajó contigo.

—¿Aquí en la clínica? ¿Es un colega?

—No, en otro lugar. Dice que coordinaba tu intervención cuando sus entrevistados se ponían «porfiados». ¿Te dice algo eso?

Agustín entendió en el momento a qué se refería el código que su esposa acababa de mencionar. Aunque no identificaba a Máximo Benavides, supo de inmediato que se trataba de algún funcionario de los centros de detención. Tragó saliva y se hizo de energía para responder sin acusar el espolonazo.

—La verdad es que no sé a qué te refieres, Florencia. ¿Dónde lo conociste?

—Es el nuevo inspector del colegio y lamentó mucho que no hubieras podido ir. Empezó a hablarme y seguramente se dio cuenta de que yo no tenía idea de lo que me estaba hablando, así es que se dio una extraña vuelta en el aire para cambiar de tema. ¿Así que no lo conoces?

—¿Por qué te iba a mentir?... ¿Y si mejor almorzamos juntos? —preguntó y, sin esperar respuesta, tomó el teléfono para decirle a su secretaria que llegaría después de almuerzo.

—No tengo ganas de almorzar, me voy a la casa.

Siempre le sucedía lo mismo en las discusiones con su esposo: era un experto en quitarle gravedad a las cosas y posponía cualquier enfrentamiento para después.

Agazapado en su auto y en complicidad con los vidrios levemente oscurecidos, Agustín miraba salir a los profesores del colegio. Se escapó temprano de la clínica y estuvo largo rato esperando, hasta que finalmente, entre los docentes que abandonaban el lugar, creyó reconocer un rostro. Ese debía ser el inspector Benavides. Para él, era uno de los que apoyaban a los «jefes», como llamaban a los que, en rigor, aplicaban las torturas en los centros de detención. Eran los «coordinadores» quienes, si la situación se complicaba, llamaban a alguno de la lista de médicos de apoyo. A pesar de ser civil, al tipo le decían «el sargento». Recordó que en el afán de no convertir a los colaboradores en blanco de actos vengativos de parte de las víctimas o detractores, se acostumbraba en estos centros ponerles seudónimos a los que ejercían el oficio de presionar a los detenidos para que hablaran. De ese modo se blindaba su verdadera identidad.

Agustín Vergara estrujó su memoria y pudo recordar que había conversado con él en algunas oportunidades. Esperó a que Máximo Benavides, que se desplazaba a pie, se alejara un par de cuadras del colegio para abordarlo mientras caminaba.

Detuvo su automóvil cerca de él, abrió la ventanilla y le habló con intencionada amabilidad.

—¡Sargento! —lo llamó con un grito ahogado, temiendo ser escuchado por otros.

Benavides se inclinó para mirar hacia el interior del Mercedes Benz.

—Doctor Vergara —respondió el flamante inspector, reconociéndolo de inmediato—. No esperaba verlo tan pronto.

—Vamos, suba —le exigió Agustín, conservando la autoridad que tenía sobre él cuando era conminado a cumplir sus labores.

El vehículo se desplazó hasta una pequeña plazuela poco concurrida, cercana a la avenida Salvador en la comuna de Ñuñoa. En el trayecto hacia ese lugar, el hombre se disculpó de haber comentado libremente sobre su pasado paralelo con la esposa del médico. Le dijo que cuando advirtió su desconcierto, se detuvo, pero se dio cuenta de que ya había provocado cierta inquietud en ella. Vergara escuchó los descargos y no hizo comentarios.

A la sombra de un frondoso ciruelo, Vergara y Benavides se sentaron para capear el calor reinante a esa hora en Santiago. El cirujano había seleccionado ese lugar, lejos de la clínica, porque allí era menos probable que se encontrara con algún conocido.

El encuentro con Máximo Benavides complicaba su seguridad y ahora también su intimidad. Concluyó que, a pesar de que esta conversación no le ofrecía ventaja alguna, afrontarla sería menos desastroso si lograba poner coto a tiempo a la amistad forzada que asomaba en el horizonte del inspector.

—¿Por qué te pusieron de inspector del colegio? —preguntó Agustín a mansalva.

—Yo tampoco lo sé —confesó Benavides dibujando una sonrisa burlona—. Debe ser porque mi contextura inspira respeto. —Rio a carcajadas.

—¿Trabajaste en la educación antes?

—No, nunca. Hablando en serio, me tienen para vigilar a los estudiantes y también a los «profes» —dijo sin asco Benavides.

—¿Pero quién te puso aquí?

—Me extraña esa pregunta, viniendo de ti... Tú sabes que el oso no está muerto, solo está hibernando.

—Entiendo —respondió el cardiólogo, a pesar de no comprender a qué se refería con exactitud.

—El asunto tiene dos caras —continuó Benavides—. Una es la versión del gobierno, y la otra es la que se está fraguando a espaldas del Ejército —explicó el inspector, sintiéndose con la confianza de que tenía enfrente a un correligionario.

—¿Y qué tan grave es lo que se está fraguando, según tú?

—Están volviendo todos los exiliados y van a querer explicaciones. Van a hacer una razia. Hay que actuar antes de que intenten tomar el poder de nuevo.

—¿De qué hablas?

—¿Crees que se van a quedar así nomás? ¿No te has dado cuenta de cómo chillan los huevones de los derechos humanos?

Agustín decidió no seguir ahondando en el asunto. Entendió que, a medida que lo hiciera, se hundiría en terrenos pantanosos. No encontraba razones para alimentar una amistad con este hombre, a quien vio en muchas ocasiones con desatada furia frente a sus interrogados. Esa imagen de hombre duro, incontrolable, sin conciencia de los límites, en nada se parecía a este inspector de colegio que ahora deambulaba aparentemente domesticado en democracia. Esa dicotomía lo asustaba.

—Mira, te quiero pedir una sola cosa, Benavides. Cuando nos encontremos en el colegio, tenemos que dar la idea de que es la primera vez que nos vemos.

—¿Tu esposa no sabe nada... nada?

—No, nunca le conté. Necesito que me ayudes con eso —pidió Agustín, sin ponderar que con su confesión quedaba a merced de un individuo que no le inspiraba la menor confianza.

—¡Cuenta con eso!, tenemos que apoyarnos —respondió Benavides, sabiendo que con esa información lo tenía en sus manos, si es que la ocasión lo ameritaba.

El regreso a casa no fue tranquilo. Le molestaba saber que, a través de ese diálogo, había abierto un flanco sobre el cual no iba a tener ningún control. De pronto se encontró con que sus sentencias contra el inspector no resistían análisis. A su pesar, solo eran el fiel reflejo de su propia conducta mientras fue súbdito de la dictadura. Si bien «el sargento» pertenecía a un escalafón menor de esa cadena del terror, él, por el contrario, pertenecía a la casta de aquellos que adherían a la causa convencidos de que negarse a participar era como estar en contra de ella, desde el punto de vista de los uniformados. En definitiva, todos, altos, medios y bajos —unos en las trincheras y otros en la periferia—, poseían en forma innata una condición maldita *sine qua non*: un total y absoluto desprecio hacia la especie humana. Con esas ideas en su cabeza, Agustín Vergara comenzaba la tarea de estudiar sus próximos pasos para poder salir incólume de todo aquello y evitar cualquier represalia que atentara en contra del pequeño imperio que había forjado hasta entonces.

Capítulo 28

Cuando la luz del ocaso enceguece

Los personajes del mundo delictual están regidos por la idea de ser cada día mejores en lo suyo. No tienen mayor pretensión que un sentido irrestricto de la especialización, como si se tratara de empleados de una gran empresa. Es quizás la razón casi irónica por la cual ellos denominan como su «trabajo» lo que hacen. Eugenio tenía todo planificado respecto del día, fecha y hora en que abordaría el plan trazado desde antes de salir en libertad. Solía filosofar sobre las razones que tuvo para postergar al máximo aquel plazo fatal. Fueron varios días de contradicciones vitales que lo atormentaron y demoraba el vuelo por nimiedades. Nunca se atrevió a compartir sus aprehensiones, precisamente porque, en esta ocasión, su oficio de monrero incorporaba una acción que en su hoja de vida de ladrón siempre evitó: eliminar a sus víctimas. No fue la casualidad, tampoco la precariedad económica de acceder a armas de fuego —que portó en reiteradas ocasiones— ni mucho menos la falta de valentía para accionar el gatillo. Siempre se preocupó de ejecutar sus robos evadiendo el encuentro con los dueños de casa y, si era sorprendido, le bastaba con dar un atisbo de su dura personalidad para ahuyentar a los más envalentonados. Consideraba que salir airoso con el botín, sin huellas ni rasgo alguno de su identidad, ni menos dejando en el camino a víctimas fatales, era su mejor trofeo.

En lo más íntimo de su ser, se autocalificaba como un ladrón con sentido ético, incapaz de robar a gente pobre, a enfermos o necesitados. Tampoco se le pasaba por la mente arremeter contra un menor. Estas reglas conformaban su hoja de ruta. Pero ahora, lo que lo había hecho dilatar su objetivo no era que se fuera a exponer a un castigo mayor, y menos con su experiencia a lo largo de su vida de haber hecho de la cárcel su hogar. Su vacilación era otra. Tenía que ver con poner en conflicto los cimientos mismos de aquello que lo distinguía de los demás y que lo había convertido en uno de los mejores de su rubro.

Quizás había sido el reciente e inesperado enfrentamiento con Margarita lo que actuó como motor para agilizar todo el plan. Una mezcla de ingenuidad y torpeza, de estupidez y mala fortuna, y probablemente hasta la presencia de un sombrío karma, se decía él mismo en variadas oportunidades, pudo ser lo que cubrió su entorno esa noche maldita. La evocación se encendió al tomar el pasaje con destino a Rancagua, que aún estaba entre sus pertenencias. Cuánta ilusión empeñada en ese frustrado viaje, que no solo no llegó a concretarse, sino que hirió de muerte sus empecinados deseos de darle un vuelco a su vida, que desbancó el sueño de eludir aquel destino que él aceptó como inevitable desde pequeño. «No existe la esperanza para los pobres de bolsillo y de alma», se decía cuando las vicisitudes de la vida diaria lo acosaban por sobre la dosis soportable. Cuando haber aprendido a leer y escribir se transformaba en su herramienta para no vivir encerrado en cuatro paredes. Cuando le había prestado atención a lo que escuchaba desde su corazón. Cuando se permitió soñar con la libertad de los hombres comunes y corrientes. Cuando creyó descubrir que la esperanza de un mundo mejor también le pertenecía.

En un segundo, toda esa sensación de regocijo se desplomaba sin explicación alguna.

Ahora solo quedaba en pie el viejo «canero». Ese hombre recio, que no teme a nada, porque no tiene nada que perder. Se espabiló como tantas veces lo hizo para justificar su existencia, y atrapó imaginariamente estas conjeturas para hacerlas trizas y permitir que la brisa de la tarde se las llevara con rumbo desconocido. Lamentó darse cuenta de que su pasado pudo haber sido más digno y feliz. Otra vez volvió a recordar la mirada de su padre al volver su rostro hacia él y mirarlo por la ventanilla de ese automóvil negro en un último adiós. Cuando niño, Eugenio le había otorgado a esa imagen la promesa de un pronto regreso, pero los años de infructuosa búsqueda lo llevaron a interpretar ese gesto como una lapidaria despedida.

En su réquiem, lamentaba que su padre lo hubiera dejado solo en momentos en que lo había necesitado tanto. No le pesaba la rutina de ir a buscarlo y traerlo borracho a casa en las noches de parranda. Él lo quería, era su referente, pero nada pudo hacer para retenerlo, y entonces volvía a florecer el sentimiento de culpa por su involuntaria delación. En el ocaso, mirando el firmamento tras los barrotes de su dormitorio carcelario, esperaba el tímido renacer de las primeras estrellas. Entre las constelaciones, asignó una de ellas a la figura de su padre y creó un puente imaginario para dialogar en silencio con él. Siempre en los mismos términos de orfandad afectiva que lo persiguió desde aquel traumático episodio. El Eugenio admirado entre sus pares por su dureza, frialdad y violencia incalculable, volvía a convertirse en un niño, en aquel niño que corría y corría por siglos tras la imagen de ese hombre que nunca llegó a alcanzar. Ahora, en su pieza de hotel, cargaba su revólver con dos balas y se despedía de esas evocaciones que lo acechaban de vez en cuando. Mientras empuñaba el arma de fuego, sucedió algo inédito: una lágrima apareció fugaz y se desplazó por su mejilla. Luego de algunos segundos, sin poder controlarla, otra la acompañó, y fueron muchas las que en los segundos siguientes invadieron su rostro. Eugenio se vio obligado a dejar sobre su cama el arma y con sus dos manos abiertas se cubrió el rostro, porque sin poder evitarlo comenzó a llorar desconsoladamente. Como nunca en su vida lo había hecho. No se trataba del hombre adulto y curtido por los años de encierro, sino de aquel niño que siempre estuvo ahí desde que se hizo a la calle con la íntima esperanza de encontrar al hombre que él creía que, con su desaparición, había determinado su destino para siempre.

El doctor Kildare estacionó el taxi que trabajaba en las inmediaciones de Pío Nono. Esa noche de viernes habían acordado hacer un alto en sus labores para ponerse al día y volver a sentir el inefable encanto que produce el alcohol. Habían quedado en reunirse en Constitución con Bellavista para, por primera vez desde que estaban en libertad, recorrer su pasado juntos, pero ahora con una visión más madura. O eso se suponía al menos.

Luego de un par de años desde la recuperación de su libertad junto a su colega Casey, ambos dejaron de verse. Kildare, casado con su novia de siempre, y Casey, emparejado con la mujer de turno, lograron reconstruir a tropezones sus vidas después de recibir beneficios por buena conducta, lo que les permitió rebajar sus penas a la mitad de la condena.

En el Venezia del barrio Bellavista, amparados tras una buena cazuela para Kildare y una pescada frita con ensalada chilena para Casey, rememoraron sin pudor sus viejas andanzas.

Como suele ocurrir, lo que fue drama en algún momento, con el correr de los años se transformaba en comedia, y los errores cometidos antaño, por una extraña razón, eran maquilladas por la memoria humana. El lugar estaba concurrido, pero la bulla ambiente no fue obstáculo para recordar y reír por las «hazañas» que tuvieron como corolario sus años en prisión.

A pesar de que el encierro nunca es fácil para los primerizos, Kildare y Casey pudieron asumir con estoicismo las consecuencias de sus abusos contra las pacientes del hospital. No obstante, jamás aceptaron como consecuencia de sus delitos los doce años de condena. Ambos seguían pensando que la milicia había movido sus hilos para un castigo más severo. Si sus actos vejatorios contra aquellas mujeres sedadas hubiesen sido cometidos en un hospital público, comentaban, hasta podrían haber sido condenados a penas remitidas. Ese solo análisis de sus deleznables actos describía cabalmente a estos dos «chateros» y su peculiar sentido de la moral.

Alentados por el efecto de una jarra de vino caliente con naranja, los recuerdos afloraron sin tapujos.

—Igual lo bailado nadie nos lo quita —afirmó Casey presuntuoso.

—¿Me imagino que nunca le dijiste a nadie el numerito que nos mandamos? —preguntó Kildare, temiendo que lo hubiera hecho.

—Siempre conté que nos metieron en «cana» porque nos habían acusado de robarle plata a los pacientes.

—¿Doce años por eso?

—Seis po, no te olvidís que nos soltaron a mitad de camino —corrigió sonriente Casey para demostrar que estaba lúcido, y que el vino aún no incidía en su conducta.

—Ni porque hubierai matado a un paciente te tiran doce años. Te pasaste. ¿No me vai a decir ahora que te creyeron? —dijo Kildare riendo a mandíbula batiente.

—No sé si me creyeron, pero nunca más me volvieron a preguntar. ¿Vos llegaste antes que yo al hospital, verdá?

—Un año antes nomás.

—¿Y cómo lo hacíai?

— ¿Hacer qué?

—Con las pacientes que estaban anestesiadas, po hueón.

—No hacía nada. Cuando llegaste vos me puse desordenado.

—¡Esa sí que no te la creo!

—Cuando mucho agarraba una tetita loca.

—No nos veamos la suerte entre gitanos.

—¡Tenís mala memoria, hueón! Vos me metiste en eso cuando llegaste. Me dijiste que lo veníai haciendo desde que trabajabai en Talca.

—¿Yo te dije eso? —preguntó Casey con gesto de falsa inocencia—. Pero no podís negar que lo pasamos bien —agregó, jactándose de sus proezas.

—¿Y teníai un colega que te acompañaba?

—Solito nomás —replicó mientras consumía la rodaja de naranja hinchada de vino—. Nunca te conté, pero me mandé una para la posteridad.

—¿Cuál?

—Una vez que me tocó el turno de noche, me asomé, así como que no quiere la cosa, a la pieza de una mina espectacular a la que le había echado el ojo desde que se internó. Y ya no estaba. Pregunté por ella en la recepción y me dijeron que había muerto durante la operación y que la tenían en la pequeña morgue del subterráneo. Al día siguiente, tempranito se la llevaban pal Médico Legal. ¡Vos cachái que a esa hora no anda nadie! No me convencía de que se hubiera muerto y de puro copuchento, bajé para saber si era verdad lo que me había dicho de ella la enfermera.

—¡No era na ella! —acotó Kildare, entusiasmado con el relato.

—¡Sí, huevón, era ella! Y según la bitácora había parado la chala hacía menos de una hora. Estaba tapada por una sábana. La destapé y estaba en pelotita... Te morís, tenía un cuerpo hecho a mano.

—¿Y qué hiciste?

—No me aguanté y le puse la mano en el tuto, todavía estaba tibiecita.

—¿No me digaí que le corriste mano?

—¡Es que teníai que haberla visto! Jovencita, linda. De esas gallas inalcanzables.

—¿Y qué hiciste? —preguntó ansioso Kildare, imaginando lo peor.

—Puta, me imaginé que estaba dormida nomás.

—¡No me digái que te la tiraste, jetón!

—Pero si uno no es de fierro.

—¿Te pescaste a una muerta? —exclamó genuinamente sorprendido Kildare.

Casey solo atinó a rellenar su copa y asintió en silencio sin remordimiento alguno.

—¡Noo! ¡Te volviste loco! Ahora me lo explico todo.

Eugenio había estudiado todos los movimientos previsibles en la casa del doctor Agustín Vergara. La empleada tenía fin de semana libre, el matrimonio se dormía a las veintitrés horas y el pequeño Tomás llegaba cansado de rugby los días viernes, de modo que también a esa hora debería dormir profundamente. Por tanto, la hora elegida para su acto final era exactamente a la medianoche. Cargó el revólver en el bolsillo interior de su chaqueta y en el exterior derecho puso una menuda bolsa de terciopelo sintético, de esas que usan los artesanos, donde iba el encargo que su amigo le entregó cuando le dio todas las referencias para dar con el paradero del cuestionado cardiólogo.

Las emprendió por la calle Pío Nono en busca de un lugar donde comer algo y hacer hora. El Venezia fue el lugar elegido. Los comensales a esa hora abundaban, y no existían mesas disponibles. Debió resignarse a tomar algo de pie en la barra mientras se desocupaba alguna. De pronto, sintió una mano apoyarse en su hombro y una voz familiar lo hizo voltearse. Era Kildare, quien lo había divisado al volver del baño; sin mayores preámbulos, ambos se fundieron en un abrazo entrañable.

A los pocos minutos, Kildare, Casey y Eugenio festejaban el encuentro entre copas y recuerdos carcelarios. Luego de engullir un chacarero con doble ración de ají verde, quiso agradecer la acogida de los «chateros» y se puso con otra más de tinto, esta vez sin naranjas. «¡La del estribo!», apuntó en voz alta para ponerle fin a esta junta fortuita que se intuía sin horario y, a juzgar por el entusiasmo, desenfrenada. Las veintidós con cuarenta marcaba el reloj mural sobre el mesón. Calculó que en un taxi podría llegar a la hora señalada a su compromiso ineludible, y se propuso levantarse de la mesa a las veintitrés y cuarto.

Kildare había cuestionado a su compañero Casey luego de su necrofílica experiencia en Talca. Había sido un diálogo de sordos y, en rigor, una conversación nacida al amparo de dos jarras de vino. No era coherente que dos ex presidiarios condenados por vejaciones que superan la cordura, se dieran el lujo de pelear porque uno había transgredido los márgenes de lo correcto.

La presencia inesperada pero grata de Eugenio había puesto fin al tema. Estar frente a un personaje del hampa les infundía respeto y no tardaron en ofrecerle sus servicios si la ocasión lo ameritaba. «Los chateros», sin ponerse de acuerdo, morigeraron su conducta dispersa para aprovechar al máximo el encuentro con este hombre que, sin vacilar —considerando su chapa de primerizos— los acogió en la cárcel. La narración de sus tropelías provocaba tanto las risas como la incredulidad de los oyentes en la carreta, pero finalmente ambos se granjearon la simpatía de su entorno. Ellos no eran hombres con pasado carcelario, y si Eugenio no hubiese intercedido por ellos, su historia —privados de libertad— sin duda pudo haber sido mucho más traumática. El encuentro en medio de la algarabía de los parroquianos del Venezia tomó vuelo, pero Eugenio, que a menudo miraba de soslayo el reloj mural, en un determinado momento hurgó en su billetera para dejar sobre la mesa su cuota estimada por el consumo.

—¡Pero cómo te vai a ir, si estamos recién empezando po! —señaló Casey—. No son ni las doce.

—¡Y guárdate el billete pa la otra —añadió Kildare, tomando el dinero y devolviéndoselo al bolsillo de su chaqueta—. Nosotros te invitamos.

—Es que tengo que hacer un trabajo, si no, en serio me quedaba.

—Eso me huele a «chiva» —dijo Casey—. ¿Desde cuándo acá «mandarlo a guardar» es un trabajo? —agregó, sacando una forzada sonrisa en Eugenio.

—De verdad tengo un compromiso, y estoy en la hora. Si quieren nos ponemos de acuerdo para juntarnos otro día.

—¿Si querís te acompañamos? —insistió Kildare.

—Se los agradezco, pero voy lejos y tengo que tomar un taxi.

—Déjanos eso a nosotros, compañero —anunció Kildare mientras con su mano derecha le hacía un gesto al garzón para que trajera la cuenta—. Yo ando manejando uno. Nosotros te llevamos. ¡¿Pa qué están los amigos?!

Eugenio quedó literalmente atrapado al saber que Kildare manejaba un taxi, y no tuvo más remedio que aceptar la oferta, mientras urdía en su mente alguna estrategia para eludirlos.

Soslayando los grados de alcohol que excedían lo permitido para manejar, Kildare hizo rugir el motor del vetusto Fiat 125 con techo amarillo pintado a mano y partió con dirección al barrio alto de Santiago. En el trayecto, Eugenio no tuvo otra alternativa que confesarles que lo esperaba una operación muy particular y que no podía contar con ellos, pero que los acompañaba después si se daban la molestia de esperarlo pacientemente en el taxi a la vuelta de la esquina. Quedaron de juntarse en un par de horas en el mimo lugar. La oferta contentó a sus amigos que, en silencio, entendieron esos argumentos como una manera de valorar su aporte y también como un gesto indicador de que podrían continuar con el jolgorio más tarde.

El taxi se detuvo una casa antes de la de la familia Vergara. Las luces callejeras eran débiles y el movimiento en el sector casi nulo. Eugenio salió del vehículo confiado en que la pareja de «chateros» acataría sus indicaciones. Esperó que el taxi doblara y desapareciera por la esquina para acercarse y acceder con la facilidad de siempre a la propiedad del doctor. Pero Kildare y Casey, motivados por el efecto de las botellas de vino que se habían tomado, cambiaron de parecer.

—¡Cómo lo vamos a dejar solo, hueón! —exclamó Kildare mientras manejaba.

—¿En qué estái pensando?

—En que tenemos que regresar y esperarlo. De aquí solo puede salir a pata.

—¿Y en qué topamos? —respondió su amigo por inercia.

El taxi se detuvo y Kildare, en menos de cinco minutos, estaba estacionando a la vuelta de la esquina.

—Pa mí que este huevón se viene a tirar a una minita.

—¿Vos creís? —preguntó Kildare, apostando a que Eugenio tenía planificado algo más que robar.

—Seguramente conoce a la empleada, y hoy día estará sola en la casa.

—De más que sí —asintió Casey mientras miraba a su alrededor por la ventana—. Por aquí no anda nadie. Entre más plata tienen estos hueones, más solos están.

Eugenio, ya dentro de la casa, caminaba con sumo cuidado en dirección a la habitación de la empleada. Necesitaba cerciorarse de su ausencia. La puerta estaba abierta y la cama sin ocupar. Con esa información confirmada, se dirigió al segundo piso, a la habitación de Tomás, quien, tal como lo tenía contemplado, dormía. Desde la entrada, con la puerta entreabierta, observó a su víctima por algunos segundos. Antes de actuar, requería saber si los padres del pequeño se encontraban también en la casa. Para ello debió recorrer el pasillo del segundo piso de extremo a extremo. Ciertamente, tomó las precauciones necesarias para desplazarse sin hacer el menor ruido. Como había podido establecer en su anterior incursión, ambos dormitorios estaban muy distantes entre sí, un hecho que facilitaba su reacción si es que Tomás respondía pidiendo ayuda.

Eugenio, como era habitual, sabía exactamente la distancia y el tiempo con que contaba si las circunstancias lo obligaban a abandonar el lugar en una situación de emergencia, sin ser visto y con la capacidad de salir airoso en ese intento.

Kildare y Casey, inquietos con la pasividad de la noche y agarrotados de estar inertes en el interior del taxi por tanto tiempo, decidieron salir para estirar las piernas mientras compartían el último Belmont antes de sondear sus próximos movimientos.

Los pasos para llegar hasta la puerta del dormitorio principal eran los menos. La puerta estaba cerrada, pero, para su fortuna, sin el pestillo puesto. Como un maestro, Eugenio giró la manilla sin provocar sonido alguno, y solo hizo el ademán para abrirla cuando creyó escuchar que el picaporte se desprendía de su hembra, adherida al marco. Para no evidenciar su presencia a contraluz, se abstuvo de mirar de inmediato hacia el interior y empujó la puerta sutilmente con el pie derecho, como si esta se moviera por una sorpresiva brisa. Esperó por un instante hasta que sus oídos, como un tentáculo invisible, se aproximaran al objetivo y le permitieran percibir la respiración del matrimonio. Sacó el arma de la chaqueta y, empuñándola con la diestra, se aproximó a la puerta entreabierta cuando un leve ronquido le hizo notar que no se encontraría con ninguna sorpresa en el interior. La imagen de Florencia y Agustín se dejaba ver gracias a la tenue luz de una lámpara que, seguramente, ella no había alcanzado a apagar, pues en la placidez de su sueño aún parecía sostener livianamente un libro con la mano derecha tendida sobre la cama.

Acto seguido, y con la tranquilidad que le otorgaba saber que todo estaba en orden, se dispuso a cerrar la puerta con la misma técnica con la que la había abierto. Era el tiempo de su muerte anunciada.

El regreso en dirección al dormitorio de su víctima no tuvo la reflexión ni las dudas que lo atormentaron en los días previos. Ahora, el que avanzaba por ese pasillo era el profesional del robo y el bisoño asesino. Su mente solo administraba sed de una venganza ajena.

Guardó su revólver en el bolsillo de la chaqueta, abrió la puerta, y ahí estaba el pequeño Tomás vestido con un colorido pijama celeste con figuras de Disney, el que seguro habían traído de Orlando en algún viaje familiar a la meca de la entretención. Gran parte de su menuda figura, la de un niño de tan solo once años, yacía con la ropa de cama esparcida a causa del calor.

El pequeño talentoso, inteligente, lleno de sueños, dormía sin siquiera sospechar que su futuro se vería interrumpido a causa de una fiera, un animal que dejaba de lado su proceso de domesticación para dar rienda suelta a una frenética misión criminal.

Eugenio puso la mano izquierda en la boca de Tomás para impedir que gritara. El niño despertó observando a un verdadero monstruo encima suyo. Seguramente entendió todo aquello como una horrible pesadilla, pero no era tal. La fuerza emanada por su opresor le impedía gritar. Apenas algunos murmullos escapaban entre los dedos que lo asfixiaban como un tímido auxilio que sus padres no podían escuchar. El guion consideraba que en esta escena, Eugenio sacara su arma de fuego. En cambio, el hombre, embestido de pies a cabeza en su rol de vengador, sin ceder a su mano opresora sobre la boca del niño, se dio a la inesperada faena de sacarle el pantalón del pijama a su víctima. Esta acción no estaba en sus planes iniciales, pero en algún momento lo acechó la idea de que ese acto podría calar aún más hondo en el alma del que finalmente era la víctima principal: el doctor Agustín Vergara.

Sin razonar, y quizás envalentonado por el vino, Eugenio se vio de pronto a punto de ejecutar uno de los actos más horrendos que se pueden cometer contra otro ser humano, el que, ciertamente, resulta aún más aberrante cuando afecta a un menor. Con toda su fuerza volcó el cuerpo de Tomás y, sin dejar de taparle la boca, aprisionó su rostro contra el colchón para consumar su perverso plan. En ese momento crucial, aquel hombre que nunca había cometido un acto de esa naturaleza y que a pesar de toda la determinación detrás de su venganza había tenido múltiples vacilaciones, ahora no dudó en perpetrar un hecho tan gratuito y deleznable. Quizás fuera solo el rencor acumulado por años, o simplemente por envidia a la paternidad de la cual él adoleció toda su vida...

En los minutos siguientes, el cuerpo flácido y extenuado del pequeño Tomás intentaba despabilarse tratando de comprender lo que en ese instante estaba ocurriendo. Eugenio había sacado el arma para amedrentarlo, mientras tomaba un equipo de música y una máquina fotográfica para darle a todo lo ocurrido la connotación de un robo.

De pronto, unos pasos en la planta baja de la casa alertaron a Eugenio, quien, pistola en mano, se aproximó a la baranda del segundo piso y vio con espanto que Kildare y Casey, como en una aparición fantasmal e impulsados por su avanzada borrachera, habían hecho caso omiso del acuerdo y ahora se encontraban —sin saber cómo— en el interior de la casa. En el intertanto, uno de ellos miró hacia arriba e intercambió una mirada con Eugenio, haciéndole un gesto de tranquilidad con su mano, como si allí no pasara nada.

Mientras intentaba decirles que se fueran, escuchó desde el interior del dormitorio la voz de Tomás, quien hacía un enorme esfuerzo para pedir auxilio entre sollozos.

—¡Mamá! ¡Papá! ¡Ayúdenme...!

De inmediato Eugenio entendió que todo se había transformado en un caos y que era el momento de cerrar el capítulo. Al entrar al dormitorio del pequeño lo encontró tendido en la cama, con su cabeza levantada en dirección a la habitación de sus padres. Continuaba tratando de tener la fuerza para pedir auxilio. Toda la operación estaba en riesgo. Le gritó para que se callara, mientras lo apuntaba con el revólver. A causa del pánico incontrolable, Tomás no acató las órdenes. Dadas las circunstancias, la retirada era inminente. Eugenio, en los pocos lapsos de claridad que le quedaban, decidió no disparar y guardar sus municiones previendo que si el padre despertaba debería enfrentarse a él. No tuvo otra salida que calmar la histeria del niño a como diera lugar, ya que sus estertores de ultratumba eran cada vez más fuertes. Volvió a apuntar con su arma al pequeño, pero la situación traumática que había experimentado lo hacía inmune al miedo. En medio del desconcierto, Eugenio tomó distancia y con la cacha del arma férreamente sostenida en su mano derecha, lo golpeó en la sien con todas sus fuerzas. El pequeño Tomás no resistió la brutal embestida y cayó al suelo inconsciente y sangrando.

En este momento de la entrevista, Eugenio Loyola dio muestras de incomodidad. Claramente, el tema le era muy sensible. Llegó a decir incluso —tras beber un largo sorbo de agua— que él no recordaba haber violado al menor. Dijo que eso no cambiaba en nada su propósito inicial, de manera que no existían motivos para que lo hubiese hecho.

—Eso no está en discusión —le recordé—. El informe del Instituto Médico Legal determinó que el niño fue abusado. ¿Y si no fue usted, quién más?

—Puede ser, pero yo, consciente, no habría hecho eso —respondió Eugenio intentando eludir su responsabilidad.

—Entiendo que le tomaron muestras de semen. ¿Vio el resultado?

—Nunca me mostraron nada, solo me quieren secar en la cárcel.

—¿Y eso le preocupa, Eugenio?

—¿A usted le gusta llegar a su casa? —contrapreguntó el reo esbozando una leve mueca en su boca que interpreté como una sonrisa.

—Sí, por supuesto, me encanta llegar a mi casa después del trabajo. ¿A qué viene esta pregunta? ¿Echa de menos estar en su casa?

—¡Esta es mi casa! —asintió satisfecho de hacérmelo saber.

La respuesta de Eugenio me pareció en principio un juego de palabras, pero escondía una profunda realidad. La cárcel es y seguirá siendo su casa. Pero, más allá de esta reflexión obvia, su declaración camuflaba una conducta que, en cierto modo, era la respuesta al delito que nos convocaba. En lo personal, confieso que me daría pánico estar privado de libertad. Verme encerrado en la cárcel es mi peor pesadilla. La mayoría de las personas que nos consideramos en el rango de ciudadanos «normales», entendemos que nuestro buen comportamiento en sociedad, marginados de actos ilícitos, nos permite conservar uno de los derechos más preciados del ser humano: la libertad.

Mientras Eugenio Loyola, acompañado por un gendarme, pidió permiso para ir al baño, no pude menos que meditar sobre la confesión de este hombre.

Consideré que era una manifestación espontánea y genuina, y por lo mismo, aceptar que la cárcel era su propio hogar me descolocó. Me planteó en segundos un inmenso dilema que la sociedad desconoce y que a simple vista aparece insoluble. El axioma dice que la cárcel cumple la misión de tener acotados bajo privación de libertad a aquellos que delinquen, y que la condena es un castigo que amerita ser ejemplar para culminar el ciclo punitivo con un acto de redención. Entonces, ¿qué sucede con las personas que no solo no temen estar prisioneros, sino que en el fondo de su ser interpretan la condena como un beneficio? No existe un catastro de aquellos que, como el hombre que tenía al frente hace horas, consideran el estar privados de libertad como un favor implícito, ya que retornan nada menos que al espacio donde se sienten mejor. Regresan felices a su verdadero hogar.

Enfrentarme a la cotidianidad de este hombre me produjo interés y curiosidad periodística. Me había generado adrenalina escuchar su relato, compartir su testimonio de vida, conocer su secreto. Pero ahora que tengo plena conciencia de su conducta, reconozco que no entiendo cómo pude en algún momento de la entrevista azuzarlo sin medir las consecuencias.

Se vino a mi mente un informe que leí circunstancialmente sobre personas que sufren una enfermedad denominada Urbach-Wiethe, cuyo nombre obedece a dos científicos que, en el primer cuarto del siglo veinte, informaron de la existencia de esa condición, determinada en varios pacientes. Entre los síntomas característicos que consignaron, prevalece una que se acerca demasiado a los de Eugenio. Ellos son temerarios, no le temen a nada. Una serie de experiencias realizadas en estas personas durante un período de seis años, dio cuenta de que no son capaces de leer el miedo en las expresiones faciales. Se muestran indolentes a las películas de terror; ni siquiera se inmutan viéndolas. También fueron expuestos a mascotas exóticas, serpientes pitón incluidas, y los expertos debieron intervenir cuando se acercaban a acariciar —como si fueran verdaderos gatitos— a tarántulas y otras especies venenosas, mostrando total ignorancia del peligro que corrían al hacerlo. No son más de trescientas las personas identificadas que la padecen en el mundo en la actualidad. Sin duda, esta comparación es por lo pronto extemporánea, sin embargo, me daba luces sobre la indefensión que podría producir en la gente encontrarse con delincuentes que, por diversas razones, carecen del más mínimo apego a la vida. Este podría ser el caso de Eugenio Loyola, con todo lo que ello significa.

Me pregunto: ¿qué puede hacer una víctima cuando se ve enfrentada a un delincuente que lo amenaza con un arma, desconociendo que esa persona no le teme a nada? ¿Qué lo podría detener si, frente a este escenario, nuestra única defensa es la amenaza de cárcel?

De regreso a la entrevista, Eugenio llegó pensativo. Hasta ese instante el relato se había desarrollado con una impronta de mutuo agrado y tolerancia, pero desde que él narrara la muerte de Tomás, su semblante cambió. Durante las casi tres horas de entrevista en esa oficina de Gendarmería, descubrí que fue en ese momento de la historia cuando este hombre dio muestras de agobio. Y me atrevería a decir que no era por agotamiento, sino por vergüenza ante ese acto que nunca estuvo en sus planes, y que es rechazado hasta por los propios criminales y delincuentes encarcelados.

—¡¿Cómo fue capaz de hacer una cosa así?! —le dije en un momento levantando la voz con evidente malestar, casi olvidando que yo era el entrevistador y que estaba frente a un criminal peligroso y no delante de un niño al que podía regañar.

Pero al responder con total silencio, Eugenio me estaba ratificando que él mismo era consciente de haber traspasado todo límite. Era evidente, en especial tras escuchar todo el desarrollo de su relato, que este hombre había cometido ese crimen en total y absoluta contradicción con su pensamiento. Se lo pregunté, pero negó mi interpretación. Sin embargo, no desechó continuar con su historia.

Eugenio, antes de huir del sitio del suceso, recordó que la escena no tenía desenlace si olvidaba dejar la señal del inequívoco designio que, como una espada de Damocles, pendería sobre la cabeza del doctor Vergara. Se refería a la pequeña bolsa de terciopelo que había dejado a un costado de la víctima. Antes de salir tomó el equipo de música y se colgó la máquina de fotos al cuello.

Eugenio se escabulló de la casa y abandonó todo esmero en concluir el asesinato de acuerdo a la pureza establecida en su plan original. Cerró sin delicadeza la puerta de calle, y ese golpe despertó a Agustín Vergara, quien de inmediato percibió que algo irregular sucedía en la casa. Se levantó raudo, se puso una bata y tomó un arma de fuego que siempre mantenía cargada en el velador; luego se dirigió cauteloso por el pasillo del segundo piso hacia la escalera. Desde allí divisó que la puerta de la casa estaba abierta de par en par. Bajó dubitativo con el propósito de cerrarla y, al observar hacia afuera, cayó en la cuenta de que había sido el portón de fierro que daba a la calle el que alguien cerró de golpe. Sin duda —dedujo— alguien había vulnerado el sistema eléctrico, y sin darle importancia a la idea de un robo, su única preocupación fue Tomás.

Nunca lo había confesado a nadie, pero sus únicos temores amparados en los momentos en que no podía conciliar el sueño, provenían de la posibilidad de que algún resentido político —alguno de aquellos a los que él visitaba en los centros de detención— intentara secuestrarlo en un acto de venganza. Era una constante pesadilla que experimentaba incluso estando despierto. Esa imagen recurrente daba cuenta de que, en el fondo de su ser, no podía soslayar que, si bien había colaborado con quienes representaban sus ideales políticos y económicos, su incursión como médico había carecido de humanidad y compasión. Profesaba la religión católica, pero ese pecado de omisión nunca fue expuesto en sus confesiones. Sosteniendo esa pesada mochila, subió por la escalera con su arma en ristre y manifiesto temor en dirección al dormitorio de su hijo. Con extrema sutileza llegó hasta la puerta que se encontraba entreabierta. El silencio en el interior del dormitorio era preocupante, tanteó su dedo índice en el gatillo de la pistola y se atrevió a desplazar la puerta hasta abrirla por completo. El escenario era espantoso, vio el cuerpo inerte y semidesnudo de Tomás tirado en el suelo; su cabeza reposaba sobre una mancha de sangre y sus ojos abiertos miraban la nada. Para cualquier persona, el deceso de la víctima era evidente. No sabía si llorar o gritar, y fue el hábito de lidiar con la muerte el que operó para que, en un gesto incomprensible, tuviera la calma de fijar la atención en esa insignificante bolsita a punto de ser alcanzada por la sangre que escurría a su lado. La tomó y la abrió. En su interior había un objeto que le era familiar. Lo sacó con nerviosismo, pues sin duda era una suerte de mensaje. Se trataba del llavero extraviado de su Mercedes Benz, aquel que nadie encontró cuando lo olvidó en la Venda Sexy.

Allí estaba el regalo que le había hecho con tanto cariño su hijo Tomás, con la imagen de ambos abrazados, desaparecido extrañamente una tarde en que hizo oídos sordos a la petición de un torturado. El mensaje era terrorífico. No había nada más que explicar. Sus pesadillas habían emergido del limbo para cobrar vida y obrar cruelmente sobre todo aquello que tanto había protegido: el secreto de su colaboración con el aparato represor del gobierno militar y su imperio económico. De inmediato, y de manera casi indolente, este padre frío y analítico, concluyó que nada podía hacer para recuperar la vida de su hijo, ni que tampoco podría apaciguar el dolor inmenso que significaba verlo allí inerte en el suelo, sintiendo con tristeza que nunca más lo volvería a ver. Pero ese hecho tan macabro no era motivo para romper la reserva sobre su cuestionable pasado. Agustín Vergara guardó presuroso el llavero del Mercedes Benz en el bolsillo de su bata, ordenó la cama de su hijo y, con la emoción controlada, limpió pulcramente el sitio del suceso. Su mujer se acababa de despertar, y cuando saliera de la habitación iba a enfrentarse con una escena espantosa. Sus gritos quedarían grabados por mucho tiempo en la mente de los vecinos que, esa noche, se enterarían así de que algo horrible había roto la tranquilidad de ese barrio de vida acomodada.

El taxi de Kildare volaba a más de ciento veinte kilómetros por hora de regreso al centro de Santiago. Eugenio omitió lo que había pasado con el pequeño Tomás y maldecía a viva voz a sus compañeros por haber entrado a la casa, poniendo en peligro su objetivo y a él mismo. Ambos se excusaron diciendo que estaban preocupados de no dejarlo solo luego de comprobar que por ese sector no deambulaba ni un alma a esa hora. Que tal reflexión los llevó a concluir que debían acompañarlo y que por eso habían regresado. Luego, a medida que pasaba el tiempo y no daba señales de vida, se preocuparon y pensaron en ir a socorrerlo. Kildare le dijo que habían pensado que estaba tardando mucho y temieron lo peor. Al hallar la puerta de la casa abierta, decidieron entrar, seguros de que su amigo estaría allí dentro.

—Yo registré el primer piso —dijo Kildare—. Y Casey el segundo. —Aclaró que este último, al divisar una puerta cerrada desde donde se escuchaban gritos y gemidos, creyó haber corroborado sus presunciones sobre una visita sexual a la empleada. Pasados unos minutos, los dos «chateros», ya más tranquilos e instados por la oportunidad que se presentaba, quisieron aprovechar la instancia para robar algo.

La explicación era solo digna de dos individuos borrachos. Eugenio transpiraba en exceso. Lo que había ocurrido nunca estuvo en sus planes y desde luego atribuía todo el descontrol de la situación a la inoportuna intromisión de Kildare y Casey, quienes embobados por su presencia después de tantos años de no verlo, terminaron siendo cómplices de un crimen cuya magnitud y trascendencia ni siquiera sospechaban. Le era difícil admitir que con su experiencia no hubiera sido capaz de desprenderse de este par de ineptos que pusieron en jaque la mayor operación delictual de su vida.

La mayoría de los médicos que esa noche cumplían turno en la clínica se asomaron a ver el cuerpo del pequeño Tomás, que yacía inerte sobre una camilla. En los pasillos la desazón cundía, y no abundaban las explicaciones que justificaran un acto de tal naturaleza. El médico forense, que aún no contaba con la autopsia para esclarecer las causas y la data de muerte exacta del pequeño, se aventuró a confidenciarle a unos colegas que la víctima habría sufrido una violación, que el golpe recibido en la sien sería la causa de la muerte y que esta se produjo en forma instantánea. Este prediagnóstico generó incertidumbre y explicaba la conmoción que dijo haber sufrido Agustín Vergara, quien había llevado a Tomás a la clínica, cuando era evidente que se encontraba sin vida. En la oficina de la dirección, Florencia recibía atención médica para mantenerse contenida. Lloraba sin control y cada cierto lapso hacía intentos vanos por escaparse para estar junto a su hijo. Probablemente, la determinación de su esposo al trasladarlo desde su casa a la clínica le hizo albergar falsas esperanzas de recuperación. Ninguno de los presentes, por cierto, corroboró el deceso de Tomás en su presencia. Lo sintomático para ciertos colegas que divagaban en busca de alguna brizna de lógica en la conducta del dueño de la clínica, era que Agustín Vergara denotaba absoluta tranquilidad y manejo de la situación, e incluso cada cierto rato atendía a su esposa y la consolaba. Su conducta en modo alguno representaba a un individuo en estado de shock, al menos en ese instante; parecía el comportamiento que todos esperarían de un profesional de la medicina en una situación como esa.

Eugenio, Kildare y Casey, para aplacar los ánimos, se habían guarecido en un restaurante que atendía las veinticuatro horas, ubicado en unas callejuelas empedradas en las inmediaciones de la plaza Italia. Tenían la certeza de que nadie los seguía y, que de no mediar un infortunio, esa tregua les permitiría esperar allí el amanecer sin sobresaltos. «Los chateros» buscaban reponer sus energías y disminuir en parte su estado etílico con un «ajiaco», considerado por los noctámbulos capitalinos como la especialidad de la casa. Eugenio no tenía hambre, pero a cambio exigió al garzón una botella del mejor vino que tuviera. Necesitaba relajarse y sabía que estando solo en la pieza del hotel, le habría sido imposible conciliar el sueño. Entonces, terminó optando por lo menos dañino: quedarse a compartir con estos novatos del hampa y beber lo necesario para pronto caer rendido en la cama. Ya más repuesto y en posesión del control físico y mental de su cuerpo, reflexionó sobre lo ocurrido. En un momento sintió que todo se había desmoronado, que el plan se había hecho añicos en un par de minutos. Pero ahora, con la mesura que produce la postempestad, pudo concluir que, a pesar de las vicisitudes, su gestión había culminado con éxito. El ajiaco obró en honor a sus conocidas virtudes. La luz del día se coló por entre las tapas de madera que cubrían las ventanas. Eugenio pagó la cuenta sin aviso.

—Son las seis y media, yo me voy —dijo Eugenio levantándose.

—Pero nosotros te vamos a dejar —propuso Kildare, consciente de que ya estaba apto para tomar el volante.

—Estoy cerca del hotel, además quiero caminar.

—¿Te traigo el equipo de música y la cámara de fotos? Están en el taxi —agregó Casey, haciendo ademán de pararse.

—Repártanselas, se las regalo.

—¡Te pasaste, gracias! ¿Cuándo nos vemos? —preguntó Kildare.

—Yo tengo sus datos..., los llamo. Ah, quiero que me hagan una promesa. Por cualquier cosa, nunca nos vimos. ¿De acuerdo?

Kildare entendió el mensaje, se levantó y le dio un abrazo.

—Perdona si la cagamos. Vos sabís que andábamos entonados.

Eugenio omitió juicios, sonrió no muy convencido, se dio media vuelta y abandonó el restaurante para encontrarse de sopetón con el sol naciente entre los picos de una cordillera con menos canas ese verano.

La policía cercó la casa del cardiólogo y registró hasta el último rincón. Esa mañana se disiparon algunas dudas. El móvil había sido el robo, el que obviamente se frustró y fue la razón por la cual los ladrones huyeron portando menudencias. La conclusión fue expresada por Juan Carlos Durán, inspector de la Brigada de Homicidios, a Agustín Vergara, quien a pesar de no haber dormido más de diez minutos sentado en el living, aceptó estoicamente el primer veredicto. Tenía la certeza de que de insinuar un móvil de carácter político, se habría puesto él mismo la soga al cuello.

—En cuanto al asesinato de su hijo, señor Vergara —comentó el inspector Durán— lamentamos que usted haya modificado el sitio del suceso, al punto de no poder contar con las evidencias a nuestro favor. Perdone la pregunta pero, ¿qué razón tuvo para hacerlo?

—Yo no alteré nada, solo quise limpiar su dormitorio. Estaba todo revuelto y ensangrentado... no resistí ver esa imagen.

—Puedo comprenderlo, ¿pero usted recuerda que hubiera alguna evidencia que pudiéramos considerar?

El doctor Vergara actuó como tratando de recordar.

—Estoy seguro que no dejó nada —respondió convencido.

—¿Cuánto tiempo demoró en limpiar la habitación? ¿Lo recuerda?

—No creo que mucho.

—¿Cinco, diez, quince minutos?

—Disculpe, ¿pero usted no se da cuenta que mataron a mi hijo? ¿Cómo podría tomar el tiempo de algo tan irracional como limpiar su pieza?

—¿Tuvo conciencia en aquel momento de que su hijo estaba con vida?

—Es lo que pensé en la desesperación.

—Y, si así fue, ¿por qué no actuó con la premura necesaria? Digo, tratándose de que usted es médico.

—¿A qué se refiere?

—¿Cómo explica que, lejos de llevarlo de inmediato a su clínica, si usted creía que él aún mostraba signos vitales, se pusiera a ordenar el dormitorio?

—Tomás es nuestro único hijo, no podía dar crédito a lo que presenciaba. Seguramente estaba en estado de shock.

—El informe forense determinó que su hijo murió de inmediato.

—¿Qué me quiere decir?

—Que claramente no tenía sentido llevarlo a la clínica si ya estaba muerto.

—Ya le dije. Yo no lo sabía en aquel instante.

—¿No es extraño que un profesional de la medicina no sepa reconocer cuándo una persona está muerta o viva?

—Claro que tengo esa capacidad..., pero es muy difícil que uno actúe con lógica cuando tiene la mente bloqueada.

—Disculpe mi ignorancia, señor Vergara, ¿usted me podría explicar qué sucede cuando una persona es víctima de un estado de shock nervioso?

—El estado de shock es una reacción emocional y fisiológica que nos impide procesar los hechos de manera normal. La mente se bloquea y queda en una especie de limbo.

—¿Y cuáles son las reacciones?

—Producen una gran ansiedad, pérdida de la conciencia en algunos casos, de visión de túnel, síntomas «disociativos», rabia, ira, llanto.

—¿Eso fue lo que le sucedió a usted?

—No lo sé. Tal como le dije, se pierde la conciencia y uno hace cosas anormales.

—¿Es prudente que usted haya realizado una prolija limpieza del dormitorio de su hijo en ese estado?

—¿No entiendo el trasfondo de su pregunta?

—Porque, de acuerdo con lo que encontramos en el dormitorio, uno podría pensar que existió la intención ex profeso de no dejar huellas.

—¿Qué insinúa, inspector?...

—No estoy insinuando nada. Solo quiero que me dé las piezas para armar este rompecabezas. Solo usted nos puede ayudar para saber lo que realmente sucedió ahí.

—Está bien. Pero no olvide que soy el padre de la víctima, que estamos destruidos con todo esto, y que el error de limpiar el dormitorio y de llevarlo a la clínica no me convierte, como usted quiere insinuarlo, ¡en victimario de mi propio hijo!

—¡Yo no he hecho semejante aseveración, señor Vergara! Le planteé la pregunta porque, perfectamente, la persona que limpió el dormitorio de su hijo y alteró el sitio del suceso pudo haber sido el mismo victimario. —La inquietud del inspector Durán hizo tambalear los argumentos del doctor Vergara, quien no tuvo respuesta ni comentarios al respecto—. Discúlpeme si he sido demasiado incisivo —continuó el inspector— pero le aseguro que, dadas las circunstancias que rodean este caso, no solo será un puzle para nosotros armarlo, sino una morbosa tentación para la prensa... Y debemos estar preparados, ya que es probable que usted ignore que su hijo además fue objeto de una violación.

Agustín ignoraba ese vejamen, y fue tan lacerante esa información que enmudeció.

La noticia fue publicada en todos los medios informativos como un «robo con resultado de muerte». Una serie de incógnitas, y el truculento apetito de tantos que tergiversaron el fondo de esta tragedia, le otorgaron al caso una inusitada atención.

Eugenio, en conocimiento de que ya muchos ex compañeros presos políticos que se escaparon de la cárcel se encontraban gozando de la libertad en diferentes países, consideraba que su gestión terminaba con un perfecto corolario. Sumido en la pieza del hotel, se duchó, se vistió como no acostumbraba, de terno y corbata, renunció a salir, y se sentó a observar por una menuda ventana que daba a la calle, y a esperar lo inesperado.

Era una mañana opaca a causa de una niebla baja que avisaba que, por lo menos ese día, la existencia del sol sería improbable en las horas siguientes. El Flaco Madariaga esperaba a Margarita en la salida norte del metro Universidad de Chile para hacerle entrega de la dirección del hotel donde, según entendía, se encontraba su amigo Eugenio. Ella se la había pedido en repetidas ocasiones pero, por temor a ser infidente con su amigo y conocedor de su carácter reservado, se negó. Fue con la mediación de la compañera de trabajo de Margarita —a la que Madariaga continuó viendo en el prostíbulo de Emiliano Figueroa— que accedió a conseguírsela con la promesa de que no le contara a Eugenio cómo la había obtenido.

El Flaco esperó y esperó en el punto de encuentro donde le entregaría un papel escrito con la anhelada dirección. Pero ella no aparecía. Como una suerte de karma, Margarita de nuevo se había pasado de estación y en el regreso demoró tanto que no lo encontró en el lugar acordado. No obstante, la figura reconocible del Flaco Madariaga, incluso de espaldas, le permitió divisarlo a la distancia justo en el instante en que se sumía en la masa de gente que conforma el paseo Ahumada. Le gritó, pero su voz se diluyó en la algarabía sin que él lograra escucharla. Corrió tras él, pero lo había perdido de vista y lamentó que, nuevamente, la posibilidad de un reencuentro con Eugenio no llegara a consumarse.

La misma noche en que ambos se vieron por última vez, Margarita desechó continuar en su trabajo de prostituta, ya que saber que el pasaje que Eugenio había comprado para ir a buscarla a su pueblo al interior de Rancagua, era la prueba de que el mutuo perdón era posible. Fueron noches de angustia, de rabia, dolor, llanto, miedo, hasta que ella se atrevió a dar el paso. Lo demás estaba a la mano. Esta mujer, que había tomado la determinación de regresar esa misma tarde a Rancagua y estaba resignada a llevar una vida tranquila en su pueblo, viendo crecer a su hijo, percibía que el tiempo le jugaba en contra. Su tren partía a las diecisiete horas y, ahora cuando recién eran las diez con cuarenta, se había atrasado a la cita donde recibiría la dirección de su amado. Todas esas conjeturas se cruzaban en su mente mientras, detenida en la entrada de un pasaje, en la intersección de Ahumada con Moneda, lamentaba su mala suerte. De seguro —pensó— el Flaco Madariaga no la esperó lo suficiente imaginando que podía hacérsela llegar por intermedio de su compañera en el lenocinio, ignorando que ambas ya se habían despedido. Al día siguiente, Margarita ya estaría lejos de Santiago. Masticando su tristeza, la mujer se quedó allí, sin saber adónde dirigir sus pasos. En ese instante, la sobresaltó la cercanía de una presencia, alertándola sobre la posibilidad de un robo, pero fue entonces que reconoció el rostro de Madariaga.

—¿Qué hacís aquí? Me cansé de esperarte donde dijimos —comentó él con una sonrisa amable.

—¡No lo puedo creer!, llegué justo cuando te ibas yendo. Te divise y te grité, pero no me escuchaste —respondió ella y lo abrazó, como si lo conociera de toda la vida, sin poder ocultar su emoción por ese instante que le parecía casi milagroso.

A esa hora, Eugenio continuaba sentado mirando a centenares de transeúntes que conformaban un movimiento similar al que los reos practican en prisión. Solo que aquellos contaban con mayor espacio para desplazarse. Mientras esta película de la vida real se exhibía sin censura, él repasaba una y otra vez el resultado de su plan. Los diarios que alcanzó a ver en el mesón de entrada, cuando bajó a desayunar —treinta horas después de sucedido el crimen—, titulaban sin excepción acerca del increíble asesinato de un menor de once años. La información policial señalaba que tenían identificados a los responsables. Eugenio había cumplido su automandato y con estas noticias sus compañeros ya podían comenzar a sospechar sobre su protagonismo en el suceso. Siempre lo dijo, ya se acordarían de él, y sería esa era una forma de pagarles por lo que habían hecho por él. En definitiva, todo salió como lo había planificado. Pero su intención de insertarse a la vida en libertad, teniendo herramientas ahora para hacerlo, y entendiendo que tenía méritos suficientes como para formar pareja y ser uno más, quedaron al debe.

La determinación era, por lo pronto, abandonar el hotel. En el entendido de que, merced a su planificación, los hechos aparecían como un crimen sin culpables a la vista —a pesar de lo que dijera la prensa—, intentaría buscar a sus hermanos, a los que dejó de ver desde que eran jóvenes. A ellos les pediría ayuda para reinsertarse en algún lugar y echar raíces. Sus elucubraciones se congelaron al ser interrumpidas por lo que vio desde la ventana. En la acera de enfrente, por la calle Pío Nono, le pareció distinguir un rostro conocido. Una mujer con un papel en su mano, se acercaba a comprobar la numeración de un negocio. Aunque le daba la espalda en ese momento, supo de inmediato que era Margarita.

Fue como si su amada estuviera actuando para él. No podía dar crédito a lo que contemplaba. Tanto así, que creyó que la estaba materializando y que la imagen era el reflejo de un profundo deseo interior, una suerte de espejismo. Esperó que la ilusión desapareciera, pero no fue así. Ella continuaba en su búsqueda. Eugenio, impávido, observaba desde la ventana y no se atrevía a salir a su encuentro por miedo a que la visión de desvaneciera. Con el papel en la mano, Margarita detuvo a un transeúnte, este miró la hoja y le hizo un gesto señalando el hotel. Satisfecha, quiso cruzar la calle, pero el tránsito se lo impedía. Fue en ese instante cuando Eugenio tuvo la certeza de que aquello era real y que Margarita lo estaba buscando. Se levantó del asiento, fue al baño, se miró al espejo, se arregló la corbata con una alegría casi adolescente. Estaba preparado para esperar lo inesperado, como había sido el pálpito desde que despertó esa mañana. Esperaba que en cualquier momento ella golpeara su puerta, mientras imaginaba cómo sería el encuentro. Si acaso le contaría la verdad, si le diría que la había observado desde la ventana, o se haría el que estaba sorprendido ante su imprevista llegada. Su corazón latía con fuerza y sin duda esa reacción incontrolable acusaría la primera opción: que la estaba esperando.

Pasaron cinco minutos y alguien golpeó la puerta. Eugenio se desplazó con la certeza de que al verla no podría decir nada, solo la abrazaría.

—¿Eugenio Loyola? —preguntó un hombre vestido también de riguroso traje y corbata.

—¡Sí, con él! —respondió con energía, esperando que le dijera que una mujer de nombre Margarita lo esperaba en la recepción.

A cambio de eso, el hombre se identificó como detective de la Brigada de Homicidios. En ese preciso momento, otros dos sujetos que estaban fuera de cuadro, se abalanzaron sobre él, armados, y en menos de treinta segundos lo redujeron para esposarlo y detenerlo como supuesto culpable del asesinato de Tomás Vergara.

Eugenio no opuso resistencia.

Mientras era sacado del hotel en dirección al automóvil policial que lo conduciría hasta el cuartel de Investigaciones ubicado en calle Condell, Margarita observaba la escena anonadada. No había alcanzado a ser atendida en la recepción, precisamente a causa del despliegue policial. La gente que deambulaba por el sector ni siquiera alcanzó a percibir la acción de los detectives. Todo fue muy rápido. Pero Margarita estaba ahí, viendo cómo los detectives se llevaban a Eugenio tomado firmemente de los brazos. Se demoró en darse cuenta de que se trataba de él, el hombre a quien había venido a buscar. Lo vio entregado, como alguien que sabe que no tiene nada que decir a su favor. Quiso llamarlo, pero de su boca no salieron las palabras. El automóvil desapareció delante de ella a gran velocidad.

Eugenio sabía que las siguientes horas no serían fáciles y se distanció mentalmente de la realidad. Estaba confundido y lo acechaba un cúmulo de interrogantes respecto de la visión que creyó tener de Margarita y de la certeza que tuvo al despertar cuando supo que ese día debía esperar lo que le depararía su destino. El avance del carro policial en medio de tráfico de la cuidad le dio tiempo para pensar en cómo enfrentaría el interrogatorio de los detectives. Eugenio conocía de memoria el procedimiento y sabía que debería reconocer su autoría en los hechos para no dilatar su pronto regreso a «casa».

El vehículo donde era trasladado, al igual que el resto de los que circulaban a esa hora por la avenida aledaña al Parque Forestal, fue detenido por carabineros que dieron la preferencia a un cortejo fúnebre. El chofer del vehículo policial se bajó para parlamentar con el carabinero sobre la factibilidad de pasar. Desde el interior del auto, Eugenio pudo observar que el intento había sido en vano. Lo primero que hizo el conductor al sentarse de regreso delante del manubrio, fue voltearse hacia Eugenio, indicar la carroza y decirle delante de sus compañeros detectives: «¡Ahí llevan a enterrar a tu víctima, concha de tu madre!».

Cuando me hizo pasar, Eugenio Loyola renunció a otorgar una entrevista frente a las cámaras de televisión, pero, antes de comenzar la larga conversación que sostuvimos, me aseguró que lo iba a pensar y que, de acceder, sería la única vez que entregaría su testimonio a un medio de comunicación.

Al terminar su extensa confesión, la tranquilidad parecía haber vuelto a su rostro. Le agradecí su disposición y quedé con la extraña sensación de que él no necesitaba publicitar lo acontecido. De hecho, entonces me dijo que, de aceptar dar la entrevista en los días venideros, solo se remitiría a entregar la versión que la prensa esperaba.

Eugenio Loyola me había usado en cierto modo para prestarle oídos. Él no pretendía explicar los reales móviles que lo llevaron a cometer el homicidio con violación de Tomás. No pretendía de ningún modo eludir la condena perpetua que se presumía obtendría a causa de su alevoso crimen, sino que necesitaba como cualquier mortal tener una instancia para desahogarse. Necesitaba decirle a alguien su verdad, y yo había sido el elegido.

Le estreché la mano en la despedida y él me abrazó. No sé por qué, pero tuve que contener mi emoción.

Antes de que el gendarme se lo llevara de regreso a su celda, tuvo la precaución de hacerme una advertencia: jamás reconocería nada de lo que me había contado.

F I N

El silencio de los malditos de Carlos Pinto
se terminó de imprimir en agosto de 2022
en los talleres de
Litográfica Ingramex S.A. de C.V.,
Centeno 162-1, Col. Granjas Esmeralda, C.P. 09810,
Ciudad de México.